跨文化中国学丛书

心性现实主义论稿

王一川 著

商务印书馆
The Commercial Press
创于1897

图书在版编目（CIP）数据

心性现实主义论稿 / 王一川著. -- 北京：商务印书馆，2024. --（跨文化中国学丛书）. -- ISBN 978-7-100-24224-0

Ⅰ. I206.7

中国国家版本馆 CIP 数据核字第 2024TZ2170 号

跨文化中国学丛书

心性现实主义论稿

王一川　著

商　务　印　书　馆　出　版
（北京王府井大街 36 号　邮政编码 100710）
商　务　印　书　馆　发　行
北京新华印刷有限公司印刷
ISBN 978-7-100-24224-0

2024 年 11 月第 1 版　　　　开本 880×1230　1/32
2024 年 11 月北京第 1 次印刷　　印张 13⁷⁄₈

定价：70.00 元

教育部人文社会科学重点研究基地重大项目
"跨文化视野下的民俗文化研究"

青海省人民政府－北京师范大学高原科学与可持续发展研究院与
北京师范大学跨文化研究院"丝路跨文化研究"重大项目
（项目批准号：19JJD750003）
综合性研究成果

中国文化书院跨文化研究分院
北京师范大学跨文化研究院敦和学术基金
资 助 出 版

总　序

　　"跨文化中国学丛书"由中外学者共同撰写,体现跨文化视野下的中国文化在世界现代进程中的复杂现象、理论与方法的多个侧面。这些著作有一个基本共识,就是外部世界一直在变化,但对中国学的研究,从历史性、主体性与共享性出发,确认跨文化认知对解释社会文化问题的积极作用,主动开展文明对话与文明互鉴,注重宏观思考与个案结合,可以阐释中国文化的现代价值与未来意义。

　　跨文化中国学不是着眼具体方法的变化,而是着眼一种理论系统的转变。它不是发现中国文化是什么或不是什么,而是研究中国文化如何向世界展示那些有机的、活跃的、包容的、有效的特质。在这批著作中,这种理论系统虽被阐述为一种"史"的形态,但不是纯粹按照内部逻辑发展的结果,而是在外部世界对中国的好奇、兴趣,以及全球秩序和中国治理的冲突与和解中,提供空间并存的研究,研究的范畴涉及政治、社会、经济、哲学、教育、文学、艺术、科技、公益、医药文化,等等。

　　这是一个没有"中心"也没有边界的研究,要求把书斋理论与社会实践都看作研究对象,对跨文化交流与中国文化研究中的问题进行思考，然后由文化主体对外部世界加以判断。

中外文化差异很多，而跨文化中国学极大地丰富了也复杂化了这方面的研究。它让当代中国人看到单一化研究的重重困境，同时也看到多样化与主体化共生的发展前景。

"跨文化中国学丛书"编委会

2023 年 12 月 29 日

目　录

引　言

本书是关于心性现实主义文艺或艺术的专论,拟从中西跨文化学视角分析2012年以来活跃在中国文艺界的这种新的文艺现象。①为了让问题讨论趋于清晰,这里先就相关概念、术语及其由来做简要的梳理。

"现实主义"一词,众所周知,英文为realism,又译作"写实主义",起初是一种活跃于欧洲19世纪中后期的文艺思潮,到1915年开始登陆中国文坛并逐渐强势生长,成为中国现代文艺或中国文艺现代性中的一种重要现象。尽管中国古代文艺中曾经出现过与现实主义相当或接近的文艺现象和作品,例如《诗经》、汉乐府民歌、"新乐府运动"、《金瓶梅》、《红楼梦》等都注重对于现实社会生活的真实再现,从而可以在现代运用现实主义原理去加以阐释,但作为完整的文艺流派、思潮和美学原则的现实主义,还是要看欧洲现实主义。

陈独秀于1915年10月15日在《青年杂志》第一卷第二号上发表《今日之教育方针》,在论述当前教育方针时,把基于"科学"的"尊现实"精神视为"近世欧洲之时代精神"。他认为"尊现实"

---

① 本书提及的2012年,是指党的十八大召开的年份。而中国文艺界发生真正明显的改变,还得以2013年为起始,故本书有时又提2013年。所以,以这两个看似不同的年份所尝试表述的文艺变化,实际上都指向同一件事。

的要义在于"一切思想行为,莫不植基于现实生活之上",并且在伦理道德、政治、哲学、宗教、文艺等方面都有其具体表现,例如,其"见之文学美术者,曰写实主义,曰自然主义"。这就明确地倡导了文艺中的"写实主义"。他甚至认为"现实主义"是"今世贫弱国民教育之第一方针"①。与此文在"写实主义"与"现实主义"两个汉语译词之间换用不同,陈独秀又在同年11月15日和12月15日《青年杂志》第一卷第三、四号发表《现代欧洲文艺史谭》,认为欧洲文艺思潮是沿着"理想主义""写实主义"和"自然主义"的路径演变的:"十九世纪之末,科学大兴,宇宙人生之真相,日益暴露,所谓赤裸时代,所谓揭开假面时代,喧传欧土,自古相传之旧道德、旧思想、旧制度,一切破坏。文学艺术,亦顺此潮流,由理想主义,再变而为写实主义(Realism),更进而为自然主义(Naturalism)。"②陈独秀的如上论述都大力推崇"科学"精神支撑下的现实主义文艺,可以视为欧洲现实主义文艺思潮登陆中国文坛的最早开端。

从1915年至今一百多年里,现实主义在中国经历了漫长而又曲折的演变过程,与中国文化之间产生了奇妙而又独特的跨文化涵濡现象。特别是2012年以来,持续生长中的现实主义得以同在当代生活中强势复兴和迅速深耕厚植的中国文化传统相结合,促进了一种不妨暂且称之为"心性现实主义文艺"的中国式现实主义文艺范式的持续生长和成熟。对于此项专论,这里有必要做一些简要回顾和说明。

---

① 任建树主编:《陈独秀著作选编》第一卷,上海人民出版社2009年版,第172页。
② 同上书,第182页。

现实主义，当其作为一种新的文艺创作流派和思潮，在19世纪50年代法国萌发时，主要是指一种新颖的艺术创作原则或方法，即艺术应当忠实地表现真实世界，通过精微的观察和仔细的辨析来研究当代的生活和风俗，不动感情地、非个人地、客观地表现现实。①但在随后的发展中，包含在这个术语中的上述原初的文艺流派和文艺思潮内涵，就逐渐地发生了演变。

根据相关研究，现实主义作为来自欧洲的文艺流派及思潮，可以大致区分出西欧现实主义和俄苏现实主义两种流派，它们在中国产生过不同的影响。②比较而言，由于苏联作为中介的马克思主义现实主义美学思想的权威性，以俄苏流派为代表的现实主义在现代中国文坛发生了更加深远的影响。但总体来看，现实主义文艺在欧洲的发展历程中出现过多种现象，产生了丰富而又复杂的争鸣。据统计，现实主义这个概念中曾经派生过如下种种概念：批判现实主义（critical realism）、持续现实主义（durational realism）、动态现实主义（dynamic realism）、外在现实主义（external realism）、怪诞现实主义（fantastic realism）、规范现实主义（formal realism）、理想现实主义（ideal realism）、下层现实主义（infra-realism）、反讽现实主义（ironic realism）、激进现实主义（militant realism）、朴素现实主义（naive realism）、民族现实主义（national realism）、自然主义现实主义（naturalist realism）、客观现实主义（objective realism）、乐观现实主义（optimistic

---

① 参见〔美〕R.韦勒克《文学研究中现实主义的概念》，高建为译，刘象愚选编：《文学思潮和文学运动的概念》，中国社会科学出版社1989年版，第220页。
② 参见蒋承勇《五四以降外来文化接受之俄苏“情结”——以现实主义之中国传播为例》，《外语教学与研究》2019年第4期，第608—620页。

realism）、悲观现实主义（pessimistic realism）、造型现实主义（plastic realism）、诗歌现实主义（poetic realism）、心理现实主义（psychological realism）、日常现实主义（quotidian realism）、传奇现实主义（romantic realism）、讽刺现实主义（satiric realism）、社会主义现实主义（socialist realism）、主观现实主义（subjective realism）、超主观现实主义（super-subjective realism）、幻觉现实主义（visionary realism）……①不过，在这个远不完备的名单上，还应当加上法国罗杰·加洛蒂在1963年的《论无边的现实主义》中提出并引发争议的"无边的现实主义"。

苏联文艺界根据自身的需要，在20世纪30年代逐步提出"社会主义现实主义"或译"社会主义的现实主义"这一新概念。而到1934年第一次全苏作家代表大会时，则正式提出"社会主义现实主义"，以此同19世纪"批判现实主义"相区别。这种新的"创作方法"被赋予两点基本内涵：一是它不是琐细、死板和简单地描写"客观现实"，而是善于在革命发展中真实地描写现实；二是艺术描写的真实性和历史具体性必须同以社会主义精神从思想上改造和教育劳动人民的任务结合起来。这种"方法"甚至被规定为"苏联文学创作和文学批评的基本方法"。②

这种"社会主义现实主义"传到中国，即刻产生了重要影响。这里不妨通过现代中国文艺领域著名理论家和领导者周扬的论述来做简要观察。他通过苏联而得知马克思和恩格斯书信中关于现

---

① 参见〔美〕达米安·格兰特《现实主义》，周发祥译，昆仑出版社1989年版，第2—4页。

② 参见〔苏〕日丹诺夫《在第一次全苏作家代表大会上的讲演》，《论文学与艺术》，戈宝权译，人民文学出版社1959年版，第9、10页。

实主义文艺问题的论述,在1933年做了这样的介绍:"一切伟大的思想家都是这种现实主义文学的爱好者。这只要看看马克思怎样反对'席勒化',而主张'莎士比亚化',恩格斯怎样认巴尔扎克为比过去的、现在的、将来的一切左拉都要伟大得多的现实主义的艺术家,以及列宁怎样称托尔斯泰的严峻的现实主义为'所有一切假面的剥夺',就可了然。"①他随即作专文《关于"社会主义的现实主义与革命的浪漫主义"》介绍来自苏联的"社会主义现实主义"。他后来于1942年在鲁迅艺术学院的报告中,先是引用了1934年《苏联作家同盟规约》上关于社会主义现实主义所作的正式论述:"社会主义现实主义,作为苏维埃文学及苏维埃文学批评之基本方法,要求作家对于现实在其革命的发展上,真实地、历史地、具体地去描写。同时艺术的描写的真实性和历史的具体性必须与那以社会主义的精神在思想上去改造和教育大众的任务结合起来。"他据此对当时解放区文艺界做了严肃的反思:"现实主义应当是艺术真实性与教育性结合,也就是艺术性与革命性结合。现实主义应当以大众文化的研究为基础,这就是提高与普及应当结合。说起来,介绍苏联社会主义现实主义我算是比较最早的一人,但是直到今天,整风学习和反省自己在鲁艺的工作以后,才比较完全地深切地理解了苏联社会主义现实主义之巨大的思想意义。"②

　　还需要注意的是,在抗日战争年代,中国文艺界还出现过以"新写实主义"或"现实主义"取代旧的"写实主义"的新倾向,目的是强化文艺作品对于民众的精神鼓舞作用,以便更有力地配合

---

① 周扬:《文学的真实性》,《周扬文集》第一卷,人民文学出版社1984年版,第59页。
② 周扬:《艺术教育的改造问题》,《周扬文集》第一卷,第417、418页。

抗战。茅盾在1939年明确指出,凭借"辩证的唯物论"的光辉,可以清算"旧写实主义创作方法"而把握新的"现实主义的创作方法"。①

毛泽东根据中国社会主义时期文艺发展需要,在1958年提出"革命的现实主义和革命的浪漫主义相结合"。周扬在1954年就曾提出"革命的现实主义容许浪漫主义,而且必须包含浪漫主义作为它的构成部分"②。他于1958年在北京大学作讲演时,对毛泽东的"革命的现实主义和革命的浪漫主义相结合"思想做了专门介绍:

> 我们不能否定社会主义现实主义,但对于社会主义现实主义这一体系,我们也可以研究一下。这就是现实主义和浪漫主义这两个对立的东西,能不能把它们统一和结合起来。对于这个问题,我们不要抽象地去讨论,有人提出是社会主义现实主义好,还是革命的现实主义和革命的浪漫主义相结合好? 两者的关系到底如何? 据我知道,毛泽东同志在延安时,就说过与革命的现实主义和革命的浪漫主义相结合的意思差不多的话,但他在延安文艺座谈会上没有提这个东西,他只讲了"无产阶级的现实主义",后来《毛泽东选集》出版时,又把它改成社会主义现实主义。在八大二次会议上,毛泽东同志提到这个问题,但没有作解释,他只说革命精神和求实精神相结合,在文学上是革命的现实主义和革命的浪漫主义相

---

① 参见茅盾《中国新文学运动》,《茅盾全集》第22卷,人民文学出版社1993年版,第43—44页。

② 周扬:《文艺思想问题》,《周扬文集》第二卷,人民文学出版社1985年版,第270页。

结合。①

这里介绍的现代中国文艺的一件史实在于，毛泽东在延安时提出过与"革命的现实主义和革命的浪漫主义相结合"差不多的主张，后来在《在延安文艺座谈会上的讲话》中提到"无产阶级的现实主义"，再后来出版《毛泽东选集》时改为"社会主义现实主义"，而直到1958年终于正式提出中国式现实主义概念："革命的现实主义和革命的浪漫主义相结合。"周扬这样理解说，"革命的现实主义和革命的浪漫主义相结合乃是我们的理想和现实相结合的反映"②。他突出的是这个概念中包含的"理想和现实的矛盾"及其调解问题。

还应该提到，文艺批评家秦兆阳在1956年6月以"何直"为笔名写了《现实主义——广阔的道路——对于现实主义的再认识》的论文，发表在当年《人民文学》9月号上。该文试图以现实主义问题为中心，纠正当时文艺创作上的教条主义偏向。他强调，现实主义不是一种法律或世界观，而是文学艺术实践中形成和遵循的一种法则。这种法则应当严格忠实于现实，艺术地、真实地反映现实，并反过来影响现实。该文的观点主要针对和批评那种满足于机械地图解政策和概念的公式主义及庸俗社会学倾向，着力伸张文学创作的内在规律和它的特殊作用。这种关于现实主义是一种"广阔的道路"的观点，在当时条件下维护了现实主义的基本精神、包容性以及能动性。

----

① 周扬：《谈革命现实主义和革命浪漫主义的结合问题》，《周扬文集》第四卷，人民出版社1991年版，第60页。

② 同上书，第63页。

　　进入改革开放时期,面对来势汹涌的西方现代主义或"现代派"思潮,中国现实主义文艺呈现出丰富而多样的发展态势,在且退且战中坚韧回旋和顽强屹立,延续着强大的生命力。①1989年,一家文学期刊曾经使用"新写实小说"概念,并据此制订出一套"新写实小说大联展"策划方案及其相关创作实践。"新写实"概念被策划者规定为既不同于历史上已有的现实主义也不同于现代主义的"先锋派"文学的"一种新的文学倾向"。它在"创作方法"上的特征有三条:一是"以写实为主要特征,但特别注重现实生活原生形态的还原,真诚直面现实、直面人生";二是虽然总体上"仍可划归为现实主义的大范畴,但无疑具有了一种新的开放性和包容性,善于吸收、借鉴现代主义各种流派在艺术上的长处";三是"在观察生活把握世界的另一个特点就是不仅具有鲜明的当代意识,还分明渗透着强烈的历史意识和哲学意识",也就是"减退了过去伪现实主义那种直露、急功近利的政治性色彩,而追求一种更为丰厚更为博大的文学境界"②。这就让"新写实"概念蕴含着直面生活原生态、吸收现代主义长处、渗透历史和哲学意识等新的时代内涵,显示了现实主义文艺具有面向世代社会生活、面向现代主义文艺和面向历史及哲学意识的开放性和包容性特征。

　　还应当看到,正是在改革开放氛围中,有的坚持现实主义的作家也呈现出面向"现代主义"开放和包容的自觉意识。路遥就是其

---

　　①　有关改革开放初期的现实主义如何应对外来现代主义的冲击等问题,见我在《艺术史学要略》(北京师范大学出版社2022年版)第八章"改革开放初期的现实主义"中的具体论述,此不重复。

　　②　《钟山》编辑部:《"新写实小说大联展"卷首语》,《钟山》1989年第3期,引自洪子诚主编《中国当代文学史·史料选(1945—1999)》下册,长江文艺出版社2002年版,第897页。

中的一位,"实际上,我并不排斥现代派作品。我十分留心阅读和思考现实主义以外的各种流派。其间许多大师的作品我十分崇敬。我的精神常如火如荼地沉浸于从陀斯妥耶夫斯基和卡夫卡开始直至欧美及伟大的拉丁美洲当代文学之中,他们都极其深刻地影响了我。……也许列夫·托尔斯泰、巴尔扎克、斯汤达、曹雪芹等现实主义大师对我的影响要更深一些"①。他的创新性努力体现在两方面:一方面是自觉地让现实主义面向现代主义或现代派开放,另一方面是将它们置于中华民族历史文化传统沃土中生长:"只有在我们民族伟大历史文化的土壤上产生出真正具有我们自己特性的新文学成果,并让全世界感到耳目一新的时候,我们现代表现形式的作品也许才会趋向成熟。正如拉丁美洲当代大师们所做的那样。"②正是由于产生了这种明确的让外来现实主义向同样外来的现代主义等文艺思潮开放,并且将它们植于中华民族伟大历史文化土壤生长的自觉意识,路遥表示:"我决定要用现实主义手法结构这部规模庞大的作品。当然,我要在前面大师们的伟大实践和我自己已有的那点微不足道的经验的基础上,力图有现代意义的表现——现实主义照样有广阔的革新前景。"③这里的"现代意义"的现实主义或现实主义的"现代意义的表现",大抵带有了现代主义时代的现实主义或融会了现代主义的现实主义的意思,也可以说大体相当于"现代主义式现实主义",体现了路遥对于他自己正在从事的新型现实主义文艺形态的新构想。这一新构想为理

---

①　路遥:《早晨从中午开始——〈平凡的世界〉创作随笔》,《路遥文集》第2卷,陕西人民出版社1993年版,第12页。

②　同上书,第13页。

③　同上书,第16页。

解他的《平凡的世界》中的现实主义特征提供了一种合理化理解路径。

进入2012年以来的十年里,也即被称为"新时代"的这十年里,随着国家制订"中华民族伟大复兴"目标以及推进"马克思主义基本原理同中国具体实际相结合,同中华优秀传统文化相结合",中国当代文艺发展面临新的历史性机遇:如何让马克思主义所倡导和推崇的现实主义文艺与过去长期受到忽视或轻视的中华优秀传统文化相结合,促进中国式现实主义文艺臻于新的成熟之境?具体说来,进入中国业已百余年的现实主义如何同中国文化中的心性论传统相结合,孕育出中国式现实主义文艺的新的成熟形态,就成为一个值得关注的问题了。

本书拟考察2012年以来中国现实主义文艺与重新激活的中国心性论传统之间的跨文化涵濡状况,透过小说、电影、电视剧、舞剧、话剧和舞台剧等作品的案例分析,探讨中国式心性现实主义文艺范式问题。心性现实主义,既是现实主义的又同时是心性论的,是外来现实主义与中国心性论传统相结合而生成的一种具有跨文化特点的文艺范式。

本书正文由十一章构成。第一章考察中国现实主义文艺中古典心性论传统的沉浮踪迹。第二章在万物通心这一新命题中落实心性现实主义文艺的当代中国哲学基础。第三章进一步分析现实观念与文艺中的心创现实及其三层面展开。在结合若干案例分析心创现实三层面基础上,从中选出三部有成就的作品做更详细的文本分析,即属于心感–心明现实交融层面的《人世间》,属于近心感现实层面的《望春风》和《谁在敲门》,于是有以下第四、五、六章的心性现实主义作品的文本分析专章。第四章以《人世间》为个案,探讨现实主义与心性论传统相结合而将心性现实主义文艺范式推向定型和成熟的问题。第五、六两章分别分析长篇小说《望春风》和《谁在敲门》案例,叩探当代中国乡村社会心史和乡镇社会心结。从第七章起,再度转为心性现实主义问题的总体分析。第七章从近年电视剧案例中分析当代中国人物性格塑造中的主体间性构型。第八章借助近年电视剧、网络剧中的地域景观探讨当代中国社会的地缘心性形象。第九章从近期影片中的基层干部形象塑造考察现代君子之风及其制度化构型。第十章从近年电视剧人物心态观察当前大变局下社会心态的新构型。第十一章由三部舞台艺术作品探测当代社会现实中的个体心象。结语对上述分析做简要概括。附录是写于2007年的《主旋律影片的儒学化转向》①一文,由此可了解本专论的起步情形。

---

① 载《当代电影》2008年第1期。

第一章 中国现实主义文艺中的
心性论传统

"心性"与"现实主义",分别偏重于主体的心灵状况和客体的真实状况,本来是中西方之间无甚关联的两个词语。但从现实主义文艺思潮传入中国时起,它们就必然地发生了关联。回看往昔百余年中国现实主义文艺思潮或艺术思潮,即一种跨越文学、戏剧、电影等多个艺术门类的共通思潮,这种关联在其中经历了曲折的演变过程,在此有必要做简要梳理。

"心性现实主义",最初称为"心学现实主义",是笔者在2021年8月24日召开的电视剧《我在他乡挺好的》研讨会上首次提出来的。在那时第一次提出用"心学现实主义"来理解该剧所表达的现实主义与中国古典心性论传统相交融的特点。在2022年1月9日"视听传播艺术发展新年论坛"视频会上,又对该剧及其"心学现实主义"内涵做了阐发:"这部作品好就好在通过叙述四位外省女青年在北京异乡职场漂泊的故事,最后主要通过乔夕辰的选择而展现出回到中国古典'心学'传统轨道的趋势,也就是通过生动感人的故事将当代主人公的生存奋斗与古典心学传统联系起来,形成心学现实主义的一次生动建构。……她们的故事终究要告诉观众,无论你身在故乡还是他乡,只要你心安就好。这就让人想到苏东坡的词《定风波》里的话:'试问岭南应不好,却道,此心安处是吾乡。'心安定在哪里,那里就是故乡。心不安定,即便是返回故乡也如身在异乡一样动荡不宁。心的安定,包括自我的主见和自律,善良之心和关怀之心的涵养,特别是人格的自我提升和完善等,才是真正的人生归宿处。她们即使不懂王阳明及其'心学'体系,不知道他的'在心上用功'五字人生秘诀,但能够通过自己的人生奋斗轨迹,真切而深入地体会到,并且传达给观众。"①随后在2022年2月28日中国作家协会召开的"从文学到影视——《人世间》座谈会"上,笔者就小说和电视剧《人世间》提出"心性现实主义范式的成熟"这一新命题。"它找到了传承中国式现实主义文艺传统并让这种中国式现实主义范式走向成熟之境的独特路径。它没有沿着欧洲经典现实主义文艺的客观性、典型性和批判性的范式走到底,而是有意识或无意识地运用中国心性智慧去过滤或规范。这种中国传统心性智慧是一种突出主体的心的能动作用、强调德行修养的优先地位、标举真善交融、注重知行统一的哲学思想传统。其中固然可以有儒家的仁义之心、道家的天地之心和佛家的明心见性等不同思想体系的差异,但在突出主体心性的作用方面是一致的。正是由于这种中国式心性智慧的自觉或不自觉的运用,现实主义原则到了《人世间》的小说作者和电视剧主创们手上,原有的东西就发生了转化……《人世间》既是现实主义精神的胜利,又是中国式心性智慧的胜利,可以合起来说是中国式心性智慧与现实主义精神相结合而在美学范式上走向成熟的胜利。相信这种中国式心性现实主义美学范式的成熟可以给当前和今后的叙事类文艺创作带来宝贵的启示。"②这里已经酌情将"心学现实主义"

---

① 王一川:《近年电视剧创作美学的新趋向》,百度百家号"视听前沿",https://baijiahao.baidu.com/s?id=1721719445277268274&wfr=spider&for=pc。

② 王一川:《艺术公赏力的一座里程碑》,《文艺报》2022年3月2日第4版。

改为"心性现实主义"了,是考虑到"性"比"学"显得含义宽泛和浅俗些,当然两者实际上含义相同。

不过,回看外来现实主义文艺思潮进入中国的历史,心性现实主义在现代的诞生和成熟,实际上已经经历了百余年漫长的曲折演变过程,有必要做简明的回顾。

一、心性论传统与现实主义文艺

心性论,也称心学、心性哲学、心性智慧等,是中国古代哲学的一个重要范畴,由此形成了一种注重主体修身养性的传统。"心",既指人的身体器官,也指人运用这种器官而从事的活动;"性",指由"心"这种器官的活动所指向的人之所以为人的本质属性。张岱年《中国哲学大纲》(1937)认为:"与性论相联系的是心的学说。中国哲学中关于心的学说稍简,哲学家大都认为心之所以为心在于知觉,心是能知能思之官。感官能感,由感而有知,则由于心。关于心性关系,则或言性在于心,或言性即是心;或言心之知在性外,或言心之知在性内。心性关系问题即人性与认识的关系问题,更是一个复杂问题。"①唐君毅、徐复观、牟宗三、张君劢在1958年共同发表以"中国心性之学之传统"重建"中国文化"的宣言:"共认此道德实践之行,与觉悟之知,二者系相依互进,共认一切对外在世界之道德实践行为,唯依于吾人之欲自尽此内在之

---

① 张岱年:《中国哲学大纲》,《张岱年全集》第二卷,河北人民出版社1996年版,第281页。

心性，即出于吾人心性，或出于吾人心性自身之所不容自己的要求；共认人能尽此内在心性，即所以达天德、天理、天心，而与天地合德，或与天地参。此即中国心性之学之传统。今人如能了解此心性之学，乃中国文化之神髓所在，……心性之学乃通于人之生活之内与外及人与天之枢纽所在。"①四人中的牟宗三在此前的1954年至1956年间讲演中认为，与西方哲学注重逻辑、知识论和客观性不同，中国哲学是注重心灵的学问："须知谈心性，正是开辟价值之源。心性是人文世界的总根源。心性之学，在过去发展至王阳明已到精微之境。"②他不仅认为"心性是人文世界的总根源"，而且还在1962年主张"中国人'生命的学问'的中心就是心与性，因此可以称为心性之学"③。唐君毅赞同这一套观点，"只是说话的方式不太一样"而已："这种学问有其领域，但它不同于哲学，只能说它是心性之学。但又非心理学，而是人性的学问。从此学下去，就是古人所说成圣成贤的学问。"④无论人们对它的具体解释如何，心性论都强调主体的心灵活动在其整个人生活动中具有主导地位和作用，是其他活动取得成功的先决条件和关键因素。

有论者认为心性论传统有如下基本特点：一是人本主义，即强

---

① 唐君毅、徐复观、牟宗三、张君劢：《为中国文化敬告世界人士宣言——我们对中国学术研究及中国文化与世界文化前途之共同认识》，引自《唐君毅全集》第9卷《中国文化之精神价值　中国文化之世界》，九州出版社2016年版，第21页。

② 牟宗三主讲，蔡仁厚辑录：《人文讲习录》，《牟宗三先生全集》第28卷《人文讲习录　中国哲学的特质》，台湾联经出版事业公司2003年版，第79页。

③ 牟宗三：《中国哲学的特质》，《牟宗三先生全集》第28卷《人文讲习录　中国哲学的特质》，第87页。

④ 唐君毅：《人学——人文友会第五十次聚会讲词》，《唐君毅全集》第8卷《哲思辑录与人物纪念》，九州出版社2016年版，第65页。

调人的内在价值和地位,把人提升为本体存在及宇宙的中心;二是理性主义,表现为道德理性或超越意识,强调形而上的道德原则对于人的感性存在的支配、控制和压抑,而不重视认知理性的发展;三是主体思想,主要通过情感经验的提升和心的本体化而把社会伦理内在化为自觉的主体意识,重视自我完成和自我实现,强调群体意识而忽视个体意识;四是整体思想,以解决人和自然、主体和客体的关系为其根本任务,把人和自然界看作是一个整体,主张通过直觉和体验而实现人和自然界的和谐统一。这四个特点同时又具有不可避免的缺点。①这样的论述中,隐含一个基本的比较视野,也就是透过西方哲学这面镜子去映照出中国哲学的面容。与西方哲学注重探究事物实体的本质并形成以本质论为中心的本质主义传统相比,中国哲学的心性论传统必然会显示出上述特点来。当然,心性论传统本身究竟如何,自然是见仁见智的事,可以作进一步分析和争辩。

还应该看到,心性论传统中还存在儒家心性论、道家心性论和禅宗心性论等不同路径:相对说来,儒家心性论更突出个体德行修为的重要性,要求以个体的仁爱、友善、容让等德行修为去体会道;道家强调从道而抵达性、心、情等,同时要求个体以"虚静""坐忘"等去领悟道;就禅宗而言,正如论者指出的那样,"不同宗派,尤其是马祖、石头两大系在主张不立文字,教外别传,直指人心,明心见性,顿悟成佛,以求解脱的根本宗旨上是一致,或基本上一致的。这种一致性是奠立于共同的心性论基础上的。慧能禅宗各派都在

---

① 参见蒙培元《浅论中国心性论的特点》,《孔子研究》1987年第4期,第52页。

心生万法的基础上，强调众生的自心、自性的清净，都肯定众生具有真心、净心，也就是人人都有佛心、佛性，主张即心即佛，心即是佛"①。

尽管有这些不同观察，中国心性论传统在这方面是不容置疑地清晰的，这就是：确认人的主体心性活动在其整个人生活动中具有优先性和主动性，是解决其他所有问题的中心和先导因素。与之比较，西方哲学传统注重专心研究事物本身的实体性本质而推迟关注主体自身状况。不过，20世纪以来，也有欧洲哲学家开始关注事物与人的关系，例如胡塞尔的"交互主体性"思想及其对后世的影响。

但问题在于，随着整个中国古典皇权制度和相应的文化传统在鸦片战争以来的"数千年来未有之变局"②中遭遇巨大变故，中国心性论传统也难免在百余年来现代中国现实主义文艺思潮中经历复杂多样的沉浮。这里的现实主义文艺思潮，是指陈独秀于1915年倡导"写实主义"以来，现代中国文艺中受到外来现实主义思潮影响的那些作品以及相关思想理念。至于中国古代文艺中那些带有现实主义精神特点的作品，例如《诗经》、杜甫诗、《红楼梦》等作品中的逼真式刻画，固然可从现实主义角度去回头总结，但不在此处讨论之列。恰如陈独秀在1916年继续倡导"写实主义"时所指出的那样："浮词夸语，重为世害；以精深伟大之文学救之，不若以朴实无华之文学救之也。即以文学自身而论，世界潮流，固已

---

① 方立天：《心性论——禅宗的理论要旨》，《中国文化研究》1995年冬之卷，第10页。

② 参见李鸿章《筹议海防折》，顾廷龙、戴逸主编：《李鸿章全集》第6卷《奏议六》，安徽教育出版社2008年版，第159—160页。

弃空想而取实际；若吾华文学，以离实凭虚之结果，堕入剿窃浮词之末路，非趋重写实主义无以救之。写实派文学、美术，自有其精深伟大处，恐犹非空想派之精深伟大所可比拟。"①这里透露出以"朴实无华"的现实主义文艺之"精深伟大"去救治"浮词夸语"之"世害"的强烈意图。"朴实无华"突出了"写实"方式而非"离实凭虚"，并且指向与"弃空想"相对立的"取实际"即如实描绘社会生活实际状况。其实，尽管人们完全可以从不同视角去概括现实主义，但毕竟都认可朴实的写实方式和客观描绘社会生活状况的倾向。"现实主义，……它是'当代社会现实的客观表现'。它要求在题材方面包罗万象，同时在方法上做到客观，即使这种客观性在实践中是难以实现的。"②

现实主义或写实主义，在进入中国后有过多种不同称谓。特别是在20世纪30年代，尤其是在抗日战争这一事关民族危亡的紧要关头，原有的"写实主义"衍生为"新写实主义"或"现实主义"等新称谓。茅盾在1935年使用过"新写实主义"："新写实主义，在内容方面，也许会有更进一步的成就，但实际上，却有些作家们不断的在喊着，向巴尔扎克他们那些旧写实主义作家们那里学习到描写的技巧，所谓'文学遗产'的提倡，也就是这种自觉的表现。"③他有意识地将"新写实主义"与巴尔扎克式"旧写实主义"区分开来。尤其是在1937年9月面对抗日战争的危机情势，他要

---

① 陈独秀：《答程师葛（德、智、体）》，任建树主编：《陈独秀著作选编》第一卷，上海人民出版社2009年版，225页。
② 〔美〕R.韦勒克：《文学研究中现实主义的概念》，高建为译，刘象愚选编：《文学思潮和文学运动的概念》，第248页。
③ 茅盾：《对于"翻译年"的希望》，《茅盾全集》第20卷，人民文学出版社1990年版，第441页。

求现实主义文艺以"壮烈的反映现实"姿态去战斗："我们目前的
文艺大路,就是现实主义!""所谓现实主义的文艺者,不仅反映
现实而已,且须透过了当前的现实而指出未来的真际。"①他在抗
日战争时期的1939年总结过去二十年:"五四"以来二十年革命文
学在历经"标语口号的创作"与"唯技巧主义"这两种"不正确的
倾向"的纠缠之后,终于告别"旧写实主义"而迎来"现实主义",
"两条战线斗争的结果是现实主义的胜利。这不但纠正了'标语口
号的创作论'以及'唯技巧主义',并且也清算了旧写实主义创作
方法的不够,在辩证的唯物论的光照下把握了现实主义的创作方
法"。②他说得很清楚:现实主义之所以能够同"旧写实主义"区
别开来,正是由于它依赖"辩证的唯物论的光照"。这就通过输入
马克思主义唯物辩证法思想基础,而终究将现实主义与以往的"写
实主义"或"旧写实主义"区分开来。有论者总结说:"中国知识
精英在最初使用'现实主义'时,在文化审美上常把它当作和中国
意象绘画相对的概念而运用,以此泛指欧洲从文艺复兴开始建立
的具有科学意涵的再现写实绘画。从徐悲鸿倡导写实主义到21世
纪初写实画派的兴盛,都可看作是现实主义中国化最典型的表征。
苏俄社会主义现实主义使中国油画开始建立具有场景再现和戏剧
性情节的油画,这种现实主义的中国化更强调社会主义思想——
积极的、理想化与英雄主义色彩的社会伦理价值观表达。"③为了便

---

① 茅盾:《还是现实主义》,《茅盾全集》第21卷,人民文学出版社1991年版,
第378页。

② 茅盾:《中国新文学运动》,《茅盾全集》第22卷,第43—44页。

③ 尚辉:《现实主义中国化的探索——新中国油画70年的审美再造》,《美术》
2019年第11期,第6页。

于论述,下面除需要特别区分之外,都统一使用"现实主义"一词。

进一步看,20世纪中国现实主义文艺经历了若干不同的发展和演变过程。从极简要观察看,这大约可以分为启蒙式现实主义、社会主义现实主义、"伤痕"式现实主义、"新写实"式现实主义、心性现实主义这5个时段。①这里拟结合一些文艺作品案例,对中国心性论传统在现实主义文艺思潮中的具体沉浮状况,做简略分析。

二、启蒙式现实主义与心性论传统的复调式对话

启蒙式现实主义,也可称批判式现实主义,是指"五四"新文化运动至1930年代的注重社会现实的批判性再现、体现主体干预倾向和重视社会动员效果的跨门类交融的文艺思潮。可归入此类的有鲁迅小说集《呐喊》和《彷徨》,叶圣陶长篇小说《倪焕之》,茅盾长篇小说《子夜》,王统照长篇小说《山雨》,田汉话剧《咖啡店之一夜》《获虎之夜》和《名优之死》,曹禺话剧《雷雨》,徐悲鸿国画《巴人汲水图》,电影《十字街头》和《马路天使》等文艺作品。这种现实主义思潮与心性论传统之间存在一种复调式对话关系:其显性的主调或主声道表现为对于心性论传统的毫不妥协的严厉批判,例如对于孔子之道、"鸳蝴派"(即"鸳鸯蝴蝶派",又称"礼拜六派")文艺和一些武侠影片加以拒斥;而其副调或辅声道表现为对其流露出隐秘的同情或缅怀,从而呈现出一种复杂性,也由此

---

① 有关现实主义在中国文学中的演变,参见丁帆《现实主义在中国百年历史中的命运》,《当代文坛》2019年第1期。

展现出心性论传统的绵延不绝的顽强生命力。

启蒙式现实主义文艺确实以对于孔子学说为代表的心性论传统加以批判为己任。众所周知，"打孔家店"（胡适语）或批判孔子之道，向来被视为与启蒙式现实主义文艺紧密相关的"五四"新文化运动的主要遗产之一。不过，受到陈独秀等人大力讨伐的"孔子之道"，与其说是这一心性论传统本身，不如说是被袁世凯挪移来作为其复辟帝制工具的那一整套假借孔子之道之名而行的现代复古借口而已。"在他称帝前夕，曾大力提倡了一段尊孔读经，从这里可以看出，他的意图在于利用传统的儒家意识形态来作为自己政权的价值基础和合法性象征。"[①]正是在倡导中国文艺开拓"写实主义"新道路的1916年，陈独秀等激烈批判以"孔教"或"孔子之道"为代表的心性论传统，认定它同现代中国新国家相抵触。"万一不安本分，妄欲建设西洋式之新国家，组织西洋式之新社会，以求适今世之生存，则根本问题，不可不首先输入西洋式社会国家之基础，所谓平等人权之新信仰，对于与此新社会新国家新信仰不可相容之孔教，不可不有彻底之觉悟，猛勇之决心；否则不塞不流，不止不行！"[②]陈独秀还撰文《孔子之道与现代生活》，集中论证其鲜明主张：孔子之道不合现代生活。他在1917年回复吴虞来信时指出："窃以无论何种学派，均不能定为一尊，以阻碍思想文化之自由发展。况儒术孔道，非无优点，而缺点则正多。尤与近世文明社会绝不相容者，其一贯伦理政治之纲常阶级说也。此不攻破，吾

---

① 许纪霖、陈达凯主编：《中国现代化史》第1卷，上海三联书店2006年版，第251页。

② 陈独秀：《宪法与孔教》，任建树主编：《陈独秀著作选编》第一卷，上海人民出版社2009年版，第252页。

国之政治、法律、社会道德,俱无由出黑暗而入光明。神州大气,腐秽蚀人。"①正是基于对于袁世凯的尊孔复古行径的高度警惕和坚决批判,陈独秀对于孔子学说和儒家的心性论思想传统采取了激烈的全盘否定立场。在有着"五四"文学革命宣言之称的《文学革命论》中,陈独秀直言自己此前批判孔教之举具有"伦理道德革命之先声"的意义,而在接下来开展的"文学革命"中,现实主义(他译为写实主义)是应当奉行的"三大主义"之一:"余甘冒全国学究之敌,高张'文学革命军'大旗,……旗上大书特书吾革命军三大主义:曰,推倒雕琢的阿谀的贵族文学,建设平易的抒情的国民文学;曰,推倒陈腐的铺张的古典文学,建设新鲜的立诚的写实文学;曰,推倒迂晦的艰涩的山林文学,建设明了的通俗的社会文学。"②

鲁迅的《呐喊》和《彷徨》中有关心性论传统的现代余孽的刻画,可以让今人重温该时期心性论传统在启蒙式现实主义攻击下所遭遇的重创。《狂人日记》(1918)写道:"我翻开历史一查,这历史没有年代,歪歪斜斜的每叶上都写着'仁义道德'几个字。我横竖睡不着,仔细看了半夜,才从字缝里看出字来,满本都写着两个字是'吃人'!"在这里,"狂人"的所有怨恨或仇恨的目标,似乎正集中在那可以代表心性论传统中的儒学核心的"仁义道德"上,并且洞见了它的可怕的"吃人"这一伪善面目。再加上如下这些与黑暗及死亡相关的体验:"屋里面全是黑沉沉的。横梁和椽子都

---

① 陈独秀:《答吴又陵〈孔教〉》,任建树主编:《陈独秀著作选编》第一卷,第282页。

② 陈独秀:《文学革命论》,任建树主编:《陈独秀著作选编》第一卷,第289页。

在头上发抖；抖了一会，就大起来，堆在我身上""万分沉重，动弹不得""要我死"。① 这里有关"仁义道德"的表层虚饰与"吃人"的深层实质之间的二元对立图景以及黑暗及死亡体验的描绘，以极端变形的"狂人"梦语方式，揭示了心性论传统在"五四"时期所遭遇的被批判或被谴责的否定性命运。吴虞在阅读到这些文字后写道："我觉得他这《日记》，把吃人的内容和仁义道德的表面看得清清楚楚。那些戴着礼教假面具吃人的滑头伎俩，都被他把黑幕揭破了。"② 他的结论是："我们如今，应该明白了！吃人的就是讲礼教的！讲礼教的就是吃人的呀！"③ 胡适在给这位"四川省只手打孔家店"的老英雄的《吴虞文录》写的序言里，把吴虞对孔子所代表的儒家思想传统的批判，同陈独秀的"非孔"主张相提并论，同称为"精神上很有相同之点"的"近年来攻击孔教最有力的两位健将"，认为他们都"专注重'孔子之道不合现代生活'"。"这个道理最明显：何以那种种吃人的礼教制度都不挂别的招牌，偏爱挂孔老先生的招牌呢？正因为二千年吃人的礼教法制都挂着孔丘的招牌，故这块孔丘的招牌——无论是老店，是冒牌——不能不拿下来，捶碎，烧去！"④

在鲁迅的《彷徨》集中的《祝福》（1924）里，还可以读到有关"一个讲理学的老监生"鲁四的书房的如下描写："我回到四叔的书房里时，瓦楞上已经雪白，房里也映得较光明，极分明的显出壁

---

① 鲁迅：《狂人日记》，《鲁迅全集》第1卷，人民文学出版社2005年版，第447、453页。

② 吴虞：《吃人与礼教》，《吴虞文录》，黄山书社2008年版，第27页。

③ 同上书，第32页。

④ 胡适：《吴虞文录·序》，《吴虞文录》，第2、4页。

上挂着的朱拓的大'寿'字,陈抟老祖写的;一边的对联已经脱落,松松的卷了放在长桌上,一边的还在,道是'事理通达心气和平'。我又无聊赖的到窗下的案头去一翻,只见一堆似乎未必完全的《康熙字典》,一部《近思录集注》和一部《四书衬》。"①这里的"事理通达心气和平"语出朱熹《论语集注》。朱熹在《季氏》篇中"不学诗无以言"和"不学礼无以立"语下分别注云:"事理通达而心气和平,故能言";"品节详明而德性坚定,故能立"。阐述的正是理学的心性论思想。而《近思录》是一部理学入门书,宋代朱熹、吕祖谦选录周敦颐、程颢、程颐以及张载四人的文字编成,共14卷。清初茅星来和江永分别为它作过集注。《四书衬》,清代骆培著,是一部解说"四书"(《论语》《孟子》《大学》《中庸》)的书。可见,伪善的鲁四家中用来装点自己门楣的东西,都是被称为古代新儒学的宋代理学的东西,也就是指向了心性论传统。在鲁迅的描写中,鲁四和他的理学残余简直就成了辛亥革命后中国的冷酷而又虚伪的卫道士们的道德遮羞布。

类似这种对于心性论传统的否定或批判性描写,也出现在《雷雨》(1934)中。繁漪对周萍指责其父周朴园说:"父亲,父亲,你撇开你的父亲吧!体面?你也说体面?(冷笑)我在这样的体面家庭已经十八年啦。周家家庭里所出的罪恶,我听过,我见过,我做过。我始终不是你们周家的人。我做的事,我自己负责任。不像你们的祖父,叔祖,同你们的好父亲,偷偷做出许多可怕的事情,祸移在人身上,外面还是一副道德面孔,慈善家,社会上的好人物。……你父亲是第一个伪君子,他从前就引诱过一个良家的姑

---

① 鲁迅:《祝福》,《鲁迅全集》第2卷,第6页。

娘。"① 周冲对自己心爱的四凤说:"对了,我同你,我们可以飞,飞到一个真真干净、快乐的地方,那里没有争执,没有虚伪,没有不平等的。"② 这里同样是拿自己的家族或家庭作反面靶子去批判,转而把追求一个"没有虚伪"的社会作为新的道德理想目标。繁漪后来报复地对周萍说:"你现在也学会你的父亲了,你这虚伪的东西,你记着,是你才欺骗了你的弟弟,是你欺骗我,是你才欺骗了你的父亲!"③ 批判锋芒直指以周朴园和周萍为代表的以"道德面孔"和"伪君子"行骗的人们,显然也对心性论传统丧失掉几乎任何好感和同情心。

应当看到,同启蒙式现实主义之间形成显性对话关系的真正对手或敌手,还是辛亥革命后兴起的"鸳蝴派"思潮和一些带有古代仁义精神的影片。也就是说,被启蒙式现实主义所严厉批判或断然拒斥的心性论传统,在现代文艺中并没有真正绝迹,而是悄然移位到"鸳蝴派"作品和一些注重仁义精神表达的影片等通俗文艺之中,在其中得到某种形式的复苏或延续。"鸳蝴派"的主要作家包天笑、徐枕亚、周瘦鹃、李涵秋、李定夷等,主张文学是游戏或消遣的工具,追求通俗、世俗和媚俗的效果,以《礼拜六》《小说时报》《眉语》等刊物为主阵地,大力讲述才子佳人的情爱故事,其中影响力大的要数徐枕亚的《玉梨魂》、李涵秋的《广陵潮》等。其特点也可从其下列广告语中得到披露:《游戏世界》是诸君排闷消愁一条玫瑰之路。其中有甜甜蜜蜜的小说、浓浓郁郁的谈话、奇

---

① 曹禺:《雷雨》,《曹禺全集》第1卷,人民文学出版社2014年版,第46页。
② 同上书,第74页。
③ 同上书,第102页。

奇怪怪的笔记、活活泼泼的游戏作品。"① 与此相比，文艺应有的社会批判、启蒙和革命等责任和义务被其抛诸脑后。

"鸳蝴派"作品的"反现实主义的不良倾向"，理所当然地受到启蒙式现实主义的批判。王瑶在总结"五四"文学的"革命现实主义传统"时指出，这种现代文学传统"以鸳鸯蝴蝶派为批判对象，从创作原则来说，就是批判一种反现实主义的不良倾向。文学研究会宣言中说：'将文艺当作高兴时的游戏或失意时的消遣的时候，现在已经过去了'，矛头就是指向鸳鸯蝴蝶派的，茅盾解释他们对这种共同的基本态度的理解是'文学应该反映社会的现象，表现并且讨论一些有关人生一般的问题'。鲁迅所坚决指斥的'瞒和骗的文艺'，就是指那些'对于社会现象，向来就多没有正视的勇气'的封建文人，他们掩盖矛盾，粉饰生活，结果就只能产生出'大团圆'式的反现实主义的作品"②。

确实，被批判的"鸳蝴派"作品中，有的通过渲染与心性论传统紧密相连的"旧礼教"或"斯文"制度，而体现出对于这些旧制度残余的缅怀、同情或传承态度。以《玉梨魂》为例，何梦霞和白梨影两人的悲剧其实直指同心性论传统紧密相连的古代"斯文"传统与现代生活方式之间的不可调和矛盾上。"何梦霞的言行牢牢地受制于与古典'斯文'紧密相连的旧制度及其礼教，宁肯为其守成地殉道而不愿实施积极的反叛。小说写何梦霞与白梨影两人之间都碍于旧礼教而仅仅满足于以书信往来的方式倾诉衷肠，更

---

① 《玫瑰之路（〈游戏世界〉广告）》，原载1922年9月《星期》第28号广告栏，引自芮和师等编《鸳鸯蝴蝶派文学资料》上册，知识产权出版社2010年版，第27页。
② 王瑶：《"五四"新文学前进的道路》，《中国现代文学史论集》，北京大学出版社1998年版，第260页。

不愿违背旧礼教而走寡妇再嫁之路，确实体现了对旧制度的在后世看来愚蠢至极的愚忠。表面看来这'愚忠'极不现实，但只要认识到下面这一点，一切就变得可以理解了：何梦霞和白梨影两人是那样深深地浸染于古典诗文制度所养成的'斯文'制度之中而难以自拔，以致任何危及这种'斯文'的新兴制度，都势必在他们的自觉的排斥与拒绝之列。"①作家通过这样的叙事，披露出内心对于心性论传统在现代的毁灭命运的同情和哀叹，这反过来表明其同以启蒙式现实主义为代表的现代文艺的现实主义精神格格不入。

　　启蒙式现实主义所予以批判的还有该时期一些影片，特别是竭力宣扬古典式仁义精神的《火烧红莲寺》（1928—1931）。该片改编自出版于20世纪20年代初的武侠小说《江湖奇侠传》，书中以湖南平江和浏阳两县争赵家坪为引子，以昆仑派和崆峒派之间的恩怨纠缠为主线，围绕侠义精神而叙述一群剑侠人物的传奇人生，流露出正义战胜邪恶的必胜信念。严寄洲导演后来自述在1931年其14岁时痴迷地观看《火烧红莲寺》的难忘经历："这部影片类似今天的电视连续剧，先后一共拍摄了18部。我是一部不拉，就是逃学也得去看。其实今天看来那些神奇莫测的魔法，不过是特技摄影中的小把戏而已。比如影片中主角侠女红姑此角由当年驰名全国的电影皇后胡蝶饰演，她能够纵身一跃，在天空中飞行。影片中主要描写的是昆仑派和崆峒派两大派武侠的争斗，当斗法时双方一举手便放出一道白光。白光中还有一支小宝剑直冲对方，两支宝剑便在空中打了起来，上下翻飞，难解难分。更令人惊奇的是

---

　　①　王一川：《魂归何处——回看辛亥至五四时期的中国艺术》，《文艺理论研究》2019年第2期，第18页。

银幕上出现的红姑,身穿的衣服竟是大红颜色的。……可是那个时候的观众并不计较,只要一出现红姑便热烈鼓掌。"①《火烧红莲寺》以那时先进的特技摄影手法去表达古典侠义精神,在看似不切实际的幻想情境中实际上传承了被启蒙式现实主义文艺界所放逐和批判的古典式仁义传统。

对于这样卖力地宣传以仁义精神为代表的心性论传统并且异常叫座的影片,启蒙式现实主义阵营确实给予了坚决的批判和痛斥。瞿秋白在1932年指出:"普洛文艺至今用全部力量去做摩登主义的体裁的东西,这样自然发生的结果是;上中下三等的礼拜六派倒会很巧妙的运用着旧式大众文艺的体裁,慢慢的渐渐的'特别改良'一下,在这种形式里面灌进维新的封建道德,资产阶级民族主义的……内容,写成《火烧红莲寺》等的'大众文艺';而革命的普洛的文艺因为这些体裁上形式上的障碍,反而和群众隔离起来。"②他感慨的是"礼拜六派"和《火烧红莲寺》等的惯用伎俩就是以"大众文艺"的通俗性去包裹"维新的封建道德""资产阶级民族主义"等消极内容,以此迷惑群众。随后的1933年,茅盾撰文感叹"《火烧红莲寺》对于小市民层的魔力之大,只要你一到那开映这影片的影戏院内就可以看到。叫好,拍掌,在那些影戏院里是不禁的;从头到尾,你是在狂热的包围中,而每逢影片中剑侠放飞剑互相斗争的时候,看客们的狂呼就同作战一般。……在他们,影戏不复是'戏',而是真实! 如果说国产影片而有对于广大的群众

---

① 严寄洲:《七十五年前看电影》,《世纪》2006年第2期,第71页。
② 瞿秋白:《普洛大众文艺的现实问题》,《瞿秋白文集·文学编》第一卷,人民文学出版社1985年版,第471页。

感情起作用的,那就得首推《火烧红莲寺》了。"①他尖锐地批评说,
这部影片及其改编的连环画作品都属于"封建势力"的"迷魂汤",
在本质上是"封建的小市民文艺"。"这种'武侠狂'的现象不是偶
然的。一方面,这是封建的小市民要求'出路'的反映,而另一方
面,这又是封建势力对于动摇中的小市民给的一碗迷魂汤。……
侠客是英雄,这就暗示着小市民要解除痛苦还须仰仗不世出的英
雄,而不是他们自己的力量。并且要做侠客的唯一资格是忠孝节
义,而侠客所保护者也只是那些忠孝节义的老百姓,这又在稳定了
小市民动摇的消极作用外加添了积极作用:培厚那封建思想的基
础。"②这里的"封建的小市民要求'出路'"的说法,换言之即可以
说是心性论传统需要在现代寻求自身的出路。但以茅盾为代表的
启蒙式现实主义阵营予以坚决拒绝和痛斥:"所以从各方面看,武
侠小说和影片是纯粹的封建思想的文艺。……因此我们不能不说
《红莲寺》的主要材料是封建思想,主要作用是传播封建思想。"③

　　陈独秀、鲁迅、瞿秋白和茅盾等所代表的启蒙式现实主义阵
营,眼光敏锐地揭示了在现代中国出现的孔子之道、"鸳蝴派"、影
片《火烧红莲寺》等所携带的"封建思想"的"迷魂汤",展现出他
们对于心性论传统在现代的消极作用的深刻警示和毫不妥协的批
判态度。

　　但是,另一方面,同时需要看到,启蒙式现实主义阵营自身也
存在着与心性论传统的某种隐性对话,即对其流露出一种隐秘的

---

　　①　茅盾:《封建的小市民文艺》,《茅盾全集》第19卷,人民文学出版社1991
年版,第421页。

　　②　同上书,第419—420页。

　　③　同上书,第420—421页。

或无意识的同情态度。与鲁迅笔下的心性论传统呈现为几乎纯然的反派角色不同，叶圣陶在其被茅盾誉为"'扛鼎'似的工作"[1]的长篇小说《倪焕之》（1928）的第三章，写一个让主人公倪焕之深受教育的"值得感佩"的教师同事。这位教师的任教方式带有心性论传统的传承意味："那同事是个诚朴的人，担任教师有六七年了，没有一般教师的江湖气；他不只教学生识几个字，还随时留心学生的一举一动，以及体格和心性。"这里对于"心性"的描写有其正面性。其中提到倪焕之目击的一件事：当一个学生犯了欺侮同学的过失而不愿认错，也不辩解，只不开口时，"那教师慈和的眼光对着他，叫他平心静气，想想这样的事情该不该"。但那学生"忽然显出流氓似的凶相说，'不知道！随你怎样处罚就是了！'"而那位教师只是说："不要这样，这样你以后会自觉懊悔"，并且握住那学生的颤动的手说："犯点儿错没有什么要紧，用不着蛮强；只要自己明白，以后再也不会错了。"结果是学生哭了，"自陈悔悟，那教师眼角里也留着感激的泪痕"。倪焕之不禁对那教师说："用这么多的工夫处理一个学生，未免太辛苦了。"该教师"带着满意的微笑"说："并不辛苦，我喜欢这样做"，"而且我很感激他，他相信我，结果听了我的劝告。"[2]这个教师同事和他从心性论传统角度所作的工作，在今天看来带有王阳明所主张的"自明"等"心功"特点，让倪焕之突然间对教师职业产生了转变和热爱。后来在第八章叙述倪焕之到蒋冰如校长的学校任教时，倪也亲自身体力行地做了同样的事：当体育教师陆三复叫来欺负木匠儿子方裕的富家

---

① 茅盾：《读〈倪焕之〉》，《茅盾全集》第19卷，第217页。
② 叶圣陶：《倪焕之》，叶至善、叶至美、叶至诚编：《叶圣陶集》第3卷，江苏教育出版社1987年版，第24—25页。

子弟蒋华,要级任教师倪焕之加以管教时,倪焕之用的还是同样的"心功",也就是用手"非常柔和地"握住蒋华的手,向他讲述木匠也是受人尊敬的职业而不能看不起:"木匠实在是可敬可尊的。人生世间能用心思力气做事情,使人家和自己受到好处的,都是可敬可尊的人。木匠用的是自己的心思,自己的力气,一点儿不靠傍别人,却帮助了别人,养活了自己;这何等地光荣伟大!其他如铁匠农人等等,都同木匠一样是光荣伟大的人物。……你刚才却说了看不起木匠的话。这就仿佛告诉别人说,你愿意没有一点儿能力,愿意不做一点儿事情!总之一句,愿意做个卑鄙下贱的人。告诉你,你的质地很不坏啊!你为什么要这样看不起自己?把不对的心思丢开吧,永远永远地丢开!"①这一席话好像催眠术,让蒋华受到了莫名的感动,放松了敌意。倪焕之进而"更为和婉地"劝导,让他认识到错误,并且马上向陆老师承认错误,并愿意改天向方裕道歉。这一段描写充分地显示了位于叶圣陶创作心理的无意识层面的对于古典心性论传统的同情式缅怀。

当然,这样的心性论传统的同情式缅怀固然有一定的积极价值,但在当时的日甚一日的社会革命形势下,终究是不合时宜的,因而是无力的和无济于事的。小说接下来叙述北京"五四"新文化运动、"五四"运动等新思想在当地造成巨大冲击波,并激发起社会革命与反革命两股力量的激烈交战,比较而言,心性论传统的传承就变得无足轻重了。这里虽然对于心性论传统存在着意识和无意识的缅怀和同情式描写,但也同时确认了它的无可挽回的没

---

① 叶圣陶:《倪焕之》,叶至善、叶至美、叶至诚编:《叶圣陶集》第3卷,第66页。

落命运。

　　同样的隐性对话或无意识对话场景，也出现在《名优之死》（1929）等其他作品中。该剧在叙述京剧名优刘振声与富商杨大爷之间为争夺女弟子刘凤仙而展开冲突时，突出了传统的德行修养与现代享乐态度间的尖锐对立。它透过大京班名丑左宝奎和花旦肖郁兰之间的对话揭示了两者间矛盾冲突的焦点之所在："什么人缘不坏，就是那般坏蛋给捧坏了啊。……刘老板最讲究一点戏的真味，老是望她做个好角儿，那知道她偏不在玩意儿上用工夫，专在交际上用工夫。因此外行越加欢迎，内行越加看不顺眼儿了。"刘振声辛勤培育出女弟子刘凤仙，希望她秉承戏德，一心唱戏，但后者却受到杨大爷为代表的富商利益诱惑而越来越轻视练功。刘振声诚恳劝说她以"德行"为重："你还是听信我的话爱重你的玩意儿吧。咱们唱戏的玩意儿就是性命。别因为有了一点小名气就把自己的性命丢了。玩意儿真好人家总会知道的，把玩意儿丢生了名气越大越加不受用，你看多少有名的脚儿不都是这样的倒了吗？……人人总得有德行。怎么叫有德行呢？就是越有名越用功，难道我不望你有名吗？不过我更望你用功。"刘振声对另一女弟子宝奎的话同样体现了对于这种"实心"之德行的坚持："我把你们带大，并不是想把你们卖钱，更不是要靠你们赚钱养活我。要是那样我早已用不着唱戏了。我只想在世界上得一两个实心的人。这个想头也不算是很越分罢，难道我辛苦招扶人家一辈子连一个实心人都得不到吗？连你这孩子都骗起我来了吗？"①与刘振声所奉

---

　　① 田汉：《名优之死》，周仁政选编：《田汉作品选》，湘潭大学出版社2009年版，第61—62、70、80页。

行的以"德"换"心"和做"实心人"原则相比,其徒弟刘凤仙已然走向其反面了。

　　正如有的论者已经指出的那样,尽管这时期鲁迅、陈独秀和胡适等在其部分作品或著述里曾对心性论传统流露过某种无意识缅怀之情,但他们在总体上对其抱以否定性姿态是显而易见的。"上述对鲁迅的多层次意识性质的分析表明:在他的全盘性反传统思想同献身于理性和道德的传统价值之间,存在着一种真正的紧张的思想冲突。……不能超越这种冲突的原因是由于他的全盘性反传统思想占支配地位:但为什么它会占支配地位呢?归根结蒂,在他所主张的以思想文化解决问题的影响下——辛亥革命后社会政治现实所产生的压抑使这种影响形成了他的整体观思想模式——他不可能寻求一个可行的、多元论的解决他思想冲突的方法。尽管他热切希望自己和别人都能从传统的枷锁中解放出来,但传统的思想模式仍然束缚着他,因而在他的思想中不可能产生可供选择的分析范畴,所以他的意识的危机仍然没有解决。"①对于这种说法固然可以赞同或不赞同,但毕竟可以看出鲁迅等在当时遭遇的思想危机的尖锐复杂性。

　　如果说,启蒙现实主义赖以兴起的理论前提或对立面,是对于以孔子之道为代表的心性论传统的批判,那么,它所要正面树立的东西,则是被视为与现实主义紧密相连的"民主"和"科学"世界观,特别是唯物主义、人本主义世界观和理性主义思维方式。毛泽东在1942年对"五四"运动时期批判孔子之道的必要性,做过如

---

　　① 林毓生:《中国意识的危机——"五四"时期激烈的反传统主义》(增订再版本),穆善培译,贵州人民出版社1988年版,第249—250页。

下反思和评价：“五四运动时期，一班新人物反对文言文，提倡白话文，反对旧教条，提倡科学和民主，这些都是很对的。在那时，这个运动是生动活泼的，前进的，革命的。那时的统治阶级都拿孔夫子的道理教学生，把孔夫子的一套当作宗教教条一样强迫人民信奉，做文章的人都用文言文。总之，那时统治阶级及其帮闲者们的文章和教育，不论它的内容和形式，都是八股式的，教条式的。这就是老八股、老教条。揭穿这种老八股、老教条的丑态给人民看，号召人民起来反对老八股、老教条，这就是五四运动时期的一个极大的功绩。”①沿着毛泽东开辟的对于孔子思想的批判性反思道路，周扬在1980年坚持这样的观点：“五四”运动是现代中国的“第一次思想解放，是从几千年以孔子为中心的封建主义思想的统治下解放出来，可以说没有这个解放运动就没有共产党。搞民主，搞科学，批判旧礼教，批判旧的文学，是一个很大的思想解放运动”②。

这种思想解放运动落实到文艺领域，就是倡导现实主义文艺观。有论者指出，当陈独秀等主张“改良中国画，断不能不采用西洋画写实的精神”时，“着眼点在形式语言。换句话说，我们当时对写实主义美术感兴趣的是它那件科学理性的外衣。……通过写实主义美术学习西方的科学理性精神是我们的一种必然选择。于是，我们抛弃传统写意绘画的笔墨程式，对景写生，画静物，画人体，画风景，追求数学比例，讲究光影透视，力图画出不被主观意

---

① 毛泽东：《反对党八股》，《毛泽东选集》第三卷，人民出版社1991年版，第831页。

② 周扬：《思想解放和社会主义现代化建设》，《周扬文集》第五卷，人民文学出版社1994年版，第315页。

念过滤的真实客观的图像"①。需要提到,20世纪30年代抗日战争的爆发以及中国国内激烈的社会革命氛围,给予写实主义演变为积极进取的新写实主义或现实主义潮流,提供了时代和社会机遇。"1937年爆发的抗日战争,不仅标志着中国历史的新时期,而且改变了这个词的译法和含义。从此,现实主义取代写实主义成为中国美术中一个重要概念,伴随着民族解放战争的炮火硝烟,现实主义美术焕发出夺目的光彩。……各种纯形式美术被抛弃,描绘社会现实生活、为抗战服务才是美术首要的历史使命。"②还有论者指出:"现实主义作为一种创作观和方法,在抗战时期才被建构起来。不过当时通常称为'新写实主义',以此来区别以往的学院写实主义。'新'在何处?新就新在将艺术从象牙塔式的学院挪移到救亡的现实中,将艺术视为抗日救亡的投枪和匕首,而不再是艺术家附庸风雅的方式。……唐一禾的《七七的号角》《胜利与和平》、吕斯百的《四川农民》、吴作人的《重庆大轰炸》、冯法祀的《捉虱子》、李斛的《嘉陵江纤夫》等都是代表性作品。"③

　　借助于抗日战争及与之相关的社会革命需要,起初作为单纯的写实性镜像的写实主义文艺,当其转变为现实主义或"新写实主义"文艺时,其美学功能就已经从社会批判性镜像转变成为社会批判性与社会革命行动性相交融的写实性镜像了。而在此过程中,一直受到抑制和消解的心性论传统,无疑必然丧失掉重新复苏的充足条件,尽管其不会因此而完全退出历史舞台。

①　王端廷:《为什么我们特别留恋写实主义》,《艺术评论》2006年第5期,第22页。
②　同上书,第23页。
③　黄宗贤:《延绵中的振兴与突破——现实主义主题性创作的新作为》,《美术观察》2020年第2期,第17页。

三、在社会主义现实主义中挪移为传奇范式

20世纪40年代至60年代的体现无产阶级社会革命精神的社会主义现实主义文艺,受到来自苏联的社会主义现实主义文艺观的引导,洋溢着以马克思主义世界观和社会实践观去认识世界和改造世界的社会主义革命激情。特别是其在运用坚定的无产阶级立场去批判和否定封建阶级、资产阶级、帝国主义和修正主义等反动思潮,先后建设"新民主主义文化"和"社会主义文化"时,对于心性论传统和与之紧密相连的被称为"半封建文化"的东西,是予以否定、拒绝或批判的。基于对于"民族的科学的大众的文化,就是人民大众反帝反封建的文化,就是新民主主义的文化,就是中华民族的新文化"①这一认识,毛泽东提出反对"帝国主义文化"和"半封建文化":"在中国,有帝国主义文化,这是反映帝国主义在政治上经济上统治或半统治中国的东西。……一切包含奴化思想的文化,都属于这一类。在中国,又有半封建文化,这是反映半封建政治和半封建经济的东西,凡属主张尊孔读经、提倡旧礼教旧思想、反对新文化新思想的人们,都是这类文化的代表。帝国主义文化和半封建文化是非常亲热的两兄弟,它们结成文化上的反动同盟,反对中国的新文化。"②这里把"尊孔读经"和"旧礼教"列为"半封建文化"加以否定和批判,进而要求辩证区分中国古代文化中的"封建性的糟粕"和"民主性的精华":"中国的长期封建社会

---

① 毛泽东:《新民主主义论》,《毛泽东选集》第二卷,第708—709页。
② 同上书,第694—695页。

中,创造了灿烂的古代文化。清理古代文化的发展过程,剔除其封建性的糟粕,吸收其民主性的精华,是发展民族新文化提高民族自信心的必要条件;但是决不能无批判地兼收并蓄。必须将古代封建统治阶级的一切腐朽的东西和古代优秀的人民文化即多少带有民主性和革命性的东西区别开来。"①可以说,与"尊孔读经"和"旧礼教"等紧密相连的心性论传统,在这里是明确予以否定和批判的,由此也可看出"五四"以来启蒙式现实主义精神的连续性传承。

　　不过,同时也要看到,毛泽东和其他领导人自20世纪30年代后期起,在面对来自苏联的借助于社会主义现实主义而展开的思想控制时,有意识地从马克思主义普遍真理与中国革命具体实际相结合的角度,要求现实主义文艺自觉地传承本民族的文艺传统即"民族形式"或"中国特性"。而正是这种"民族形式"或"中国特性"诉求,为心性论传统留下了复苏的空间。

　　可以说,这时期社会主义现实主义文艺诚然依旧承接上一时段心性论传统否定论遗产,但在某些方面对于古代心性论传统有所恢复,这就是得力于1938年以来将马克思主义普遍真理与中国革命具体实际相结合从而体现"民族形式"或"中国特性"潮流的推动。毛泽东在1938年提出:"今天的中国是历史的中国的一个发展;……从孔夫子到孙中山,我们应当给以总结,承继这一份珍贵的遗产。"这里正面提及"孔夫子",显然体现出发掘心性论传统的正面能量的号召。他进而提出"马克思主义必须和我国的具体

---

① 毛泽东:《新民主主义论》,《毛泽东选集》第二卷,第707—708页。

特点相结合并通过一定的民族形式才能实现"①。他要求发展"新鲜活泼的、为中国老百姓所喜闻乐见的中国作风与中国气派"②。毛泽东出于马克思主义普遍真理与中国具体实际相结合并由此生成中国民族特性的战略筹划,要求现代中国历史与文化批判地传承中国古代历史与文化传统,这里面当然就应当包含心性论传统。他在1942年指出:"我们还要学习古人语言中有生命的东西。"还把孔子、韩愈同现代的鲁迅结合起来谈:"孔夫子提倡'再思',韩愈也说'行成于思',那是古代的事情。现在的事情,问题很复杂,有些事情甚至想三四回还不够。鲁迅说'至少看两遍',至多呢? 他没有说,我看重要的文章不妨看它十多遍,认真地加以删改,然后发表。"③继让孔子在这个新语境里有了正面价值后,他又在1956年提出:"艺术有形式问题,有民族形式问题。艺术离不了人民的习惯、感情以至语言,离不了民族的历史发展。"④这里突出"民族形式"在社会主义现实主义文艺中的重要性。周恩来也在1961年指出:"我们的民族从来是善于吸收其他民族的优秀文化的。我们吸收了印度文化和朝鲜、越南、蒙古、日本的文化。也吸收了西欧的文化。但要'以我为主',首先要把我们民族的东西搞通,学习外国的东西要加以溶化,不要硬加。……我是主张先把本民族的东西搞通,吸收外国的东西要加以溶化,要使它们不知不觉

---

① 毛泽东:《中国共产党在民族战争中的地位》,《毛泽东选集》第二卷,第534页。

② 同上。

③ 毛泽东:《反对党八股》,《毛泽东选集》第三卷,第837、844页。

④ 毛泽东:《同音乐工作者的谈话》,《毛泽东论文艺》(增订本),人民文学出版社1958年版,第91页。

地和我们民族的文化溶合在一起。"①

　　正是在强调"民族形式"或"中国特性"以便摆脱苏联控制而突出马克思主义中国化的特定语境下，周扬也在1950年反思"五四"以来面对"旧文化"时的得与失，其中就包括对于"民族形式"的轻视和否定："五四运动在总路线上是正确的，但也有些偏向。当时有一部分过'左'的人，说西洋一切都好，对整个中国旧文化采取一种完全否定的态度，认为所有的旧的只能进博物馆。这种倾向后来也被左翼文学继承下来。左翼批判了五四运动的不彻底，批判了胡适等人的资产阶级的思想。但是这种否定一切旧文化的偏向却没有克服。我当时也在左联，当时我们是坚决摒弃一切旧东西，反对旧戏，就连《水浒》也不主张叫人看的。抗战起来了，民族形式比较得到重视，但那也只认为是一种权宜之计，完全认不清采取民族形式是新文学发展的必然规律，仅只为宣传方面，拿来轻轻利用一下就得了。"②他清楚地认识到古代文化传统及其"民族形式"在那时并没有得到足够重视，至多被视为"权宜之计""拿来轻轻利用一下"而已。他还在1960年更加明确地指出："'五四'时打倒孔家店，是反封建，是革命的。但也有片面性，因为孔子也不能完全打倒，要承认他有价值的一部分。"③可见他已在反思当年"打倒孔家店"的历史性缺失而要求传承孔子的"有价值

----

　　①　周恩来：《周恩来同志谈艺术民主——一九六一年六月十九日在文艺工作座谈会和故事片创作会议上的讲话》，《周恩来陈毅论文艺》，河南人民出版社1980年版，第29页。

　　②　周扬：《怎样批判旧文学——在燕京大学的讲演》，《周扬文集》第二卷，第12页。

　　③　周扬：《继承遗产，革新艺术，发展美术创作》，《周扬文集》第三卷，第166页。

的一部分"了。

　　按理，有了这些对于本民族传统的传承思想以及对于"五四运动"的批判性反思，中国的现实主义文艺创作实践就必然会注意重新传承心性论传统了。但是，自觉的文艺思想与自觉的文艺实践毕竟并非完全是一回事。在那时的社会主义现实主义文艺实践中，心性论传统还没有合适的正面地盘，因为其时急切地需要宣传的是社会主义革命和建设思想以及相应的共产主义道德，再有就是加入批判修正主义和资产阶级思想的行列中。袁可嘉这样回忆当年承担的西方现代文艺理论批判任务："进入60年代，由于反对修正主义和资产阶级思潮的需要，在大批判的旗号下，我国学术界对西方现代派进行了抨击。我在60年代初发表的《托·史·艾略特：美英帝国主义的御用文阀》《略论英美现代派诗歌》《新批评派述评》和《英美意识流小说述评》，从政治上否定现代派，严厉批判其思想意识，进而抹煞其艺术成就，显然是做得过分了。……我还负责编辑了《现代美英资产阶级文学理论文选》一书（出版时用"中国科学院文学研究所西方文学组编"的名义），选译了现代十个流派的代表性文论，所作《后记》也有偏颇之词。这在当时可能是难以避免的，但应引为后车之鉴。"①

　　正是由于社会主义革命和建设思想以及相应的道德思想宣传任务的迫切性，文艺作品一时来不及给予曾经在"五四"时期遭到痛击而现在又有复苏需要的心性论传统以合法化方式。影片《达吉和她的父亲》（1961）叙述彝族地区的马赫社长出面接待前来修水库的工程队，该队中的汉族工人任秉清发现学得最快和最好

____

① 袁可嘉：《欧美现代派文学概论》，广西师范大学出版社2003年版，第88页。

的社长女儿达吉,居然是自己解放前被奴隶主掠去的女儿。马赫、任师傅和达吉三人在感情上受到剧烈冲击,而通达的马赫和任师傅都不愿给对方带来痛苦,表现得颇为大度。影片在表达这三位主要人物的感情时,因忌惮于被扣上"人性论"和"温情主义"等政治帽子,不敢放开地流露其正常家庭人伦真情,导致观众不满。周恩来就批评说:害怕被"认为是'温情主义',先立下这个框子,问题就来了,就要反对作者的小资产阶级温情主义"。他一面肯定小说和电影都是"好作品",一面又批评说"可是有一个框子定在那里,小说上写到汉族老人找到女儿要回女儿,便说这是'人性论'。……我昨天看电影也几乎流泪,但没有流下来。为什么没有流下来呢? 因为导演的手法使你想哭而哭不出来,把你的感情限制住了。……思想上的束缚到了这种程度,我们要哭了,他却不让我们哭出来,无产阶级感情也不是这样的嘛!"①在那时的无形的"框子"束缚下,正常的"仁义礼智信"等"温情",甚至"无产阶级感情"都无法获得应有的正常表现。周恩来就说"我们无产阶级有无产阶级的人性,为什么有顾虑? 是有一种压力"②。

但回荡于中国社会群体心理深层的心性论传统,终归需要找到合法和合理的表达渠道,以便中国社会主义制度在其深层理性框架中也能获取相应的感性或情感润饰方式。这个合法且合理的渠道,就是电影中的传奇式叙事范式,带有传奇式现实主义范式的鲜明特点。《白毛女》《新儿女英雄传》《钢铁战士》《中华女儿》《刘

---

①　周恩来:《周恩来同志谈艺术民主——一九六一年六月十九日在文艺工作座谈会和故事片创作会议上的讲话》,《周恩来陈毅论文艺》,河南人民出版社1980年版,第9页。

②　同上书,第24页。

胡兰》《赵一曼》《董存瑞》《南岛风云》《小兵张嘎》《鸡毛信》《南征北战》《渡江侦察记》《洪湖赤卫队》《平原游击队》《铁道游击队》《地道战》《地雷战》《永不消逝的电波》《野火春风斗古城》《智取威虎山》《红色娘子军》等影片，塑造出敢于与旧世界决裂和创造新世界的战争中的传奇式人民英雄形象。其"奇"或"奇异"处集中表现为，普通工农兵群众在人民革命战争烈火中淬炼成钢，或者由被压迫者或被侮辱者转化成为新社会主人。

中国古代文艺中曾经存在过一种"传奇"文类，先是"唐人传奇"，后来延续到明清戏曲上。在鲁迅看来，唐人传奇"虽尚不离于搜奇记逸，然叙述宛转，文辞华艳，与六朝之粗陈梗概者较，演进之迹甚明，而尤显者乃在是时则始有意为小说"。这种作品"大率篇幅曼长，记叙委曲，时亦近于徘谐，故论者每訾其卑下，贬之曰'传奇'，以别于韩柳辈之高文"。他还指出其从文学到元明戏曲的演变踪迹："惟元明人多本其事作杂剧或传奇，而影响遂及于曲。"① 鲁迅对"传奇"的源头及其文体特点做了分析："传奇者流，源盖出于志怪，然施之藻绘，扩其波澜，故所成就乃特异，其间虽亦或托讽喻以纾牢愁，谈祸福以寓惩劝，而大归则究在文采与意想，与昔之传鬼神明因果而外无他意者，甚异其趣矣。"② 由此看，"传奇"作为独立文体，已经拥有"搜奇记逸"和"出于志怪"（题材奇异性）、"叙述宛转"和"记叙委曲"（叙述曲折性）、"文辞华艳"（语言华丽性）、"有意为小说"（专为欣赏而创作）、"篇幅曼长"、"近于徘谐"（风格幽默诙谐）、"托讽喻以纾牢愁，谈祸福以寓惩

---

① 鲁迅:《中国小说史略》,《鲁迅全集》第9卷,人民文学出版社2005年版,第73页。
② 同上书,第73—74页。

劝"（思想寓言性）、"文采与意想"（富于文采和想象力）、"甚异其趣"（旨趣高雅）等独特的文体特征。可见"传奇"的核心文体特征在于题材奇异、情节曲折、富于文采等。对于唐人传奇的文体特征固然可以有多种不同理解，但这种独立文体的特征毕竟"不仅奠定了元明清小说的主要文体特征，而且为戏曲文学所继承，形成中国古代戏曲文学突出的审美特征"①。明清时期的"传奇戏曲具有两个必不可少的基本要素，即规范化的长篇剧本体制和格律化的戏曲音乐体制，以及另一个相当重要的构成要素即文人化的艺术审美趣味。这三个要素的有机组合，构成了传奇戏曲区别于其他戏曲体裁的文体特征"②。

有理由指出，中国古代文艺所形成的"传奇"文体传统，到现代在武侠小说和电影中获得了传承的机遇。早期曾被称为"影戏"的电影，通过改编武侠小说之"传奇"故事而将其戏剧化，应当说正是以现代艺术门类而实现对于古代"传奇"式文学和戏曲传统的一种传承。

进入社会主义现实主义文艺时段，古代小说和戏曲中的"传奇"文体传统，又在现代小说和电影中得到传承，为心性论传统的现代传承找到了挪移的文体形式。影片《铁道游击队》（1956）根据同名小说（1952）改编，以"传奇"风格记录下抗日战争时期活跃在现山东枣庄一带的抗日游击队的神奇事迹。小说家知侠这样回忆其从1943年至1952年间近十年创作经过。他幼年就熟悉铁道生活，起初是在山东省战斗英雄模范大会上聆听到鲁南铁道游击大队的

---

① 郭英德：《明清传奇史》，人民文学出版社2012年版，第8页。
② 同上书，第16页。

神奇故事,又专程走访游击队驻地体验和察看,反复酝酿和选择,才创作成功的。关键在于怎么写才能突出抗日英雄的神奇和满足读者的好奇心。他的考虑在于,"铁道游击队的英雄人物,都具有热情豪爽、行侠好义的性格,多少还带点江湖好汉的风格。他们经常深入敌穴,以便衣短枪去完成战斗任务。经常和敌人短兵相接,出奇制胜。因此,他们所创造的战斗事迹都带有传奇的色彩。他们在铁路上的战斗,曲折生动,都可以当故事来讲。以'血染洋行''飞车搞机枪''票车上的战斗''搞布车''打岗村'以及'微山湖化装突围'等。由于他们的豪侠的性格和神奇的战斗,我准备用群众所喜闻乐见的民族文学形式来写,也就是用章回体来表现铁道游击队的战斗事迹"①。小说创作时就敏锐地把握住铁道游击队英雄原型的独特行事特点,如"热情豪爽、行侠好义的性格""江湖好汉的风格""出奇制胜""传奇的色彩"等,合起来就是"豪侠的性格和神奇的战斗",也即"豪侠"的性格和"神奇"的风格两方面的交融状态。正是出于对故事原型或素材的这种独特理解,知侠决定运用中国读者"喜闻乐见"的"章回体"小说文体去叙述,以便突出铁道游击队英雄群体的"传奇"性。如果说,《铁道游击队》小说自觉地传承了古代文艺中的"传奇"文体传统并将其运用于社会主义时代需要的"传奇"式战争英雄群像的塑造,那么,据此改编的同名电影则也是自觉地将小说"传奇"精神与戏曲"传奇"精神融合到现代影像形式中,将这个时代需要的"传奇"式战争英雄群像"影戏化"或影像化,满足更广泛的识字及不识字的观众群体的鉴赏诉求。影片中游击队员在飞驰列车里上下自如的惊险而又

---

① 知侠:《〈铁道游击队〉创作经过》,《新文学史料》1987年第2期,第166页。

轻盈的潇洒身姿，与敌周旋时的泰然自若神态，面对凶恶敌人时的英勇无畏和机智灵活策略，以及这个群体成员浑身洋溢的英雄主义和乐观主义豪情，都让观众充满兴味和纵情共鸣。再加上其主题曲《弹起我心爱的土琵琶》中"西边的太阳快要落山了，微山湖上静悄悄，弹起我心爱的土琵琶，唱起那动人的歌谣……"等轻快、活泼的优美旋律的点染，铁道英雄们智勇双全的"传奇"风范就成功地烘托出来。类似这样的"传奇"式典范实例还有很多，特别突出的如《小兵张嘎》《平原游击队》《地道战》《智取威虎山》等。

在社会主义现实主义文艺占主导地位的时代，即20世纪50至60年代，如果说像《达吉和她的父亲》这类现实题材创作（从小说到电影）比较难于处理心性论传统的话（因为在当时条件下容易触碰到无产阶级伦理与封建或半封建伦理之间的阶级属性等难题），那么，把它转而纳入叙述战争年代英勇无畏地"打江山"的军民的"传奇"式故事中，就变得既在政治思想上稳妥又在美学鉴赏上高度有效了。这就是说，当心性论传统由于其题旨的极度敏感性（例如容易被误解为封建或半封建伦理）而在当代现实题材作品创作中遭遇难题时，转而挪移到现代抗日战争和解放战争题材的传奇式文体中去迂回地表达，就成为一种必然的美学选择。由此看，那种认为心性论传统在当代中国文艺中完全绝迹的看法，显然是由于未能看到这种复杂性。

四、"伤痕"式现实主义中的心性论隐归

改革开放时代初期（70年代末至80年代前期）兴起了"伤痕"

式现实主义,它主要表现为以纪实姿态揭露过去年代在个体身上铭刻下的身体与心灵上的双重"伤痕",激发起公众对于未来真实而又人性的生活的热烈想象和执着追求。正如王蒙在1980年指出的那样:"我们要揭示伤痕,更要疗救伤痕,促进伤口更快地愈合,我们要暴露黑暗,更要剖析黑暗,以增加战胜黑暗的力量和信心,以达到驱散黑暗的目的。"[①]这类"伤痕"式现实主义文艺作品在若干艺术门类中有突出表现:文学中有卢新华《伤痕》、孔捷生《在小河那边》、郑义《枫》、王安忆《本次列车终点》、古华《芙蓉镇》、周克芹《许茂和他的女儿们》、张洁《沉重的翅膀》、李国文《冬天里的春天》和《花园街五号》等;戏剧中有宗福先《于无声处》、沙叶新《假如我是真的》等;油画有罗中立《父亲》、高小华《为什么》和程丛林《1968年某月某日雪》等;电影有《巴山夜雨》《天云山传奇》《牧马人》《邻居》等。

"伤痕"式现实主义文艺潮得益于国家力量及其与社会力量之间的合力的强力推动。邓小平在1979年第四次文代会祝词中鼓励解放思想,拓宽文艺创作天地:"我国历史悠久,地域辽阔,人口众多,不同民族、不同职业、不同年龄、不同经历和不同教育程度的人们,有多样的生活习俗、文化传统和艺术爱好。雄伟和细腻,严肃和诙谐,抒情和哲理,只要能够使人们得到教育和启发,得到娱乐和美的享受,都应当在我们的文艺园地里占有自己的位置。英雄人物的业绩和普通人们的劳动、斗争和悲欢离合,现代人的生活和古代人的生活,都应当在文艺中得到反映。我国古代的和外国

---

① 王蒙:《生活、倾向、辩证法和文学》,《王蒙文集》第21卷,人民文学出版社2014年版,第42页。

的文艺作品、表演艺术中一切进步的和优秀的东西，都应当借鉴和学习。"①文艺创作的"二为方向"和"双百方针"的确立产生出强大推动力。来自美学和文艺学术界的对于"共同美"和"人性"论的探讨和论争也起到推进开放的作用。文艺理论家何其芳在1977年的遗作中首次发表毛泽东于1961年在谈话中提出的美学主张："各个阶级有各个阶级的美，各个阶级也有共同的美。'口之于味，有同嗜焉。'"②毛泽东的"共同美"思想，对于文艺家和美学家解放思想、推动文艺的开放和创新产生了重要的影响力，也为中国特色社会主义理论反思和拓展文艺的生活美源泉，并使其向着共同美等多方面或多维度拓展，提供了关键的理论依据。朱光潜据此将"共同美"与普遍"人性"相结合，助推"新时期"的"美学热"走向高潮。他尽力为"共同美"辩护，认为"共同美"也就是"共同美感"，缘于"生理和心理交互影响"，需要将这种"共同美感"建立在"人性"尤其是"社会-阶级"之外的"自然人性"基础上。③这种论证在今天看来固然有其局限，但客观上反映了当时文艺学术界的认识水平：现实主义文艺应当回归于社会主义人性论和共同美视域，以便重新夯实其真实性地基。

　　当时的现实主义文艺创作处在改革开放时代初期，在来不及更多地承受外来"欧风美雨"的冲击以及发掘心性论传统的回归愿望的情况下，主要还是重新回应和探究20世纪50年代以来社会

　　① 邓小平：《在中国文学艺术工作者第四次代表大会上的祝词》，《邓小平文选》第二卷，人民出版社1994年版，第210页。
　　② 何其芳：《毛泽东之歌》，《何其芳文集》第三卷，人民文学出版社1983年版，第131页。
　　③ 参见朱光潜《关于人性、人道主义、人情味和共同美问题》，《文艺研究》1979年第3期，第39—42页。

主义时代的理想境界诉求,以此为标尺去重新衡量过去时代现实生活的真实性描绘问题。不过,心性论传统还是通过某些具备现实主义精神的文艺作品,有意识或无意识地流溢了出来。这种情形虽不普遍,但也值得关注,因为它相当于是中国民间社会中一直在延续或传承的心性论传统力量的一种隐秘显示。

卢新华的短篇小说《伤痕》(1978)没有直接描写或触及心性论传统的任何问题,但通过主人公王晓华无情地与被打成"叛徒"的革命母亲实行"彻底决裂",导致其母临终也无法与爱女见面的家庭悲剧,实际上可以让读者产生古代式家族伦理亲情关系在当代社会传承状况的沉痛联想,也就是提醒人们关注以"孝"和"忠"为代表的中国古代家族伦理传统在当代的毁坏状况。一位批评家在1978年9月19日《文汇报》评论说:"小说终究挖掘了一个有深刻的社会意义的题材:'四人帮'对大批革命干部的残酷迫害,造成我们社会上千千万万革命家庭的悲剧。任何一个青年人都是永远不会忘记各自家庭的悲剧的。……小家与国家的命运是一致的,从每一个革命家庭的悲剧去看,也就更加清楚地看到国家的命运。"①这位批评家在评论时所运用的隐性价值标尺之一,恰是发源于和传承于中国古代的"家国同构"传统理念,特别是其中关于"孝"的理念及其与"忠"的关联,只不过没有直接引用相关古典理论而已(鉴于当时的语境)。"孝",在《说文解字》中被解释为"善事父母者。从老省,从子,子承老也"②。但"孝"的内涵及其意义,

---

① 陈荒煤:《〈伤痕〉也触动了文艺创作的伤痕》,《陈荒煤文集》第4卷,中国电影出版社2013年版,第169—170页。

② [汉]许慎撰,[清]段玉裁注,许惟贤整理:《说文解字注》下册,凤凰出版社2015年版,第697页。

并不只在赡养父母上，而正如孔子所说，要求更多："今之孝者，是谓能养。至于犬马，皆能有养，不敬，何以别乎？"①孟子更明确地指出："孝子之至，莫大于尊亲。"②孔子和孟子先后赋予"孝"以"尊亲"即赡养并崇敬父母等内涵，从而表明人类应当与动物的"饲养"其上代的含义形成区别。孔门弟子曾参的阐释更加全面而又系统："孝有三。大孝尊亲，其次弗辱，其下能养。"③他把"孝"分为三个等级：最高的是"尊亲"，即爱戴和尊崇父母，其次是不使父母名声受辱，最下等的是赡养父母。孔门弟子子思所撰《孝经》引孔子的话说："夫孝，德之本也，教之所由生也。……身体发肤，受之父母，不敢毁伤，孝之始也。立身行道，扬名于后世，以显父母，孝之终也。夫孝，始于事亲，中于事君，终于立身。"④孔子要求行孝从侍奉父母开始，中年为官时在侍奉君主中以忠诚体现孝道，最终应扬名显亲，实现修身立世的宏伟志向。⑤依据这些古典论述去看《伤痕》中发生在王晓华与母亲之间的悲剧，恰是女儿对于母亲的"孝"和对国家的"忠"遭遇到严峻的问题，也就是古老的"家国同构"关系遭遇瓦解。由此可以说，《伤痕》在隐性层次上触碰到古老的心性论传统的当代毁坏状况，引发人们的沉痛反思，从而相当于心性论传统的一种当代隐归。

谌容的中篇小说《人到中年》（1980）叙述中年眼科医生陆文

---

①　杨伯峻译注：《论语译注》，中华书局1980年版，第14页。

②　杨伯峻译注：《孟子译注》，中华书局2012年版，第235页。

③　［汉］郑玄注，［唐］孔颖达正义，吕良仁整理：《礼记正义》第3册，上海古籍出版社2008年版，第1843页。

④　汪受宽、金良年：《孝经·大学·中庸译注》，上海古籍出版社2012年版，第24页。

⑤　同上书，第26页。

婷在超负荷运转的手术劳作中造成心肌梗塞而几乎死亡的故事。当时的批评家这样分析她性格中的传统内涵:"陆文婷是知识分子,但她身上被赋予了与中国劳动妇女相通的某些优秀品质。如性格的坚强,任劳任怨等。这是她在长期艰苦生活的磨炼和刻苦的精神劳动中养成的。真正严肃刻苦勤奋的脑力劳动者,那些不畏险阻勇于攀登,为人类做出贡献的科学家,都有一种与劳动人民相通的品质。"①这里虽然说的只是"性格的坚强""任劳任怨"等"与中国劳动妇女相通的某些优秀品质",但从今天的观点看去,实际上就相当于说体现了与心性论传统相通的优秀品质,例如仁爱、仁义、容让、先人后己、舍己为人等品质。可以集中起来说,陆文婷身上有着一种十分宝贵的、早已融化在其内心的"仁义"品质,即悉心关爱病人并且为救治他们而忘我地付出。这样的"仁义"品质或许正是古代"君子"人格在当代复活的一种表征,但在当时却不能从古代传统的当代传承角度去概括,而只能笼统说成是"中国劳动人民""中国劳动妇女"的优秀品质之类。这样的曲折叙述,同样相当于心性论传统在当代的一种有实无名的隐归。而如此"仁义"的中年医生自己却得不到应有的关爱,这样尖锐的小说描写突出了褒扬与批判兼有的双重意义。

同样的名实分离情形,也发生在当时电影批评界有关《巴山夜雨》《天云山传奇》《喜盈门》等影片的影像内涵解读中。《巴山夜雨》刻画了封闭的轮船空间里8位乘客组成的小社会,他们是一群无名而又善良的人,对于主人公秋石遭遇的不公命运充满同情和关怀,

---

① 朱寨:《留给读者的思考——读中篇小说〈人到中年〉》,《文学评论》1980年第3期,第72页。

尤其是对是非问题有着起码的社会良知和正义感。《天云山传奇》的主人公罗群和妻子冯晴岚对党的事业忠诚,遭遇挫折依然信仰坚定,在人民中顽强奋斗。对这两部影片中体现的心性论传统,批评家在当时只能这样解释说:"《巴山夜雨》没有一般化地表现十年浩劫中人们所受的创伤和苦难,而是着力表现普通劳动人民对'四人帮'的强烈不满和斗争,对惨遭'四人帮'迫害的人的同情和支持,展现了这些善良的人们最美好的心灵;又如《天云山传奇》通过三中全会后纠正错案的故事,歌颂了一位党的基层干部和一位普通小学教师的高尚品质,尽管他们长期遭受种种挫折,但仍然没有丧失崇高的理想和建设社会主义的信心,并在困难的环境中,和人民一起艰苦奋斗。"①这里还是限于当时的认识,而只是从"普通劳动人民"、"善良的人们最美好的心灵"、"普通小学教师的高尚品质"等角度去解释,实际上应当看到中国心性论传统的当代传承。

对于喜剧片《喜盈门》(1981)中涉及的当代农村家庭或家族道德风尚问题的解释,就更是可以看出当时面临的时代局限性。主人公强英作为"气管炎"(妻管严)式女性,其突出特征在于自私和蛮横或不讲仁德。她看到小姑子得到一块布料做新衣服,误以为是婆婆偏心眼所致,闹出一连串家庭纠纷,导致其在陈家家族关系中一再遭受道义挫败。当她得寸进尺地昧着良心虐待自己提出要赡养的爷爷,导致其愤而出走时,向来对她忍让和迁就的丈夫仁文忍无可忍地一巴掌扇了她。她本人气急败坏地躲回娘家,在母亲撺掇下跑到仁文所在兽医站大闹,夫妻间大打出手,还误伤前

① 陈荒煤:《电影工作者的重要任务——在文化部1980年优秀影片奖授奖大会上的讲话》,《陈荒煤文集》第8卷,第6页。

来劝架的老站长。此刻,蹲在地上的老站长透过被摔碎的眼镜碎片打量还在打闹中的夫妻俩,深感惊异和气愤。这个细节巧妙地透视出强英在众人眼中的丑陋形象。结果是丈夫来要求办离婚手续以及水莲登门劝解,都遭到母亲阻拦,让村里人看笑话。她当晚在梦中目睹自己落到众叛亲离境地的纷繁而零乱图像,心中有了恐惧和醒悟。遭遇这种山穷水尽绝境,加上众人劝解、爷爷宽恕、婆婆大度等,她才终于认识自身错误,主动回到仁文身边,在陈家门院重新开始生活。陈家爷爷的话"你们年轻人什么时候让老的放心就好了",集中而又凝炼地表达出让古老的心性论传统在当代生活中传承的强烈愿望。这里揭示了当代中国农村家庭中出现的无私与自私、仁义与非仁义、容让与蛮横等的对立及其化解途径,凸显出自古以来的心性论传统在家庭和合关系中的重要性。但当时的批评家只能这样有所避讳地论述道:"《喜盈门》,有的作家反映,根据他对农村生活的了解和他听到的农村青年的意见,认为我们今天应该提倡家庭和睦,但是不要使人们认为这是提倡过去那种旧的封建大家庭的复活。还有个别同志甚至认为这部影片是宣传旧思想的。"可见当时就有人对"家庭和睦"作片面化理解,误以为它是"旧思想"也即"封建思想"。有鉴于此,批评家转而指出:"这是我们提倡的社会主义新风尚,是社会主义制度的一种优越性,也是个人一种优良的品德,高尚的感情。我认为这是一部宣传社会主义道德风尚的好影片。但是,我也反复考虑,感到我们今天提倡家庭和睦,应当与过去旧的传统道德观念有所区别,不要使人误解,以为我们在维护旧道德。"[①]他把"家庭和睦"转而阐释为"社

---

① 陈荒煤:《谈谈农村题材的创作》,《陈荒煤文集》第8卷,第23页。

会主义新风尚""社会主义制度的一种优越性""优良的品德""高尚的感情"等当然有其合理性,但为什么不可以视为中国心性论传统的一种当代传承方式呢?

可以说,在"伤痕"式现实主义文艺潮兴盛之时,现实主义文艺中诚然有着对于心性论传统的当代传承的真实刻画,但限于当时认识条件,不能予以正面承认和理解,而只能对之作一种变通理解或迂回式别解。也正由于如此,可以看到心性论传统在当代生活中的一种曲折隐归方式。

五、"新写实"式现实主义中的"封建主义话语"

20世纪80年代后期至90年代前期的"新写实"现实主义(与"伤痕"式现实主义之间存在相互交叉关系),有《黑的雪》《伏羲伏羲》(刘恒)、《岗上的世纪》(王安忆)等小说,广义上还可以包括《浮躁》(贾平凹)、《平凡的世界》(路遥)、《白鹿原》(陈忠实)等小说,及《狗儿爷涅槃》《桑树坪纪事》等戏剧,《野山》《老井》《芙蓉镇》《人鬼情》《湘女萧萧》《本命年》《秋菊打官司》《背靠背,脸对脸》《活着》等电影,还有"农村三部曲"(《篱笆·女人和狗》《辘轳·女人和井》和《古船·女人和网》)、《渴望》和《我爱我家》等电视剧。这些作品吸收了当时正在中国发生影响的心理分析学、存在主义、"意识流"、社会学、拉美魔幻现实主义等新思潮的一些影响,突出个体命运的悲剧性、深层无意识的作用等,带有现代主义式现实主义的鲜明特点。

"新写实"式现实主义文艺潮的新变化之一在于,有意识地借鉴来自西方的心理分析学、现象学和存在主义、社会学等人文社会科学思潮，以及象征主义、"意识流"、表现主义等现代主义文艺思潮的影响，将现实世界描绘的重心从人们所身处其中的社会存在境遇转向了对于人们的个体生存选择和深层无意识状况即深异现实的大胆探测。这样，现实主义文艺虽然仍致力于社会现实的描绘，但其描绘重心已经从人们习惯的现实社会存在境遇转向了深异现实。

深异现实，是与外部现实状况紧密相连的个体生存选择和内心隐秘状况相融合的写照，属于外部社会现实关系在个体生存选择和深层心理中的更加丰富而又复杂的相互扭结状况，交织着本能与理智、意识与无意识、理性与非理性、身体感觉与心灵反思等多重冲突、对话及协调。一批作家、编剧等敏锐地、及时地从改革开放时代陆续新引进的外来学科著作和文艺思潮中获取新的启迪，并运用它们去重新体验和反思当代中国人的现实生活，特别是其中的个体生存状况，产生了一些新的艺术发现，将其塑造为活生生的深异现实世界。以心理现实的开创性刻画而享誉世界的陀思妥耶夫斯基，就受到鲁迅的高度关注。鲁迅直接引用陀思妥耶夫斯基的名言："人称我为心理学家（Psychologist）。这不得当。我但是在高的意义上的写实主义者，即我是将人的灵魂的深，显示于人的。"[1]他很欣赏这句话，不仅称赞陀思妥耶夫斯基为"人的灵魂的伟大的审问者"[2]，而且认为其写作的社会效果在于"穿掘着灵魂的深处，使人受了精神底苦刑而得到创伤，又即从这得伤和养伤

---

[1] 鲁迅:《〈穷人〉小引》,《鲁迅全集》第7卷, 人民文学出版社2005年版, 第105页。
[2] 同上书, 第105—106页。

和愈合中,得到苦的涤除,而上了苏生的路"①。他相信这种作品具有穿透灵魂的强力,让读者先是承受精神苦刑和创伤,进而从这种精神痛苦中实现痛苦本身的化解或消除,再产生出精神复苏的变化。鲁迅自己也"将人的灵魂的深,显示于人"列为文学创作和批评的最高标准,强调文学要紧的是揭示人的灵魂的深切颤动。

当"新写实"式现实主义文艺家们致力于深异现实构建,并挖掘深藏于其中的"人的灵魂的深"时,必然会触碰到跃动于人们的生活世界但又长期被无视的心性论传统问题。只不过,触碰到的是心性论传统在当代遭遇的严峻失落或衰败困窘。

发生在1986年7月的"谢晋模式"争论,把此前人们忽略的谢晋影片中隐含的"谢晋电影儒学"模式首度揭示出来,引发了普遍的关注。争论发现,"在谢晋模式中包容着各种表层和深部的文化密码,它们服从着某些共同的结构、功能和特性"②。而这种模式看起来是迎合"好莱坞"模式,其实是中国古代儒学传统。"谢晋所一味迎合的道德趣味,与所谓现代意识毫无干系,而仅仅是某种被人们称之为'国民性'的传统文化心态,它们成了谢晋模式的种族基础",而这种基础支撑出来"某种经过改造了的电影儒学"。③在批评者看来,谢晋导演的"谢晋电影儒学"或"谢晋儒学"有其特定的特征:"谢晋儒学的标志是妇女造型,柔顺、善良、勤劳、坚忍、温良恭俭、三从四德、自我牺牲等诸多品质堆积成了老式女人的标准图像,它是男权文化的畸形产物。妇女在此只是男人的附庸,她

---

①　鲁迅:《〈穷人〉小引》,《鲁迅全集》第7卷,第107页。

②　朱大可:《谢晋电影模式的缺陷》,《文汇报》1986年7月18日,据丁亚平主编《百年中国电影理论文选》下册,文化艺术出版社2003年版,第235页。

③　同上书,第237页。

们仅仅被用以发现和证实男人的价值并向男人出示幸福。那些风味土屋、简陋茅舍和柴门小院，无言地表达了对农业（游牧）社区男耕女织的生活样式的执拗神往。中世纪式的小康之家现在是人伦幸福的最高形态，反之，家庭毁灭（如罗群、韩玉秀、杨改花）则是悲剧的巅顶；按相同的逻辑，对吴遥之流的最大惩处，便是让宋薇愤然出走，使之永远丧失家庭。上述恋家主义密码有时会借助'爱国主义'而改妆而出：许灵均拒绝出国继承财产这一行为，除了使国家丧失赚取大宗外汇的机会之外，只能表明某种厮守古老生活方式的心理惰性、某种对家庭和土地的农民式的眷恋。"[1] 批评者在经过这番论证后做了如下结论："当我们突破电影界的视界、以文化的观点在更大空间里对其加以考察时，便发现它现在是中国文化变革进程中的一个严肃的不协和音、一次从'五四'精神的轰轰烈烈的大步后撤。"[2]

值得注意的是，这种令人意外的有关"谢晋儒学"的奇特的否定性概括及其尖锐批评，在当时不仅没有得到真正的反驳，而且得到了带有某种共识性的承认。这就是说，批评者所作的"谢晋电影儒学"判断以及有关对于"五四"精神的"大步后撤"的批评，恰好反过来说明，谢晋电影模式对于心性论传统有着自觉传承，并且在当时得到了确认。就连德高望重的电影美学家钟惦棐在应《文汇报》要求而对该次"谢晋电影"讨论作总结性陈词时，也没有轻易否认"谢晋模式"的存在，而是在对此予以承认的前提下才轻微地替其开脱，为其合理性辩护："所谓'谢晋模式'，其中不少是文学

---

① 朱大可：《谢晋电影模式的缺陷》，《文汇报》1986年7月18日，据丁亚平主编《百年中国电影理论文选》下册，第237页。

② 同上。

原有的缺陷,拍成电影,自然包括导演自身的认同。……谢晋对此似有感悟,拍摄《芙蓉镇》已采取一些应变措施。一个艺术家的美学情趣既是在长期中形成,也只能在长期中变异。谢晋影片的'雅俗共赏、老少咸宜'恰恰是他的功绩。中国电影力争多风格、多流派,不反对探索,但主流必须能在观众中站稳脚跟,电影不能没有观众,否则最先进的思想也难以传播。"①此次"谢晋模式"争论的意义在于,将深潜于中国当代文艺中的心性论传统踪迹揭露出来,让其从地下升腾到地面,尽管是以否定性方式。

同样出版于1986年的长篇小说《古船》的故事情节也颇有意思:北方沿海洼狸镇曾是东方大港,镇上的隋、赵、李姓三大家族长期处在相互争斗状况中,到改革开放时代,隋家兄妹隋抱朴、隋见素、隋含章开始了新探索。引人注目的是,小说耗费相当大篇幅去写隋抱朴面对粉丝厂承包等相关问题以及牵扯的现代史和当代史问题,陷入长久的思考、读书、打坐中,无法投入实际行动。小说总共二十七章,其中第2—15章写他打坐和读书,第15—21章写他讲史和算账,合计以二十章篇幅去写思考和修身等环节,而只有七章才指向实际行动。由此独特修辞策略可见,这部小说实际上隐性地披露了启蒙先于行动的现代传统和个体修养先于行动的古代传统的相互交融及其当代影响力。"现代传统注重'思想启蒙先于行动',古代传统强调'修养先于行动',所关注的都是'非行动先于行动'。这里突出的还是主体内在思想或修养的作用,而实际行动却遭到贬低或冷落。鉴于'新时期'改革开放、百废待兴情

---

① 钟惦棐:《谢晋电影十思》,《文汇报》1986年9月3日,据《钟惦棐文集》下册,华夏出版社1994年版,第695—696页。

势的特殊需要,这两大传统就被融汇起来,服务于知识分子对于大众的'思想启蒙'事业,从而有力地形成了80年代知识分子中普遍的'启蒙(非行动)先于行动'模式。"①这在现在来看就应当是隐性地传达出心性论传统的当代影响力。

在当时引人注目的"新写实"式现实主义作品中,有的也让心性论传统在对于个体生存状况及其灵魂深度的刻画中显露出来。长篇小说《黑的雪》(刘恒,1988)及据其改编的电影《本命年》(谢飞执导,1990),正是一个恰当的例子。小说关心当代城市青年个人的生存状况及其遭遇的烦忧,其共同出彩处在于刻画小人物心灵而抵达前所未有的深度。其主人公无业青年李慧泉,为哥儿们叉子出头伤人而被判刑入狱三年,出来后母亲已去世,在邻居罗大妈和民警小刘等关照下办了个体营业执照。随后结识业余歌手赵雅秋和行踪诡秘的倒爷崔永利。在叉子越狱潜逃找到他时,仗义冒险助其逃走。耗费几乎所有积蓄买来金首饰要送赵雅秋,被婉拒。万念俱灰中,突遭两小流氓抢劫并被刺中腹部,捂着伤口而坚挺一阵后倒下。按作家自述,他写这部小说"主要是从一种宿命的角度来看待人的青春",也就是"人在青春期的发展有无数个可能性,但是给你安排好的,最后所择定的毕竟只有一条,所以显得就有些悲哀,有时候觉得好多事情确实不由自己来控制"②。这种个人生存宿命观也延续到影片中。导演同样认为"造成李慧泉悲剧命运的,有社会的因素,也有人物自身性格的因素。尽管后者不是

---

① 王一川:《中国形象诗学——1985至1995年中国形象诗学阐释》,上海三联书店1998年版,第356页。

② 刘恒、王斌:《对话:文学、电影及其他》,《电影艺术》1993年第1期,第47页。

孤立的，它的每一根经络都与人物所处的社会环境密切相连，但我们这部影片着重想强调和表现的，却是人自身的因素。李慧泉的死并不完全是社会不见容于他，而是他自身的性格弱点，使他既不情愿像崔永利那样为非作歹，也没有勇气战胜自我，去获得充实而有价值的人生。因此，他就永远跳不出灵魂的痛苦"①。可以说，从小说到影片，该作品的共同追求在于描绘个体生存状况及其特殊性，特别是勾画个体心理及其"灵魂的痛苦"。这里有关勾画"灵魂的痛苦"的阐述体现了作家和导演的共通性认识：重要的是个体的灵魂状况出了问题。导演对小说原著以及"新时期文学"有关人的描绘的变迁有着准确的理解："我又阅读了刘恒的其它一些作品，感到他观察人生、刻画人物有独特的角度。他的笔触不是仅仅放在社会和人的外观世界上，而是往人的心理走，探索内心世界更深层的东西。……新时期文学的主要成就，是在'五四'文化觉醒的基础上对人性、人道主义的深化。文学开始由过去的写阶级性到写人性，进而又从写人性的共同性发展到写人性的特殊性。"②这种理解可以帮助人们把握对于人的描写从阶级性到共同人性再到特殊人性的演变趋向。

这里说的"人性的特殊性"到底是什么？应当说与20世纪70年代末兴起的人道主义论争和其后陆续涌入的关注个体生存的存在主义思潮的影响有关（尽管不能与之简单等同）。当时中国哲学界和文艺界都积极引进以萨特、加缪、海德格尔等为代表的存在主义思想，并将其汇入对于人性、人道、存在等相关问题的思考浪潮

---

① 罗雪莹：《重建理想和民族精神的呼唤——访〈本命年〉导演谢飞》，《当代电影》1990年第1期，第51页。

② 同上。

中。《外国文艺》1980年第5期刊登了萨特的著名演讲录《存在主义是一种人道主义》。其引人瞩目处在于,把存在主义同当时中国文艺界的热门话题"人道主义"紧密联系起来,让人顾名思义地一举产生了"存在主义是一种人道主义"的新认识。萨特批判了对于人的先验设定,突出人作为个体的自由性,认为"决定论是没有的——人是自由的,人就是自由。另一方面,如果上帝不存在,也就没有人能够提供价值或者命令,使我们的行为成为合法化"①。他解释自己的"存在先于本质"的命题时说,"首先有人,人碰上自己,在世界上涌现出来——然后才给自己下定义。……人除了自己认为的那样以外,什么都不是。这就是存在主义的第一原则,……所以存在主义的第一个后果是使人人明白人的本来面目,并且把自己的存在的责任完全由自己担负起来"②。柳鸣九在纪念萨特逝世的文章中,以赞同式口吻评论其存在主义学说:"萨特哲学的精神是对于'行动'的强调。萨特把上帝、神、命定从他的哲学中彻底驱逐了出去,他规定人的本质、人的意义、人的价值要由人自己的行动来证明、来决定,因而,重要的是人自己的行动,……这种哲学思想强调了个体的自由创造性、主观能动性,显然大大优越于命定论、宿命论,它把人的存在归结为这种自主的选择和创造,这就充实了人类的存在的积极内容,大大优越于那种消极被动、怠惰等待的处世哲学,它把自主的选择和创造作为决定人的本质的条件,也有助于人为获得有价值的本质而作出主观的努力,不失为人

---

① 〔法〕让-保罗·萨特:《存在主义是一种人道主义》,周煦良、汤永宽译,上海译文出版社1988年版,第12页。

② 同上书,第8页。

生道路上一种可取的动力。"①这里对于存在主义哲学中有关人的本质和人的行动等的观念做了有力的推崇。另有一本在当时流行的西方现代哲学思想通俗译著对萨特的演讲录做了这样的推介："这篇讲演以明白易懂的散文陈述了萨特的思想,这一点是他的任何其他作品都赶不上的。萨特维护了他的基本论点:存在主义者并不认可不负责任,因为他认为个人要对自己的一切选择和行动负全责。然而任何人都不能在真空里为自己进行选择,因为他发现在他所处的这个世界上,他的每一个行动、思想、姿态都要冲犯其他的人。就是由于这个原故,存在主义的小说经常强调忧闷、绝望和自暴自弃。"②读完这段话再回头来理解《黑的雪》和《本命年》中有关个人存在及其"人性的特殊性"等观念的思考,想必会更清楚存在主义观念在当时中国文艺界发生影响的程度了。

不过,小说与电影之间毕竟有着艺术门类的差异,特别是前者主要诉诸识字人群,有着小众性,体现个体阅读和思考的深度;而后者扩大到不识字人群,有着受众面广泛性,触及巨量公众群体的直观感受和共通感。由于如此,导演在改编时更加突出对于李慧泉的缺乏文化和反思素养所导致的精神空虚、无聊和欲望压抑等情境的深描。特别是展示他的"看",例如观看或偷窥有关女性的画报、录像、内衣等,包括与赵雅秋相处时仅仅停留在看其演出和陪伴上,尽力压抑自己的旺盛欲望。影片以这类性压抑描写,体现出对于个体精神颓败的诊治和救助意向。他认为一度的社会混乱"摧毁了我们过去的信仰和价值标准,又由于改革过程中新旧

---

① 柳鸣九:《给萨特以历史地位》,《读书》1980年第7期,第109页。

② 〔美〕L. J. 宾克莱:《理想的冲突——西方社会中变化着的价值观念》,马元德等译,商务印书馆1983年版,第251页。

体制交错所带来的种种矛盾，精神上的迷惘与空虚，是我们的社会必然要出现的问题"①。作为电影艺术家，他感到"有责任提出问题，让人们去警醒在物质生产不断发展的同时，如果精神不能随之丰富和更新，我们的民族就可能出现严重的精神崩溃，经济上的改革也就很难成功"②。他把李慧泉其人同外国文艺中的"迷惘的一代""垮掉的一代""愤怒的青年""太阳族"等思潮联系起来思考，认识到"主人公李慧泉，正是当今中国'迷惘的一代'的真实写照。……纵观世界历史，任何一个民族或国家，在经历了一场巨大的灾难之后，物质和经济上的破坏还不是最可怕的，精神上的创伤才最可忧虑。而精神上的重建，则是他们重新崛起的关键"③。他在影片创作中致力于探究当代中国精神"创伤"到精神"重建"的途径。"我想通过这个形象告诉大家，人活着，就要有理想。……他为什么想做个好人而最终没有做成呢，就是因为环境和自身的局限使他的精神文化发展低下，找不到能够凝聚自身力量去奋斗的精神信仰，所以就不可能克服自身人性中愚昧、野蛮的东西，从本我、自我走向超我。通过这个人物，表达了我对重建理想、重建全新的富有凝聚力的民族精神的呼唤。"④这里显然吸收了当时流行的心理分析学有关"本我""自我"和"超我"的理念，并让其服务于"重建全新的富有凝聚力的民族精神的呼唤"这一目标。

---

① 罗雪莹：《重建理想和民族精神的呼唤——访〈本命年〉导演谢飞》，《当代电影》1990年第1期，第52页。

② 同上。

③ 同上。

④ 同上。

对于这部影片，当时的批评界有着不同看法，其中有关李慧泉身上体现了"封建话语""忠孝节义"等看法值得注意。有的把李慧泉的个人悲剧归结为"无文化的悲剧"："认识几个字，凭着一点善心的李慧泉注定要灭亡。他没文化，他的周围也是一个无文化的世界，他是被无文化所扼杀，是无文化时代的悲剧。因此，导演谢飞提出的'再造民族精神'说，不能不说是一种魄力，一种责任心的体现。"[①]还有人看到影片对于鲁迅为代表的书写"灵魂"的现代文艺传统的继承："一颗没有作恶意图的灵魂，却两次堕入作恶的深渊。这是事实。而在这事实层面的底下，在李慧泉的内心世界，却是一颗渴求生存的灵魂。"[②]

比较起来，下面这位论者的独到发现颇有意思："泉子还有一个话语，我叫做封建主义话语，就是中国传统的这一套忠孝节义。泉子在影片里是作为主体出现的，但从某种意义上说泉子对这套封建话语是赞同的，特别是孝，再者是讲义气、乐善好施。若是做买卖，乐善好施非赔本不可，这不是资本主义的话语。这也不符合社会主义的伦理。如果你与坏人认同那就是犯罪。泉子有自己的那一套东西，但恰恰是这套东西受到威胁了，……他对自己原来的东西已经怀疑。"[③]他这里发现的，恰恰是在当代中国民间社会层面隐秘地传承的"中国传统"的"忠孝节义"理念，如"孝""义气""乐善好施"等。这些来自心性论传统的残余，到李慧泉的生活中无情地陷于自我怀疑的困境。

---

① 毛羽：《无文化的悲剧——看电影〈本命年〉有感》，《电影评介》1989年第12期，第3页。

② 王得后：《苦涩的本命年》，《电影艺术》1990年第3期，第32—33页。

③ 胡克等：《讨论〈本命年〉》，《当代电影》1989年第6期，第94页。

　　从影片叙述和导演自己的自述中,无疑都可以感受到对于中国现代革命传统的传承,但同时也可以在其深层领略到对于古代知识分子的"忧患意识"传统的自觉:"有些青年人把我的这些想法说成是浪漫主义和人文化倾向。但我觉得,对美好人生的理想和信念,正是我们第四代甚至更老一代的优势。虽然它曾被极左思潮引向盲目甚至歧途,但觉醒之后决不应否定我们精神上拥有的一切。社会责任感、使命感和忧患意识,是中国知识分子的好传统,在任何时代都是有价值的、不应放弃的东西。"①还可以进一步补充说,这种创作意图也可以传达出与中国古代知识分子有关的一种传统继承:"借思想文化以解决问题的途径,是受根深蒂固的、其形态为一元论和唯智论思想模式的中国传统文化倾向的影响。"②而这种传统同样是心性论传统的一部分。

　　其实,在不少"新写实"式现实主义文艺作品中,也都可以发现心性论传统的或隐或显的传承印迹。长篇小说《平凡的世界》(三部,1986—1989)中主人公孙少平一心通过读书去改变命运,还通过不断而又持久的自我反思去构想"苦难的哲学",这些当代人的自觉的言行举止都与中国古代"诗教""诗书传家"等传统相暗合,从而实际上符合儒家以"君子"为核心的心性论传统。《白鹿原》(1993)自觉传承了以张载为代表的秦地心性论传统。白鹿村就是"仁义村",朱先生作为关中大儒是儒家家族或宗族文化传统的传人,族长白嘉轩则是这种文化传统的自觉传承者和忠实执

---

　　① 罗雪莹:《重建理想和民族精神的呼唤——访〈本命年〉导演谢飞》,《当代电影》1990年第1期,第51—52页。
　　② 参见林毓生《中国意识的危机——"五四"时期激烈的反传统主义》(增订再版本),穆善培译,贵州人民出版社1988年版,第48页。

行者,"白鹿"意象有着家族传统守护神的深厚意味。

从上面的论述中可以看到,这时段中有关心性论传统的描绘诚然出现了,但有关其性及其价值的理性评判还依然处在模糊或含混状态,也就是未能作明确的正面评价,更多地被归结为负面或反面的东西,例如"谢晋电影儒学"以及"从'五四'精神的轰轰烈烈的大步后撤",还有《本命年》中呈现的"忠孝节义"之类"封建话语"等说法,都是体现了明确的否定性结论。

六、心性现实主义范式的兴起、定型和成熟

从20世纪90年代后期到21世纪头十年,心性论传统不仅在隐性的无意识层面,而且更在明确的理性层面产生了缓慢而坚定的复苏迹象。特别是在2006—2008年间,《红色满洲里》《5颗子弹》《亲兄弟》《我的左手》《东方大港》和《千钧·一发》等影片,已经明白无误地表露出家族伦理、儒家仁义等传统价值理念,并将其列为当代生活价值标准去追求。尤其以《5颗子弹》(2007)为突出代表,通过狱警马队在随时企图逃跑的三名犯人面前展示的以仁化人的"仁枪"境界,突出显示出"主旋律影片的儒学化转向"。"主旋律影片的儒学化,是指主旋律影片中呈现的当代社会主导价值系统对古典儒家传统的借重与挪用状况。其具体表现就是,在主旋律影片所呈现的当代价值系统中,更多地杂糅进以儒学价值系统为主导的传统价值观,前者如大公无私、舍己为人、任劳任怨、公正廉洁等品质,后者如仁爱、仁慈、仁厚、感化、中和、文质彬彬、

成圣成贤等品质或风范,这两者形成复杂的相互交融。"①

电影中的"儒学化转向",其实是更为根本而广泛的生活世界转向迹象的一种艺术反响或回应。在随后的几年间,这种转向迹象就正式作为国家文化战略决策被提出来。2011年10月18日党的十七届六中全会审议通过的《中共中央关于深化文化体制改革推动社会主义文化大发展大繁荣若干重大问题的决定》,确认了如下事实:"我国文化领域正在发生广泛而深刻的变革,推动文化大发展大繁荣既具备许多有利条件,也面临一系列新情况新问题。我国文化发展同经济社会发展和人民日益增长的精神文化需求还不完全适应,突出矛盾和问题主要是:一些地方和单位对文化建设重要性、必要性、紧迫性认识不够,文化在推动全民族文明素质提高中的作用亟待加强;一些领域道德失范、诚信缺失,一些社会成员人生观、价值观扭曲,用社会主义核心价值体系引领社会思潮更为紧迫,巩固全党全国各族人民团结奋斗的共同思想道德基础任务繁重。"正是出于这种来自现实生活世界的迫切的变革需要,古代"优秀传统文化"的传承和弘扬任务得到正面阐发:"建设优秀传统文化传承体系。优秀传统文化凝聚着中华民族自强不息的精神追求和历久弥新的精神财富,是发展社会主义先进文化的深厚基础,是建设中华民族共有精神家园的重要支撑。"②

如果说上面的"儒学化转向"和国家有关"建设优秀传统文化传承体系"的新认识体现了有力的转变趋势,那么,正是在2013年以来的国家、社会和文艺等各个层面上,这种转变趋势正式成为新

---

① 王一川:《主旋律影片的儒学化转向》,《当代电影》2008年第1期,第17页。
② 《中共中央关于深化文化体制改革 推动社会主义文化大发展大繁荣若干重大问题的决定》,https://www.12371.cn/2012/09/28/ARTI1348823030260190.shtml。

的生活世界大潮。2014年10月15日习近平总书记《在文艺工作座谈会上的讲话》指出："改革开放以来，我国文艺创作迎来了新的春天，产生了大量脍炙人口的优秀作品。同时，也不能否认，在文艺创作方面，也存在着有数量缺质量、有'高原'缺'高峰'的现象，存在着抄袭模仿、千篇一律的问题，存在着机械化生产、快餐式消费的问题。"① 这些核心问题的真正症结在于，文艺作品成为"无魂的躯壳"②，"魂无定所，行无依归"③。中国现代文艺之魂在哪里？这里说得再明确不过了，就在中国自己的文化传统之中："博大精深的中华文明是中华民族独特的精神标识，是当代中国文艺的根基，也是文艺创新的宝藏。……要挖掘中华优秀传统文化的思想观念、人文精神、道德规范，把艺术创造力和中华文化价值融合起来，把中华美学精神和当代审美追求结合起来，激活中华文化生命力。……让中华优秀传统文化成为文艺创新的重要源泉。"④ 更具体的要求是，"中华民族在长期实践中培育和形成了独特的思想理念和道德规范，有崇仁爱、重民本、守诚信、讲辩证、尚和合、求大同等思想，有自强不息、敬业乐群、扶正扬善、扶危济困、见义勇为、孝老爱亲等传统美德。中华优秀传统文化中很多思想理念和道德规范，不论过去还是现在，都有其永不褪色的价值。我们要结合新的时代条件传承和弘扬中华优秀传统文化，传承和弘扬中华美学精神。中华美学讲求托物言志、寓理于情，讲求言简意

---

① 习近平：《在文艺工作座谈会上的讲话》，人民出版社2015年版，第8—9页。
② 同上书，第15页。
③ 同上书，第22页。
④ 习近平：《在中国文联十一大、中国作协十大开幕式上的讲话》，人民出版社2021年版，第11页。

赅、凝练节制,讲求形神兼备、意境深远,强调知、情、意、行相统一。我们要坚守中华文化立场、传承中华文化基因,展现中华审美风范。"①

作为以"主旋律影片的儒学化转向"为代表的心性论传统复苏迹象的水到渠成式延伸,随着国家层面2013年以来明确地和坚决地要求"传承和弘扬中华优秀传统文化",以及倡导和推进马克思主义普遍真理与中华优秀传统文化相结合的实际进程,全社会各界掀起了古代文化传统的复兴浪潮,这表现在文艺领域,就是进入中国已近百年的现实主义,终于获得了与中国心性论传统相结合的时代契机。既要坚持现实主义的真实性刻画,又要让被抑制和批判的古代传统家庭伦理和社会和谐等价值理念实现复归,心性现实主义相结合的时机就来到了并且成熟了。

涉及文学、电影、电视剧等文艺门类的一系列作品,都致力于心性论传统的传承。电影《长津湖》叙述最高领袖毛泽东和毛岸英父子与浙江普通伍姓村民和儿子伍千里及伍万里之间身份不同但情感理念相通的家国同构情怀,由此揭示当代中国国家的历史正义性。②电视剧《情满四合院》《正阳门下小女人》《装台》《山海情》《人世间》等在心性论传统的传承方面做了重点刻画。其中《情满四合院》让主人公何雨柱在秦淮茹陪伴下秉承中国式仁义、宽厚、孝顺、和合等传统美德去规范自我言行,进而去悉心凝聚四合院家家户户的人心。小说和电视剧《装台》中的西安城中村村民刁顺子,有着愣顺的个性特征,携带源远流长的秦地古雅民风处

---

① 习近平:《在文艺工作座谈会上的讲话》,第25—26页。
② 参见王一川《〈长津湖〉:中式战争大片民族美学范式的定型之作》,《电影艺术》2022年第1期,第90—93页。

理眼前人和事,在装台队、家庭和邻里中都产生了向心力。①小说和电视剧《人世间》更是自觉地溯洄于以仁厚、友善和仁慈为代表的儒家式心性智慧传统,以其过滤、淡化或消解当前苦难,从中翻转出人生乐趣来,塑造出周志刚、周秉义、周蓉、周秉昆、郑娟、金月姬、蔡晓光、乔春燕等一批典型形象。②

简要地说,作为一种文艺范式的心性现实主义,是在21世纪的第一个十年逐渐兴起的,而到2012—2022年的十年间趋于定型,而小说和电视剧《人世间》则标志着它走向成熟。

七、反思心性论传统在现实主义文艺中的沉浮

从以上简要考察可知,心性论传统在百余年来现实主义文艺思潮中经历了曲折的沉浮。而外来现实主义文艺思潮与中国古代心性论传统的这种关系演进以及相互结合而生成为中国式心性现实主义范式,有力地表明,外来异文化完全有可能在中国本文化语境中与固有文化传统实现深耕厚植,转化为中国文艺的新形态。对于这个中国现代文艺史案例,固然需要作全面而深入的探究,这里也不妨谈几点简略观察。

首先应看到,社会制度的终结会导致依附其上的思想规范的终结,因而心性论传统在现代衰败有其必然性。“物质生活的生产

---

①　参见王一川《秦地文化之魂的当代重聚——谈谈电视剧〈装台〉的精神价值》,《中国艺术报》2020年12月25日第3版。

②　参见王一川《〈人世间〉:心性现实主义范式的成熟之作》,《文汇报》2022年2月28日第10版。

方式制约着整个社会生活、政治生活和精神生活的过程。不是人们的意识决定人们的存在，相反，是人们的社会存在决定人们的意识。……随着经济基础的变更，全部庞大的上层建筑也或慢或快地发生变革。"①古代皇权及其相应的法理、伦理、教育等社会制度的终结，导致心性论传统丧失掉赖以依附和发挥作用的实体。1894年甲午中日战争"给了古老的中国以致命的打击"，"闭关自守已经不可能了"②。而这对于谭嗣同来说，就是彻底轰毁了他内心此前对于古老的"礼义之邦"的信念，"经此创巨痛深，乃始屏弃一切，专精致思"③。由此，他在近代较早对孔子及其心学传统展开了坚决清算。"仁之乱也，则于其名。名忽彼而忽此，视权势之所积；名时重而时轻，视习俗之所尚。……数千年来，三纲五伦之惨祸烈毒，由是酷焉矣。君以名桎臣，官以名轭民，父以名压子，夫以名困妻，兄弟朋友各挟一名以相抗拒，而仁尚有少存焉者得乎？"④他相信，唯一正确的出路在于变旧法而倡新法，"颇思共相发明，别开一种冲决网罗之学"⑤。"网罗重重，与虚空而无极；初当冲决利禄之网罗，次冲决俗学若考据、若词章之网罗，次冲决全球群学之网罗，次冲决君主之网罗，次冲决伦常之网罗，次冲决天之网罗，次

---

① 〔德〕马克思：《〈政治经济学批判〉序言》，《马克思恩格斯文集》第2卷，人民出版社2009年版，第591—592页。

② 〔德〕恩格斯：《致弗里德里希·阿道夫·左尔格》，《马克思恩格斯文集》第10卷，第674页。

③ 谭嗣同：《思纬氤氲台短书——报贝元徵》，周振甫选注：《谭嗣同文选注》，中华书局1981年版，第57页。

④ 谭嗣同：《仁学》，周振甫选注：《谭嗣同文选注》，第111页。

⑤ 谭嗣同：《报唐才常书》，蔡尚思、方行编：《谭嗣同全集增订本》，中华书局1981年版，第251页。

冲决全球群教之网罗,终将冲决佛法之网罗。"①心性论传统在遭遇谭嗣同的有力一击后,又在"五四"新文化运动中遭遇致命性打击,就不得不衰败和沉寂下去,只能深潜地底游荡、徘徊。

相应地,在现代制度下心性论传统必然会遭遇现代新思想的批判,而这是由20世纪中国的特定社会环境决定的。"最能代表中国思想者是儒家,最能代表儒家思想者是孔子。"②儒学可以说是"中国大多数人民精神上最重的刑具,思想上最大的毒品"③。"在古今中外所有思想家的言行当中,孔丘可算第一荒谬! 他的思想全是代表着封建社会;到了资本主义社会,个人主义盛行,孔丘的家族主义就要动摇了。到了社会主义社会,阶级完全消灭,孔丘的中和主义更用不着了。"④

但是,作为一种已经有着数千年历史并且深嵌入国民机体中的思想意识,心性论传统却不会轻易伴随旧制度的终结而终结,而是会在现代新制度中寻找复苏的机会。马克思指出:"人们自己创造自己的历史,但是他们并不是随心所欲地创造,并不是在他们自己选定的条件下创造,而是在直接碰到的、既定的、从过去承继下来的条件下创造。一切已死的先辈们的传统,像梦魇一样纠缠着活人的头脑。当人们好像刚好在忙于改造自己和周围的事物并创造前所未有的事物时,恰好在这种革命危机时代,他们战战兢兢地请出亡灵来为自己效劳,借用它们的名字、战斗口号和衣服,以便

---

① 谭嗣同:《仁学》,周振甫选注:《谭嗣同文选注》,第91页。
② 蔡尚思:《中国传统思想总批判》,《蔡尚思全集》第4册,上海古籍出版社2005年版,第8页。
③ 同上书,第9页。
④ 同上书,第79页。

穿着这种久受崇敬的服装,用这种借来的语言,演出世界历史的新的一幕。"①恩格斯论述道:"每一个时代的哲学作为分工的一个特定的领域,都具有由它的先驱者传给它而它便由此出发的特定的思想资料作为前提。"②庞朴也认识到,"前人的思想并不随着肉体立即消失,而会这样那样地支配后人头脑,特别是任一思想中的真理因素,既经产生便不再失去,而加入进绝对真理的长河,永远为后人汲取。这样,我们又可以通过后世的实践和影响,去评判前人思想的真伪和得失"③。这就是说,本来获得古代制度化传承的心性论传统,在丧失掉古代社会制度依附后,在新型社会制度下以及动荡社会局面中会变得魂无居所,漂泊无定,备受打击,无法生存在光天化日之下。尽管如此,这种自先秦以来已有着数千年历史、经历过种种历史风云而毅然顽强挺立的传统,绝不会轻易退出历史舞台,而是转而以碎片、零散物或无形等多重形态,在中国现代民间社会生活中传承了下来,回荡于民间个体、家庭、乡村、城镇的种种裂缝之中,流溢于人们的日常言行谈笑之间,并且时时渴望重新浮出水面。

中国现代思想家中,确实有人沉迷于心性论传统的现代生命力,并且拿西方哲学作为镜鉴而加以比较和发明。梁漱溟在1917年应蔡元培校长邀请到北京大学讲课时,表示其意图之一就是"发挥"④孔子思想的现代意义。其《东西文化及其哲学》(1921年初

---

① 〔德〕马克思:《路易·波拿巴的雾月十八日》,《马克思恩格斯文集》第2卷,第470—471页。

② 〔德〕恩格斯:《致康拉德·施米特》,《马克思恩格斯文集》第10卷,第599页。

③ 庞朴:《孔子思想的再评价》,《历史研究》1978年第8期,第54页。

④ 梁漱溟:《东西文化及其哲学》,中国文化书院学术委员会编:《梁漱溟全集》第1卷,山东人民出版社2005年版,第344页。

版,后多次再版)指出东西文化比较中中国文化的特点所在:与"西洋生活是直觉运用理智的"和"印度生活是理智运用现量的"不同,"中国生活是理智运用直觉的"①,他主张"批评的把中国原来态度重新拿出来"②。二十多年后,贺麟的《近代唯心论简释》(1942年初版,1944年再版)借助于同西方唯心论哲学思想方法的比较,而寻求重新解释中国古代"三纲五常"说之"三纲"。他诚然认识到"五四"新文化运动时期"站在自由解放的思想运动的立场去攻击三纲,说三纲如何束缚个性,阻碍进步,如何不合理,不合时代需要等等,都是很自然的事"③,但又认为"现在已不是消极的破坏攻击三纲说的死躯壳的时候,而是积极的把握住三纲说的真义,加以新的解释与发挥,以建设新的行为规范和准则的时期了"④。据此,他对"三纲说的真义"做了如下"新的解释与发挥":"三纲说则将人对人的关系,转变为人对理,人对位分,人对常德的片面的对绝关系。故三纲说当然比五伦说来得深刻而有力量。"⑤他还说:"我在这中国特有的最陈腐最为世所诟病的旧礼教核心三纲说中,发现了与西洋正宗的高深的伦理思想和与西洋向前进展向外扩充的近代精神相符合的地方。"⑥

　　只是这样做往往被唯物论者当作复活"旧礼教"的腐朽唯心

---

① 梁漱溟:《东西文化及其哲学》,中国文化书院学术委员会编:《梁漱溟全集》第1卷,第485页。

② 同上书,第528页。

③ 贺麟:《近代唯心论简释》,《贺麟全集》第3卷,上海人民出版社2009年版,第210页。

④ 同上书,第212页。

⑤ 同上书,第211页。

⑥ 同上书,第212页。

论而予以批判和排斥。胡绳写于1942年的批评直截了当地尖锐："这正是向一切奴隶说教，你不必苦恼，要知道你并非服从你的主人，你不过是服从那个在主奴之间的天理罢了。"他批评这种主张带有"腐尸气味"："他既然对于西欧思想，只是抄袭了其末期的发着腐尸气味的糟粕，他根本就呼吸不到那与无神论相结合着的人本主义，与唯物论相联系着的健康的精神。"①贺麟还提出"现在的问题是如何从旧礼教的破瓦颓垣里，去寻找出不可毁坏的永恒的基石，在这基石上，重新建立起新人生新社会的行为的规范的准则"。对此主张，胡绳更是加以辛辣的批判："从欧洲贩运来大资产阶级的腐败时期的直觉论和神秘主义思想，回来加入到旧礼教的复古营垒里去——这倒的确是目前中国文化中的一个值得我们深思的现象。"②蔡尚思也在1950年指出"这是他要用新名义，来提倡旧礼教的"，并颇为藐视地说："我对于贺先生的唯心论，觉得不值得——加以批评，仅可寓'批评'于'提要'。"③

还应当看到，心性论传统借助中国社会改革开放时代思想开放的新机遇而逐渐地实现复苏，也有着必然性。邓小平指出："过去很长一段时间，我们忽视了发展生产力，所以现在我们要特别注意建设物质文明。与此同时，还要建设社会主义的精神文明，最根本的是要使广大人民有共产主义的理想，有道德，有文化，守纪律。"④

---

① 胡绳：《一个唯心论者的文化观——评贺麟先生著〈近代唯心论简释〉》，《胡绳全书》第一卷（上），人民出版社1998年版，第511—512页。

② 同上书，第512页。

③ 蔡尚思：《中国传统思想总批判补编》，《蔡尚思全集》第4册，上海古籍出版社2005年版，第285页。

④ 邓小平：《建设社会主义的物质文明和精神文明》，《邓小平文选》第三卷，人民出版社1993年版，第28页。

他强调坚持"两个开放,即对外开放和对内开放,这个政策不会变,我们现在进行的改革是两个开放政策的继续和发展"①。这意味着中国的改革开放既向外部世界敞开,也同时向本民族传统内部敞开,必然会逐步触及内部深层矛盾的改革问题。庞朴在改革开放之初的1978年就敏锐地指出:"孔子能以提出'爱人'的口号,把它作为'仁'的一个定义,用以补充过去那个'克己复礼',这在思想发展史上说,应该算作一个进步。……而孔子首先概括了这个进步,提出了'爱人'口号,改变了把奴隶当做会说话的工具的观念,这不能不说是中国思想史上的一个成就。"②他主张以辩证分析的方式对待孔子学说的两面性以及后人对其利用的两面性:"孔子学说在后世发生的影响,有消极的一面,也还有积极的一面。后人对孔子的利用,起过反动作用,也曾起过进步作用。我们不能以一个方面否定另一方面,不能拿一种作用抹煞另一作用。"③随后,李泽厚在1980年撰文归纳出"孔子仁学结构的四个要素(血缘基础、心理原则、人道主义、人格理想)和作为整体特征的实践理性,认为应在广阔的历史视野内和中国文明将与世界文明交融会合的前景上,来对孔子作出再评价"④。当然他同时也没有忘记指出"目前主要任务"在于"中国在物质上彻底摆脱贫困和落后,在制度上、心理上彻底肃清包括仁学结构所保存的小生产印痕和封建毒素"。⑤他还在1985年将该文结集为《中国古代思想史论》

---

① 邓小平:《改革是中国的第二次革命》,《邓小平文选》第三卷,第113页。
② 庞朴:《孔子思想的再评价》,《历史研究》1978年第8期,第51页。
③ 同上书,第55页。
④ 李泽厚:《孔子再评价》,《中国社会科学》1980年第2期,第77页。
⑤ 同上书,第95页。

一书时进而提炼出如下新见地："孔子以'仁'释'礼',将社会外在规范化为个体的内在自觉,是中国哲学史上的创举,为汉民族的文化-心理结构奠下了始基。孔子成为中国文化的象征和代表。"①这些思想表述,实际上为后来心性论传统在21世纪以来中国社会中强势复苏,提供了有价值的思想预见和学理依据。

出于新时代中国社会来自国家层面的马克思主义普遍真理与中华优秀传统文化相结合的战略规划,和社会各界以及民间社会对于个体、家庭和共同体的伦理道德的要求,心性论传统实现重新复苏,有着必然性。毛泽东虽然反对"把孔夫子的一套当作宗教教条一样强迫人民信奉"②,但与此同时,他也提出应当总结和传承孔夫子以来的民族传统:"我们这个民族有数千年的历史,有它的特点,有它的许多珍贵品。……今天的中国是历史的中国的一个发展;我们是马克思主义的历史主义者,我们不应当割断历史。从孔夫子到孙中山,我们应当给以总结,承继这一份珍贵的遗产。这对于指导当前的伟大的运动,是有重要的帮助的。"③不过,鉴于现代中国革命形势的复杂性和任务的艰巨性,以孔子为代表的古代心性论传统的当代复苏问题,一度进展缓慢。直到2013年,来自国家层面的传承包括心性论传统的中华文化传统的规划,才终于正式提出。这首先来自"四个讲清楚"的明确要求:"讲清楚每个国家和民族的历史传统、文化积淀、基本国情不同,其发展道路必然有着自己的特色;讲清楚中华文化积淀着中华民族最深沉的精神追

---

① 李泽厚:《中国古代思想史论·内容提要》,人民出版社1985年版,第1页。
② 毛泽东:《反对党八股》,《毛泽东选集》第三卷,第831页。
③ 毛泽东:《中国共产党在民族战争中的地位》,《毛泽东选集》第二卷,第533—534页。

求,是中华民族生生不息、发展壮大的丰厚滋养;讲清楚中华优秀传统文化是中华民族的突出优势,是我们最深厚的文化软实力;讲清楚中国特色社会主义植根于中华文化沃土、反映中国人民意愿、适应中国和时代发展进步要求,有着深厚历史渊源和广泛现实基础。"①这里的核心要求便是传承和弘扬"中华优秀传统文化"。随着这一国家导向在全国各界的广泛实施、稳步推进和普及,蕴藏于民间社会的相同诉求也得以复活并且形成上下层贯通效应,于是,古代心性论传统就逐渐地转化成为当代中国社会的新风尚的固有内涵,并且突出地表现在有着现实主义精神的文艺作品中。

---

① 习近平:《把宣传思想工作做得更好》,《习近平谈治国理政》,外文出版社2014年版,第155—156页。

第二章　万物通心
——通向中国文化传统的现代转型

在探讨中国现代文艺中的心性现实主义美学范式时，中国自己的文化传统即心学、心性论或心性智慧传统的现代转型，是一个需要认真考察的重要问题。这个问题不仅直接关系到中国文化传统在现代如何实现转型，而且关系到这种转型轨迹如何铭刻进文艺作品的深层意义系统中，也就是在中国文化传统的美学维度显现出来。特别是在当今全球多元文化相互激荡的时代，中国文化传统如何既建构自身的独立自主性而又可贡献出能够与世界上其他文化一道平等共享的人类共同价值，是百余年来中国现代文化一直在不懈地求解的一大难题。在当前中国大地正在推进的马克思主义基本原理同中国具体实际及中华优秀传统文化相结合的特定理论与实践背景下，这一难题的破解显然更有着必要性和迫切性，因为这种破解有可能成为考察上述相结合的美学及文艺路径的一种可参考方案或可供进一步探讨的基础。

一、中国文化传统及其现代转型

要认识中国文化传统，需要涉及很多方面。单是从何种途径去认识文化传统，就需要有所说明。文化，按照德国哲学家恩斯特·卡西尔的看法，是作为"符号的动物"的人类制造出来以便表达特定意义的符号系统。"人的突出特征，人与众不同的标志，既不是他的形而上学本性也不是他的物理本性，而是人的劳作（work）。正是这种劳作，正是这种人类活动的体系，规定和划定了'人性'的圆周。语言、神话、宗教、艺术、科学、历史，都是这个圆的组成部分和各个扇面。"[1] 不过，与此不同的是，英国人类学家马林诺夫斯基把文化视为人类的一整套"社会制度"，"即由一群能利用物质工具，而固定的生活于某一部环境中的人们所推行的一套有组织的风俗与活动的体系"。作为社会制度，文化可以有基本的或生物的、演生或手段的、完整的或精神的等形态，涉及知识、巫术、宗教和艺术等。家庭、住户、村落社区、部落、经济组织及职业行会等，是文化最普遍的和最主要的制度。[2] 有的社会学家倾向于从操作方式上理解文化的可以同时涵盖物质文化与观念文化的宽泛定义："文化包括：（1）思想、知识（正确的、错误的或未经证实的）和处事规则（recipes）；（2）人工制造的工具（如铲、缝纫机和计算机等）；（3）社会行动所产生的产品，并且能为进一步的社会生活发展所利用（例如苹果派、电视机、州际高速公路等）。"如此说来，"文化相当于关照事物的方式"[3]。这样的文化还可以分解成为"五种框架：（1）制度结构；（2）文化历史与遗产；（3）生产与

---

① 〔德〕恩斯特·卡西尔：《人论》，甘阳译，上海译文出版社2004年版，第95—96页。

② 参见〔英〕马林诺夫斯基《文化论》，费孝通等译，中国民间文艺出版社1987年版，第96页。

③ 〔美〕约翰·R.霍尔、玛丽·乔·尼兹：《文化：社会学的视角》，周晓虹、徐彬译，商务印书馆2002年版，第19页。

传播;（4）观众效应;（5）意义与社会行动"①。还有人如此概括地
说:"文化概念在用法上的转变明显见诸于这种趋势:从将文化作
为习得的和人为的一切事物到将文化作为意义的系统、符码和节
目。"②从这些有关文化的不同观点看,要在文化概念领域求得统一
的共识是不大可能的事,这里只能采取一种大致的宽泛认识:文化
是人类创造的社会制度及其符号表意系统的统称,主要地在于特
定的符号系统可以传达特定的意义。

　　考察一个民族的文化传统,关键看什么? 一种简便易行的经
典看法就是看其哲学传统怎样,因为"任何真正的哲学都是自己时
代的精神上的精华"③。中国现代哲学家张岱年认识到:"文化的核
心是哲学思想。弘扬中国文化中的优良传统,首先要弘扬中国古
典哲学中的优良传统。"④他相信哲学思想正可以代表"文化的核
心",而要弘扬中国文化的优良传统,首先就需弘扬中国古典哲学
的优良传统。

　　这样,如何把握中国文化传统的问题,就可以高度集中而凝练
地归结为如何把握中国哲学传统的精神的问题了。现代哲学家庞
朴对中国哲学传统问题作过如下概括性评述:"千百年来,人们一
直在试图寻找一个简明的概念,来概括显然具有自己鲜明特色的
中国文化。起先用的是'仁心',是'中道';尔后有了和西方对比

　　① 〔美〕约翰·R.霍尔、玛丽·乔·尼兹:《文化:社会学的视角》,周晓虹、徐彬译,第38页。
　　② 〔美〕乔纳森·弗里德曼:《文化认同与全球性过程》,郭建如译,商务印书馆2003年版,第104页。
　　③ 〔德〕马克思:《〈科隆日报〉第179号的社论》,《马克思恩格斯全集》第1卷,人民出版社1995年版,第219—220页。
　　④ 张岱年:《中国古典哲学中的优良传统》,《张岱年全集》第七卷,第321页。

的机会，又改用'静的文化'（钟天纬）、'道的文化'（薛福成）、'精神文化'（梁启超）、'孝的文化'（钱穆）等等之类，去和被想象为西方文化特征的'动的文化''器的文化''物质文化''爱的文化'相区别。"①这里单说将中国哲学传统同西方相比较的方式，就代表了过去百余年来哲学家们及其他仁人志士的协同努力。为什么要在与西方哲学传统相比较的意义上去认识中国哲学传统呢？这恰是因为近现代以来中国面临历史上遭遇到的空前强大的对手西方。毛泽东在1939年针对中国的人民民主革命进程时指出："几十年来反帝反封建的人民民主革命屡次地失败了，这种情形，现在要来一个转变，不是再来一次失败，而是要转变到胜利的方面去了。现在中国的革命正在前进着，正在向着胜利前进。历史上多次失败的情形，不能再继续了，也决不能让它再继续了，而要使它转变为胜利。"②这个观点用来理解现代中国哲学面临的从"失败"转向"胜利"的情形，也是完全合理的。中国哲学要在近现代遭遇的"失败"中奋起反思和重建，向着现代性转型的"胜利"目标前进，就需要借助西方哲学的镜子而重新认识自身，特别是认识自身的现代转型道路。当然，从今天的情形回看以往百余年现代性历史，这里的"前进"就不一定必然是线性的由低向高的发展或上升，而需要具体分析。

　　中国哲学传统的现代转型，意味着借助西方哲学这面他者之镜而重新映照自身的传统面貌，进而在与西方哲学的跨文化比较中探索自身现代转型的可能性。这里，对中国哲学的认识需要把

---

① 庞朴：《忧乐圆融——中国的人文精神》，刘贻群编：《庞朴文集》第三卷《忧乐圆融》，山东大学出版社2005年版，第216页。

② 毛泽东：《青年运动的方向》，《毛泽东选集》第二卷，第561页。

握两方面：一方面是追究中国哲学传统怎样，另一方面是探讨它在现代转型的可能性。其实，这两方面是必然地合起来考虑的，因为，中国哲学传统本身究竟如何，严格地说毕竟已经成为过去；现在的追问，是无法回头替古人解决他们过去曾经遭遇的问题的，而仅仅是为了它的现代转型需要。也就是说，现在追究中国哲学传统，恰恰是为了便于探索它的现代转型路径。所以，现在回头探讨中国哲学传统，正是为了探讨中国哲学传统也即中国文化传统的现代转型的可能性。

二、现代哲学家眼中的中国文化传统

过去百余年来至今，陆续有现代哲学家对中国哲学传统做了深入的现代反思和转型尝试。这里可以列举的很多，但限于篇幅，还是暂且大体按发表时间先后，约略谈及其中有限的几位：梁漱溟、张岱年、牟宗三、徐复观、李泽厚、钱穆、许倬云、庞朴和张世英。需要看到，他们的观点本身也曾有过自身的复杂论证过程以及演变或修正轨迹，这里也只能简略提及，挂一漏万在所难免。

梁漱溟把中国文化传统的特质归结为一条，即理智型直觉。他在出版于1921年的《东西文化及其哲学》（后经多次修改）中阐述了自己的基本主张："西洋生活是直觉运用理智的"，"中国生活是理智运用直觉的"，"印度生活是理智运用现量的"。[①] 在他所建

---

① 　梁漱溟：《东西文化及其哲学》，中国文化书院学术委员会编：《梁漱溟全集》第1卷，第485页。

构的这种简明扼要的中、西、印三方哲学比较模型中,中国人被归结为擅长于理智型直觉的民族:"这实由中国很早的时代就想成功那极高的文化,为其圣人——天才——领着去作以理智运调直觉的生活,却其结果只成了这非高非低浑沌难辨的生活、文化。"他虽然承认"这古圣人的安排在那时事实上是难行,行也维持不久,或形式微具,原意浸失,结果只弄成理智的不发达,似乎文化很低的样子了",但又坦率地看到,"这凭直觉的生活是极高明的一种生活,要理智大发达之后才能行的。所谓以理智运直觉的其实是直觉用理智,以理智再来用直觉,比那单是直觉运用理智的多一周折而更进一层。一切生活都由有我,必有我才活动才生活。孔子的生活只是毋我的生活,只是不分别执我,初非真破了我执,其直觉的认我依旧有的,然亦唯只直觉的我,更无其他我执"①。他的新主张在于,"第一,要排斥印度的态度,丝毫不能容留;第二,对于西方文化是全盘承受,而根本改过,就是对其态度要改一改;第三,批评的把中国原来态度重新拿出来"②。这里的"批评的把中国原来态度重新拿出来"的主张,显然凝聚了他有关中国哲学的现代转型的基本思路:在现代语境下重新伸张中国式理智型直觉方式。这些观点在今天看来难免过于粗疏,即便在当时也已引发争议,但它毕竟抓住了以儒家为主要代表的"理智型直觉"这一点,仍显示其独特洞见。

与梁漱溟的一点论即"理智型直觉"说不同,张岱年在中国文化传统问题上坚持多视点观察路径。他在1937年考察中国哲学传

---

① 梁漱溟:《东西文化及其哲学》,中国文化书院学术委员会编:《梁漱溟全集》第1卷,第486页。

② 同上书,第528页。

统的特点时, 归纳出更加全面的六个特点: 一是合知行, 即注重知行合一, 以生活实践为基础和归宿; 二是一天人, 即天人合一、天人相通; 三是同真善, 真理即是至善, 求真乃即求善, 真善非二; 四是重人生而不重知论, 即以生活实践为思想理论的依归, 注重人生实相探求, 生活准则论究, 不讲究我与非我分开; 五是重了悟而不重论证, 不注重形式细密论证, 也无形式条理系统, 认为经验贯通与实践契合是真的证明; 六是不依附科学和宗教, 虽然信天帝神鬼但没有正式宗教。① 不过, 到了 90 年代, 他采取了新的四项论: "中国古典哲学中的优良传统有四项: 一是唯物主义和无神论的传统; 二是辩证思维传统; 三是人本思想传统; 四是坚持民族独立的爱国传统。"② 不过, 他还有略显不同的另一种四项论归纳: "中国几千年来文化传统的基本精神的主要内涵是四项基本观念, 即是 (1) 天人合一, (2) 以人为本, (3) 刚健有为, (4) 以和为贵。"③ 与此同时, 他还对中国文化传统的长处和弊端都做了正反两面反思: "中国传统文化有四长四弊", "四长是: (1) 摆脱神学独断的生活信念; (2) 重视相反相成的思维方法; (3) 肯定道德自觉的人格观念; (4) 爱国爱族的牺牲精神"。相比而言, "四弊是: (1) 尚通忽别的致思心习; (2) 不重实际探求的学术方向; (3) 忽视个性自由的人际观念; (4) 尊尊亲亲的传统陋习"④。当我们今天强调 "传承和弘扬中华优秀传统文化" 时, 更应当重视这种辩证观点。"中

---

① 张岱年:《中国哲学大纲》,《张岱年全集》第二卷, 第 5—9 页。
② 张岱年:《中国古典哲学中的优良传统》,《张岱年全集》第七卷, 第 321 页。
③ 张岱年:《中国文化的基本精神》,《张岱年全集》第七卷, 第 379 页。
④ 张岱年:《中国文化发展的道路——论文化的综合与创新》,《张岱年全集》第七卷, 第 53 页。

国新文化的主导思想应是马克思主义的普遍真理与中国优秀传统的正确思想的综合。"①他主张"中国新文化的主导思想"在于"马克思主义的普遍真理"与"中国优秀传统的正确思想"之间的"综合"。这无疑是具有远见卓识的主张。

　　牟宗三又回返到梁漱溟式一点论立场，从"综合的尽理之精神"去考察中国文化传统的精神。他在1953年主张把文化视为人的综合性的内在生命方式："这样综起来了解文化，就是了解创造文化的生命人格之表现方式，即生命人格之精神表现的方式。这种生命人格之精神表现的方式也就是文化生命之表现的方式。依是，综起来而了解文化就是了解一个民族的文化生命之表现的方式或途径。只要眼前归于真实的生命上，则我现在之看文化，是生命与生命照面，此之谓生命之通透：古今生命之贯通而不隔。我生在这个文化生命之流中，只要我当下归于我自己的真实生命上，则我所接触的此生命流中之一草一木、一枝一叶，具体的说，一首诗、一篇文、一部小说、圣贤豪杰的言行、日常生活所遵守的方式等等，都可以引发我了解古人文化生命之表现的方式。……今日中国的问题，乃是世界的问题，其最内在的本质是一个文化问题，是文化生命之郁结，是文化理想之背驰。"②他认为文化的实质在于"人的内在生命"，而中国文化的特质正在于把握这种"内在生命"活动。他在次年进一步指出，中国文化是一个独特系统，有自身特有的文化生命。他将中国文化与作为西方文化源泉之一的希

---

　　① 张岱年：《中国文化发展的道路——论文化的综合与创新》，《张岱年全集》第七卷，第64页。

　　② 牟宗三：《关于文化与中国文化》，《牟宗三先生全集》第9卷《道德的理想主义　历史哲学》，台湾联经出版事业公司2003年版，第317—318页。

腊文化加以比较,认为中国文化的关键在于首先把握"生命",而希腊文化则首先把握"自然"。他还从《尚书·大禹谟》里引述"正德利用厚生",将其视为"中国文化生命里最根源的一个观念形态":"这一个观念形态即表示中华民族首先是向生命处用心。因为向生命处用心,所以对自己就要正德,对人民就要利用、厚生。正德、利用、厚生这三事实在就是修己以安百姓这两事。'生命'是最麻烦的东西。……这个最深刻最根源的智慧发动处,实是首先表现在中国的文化生命里。正德或修己是对付自己的生命,利用厚生或安百姓则是对付人民的生命。所谓对付者就是如何来调护我们的生命、安顿我们的生命。"①他强调中国文化旨在"调护"和"安顿"人的生命。由于如此,中国文化实质上属于一种"道德政治",具有"仁智合一"的特点:"所以中国文化里之注意生命、把握生命不是生物学的把握或了解,乃是一个道德政治的把握。所以正德、利用、厚生这个观念形态就是属于道德政治的一个观念形态。……就在如何调护安顿我们的生命这一点上,中国的文化生命里遂开辟出精神领域:心灵世界,或价值世界。道德政治就是属于心灵世界或价值世界的事。……我现在再进一步,名之曰:仁智合一的观念形态,而以仁为笼罩者。依此,我将说中国的文化系统是一个仁的文化系统。"②他据此认为中国文化标举的是"仁的文化系统"。

正是从中国文化属于首要关注"生命"的"仁的文化系统"的认识出发,牟宗三进而就中西文化精神提出如下观点:"中国文化

① 牟宗三:《中国文化之特质》,《牟宗三先生全集》第27卷《牟宗三先生晚期文集》,第63—64页。
② 同上书,第64页。

为综和的尽理之精神，西方文化为分解的尽理之精神。"①在他看来，与西方文化精神首要关注"自然"、故体现出"分解的尽理之精神"不同，中国文化精神由于首要关注"生命"，所以体现出"综和的尽理之精神"。"尽心、尽性、尽伦、尽制，统概之以尽理。尽心、尽性是从仁义内在之心性一面说，尽伦、尽制则是从社会礼制一面说，其实是一事。尽心、尽性就要在礼乐型的礼制中尽，而尽伦、尽制亦算尽了仁义内在之性。而无论心、性、伦、制，皆是理性生命，道德生命之所发，故皆可曰'理'。而这种'是一事'的尽理就是'综和的尽理'。其所尽之理是道德政治的，不是自然外物的，是实践的，不是认识的或'观解的'（theoretical）。这完全属于价值世界事，不属于'实然世界'事。中国的文化生命完全是顺这一条线而发展，其讲说义理或抒发理想纯从这里起。"②他认为，与西方文化擅长于对自然外物作认识的或观解的探讨不同，中国文化关注人类生命之"心""性""伦""制"等方面，将它们都视为"理性生命"也即"道德生命之所发"，进而将其统一归结为高度综合的"理"，所以体现了"综和的尽理之精神"。

徐复观同样持有一点论立场，不过他标举的却是"忧患意识"。在出版于1962年的《中国人性论史·先秦篇》中，他提出中国文化推崇"忧患意识"的新观点。中国文化总是偏重于"忧患"或"忧"，总是有着心忧天下、心忧百姓、心忧个体德之未修等精神传统。"忧患心理的形成，乃是从当事者对生死成败的深思熟考而来的远见；在这种远见中，主要发现生死成败与当事者行为的密切关系，及当

---

① 牟宗三：《中国文化之特质》，《牟宗三先生全集》第27卷《牟宗三先生晚期文集》，第74页。

② 同上书，第66—67页。

事者在行为上所应负的责任。忧患正是由这种责任感来的要以己力突破困难而尚未突破时的心理状态。所以忧患意识，乃人类精神开始直接对事物发生责任感的表现，也即是精神上开始有了人的自由的表现。"①"忧患意识"恰恰是一种富于高度"责任感"的和"自由的表现"的精神状况。这与西方文化在"信仰为中心的宗教气氛"下把最终"责任"交由"神"决定有着明显的不同。"在以信仰为中心的宗教气氛之下，人感到由信仰而得救；把一切问题的责任交给于神，此时不会发生忧患意识；而此时的信心，乃是对神的信心。"中国文化注重的是对人自身的责任感和自由表现的坚强意志："只有自己担当起问题的责任时，才有忧患意识。这种忧患意识，实际是蕴蓄着一种坚强的意志和奋发的精神。……在忧患意识跃动之下，人的信心的根据，渐由神而转移向自己本身行为的谨慎与努力。"②这种"忧患意识"是一种主动的、预先的和未雨绸缪的指向未来的提前谋划，同时，它还会具体化为一系列主动的心理或精神状态。为此，他挑选出"敬""仁""慈"等儒家式范畴，将它们都视为忧患意识的具体表现方式。

在改革开放时代初期，李泽厚于1985年在考察中国文化传统特质时，提出"乐感文化"这一新论。他首先把中国哲学、中国文化或中国智慧归结为一种"审美型"传统："中国哲学正是这样在感性世界、日常生活和人际关系中去寻求道德的本体、理性的把握和精神的超越。体用不二、天人合一、情理交融、主客同构，这就是中国的传统精神，它即是所谓中国的智慧。……这种智慧表

---

① 徐复观：《中国人性论史·先秦篇》，九州出版社2013年版，第20页。
② 同上书，第21—22页。

现在思维模式和智力结构上，更重视整体性的模糊的直观把握、领悟和体验，而不重分析型的知性逻辑的清晰。总体来说，这种智慧是审美型的。"①他据此而提出"乐感文化"之说，是要主动地与徐复观的"忧患意识"展开针锋相对的思想对话："因为西方文化被称为'罪感文化'，于是有人以'耻感文化'（'行己有耻'）或'忧患意识'（'作易者其有忧患乎'）来相对照以概括中国文化。我以为这仍不免模拟'罪感'之意，不如用'乐感文化'更为恰当。"他认为以"忧患意识"去仿拟西方文化的"罪感文化"，显得过于保守和低沉，于是索性将其改造为具有欢乐气象的乐观型的"乐感文化"：中国文化具有一种寻求快乐和享受的基本的精神气质。"《论语》首章首句便是，'学而时习之，不亦说乎；有朋自远方来，不亦乐乎。'孔子还反复说，'发奋忘食，乐以忘忧，不知老之将至云耳'，'饭疏食饮水，曲肱而枕之，乐亦在其中矣'。这种精神不只是儒家的教义，更重要的是它已经成为中国人的普遍意识或潜意识，成为一种文化-心理结构或民族性格。'中国人很少真正彻底的悲观主义，他们总愿意乐观地眺望未来，……'"②按照他的看法，"乐"在中国文化体系中是具有如此重要和关键的地位，以致应当视为中国哲学的本体性范畴："因之，'乐'在中国哲学中实际具有本体的意义，它正是一种'天人合一'的成果和表现。就'天'来说，它是'生生'，是'天行健'。就人遵循这种'天道'说，它是孟子和《中庸》讲的'诚'，所以，'诚者，天之道也；诚之者，人之道也'，而'反身而诚，乐莫大焉'。这也就是后来张载讲的'为

---

① 李泽厚：《中国古代思想史论》，第311页。
② 同上。

天地立心',给本来冥顽无知的宇宙自然以目的性。它所指向的最高境界即是主观心理上的'天人合一',到这境界,'万物皆备于我'(孟子),'人能至诚则性尽而神可穷矣'(张载):人与整个宇宙自然合一,即所谓尽性知天、穷神达化,从而得到最大快乐的人生极致。可见这个极致并非宗教性的而毋宁是审美性的。这也许就是中国乐感文化(以身心与宇宙自然合一为依归)与西方罪感文化(以灵魂归依上帝)的不同所在吧?包括鲁迅,也终于并不喜欢陀斯妥耶夫斯基,这大概不会是偶然吧?我们今天应继续沿着鲁迅的足迹前进。"①

　　从上面的论述看,李泽厚还是主要以儒家去论证"乐感文化"范畴的,主要将其归结为一种"以身心与宇宙自然合一为依归"的审美性文化。而这实际上又可以视为孔子所代表的儒家的"仁智统一"原则的体现:"由于'乐感文化'所追求的'乐'并非动物式的自然产物,而是后天修养的某种成果。它作为所谓人生最高境界,乃是教育的功效,所以儒家无论孟、荀都主学习、重教育;或用以发现先验的善(孟),或用以克制自然的恶(荀)。它们所要求的人格塑造是以仁智统一、情理渗透为原则,实际是孔子仁学结构向教育学的进一步的推演。一方面它要求通过培育锻炼以达到内在人格的完成和圆满;另一方面,由于肯定人生世事,对外在世界和现实世事的学习讲求,也成为塑造的重要方面和内容。'我善养吾浩然之气'与'博施济众'从内外两方面以构成所追求的完整人格即建造个体主体性。这也就是所谓'内圣外王之道'。"②可见,李

① 李泽厚:《中国古代思想史论》,第312页。
② 同上书,第312—313页。

泽厚的"乐感文化"之说,究其实质还是一种儒家式心性智慧的现代型表述,因为它突出的是"孔子仁学结构"的面向实际生活中人格完善的具体推演,如此一来,他与注重儒家式"敬""仁""慈"等仁学结构的徐复观并无两样了。所不同的似乎只是,徐复观偏重于儒家式"仁学结构"中悲痛而低沉的一面,李泽厚则偏重于儒家式"仁学结构"中欢乐和欣快的一面。

在如此背景下来解读钱穆于1990年提出的临终遗言"天人合一"论,就更加明白了。不过,他早在此前的系列论著中就对"天人合一"观做了自己的独特阐发。这可以从1960年出版的《民族与文化》(后又修订多次)集中看出。对于这一自先秦就已提出而至今依然阐释不止的中国文化传统命题,他是从个体的日常道德修养行为去把握的。他一方面把"天人合一"视为"中国传统文化"的"终极理想",显得视之甚高;另一方面,又把它看得很实、很低,仿佛人人都能抵达或办到:每个人通过自己一生的"道德修养",可以从"家""国""天下"等种种"牵制束缚"中解脱出来,上升到"宇宙""神""天"的至高境。同样重要的是,他认为中国人不必像西方宗教所主张的那样克制个人意志而仅仅服从于上帝的旨意,而是"对于人的境界能不脱离,而更能超越之","亦惟不脱离人的境界,乃能超越于人的境界"。正是依靠这种既不超脱而又能超越的中国式超越式精神境界,个人终将成为人格上的"完人"也即"圣人"。"能超越此境界而达于'天人合一'之境,此始为有大德之人,中国传统则称之为'圣人'。"[①]他相信:"中国传统文化

---

① 钱穆:《民族与文化》,《钱宾四先生全集》第37卷,台湾联经出版事业公司1998年版,第49页。

之终极理想,乃使人人由此道,备此德,以达于大同太平。而人人心中又同有此'天人合一'之境界,则人类社会成为一天国,成为一神世,成为一理想宇宙之缩影。"①重要的是,他认为中国文化传统信奉如下原则:"只由各个人一心之道德修养,即可各自到达此境界。亦惟有由于各个人一心之道德修养,而始可各自到达此境界。"这其实是"人人皆可成圣贤"的另一种说法而已。"故谓中国传统文化,彻头彻尾,乃是一种'人道'精神、'德性'精神。亦可谓之乃'天命'精神。"②

钱穆在96岁高龄思考"临终遗言"时,带着最终彻悟的语气总结说:"中国文化中,'天人合一'观,虽是我早年已屡次讲到,惟到最近始彻悟此一观念实是整个中国传统文化思想之归宿处。……我深信中国文化对世界人类未来求生存之贡献,主要亦即在此。……中国文化过去最伟大的贡献,在于对'天''人'关系的研究。中国人喜欢把'天'与'人'配合着讲。我曾说'天人合一'论,是中国文化对人类最大的贡献。"与西方人喜欢把"天"与"人"分别开来讲不同,"中国人是把'天'与'人'和合起来看。中国人认为'天命'就表露在'人生'上。离开'人生',也就无从来讲'天命'。……所以中国古人认为'人生'与'天命'最高贵最伟大处,便在能把他们两者和合为一。……我以为'天人合一'观,是中国古代文化最古老最有贡献的一种主张。"③这里实际上提出了"天命即人生"的新说,恰如其弟子所说的那样:"此说发前人之

---

① 钱穆:《民族与文化》,《钱宾四先生全集》第37卷,第49页。
② 同上书,第50页。
③ 钱穆:《中国文化对人类未来可有的贡献》,《中国文化》1991年第4期,第93页。

所未发,一时不易研析和阐明"①。钱穆把看起来高高在上而又难以知晓的"天命"视为可见、可触摸以及可行的"人生"言行去把握。"即如孔子的一生,便全由天命,细读《论语》便知。……倘孔子一生全可由孔子自己一人作主宰,不关天命,则孔子的天命和他的人生便分为二。离开天命,专论孔子个人的私生活,则孔子一生的意义与价值就减少了。……孔子的人生即是天命,天命也即是人生,双方意义价值无穷。换言之,……人生离去了天命,便全无意义价值可言。但孔子的私生活可以这样讲,别人不能。这一观念,在中国乃由孔子以后战国时代的诸子百家所阐扬。"②孔子的一生即是将"天命"落实为人生行为的一生。钱穆在1984年曾经指出:"人由何生,乃由天命。天必命人有所作为而生人,一犹人之需求通行而制有车,故用在先,体在后。"③当"天"命令"人"有所作为时产生了"人",正像人要行走而需造车一样。由此,钱穆在临终遗言中主张:"近百年来,世界人类文化所宗,可说全在欧洲。最近五十年,欧洲文化近于衰落,此下不能再为世界人类文化向往之宗主。所以可说,最近乃是人类文化之衰落期。此下世界文化又将何所向往? 这是今天我们人类最值得重视的现实问题。以过去世界文化之兴衰大略言之,西方文化一衰则不易再兴,而中国文化则屡仆屡起,故能绵延数千年不断。这可说,因于中国传统文化精神,自古以来既能注意到不违背天,不违背自然,且又能与天命自然融

---

① 金中枢:《读先师〈钱穆先生最后的义声——中国文化对人类未来可有的贡献〉》,《国际儒学研究》第1辑《国际儒学联合会专题资料汇编》,1995年版,第38页。

② 钱穆:《中国文化对人类未来可有的贡献》,《中国文化》1991年第4期,第94页。

③ 钱穆:《现代中国学术论衡》,《钱宾四先生全集》第25卷,第89页。

合一体。我以为此下世界文化之归结,恐必将以中国传统文化为宗主。"①钱穆不仅把"天命"与"人生"合一的"天人合一"观视为中国文化对世界文化的"最伟大的贡献",而且还将其视为当前和未来"世界文化之归结"。

在钱穆去世的次年,史学家许倬云应邀前往钱穆创办的新亚书院作题为《中国文化的发展过程》的"钱宾四先生学术文化讲座",在其中讲述了有关中国文化的天人成圣观,也就是"天"与"人"交汇而生成"圣人"的中国式文化观。他从史学家的独特视角提出"中国文化三原色"论:"中国文化有三原色,这三个因素当是中国能再统一的原因,亲缘组织团体使中国人在动乱时期仍可凝聚在一起,团体发挥了保护个人与控制个人的功能;精耕细作的农业也不允许任何奴役制度长期存在。精耕细作的高度生产力,端赖耕作者的自发工作意愿。奴隶制不足以臻此。所以南北朝时期,有一次次的解放奴隶。唐代虽仍有社会阶层化的现象,但不论如何唐代没有大量人口转化为奴婢。中国国家和社会间,有紧张的制衡关系,然而所有的资源经由全国性的经济网络成金字塔状集散,中国的文官制度,配合了经济网络,使人才也作全国性的周流。同时,文官体系的意识形态,始终统摄于儒家思想之下,其强烈的文化使命感及天下一家的观念,也是促使中国保持统一的要素。"②他从浩瀚的中国古代史料中提炼出三要素去审视:"亲缘团体""精耕细作"和"文官制度"分别体现中国社会关系制度中的"亲缘"性、中国式生产方式的精密合作特点和中

---

① 钱穆:《中国文化对人类未来可有的贡献》,《中国文化》1991年第4期,第94页。

② 许倬云:《历史分光镜》,上海文艺出版社1998年版,第265页。

国等级式政治治理方式对于中国文化传统构型的影响力。"我讲这三个原色,是想使研究时有线索可寻,可以看出一个国家的历程中,往往有许多可能性和许多机会,并不一定是非走哪一条路不可的。"①这种综合了社会学、经济学和政治学等三个维度的立体视角,是这里陈述的其他所有哲学家所没有的。"天命观念以及亲缘观念这两根线索贯穿了中国文化几千年,而它的渊源竟如此的古老。"②他认为整个中国文化恰是从"三原色"出发而推演成的宏大的"宇宙体系":"秦汉时代,屡次有人尝试建立一个统摄整个宇宙体系的理论。……这一庞大体系也终于归结到个人的德行表现。大体系之内的大宇宙、小宇宙,无论如何复杂最后仍落实在德行的完整性。在这个庞大的体系中,每一个部分都互相影响,最后影响全体。因此,每一个个人,即使是微不足道的平凡人,也都是完整体系中不可或缺的一部分。……人既是宇宙的一部分,遂不会与外界的环境对立。人融合于天,遂与天同其休戚。宇宙有问题,不完美,矫正的责任在人,矫正的力量也在人。……在中国人的庞大体系中,这一个支点就在自己,在自己的内心。这是天命的观念经由天人之际的交汇,推衍至极的宇宙观。中国宇宙观的支点在哪里? 在心。这套中国型的思想,至今仍无处不在。"③这段话的关键点在于,中国人的宇宙包罗万象,说千道万,其实就凝聚在一个平凡而又基本的"支点"上——这就是个体的"心",也就是个体的德行修养。

　　个体的日常德行修养即"心"如何才能上升到至高无上的"天"

---

①　许倬云:《中国古代文化的特质》,新星出版社2006年版,第43页。
②　许倬云:《中国文化的发展过程》,贵州人民出版社2009年版,第14页。
③　同上书,第14—15页。

呢？"人间的德行如何与天理交汇？这是天人之际的一个大关键。先秦儒家常谈'天命''天道'；然而，天与人之间的会合始终不见于古书的讨论。"①他从1973年12月长沙马王堆出土的《五行篇》得到启发："五行不是金、木、水、火、土五种元素，而是仁、义、礼、智、圣五项德目。其中仁、义、礼、智在同一个层次，圣居更高的层次。《五行篇》是佚书，它的出现有助于解决天人之际如何交汇的难题。"他把"仁、义、礼、智、圣"分为两个层次来理解：一是"仁、义、礼、智"等儒家式个体德行修养共同组成的"心"的层次；二是"圣"这一更高层次，代表对于前一层次的超越以及前一层次的最终目标。"五行的前四项：仁、义、礼、智只是善人的行为，第五项能够体认德，以德性形于内始达到圣的层次。善是人的层次，德是天的层次。德而内化，德而形于内，人遂得由仁、义、礼、智的融通提升到天的层次。天是自然，也是超越界。"②他进而把"善"规定为"人的层次"的标准，而把"德"规定为"天的层次"的标准。人的德行修养首先抵达"善"的层次即"人的层次"，进而上升到"德"的层次即"天的层次"。这样，"人"与"天"之间相隔并不远，关键就在于"人"通过持续的"仁、义、礼、智"等"内化"行为，去攀登到"天"的高度。"儒家思想的开展过程有了《五行篇》所讨论的德性形于内而为圣，始得以补足天人之际如何交汇的关键。经过四德的内化，人性超凡入圣回到天然；是以经过人心与天心的交汇，经过圣的境界，天命不是降予王者，不是降予周人，而是降在你、我、他每一个人的身上。天命遂不是王者的使命，天命的意

---

① 许倬云：《中国文化的发展过程》，第13页。
② 同上书，第14页。

义遂是平凡而超越,现时而永恒。"①可以说,这位史学家眼中的中国文化传统,是一个以"德性形于内而为圣"的心性宇宙观主导的传统。

如果说,钱穆有关"天人合一"观的理解代表对于中国古代已有命题的现代阐发的话,那么,庞朴在1991年提出的"忧乐圆融"论,则继续了现代哲学家们的自主阐释路径,而且确切地说,是将此前徐复观的"忧患意识"与李泽厚的"乐感文化"融合起来。庞朴在文化上坚持"一分为三"的基本观点,认为它代表"中国哲学的贡献"②。他进而"认为'文化'有三个层次,物质的——制度的——心理的。……文化的物质层面,是最表层的;而审美趣味、价值观念、道德规范、宗教信念、思维方式等,属于最深层;介乎二者之间的,是种种制度和理论体系。它们所含的阶级性、民族性、人类性颇不一样。由此组成的文化总体,不是时代性一个概念便能分析清楚的"③。在他看来,"中华文化的核心是人本主义。中国社会历来重视人的地位,强调人的作用。所谓'修身,齐家,治国,平天下',从人出发可以扩展到整个国家。中国历史上从来承认人与人的差别,承认人与人的不平等。正是在承认人类不平等的前提下,产生了调整人际关系的'五伦',产生了'三纲五常',构造了整个封建社会的等级秩序。西方的人文主义是从神学主义引申出来的。从'上帝面前人人平等''人人都是上帝的选民'产生了西

---

① 许倬云:《中国文化的发展过程》,第14页。

② 参见庞朴《一分为三——中国哲学的贡献》,《庞朴文集》第四卷《一分为三》,第266页。

③ 庞朴:《忧乐圆融——中国的人文精神》,《庞朴文集》第三卷《忧乐圆融》,第28页。

方的人权、民主思想"①。他甚至把这种强调"人的地位"和"人的作用"的"人文主义",视为"中国文化传统的核心精神"或"中国文化的本质特点"。②"中国的'人文主义',按我的理解来说,中国比较不太重视外向的追求(当然是与西方相比),而是重视内向的追求和人际关系的完善。在这个意义上,与西方相比而言,中国的文化,从古至今都用'人文主义'四个字去概括,也许可以抓住一点特征。"③这种注重"人文"的文化传统,显然有别于注重"神文"的西方文化传统。面对徐复观的"忧患意识"和李泽厚的"乐感文化"概念,他尝试加以调和,并将其视为中国文化的"人文主义"或"人文精神"传统的集中代表:"中国文化同时兼备这两种精神,即由儒家思想流传下来的忧患精神和由道家思想流传下来的怡乐精神。"④他认为,儒家所代表的"忧患意识"与道家所代表的"乐感文化"在长期竞争中走向相互和解即"圆融"。"圆融既被推为儒道各自学说的最后一言和人格的最高境界,于是两家虽仍存有偏忧偏乐的差异乃至对立,恰正好成了检验他们的学说能否贯彻到底和考验他们的人格能否臻于至上的试金之石。所以,他们……互相圆融起来建成中国文化的独特传统。"⑤他举例说,面对外来佛教,"圆融"显示出开放心理的"优势"。"圆融也成为一种优势,使得中国文化能顺利迎接外来的佛学,不因它的迷狂和辨析而盲从和自馁,相反却以圆融去容纳和包涵,论证和充实,并终于汇成了

---

① 庞朴:《忧乐圆融——中国的人文精神》,《庞朴文集》第三卷《忧乐圆融》,第12页。

② 同上书,第17—18页。

③ 同上书,第81—82页。

④ 同上书,第237页。

⑤ 同上书,第241—242页。

源远流长的、雄峙东方的忧乐圆融的中国人文精神。"①正是这种通过调和儒道佛三种传统而构成的综合式"忧乐圆融"精神,可以成为当代中国文化传统复兴的基本精神:"这个人文精神作为文化传统,铸就了我们民族的基本性格;它在各个不同时代有其不同的变异,呈现为不同的时代精神。……正是圆融本身,可以促使它不泥于一曲,不止于故步,不扬彼抑此,不厚古薄今;可以保证它取长补短而不崇洋媚外,革故鼎新而不妄自菲薄,适应时代而不数典忘祖,认同自己而不唯我独尊。"②这种融合儒佛道等多家学说的"忧乐圆融"精神,最终还是要体现在个体的心性修为上。

相比于庞朴的上述调和路径,张世英在2002年出版的《哲学导论》(后有修订)尝试对中国古代就有的"万物一体"命题展开新的现代阐发。他在2009年发表的《人生的四种境界》中,主张人生境界由如下四种组成:欲求境界、求知境界、道德境界和审美境界。"四种境界总是错综复杂地交织在一起。高层次的境界都潜存着低层次的境界。且不说人人皆有'欲求的境界',就说处于第三境界'道德境界'中的人,显然不可能没有第二境界'求知的境界';全然无知,不可能有真正的'道德境界'。第四境界'审美境界'也必然包含求知和道德,所以我一向认为,真正有'审美境界'的人也一定是'有道德境界'的人。"③他的这种人生境界层次论的关键点在于具有德行修养的人的生成。他借助西方现象学思想这面镜子,对中国"万物一体"说(也包括"天人合一")提出新解:"中国

---

① 庞朴:《忧乐圆融——中国的人文精神》,《庞朴文集》第三卷《忧乐圆融》,第241—242页。

② 同上书,第241页。

③ 张世英:《张世英讲演录》,长春出版社2011年版,第122—123页。

传统哲学所讲的'万物一体''天人合一'更明显地是讲任何一个当前出场的东西都是同其背后未出场的天地万物融合为一、息息相通的，从前者超越到后者不是超越到抽象的概念王国，而是超越到同样现实的事物中去。"①他强调"通过'横向超越'把握相通高于通过'纵向超越'认识相同"。这意味着一方面承认世间万事万物有其差异性，另一方面又认为这些差异的事物之间可以相通，简单地说，万有相通也就是万物一体。为什么人与人之间能够在无所不在的相互差异中实现相通？"相通的关键在于不同者所反映的全宇宙的惟一性。"②由于"全宇宙"具有独一无二和无可替代的"惟一性"，世间万事万物才都可以去共同反映"全宇宙的惟一性"。"万有相通，万物一体，这是一个千差万别而又彼此融通的世界。"③相异而相通的关键在于个体"心"的差异中的包容性。

　　我们已经看到，在中国文化传统或中国哲学传统问题上，存在着多种不同的观点，而梁漱溟的"理智运用直觉"、张岱年的四点论、牟宗三的"综和的尽理之精神"、徐复观的"忧患意识"、李泽厚的"乐感文化"、钱穆的"天人合一"、许倬云的"三原色"和天人成圣之说、庞朴的"人文主义"和"忧乐圆融"、张世英的四种境界说和"万物一体"，都不过是其中的一部分而已（远不止此）。应当看到，这些学说之间诚然各不相同，甚至无法统合成为一家，实际上也没有必要硬性统合为一家。但仔细体会，它们之间还是存在着一些相通点，其中之一就在于，都认为中国文化传统更关注作为主体的人的内向一面，而非作为客体或对象的自然的外向一面，即

---

①　张世英：《哲学导论》（修订版），北京大学出版社2008年版，第29页。
②　同上书，第34页。
③　同上书，第38页。

都偏重于主体心性智慧方面,从而带有主体心性智慧或心性论的特点。这种偏重于主体心性智慧或心性论的传统,显然与注重外向的自然客体或对象的西方文化传统有着显著的差异(尽管西方后来也出现"人文主义"及浪漫主义文艺思潮等偏重于主体的传统,但毕竟是后起的)。①认识到这一点,有助于把中国文化传统置放到现代世界多元文化激荡的特定境遇下,由此探讨其可能的现代转型方案。

三、中国文化传统的现代转型方案:万物通心

问题在于,即便是我们可以选择相信上述九位中国现代哲学家有关中国文化传统的心性智慧特质的观察,但毕竟现在已经是在21世纪的第二个十年,也就是在马克思主义进入中国已然百余年并且早已成为全国的统一性指导思想之时。现在的具体问题就是,如何基于中国现有的国情条件,通过"两个结合"即"把马克思主义基本原理同中国具体实际相结合、同中华优秀传统文化相结合"②,由此而形成21世纪条件下中国文化传统的现代转型方案?问题就提出来了。

这就需要集中考察如何将马克思主义基本原理与中国具体实

---

① 对此问题的讨论可参见庞朴《忧乐圆融——中国的人文精神》,《庞朴文集》第三卷《忧乐圆融》,第81—82页。

② 习近平:《在庆祝中国共产党成立100周年大会上的讲话》,http://www.gov.cn/xinwen/2021-07/01/content_5621847.htm;《中共中央关于党的百年奋斗重大成就和历史经验的决议》,https://www.gov.cn/xinwen/2021-11/16/content_5651269.htm。

际和中华优秀传统文化相结合的方案。首先来认识马克思主义基本原理。马克思主义是具有科学性、人民性、实践性和创造性的理论体系。① 马克思批评那种不把对象"当作感性的人的活动,当作实践去理解"②的旧做法,主张研究"感性的人的活动"及其"实践",因为"人的本质不是单个人所固有的抽象物,在其现实性上,它是一切社会关系的总和",而且"全部社会生活在本质上是实践的"。③ 更进一步说,在马克思看来,以往"哲学家们只是用不同的方式解释世界,问题在于改变世界"④。按照马克思主义的辩证唯物主义和历史唯物主义原理,物质生活制约精神生活、社会存在决定社会意识。"物质生活的生产方式制约着整个社会生活、政治生活和精神生活的过程。不是人们的意识决定人们的存在,相反,是人们的社会存在决定人们的意识。……随着经济基础的变更,全部庞大的上层建筑也或慢或快地发生变革。在考察这些变革时,必须时刻把下面两者区别开来:一种是生产的经济条件方面所发生的物质的、可以用自然科学的精确性指明的变革,一种是人们借以意识到这个冲突并力求把它克服的那些法律的、政治的、宗教的、艺术的或哲学的,简言之,意识形态的形式。"⑤ 由此看,马克思主义原理强调物质决定精神而不是相反。其次,需要认识中国

---

① 参见习近平《在纪念马克思诞辰200周年大会上的讲话》,人民出版社2018年版,第7—9页。

② 〔德〕马克思:《关于费尔巴哈的提纲》,《马克思恩格斯文集》第1卷,第499页。

③ 同上书,第501页。

④ 同上书,第502页。

⑤ 〔德〕马克思:《〈政治经济学批判〉序言》,《马克思恩格斯文集》第2卷,第591—592页。

文化传统。如前所述，中国文化传统无论有着多少种分支、流派或思想体系，都共同地具有心性智慧的特质，也即共同地强调主体的心、精神或德行修养的主动性或积极作用。

　　显然，以上所理解的马克思主义原理与中国文化传统特质之间毕竟存在一些显著的差异。例如，马克思主义强调物质决定精神（或社会存在决定社会意识），而中国文化传统注重主体心性的作用；前者要求以集体实践方式去认识世界和改变世界，而后者更重视个体德行修养。如何将这两种并不相同的思想体系融合起来，建构起一套适合于21世纪中国实际的文化价值构架？现在需要做的是，以马克思主义的物质决定精神原理去指导和改造中国古典心性论传统，以便将古典心性论传统经过改造后统合到物质决定精神的基石之上去重新发挥作用。

　　万物通心，应当可以成为这样一种尝试性解决方案。可以将马克思主义的以物质决定精神之说为基本的理论，理解为万物对人或主体的决定作用之说，同时又将中国文化传统中的心性论概括为心对物的感通或应答作用，那么，可以得到如下一个概念或命题：万物通心。世间万事万物，一方面有着自身的发展规律和发展状况，是独立于个人的存在，并且不以个人的意志为转移；另一方面，又给予个人以全面而又深刻的影响，包括既给予个人以生存环境、条件和资源，同时又连通个人的身体感觉和心灵思考，迫使个人以己心去应答，从而形成人的心将万物与人沟通起来的局面。通，是形声字，从辵，甬声，本义是没有堵塞而可以通过。《说文》："通，达也。"《易·系辞》："往来不穷谓之通。"可见，通是指消除了障碍的通行、通达。

　　万物可以通达人心，是由于万物与人心之间有着相互通达的要求。成书于西汉的《乐记》虽然认为音乐"由人心生",但最终归结为人心之"感物":"凡音之起,由人心生也。人心之动,物使之然也。感于物而动,故形于声。"这里明确音乐来源于"人心"之"感于物",提出"乐感物"主张。"乐者,音之所由生也,其本在人心感于物也。是故其哀心感者,其声噍以杀;其乐心感者,其声啴以缓;其喜心感者,其声发以散;其怒心感者,其声粗以厉;其敬心感者,其声直以廉;其爱心感者,其声和以柔:六者非性也,感于物而后动。"按照有关读解,这里不仅指出音乐来自"人心"之"感于物",而且具体分析了"人心感于物"之通向具体音乐或声音形式的途径:悲哀之情受感时发声急促而细小,快乐之情受感染时发声宽舒而和缓,喜悦之情受感时发声发扬而自由,愤怒之情受感时发声激烈而严厉,崇敬之情受感时发声正直而庄重,爱慕之情受感时发声温和而柔美。这六种声不是人的本性所固有的,而是人心感应外物,使内在感情激动起来的结果。① 这里既坚持外物对人的心灵的感荡在先,而又认识到人以"心感"对这种感荡做了积极回应,从而说的正是万物通心的道理。《文心雕龙·物色》也有这样的论述:"春秋代序,阴阳惨舒,物色之动,心亦摇焉。盖阳气萌而玄驹步,阴律凝而丹鸟羞,微虫犹或入感,四时之动物深矣。若夫珪璋挺其惠心,英华秀其清气,物色相召,人谁获安? 是以献岁发春,悦豫之情畅;滔滔孟夏,郁陶之心凝;天高气清,阴沉之志远;霰雪无垠,矜肃之虑深。岁有其物,物有其容;情以物迁,辞以情发。"②

---

① 参见蔡仲德《〈乐记〉〈声无哀乐论〉注译与研究》,中国美术学院出版社1997年版,第6—8页。

② [南朝梁]刘勰著,范文澜校注:《文心雕龙》,《范文澜全集》第5卷,河北教育出版社2002年版,第605页。

这里有关"物色之动"让"心"受到感发而摇荡起来进而产生"辞"的阐述,同《乐记》的"人心感于物"的思想是一致的。

万物通心,可以通过个体的"心"去解决天地人"三才"之间的疏离或对立问题。董仲舒提出"人受命于天"①,一方面确认"天"或"天命"的主导地位,但另一方面也同时确认了"人"的积极"受命于天"的主动性。至于他提出"霸王之道,皆本于仁。仁,天心,故次以天心"②,更是通过以人的"仁"或"仁心"去沟通"天心",成功地将看起来至高无上的和外在的"天"转化为可感、可知和可行的人心。这是以"人"之"仁"或"仁心"去通"天"或"天心",从而化"天"为"人"之"仁心"的关键步骤。朱熹指出:"'志于道',志者,心之所之之谓。道,则人伦日用之间所当行者是也。知此而心必之焉,则所适者正,而无他歧之惑矣。'据于德',据者,执守之意。德,则行道而有得于心而不失之谓也。得之于心而守之不失,则终始惟一,而有日新之功矣。'依于仁',依者,不违之谓。仁,则私欲尽去而心德之全也。功夫至此而无终食之违,则存养之熟,无适而非天理之流行矣。'游于艺',游者,玩物适情之谓。艺则礼乐之文,射御书数之法,皆至理所寓,而日用之不可阙者也。"③这里同样强调"心"的关键作用。王阳明干脆直截了当地要求"在心上用功"④。他强调通过主体的心性修为去解决问题,其理由在于,

---

① 〔汉〕董仲舒撰,曾振宇、傅永聚注:《春秋繁露新注》,商务印书馆2010年版,第22页。
② 同上书,第113页。
③ 〔宋〕朱熹:《四书章句集注·论语集注》,朱杰人、严佐之、刘永翔主编:《朱子全书》(修订本)第6册,上海古籍出版社、安徽教育出版社2010年版,第121页。
④ 〔明〕王守仁撰,吴光、钱明、董平、姚延福编校:《王阳明全集》上册,上海古籍出版社2015年版,100页。

"人者，天地万物之心也；心者，天地万物之主也。心即天，言心则天地万物皆举之矣，而又亲切简易"①。钱穆这样理解："中国文化尚'心'，而其心不拘于法，必求其化而为道。心化为道乃益见其广大而可以悠久。在中国则谓之'仁'，不谓法矣。"②中国文化传统注重从人心找原因，究根源，求解决，以个人心性作用化解矛盾，把事办成，办好。钱穆还在《孔子与中国文化及世界前途》中指出："故孔子教义，乃是一种'人文教'，主要乃是一种'心教'，乃本于每一人之心之全体而为教。"③他还在《中国传统文化中之史学》指出："故中国历史精神，实际只是中国之文化精神。重在'人'，不在'事'。而尤更重在人之'心'。惟人心乃人事之主，而人心有此两大别。自然心与文化心，小我心与大群心。心见于事而谓之道，乃有所谓'君子之道'与'小人之道'之大区别。"④这些观点合在一处，都是在标举一种以个体的"心"去沟通世间万事万物的主体方式。

四、万物通心的基本特性、原则和实施途径

理解万物通心，需要把握它的一个基本特性：天地人心一体论。万物通心的生成，是基于"天""地""人"三者之间本来一体也即"天心""地心"和"人心"本来一体的预先设定或基本认识。它既非纯客体过程、也非纯主体过程，而是呈现为主客体交融状

---

① ［明］王守仁撰，吴光、钱明、董平、姚延福编校：《王阳明全集》上册，第181页。
② 钱穆：《素书楼余沈·晚学拾零》，《钱宾四先生全集》第53卷，第629页。
③ 钱穆：《孔子与论语》，《钱宾四先生全集》第4卷，第359页。
④ 钱穆：《中国学术通义》，《钱宾四先生全集》第25卷，第164页。

况。万物通心一方面可以是指万物之间千差万别而又相互感通的状况，另一方面也可以是指万物及其相互感通状况都可以为人心所感通或感发，但实际上这两方面是紧密交融一体而无法分离的。王阳明指出："人心与天地一体，故'上下与天地同流'。"①正是人的心灵可以同天地间万物相互感通，因为它们本来就是"一体"的。"心无体，以天地万物感应之是非为体。"②万物通心过程恰恰体现为，凭借人心的作用可以对"天地万物感应之是非"发出自己的"感应"。

由于如此，万物通心才可以表现为天地万物与人心之间相互感通的过程，这是一种属于"天地"自身的客体感通过程与属于"人心"的主体感通过程之间紧密交融而难以分离的状况。这表明，世间万事万物虽然都可以独立于人类而自在地存在和运行，但也都同时可以通向或直抵人心，为人心所感发和把握。这是因为，世间万事万物诚然不会仅仅因人类存在而才存在，但会因其与人的生存活动相关联，才使得人有理由去谈论其对人的特定意义。假如它们不与人的生存活动相关联，其意义就无从谈起。一处自然景观之美，不会因为某人未在场而变得不存在或不美了，但会因其确实在场体验才向他开放出特定的审美意义。"先生游南镇，一友指岩中花树问曰：'天下无心外之物，如此花树，在深山中自开自落，于我心亦何相关？'先生曰：'你未看此花时，此花与汝心同归于寂。你来看此花时，则此花颜色一时明白起来。便知此花不在你的心外。'"③山花之美，在人未到场看时是谈不上美不美的，因为

---

① ［明］王守仁撰，吴光、钱明、董平、姚延福编校：《王阳明全集》上册，第93页。
② 同上书，第95页。
③ 同上书，第94页。

此时山花与人"心"都"同归于寂",也就是同样处于无声的寂寞状态,无法产生美不美的问题。山花之美只有当其被人实地到场"看"时才呈现其美来,也即"此花颜色一时明白起来",从而才真正对"你"的"心"产生出审美意义,因为毕竟"此花不在你的心外"。可见,山花之美,既不在于纯客体也不在于纯主体,而在于主客一体的交融状态中,也即在天地人心一体的相互感通过程中。此时正可以看出天地人心一体论的基本支撑作用。对此,可以体会马克思的论断:"只有音乐才激起人的音乐感,对于没有音乐感的耳朵来说,最美的音乐也毫无意义。"①由于"最美的音乐"与"人的音乐感"之间实际上处于主客一体而不分离的状况中,因而假如离开后者而去单纯谈论前者,就必然毫无意义了。

万物通心的实施途径多种多样,这根本上是由万物之千变万化、纷纭复杂所决定的,而置身于万物之中的人在其日常生存活动中又不得不予以回应。人在面对万物之环境构成的挑战时作出的应战姿态,正构成万物通心的具体实施途径。而要理解万物通心的实施途径,需要首先理解万物通心的基本原则之一在于"中和"。不过,"中和"在孔子那里是时常与"中庸"联系起来理解的。这两个概念都为孔子所力倡,但实际上含义十分接近,紧密关联而又能相通,一时难以辨析清楚。不妨暂且视为同义语,就以"中和"为其代表。同时,也可以作这样的简捷理解:"中庸"更多地指人的"不偏不倚"的"执中"行为,"中和"更多地指上述行为的目的或效果。《论语·雍也》:"中庸之为德也,其至矣乎!"②孔子把"中庸"

---

① 〔德〕马克思:《1844年经济学哲学手稿》,《马克思恩格斯文集》第1卷,第191页。

② 杨伯峻译注:《论语译注》,中华书局1980年版,第64页。

列为儒家眼中的最高道德标准。《礼记·中庸》引述孔子的话说："君子依乎中庸，遁世不见知而不悔，唯圣者能之。"①并且将"中庸"与"中和"联系起来阐发："喜怒哀乐之未发，谓之中；发而皆中节，谓之和；中也者，天下之大本也；和也者，天下之达道也。致中和，天地位焉，万物育焉。"②这里明确地主张，如果抵达中和境界，天地间一切事物就都位置摆正、万物都生长繁育。

在理解"中和"和"中庸"的含义时，庞朴的理解和论证有着参考价值。他分析说，孔子创用的"中庸"概念在儒家思想发展中呈现三重基本含义："中庸"的第一层含义为"执两用中"，是指既不像老子那样"用弱"，也不像商鞅和韩非那样"用强"，而是介乎两者之间，中正即可；其第二层含义为"用中为常道"，也即"用其所当用"，也就是用在其该用的地方；其第三层含义为"中和可常行"，也即用在不必加以神秘化的平常处。"执两用中，用中为常道，中和可常行，这三层互相关联的意思，就是儒家典籍赋予'中庸'的全部含义。"③庞朴还进一步分析"中庸"的四种常见思维形式。第一种思维形式是 A 而 B，即对立面相联结、相互"中和"之意，为"中庸"的最基本形式。第二种思维形式为 A 而不 A'，"泄A 之过，勿使 A 走向极端"，例如《尚书》中的"直而温，宽而果，刚而无虐，简而无傲"以及《左传》有关季札观乐舞时的"直而不倨，曲而不屈；迩而不逼，远而不携；迁而不淫，复而不厌；哀而不愁，乐而不荒；用而不匮，广而不宣；施而不费，取而不贪；处而不底，行而不流"等相关论述。第三种思维形式为不 A 不 B，这就是

---

① 杨天宇：《礼记译注》下册，上海古籍出版社2004年版，第694页。
② 同上书，第691页。
③ 庞朴：《"中庸"平议》，《庞朴文集》第四卷《一分为三》，第13页。

不立足于任何一边、且把毋过毋不及的主张一次表现出来，最便利于显示"用中"的特点，取得一种纯客体姿态。他还引用《尚书·洪范》中的话来证明："无偏无颇，遵王之义；无有作好，遵王之道；无有作恶，遵王之路。无偏无党，王道荡荡；无党无偏，王道平平；无反无侧，王道正直。会其有极，归其有极！"第四种思维形式为亦A亦B，它作为不A不B的否命题展开，重在指明对立双方互相补充、最足以表示中庸的"和"的特色，并有别于以A为主的A而B的形式。①庞朴的这些理解和阐发都有合理性，但也都需要进一步辨析。

不妨简要地说，"中和"（或"中庸"）可以被视为一种将两种对立或不同力量以免走极端的和不偏不倚的方式调和起来的原则，这意味着在两种不同力量间竞争局面下找到一种相对平衡或协调的解决方案或贯通路径。正是在这种不偏不倚而力避极端的调和方案指导下，万物通心的实施途径得以确立。

万物通心的实施途径多种多样，这里只是就其审美及文艺表现层面约略点出其中的几条规则或方法（但不限于此）。

（1）天地生文律，是指在"天""地""人"的"三才"间对立与调和中融会出"文"的规则，被后世称为文学、艺、文艺或艺术的东西正是由此而生成的。恰如刘勰所认为的那样，"文之为德也大矣，与天地并生者何哉！……此盖道之文也"。"文"被认为是"道之文"，即天地间万物的文采，它"与天地并生"属"人文之元，肇自太极"。他把人视为"五行之秀""天地之心"。人由于荟萃五行之秀气，是天地之心脏，五行之端倪，所以能够以心去感应和激活

---

① 参见庞朴《"中庸"平议》，《庞朴文集》第四卷《一分为三》，第13—20页。

天地之文并将其转化为以语言去表达之文采。"言之文也,天地之心哉。"①"文"正是"天地之心"的表达。

（2）阴阳交替律,是指作为"天"之"道"的"阳"与"阴"之间的交替起伏规则。"一阴一阳之谓道。"②"阴"与"阳"之间的关系的规律(即"道")正在于这两者之间既相互对立又相互转化。宗白华解释说:"中国民族的基本哲学,即《易经》的宇宙观:阴阳二气化生万物,万物皆集天地之气以生,一切物体可以说是一种'气积'(庄子:天,积气也)。这生生不已的阴阳二气织成一种有节奏的生命。"③

（3）刚柔相济律,是指作为"地"之"道"的"刚"与"柔"之间相互弥补与调和的规则。《易·蒙》有"刚柔接也"的论述,《易·系辞下》指出"刚柔相推而生变化""刚柔有体"④,提出了"刚"与"柔"之间相互对立而又调节的思想。

（4）以善润真律,是要求用仁善之心去适度地过滤、化解或缓解求真的执着,避免极端的真的出现。

（5）化悲为喜律,是指将令人不快的悲感局面适度转化为喜感的状况,或者是以喜感去适度地缓解悲感的极端状况。

（6）褒贬皆有律,是指在需要对人的言行作出褒贬评判时,既非一褒到底也非一贬到底,而是有褒有贬和褒贬杂糅的规则。

（7）乐以忘忧律,是指运用乐感心态去适度地分忧或解忧,从

---

① ［南朝梁］刘勰著,范文澜校注:《文心雕龙》,《范文澜全集》第4卷,第1页。
② 《易·系辞上》,据高亨《周易大传今注》,齐鲁书社1979年版,第514页。
③ 宗白华:《论中西画法的渊源与基础》,《宗白华全集》第2卷,安徽教育出版社1994年版,第109页。
④ 高亨:《周易大传今注》,第102、507、579页。

而形成忧乐相融局面的情形。《论语·述而》:"其为人也,发愤忘食,乐以忘忧,不知老之将至云尔。"①孔子自述自己由于快乐便会忘记忧愁,由此可推导出他所倡导的以乐感去消解忧愁的"中和"态度。

这几条实施路径或规则将万物通心所遵循的"中和"原则落实到文艺表现的作品系统层面。以上有关万物通心的论证还是初步的和粗略的,有待于深化。有关中国文化传统的现代转型,完全可以有其他多种不同认识,这里仅仅提出我个人的尚需持续深入探讨的浅显认识而已。此时探讨万物通心及其实施途径,意在为把握近年来一批文艺作品中兴起的带有心性现实主义美学范式特点的相关现象提供理论基础,这些文艺作品中有小说和电视剧《人世间》,小说和电视剧《装台》,电视剧《正阳门下小女人》《情满四合院》《山海情》《我在他乡挺好的》,电影《搬迁》《我不是药神》《奇迹·笨小孩》等。它们诚然不大可能像一般哲学著述那样以思辨方式去直接诠释万物通心这一中国式心性智慧传统的现代转型轨迹,但可以通过其特有的艺术媒介、艺术语言和艺术形象等符号表意系统,把文艺家们从当代社会生活世界捕捉到的万物通心式体验生动感人地描绘出来,并且也让当代受众从中体验和品评到。恰如列夫·托尔斯泰所说:"艺术是这样的一项人类的活动:一个人用某些外在的符号有意识地把自己体验过的感情传达给别人,而别人为这些感情所感染,也体验到这些感情。"②

---

① 杨伯峻译注:《论语译注》,中华书局1980年版,第71页。
② 〔俄〕列夫·托尔斯泰:《什么是艺术》,《列夫·托尔斯泰全集》第14卷,陈燊、丰陈宝等译,人民文学出版社2010年版,第155—156页。

第三章　现实、心创现实及其三层面

　　现实，是考察心性现实主义时绕不开的关键概念和问题之一。心性现实主义文艺，之所以与以往现实主义文艺之间存在差异，关键点之一正在于其现实概念的内涵有所不同，即渗透进主体心性状况内涵。以往的现实主义文艺，无论中外，都尽力要求把握住那种似乎排除主体介入的客观、科学的现实。俄罗斯文学批评家别林斯基有关"现实诗歌"的著名论断颇有代表性："这现实诗歌的倾向，艺术与生活的密切的结合，主要在我们的时代里得到了发展，难道还有什么可奇怪的吗？一般说来，新作品的显著特点在于毫无假借的直率，把生活表现得赤裸裸到令人害羞的程度，把全部可怕的丑恶和全部庄严的美一起揭发出来，好像用解剖刀切开一样，难道还有什么可奇怪的吗？我们要求的不是生活的理想，而是生活本身，像它原来的那样。不管好还是坏，我们不想装饰它，因为我们认为，在诗情的描写中，不管怎样都是同样美丽的，因此也就是真实的，而在有真实的地方，也就有诗。"① 在20世纪颇有影响的文学批评家韦勒克那里，"现实主义，作为一个时期性概念，就是说作为一个规定性的思想、一种理想的类型，……它是'当代社会

———————

　　① 〔俄〕别林斯基：《论俄国小说和果戈理君的中篇小说》，《别林斯基选集》第1卷，满涛译，上海译文出版社1963年版，第154页。

现实的客观表现'。它要求在题材方面包罗万象,同时在方法上做到客观,即使这种客观性在实践中是难以实现的。现实主义是说教的、道德主义的、改良论的。由于不能总是在描述和规定之间实现一种冲突,它就试图在'典型'的概念中调和二者。在某些作家那里(但不是全部),现实主义是历史主义的:它把社会现实理解为能动的发展"①。他这里承认现实主义要求"在方法上做到客观,即使这种客观性在实践中是难以实现的"。

与以往的现实主义文艺总是把客观性置放在关键位置不同,心性现实主义文艺强调需要面对由主体心性浸润了的客观现实,也就是始终与主体心性不可分离地联系着的客观现实。如此,心性现实主义意义上的特定现实的特性如何,就是需要辨析的了。这种辨析不能凭空进行,而需要立足于中国现代哲学家提供的已有基础。

一、中国现代哲学的现实观

进入近现代或称现代以来,中国哲学家面对外来哲学的冲击,返身探求自身哲学传统的现代性转化路径,从而使得中国心性论传统产生了若干新的现实观以及其他相关理论,需要加以必要的辨析。

---

① 〔美〕R.韦勒克:《文学研究中现实主义的概念》,高建为译,刘象愚选编:《文学思潮和文学运动的概念》,第248页。

1. 熊十力论本体即心

根据相关研究,中国古代新儒学曾经有过三个流派:陆九渊和王守仁(王阳明)的心体学派,程颐、程颢和朱熹的理体学派或道体学派,张载和王夫之的气体学派。熊十力,可以视为其中心体学派的现代开创者,也即中国现代新心体学派的代表人物。[①]熊十力哲学思想的基础是"体用不二"说,这就是说现实在他看来是与主体心灵不可分离地联系着的。这一学说破除了西方哲学的实体与现象、物质与精神、客观与主观等二分之说,"西哲于本体和现象,无法融而为一"[②]。他主张"体"与"用"浑然一体而绝不分解开。"体用本不二。体者,具云宇宙本体。用者,本体之流行至健无息、新新而起,其变万殊,是名为用。世所见宇宙万象,其实皆在冥冥中变化密移,都无暂住。而亦有分,譬如大海水是一,而其显为众沤乃条然宛然成分殊相。条然者,无量沤相现似各别也。宛然者,沤相本非离海水有别自体,而乃现似——沤相,故不可谓——沤相与浑全的大海水无分也。体用有分,其义难穷,可由此譬喻而深参之。虽分,而体为用源,究不二。譬如众沤以大海水为其源,大海水与众沤岂可二之乎?体用可分而实不二,由此譬可悟。"[③]"本体"相当于宇宙万象的本源或终极原因,"用"相当于宇宙万象的行动和变化状况,它们之间的关系好比大海整体与其中"一沤"(一水泡)之间的关系。大海汇聚了无数的水泡,而其中一水泡与整体的

---

① 张立文:《熊十力的新心体学派》,《江汉论坛》2013年第2期。
② 熊十力:《新唯识论》(语体文本),《熊十力全集》第3卷,湖北教育出版社2001年版,第231页。
③ 熊十力:《新唯识论》(语体文删定本),上海书店出版社2008年版,第111页。

海水是无法分离开来的。一水泡离不开大海整体,但又可以映照整个大海。这就是说,宇宙万事万物的本体与功能之间不能分开来看,它们本来就是一体的,是同一回事。"一切物的本体,非是离自心外在境界,及非知识所行境界。"①

熊十力从"体用不二"的基本立场出发指出:"体与用本不二而究有分,虽分而仍不二,故喻如大海水与众沤。大海水成全众沤,非——沤各别有自体。沤之体即是大海水故。故众沤与大海水本不二。"②他强调体用合一但又同时需要加以区分,区分后仍然合为一体。这一点也同样表现在心物问题上:"心物俱在。心起即物与俱起,心寂即物亦俱寂。……心御物故,即物从心,融为一体,岂有与心对峙之物耶?"③按照王元化的理解,"不论他的哲学经过怎样的发展与变化,其核心仍在'本心'这一概念。……十力先生所谓本心,即仁,即生生不息、凝成众物而不物化、新新不已的'绝对本体'。……心与物交参互涵,不可分而为二,而是一个整体的相反相成的两个方面。十力先生既不承认唯物论,也不承认唯心论。……他认为有物即有心,纵使在洪荒时代,心的势用即随物而潜在。体用一如,心物不二,这就是十力先生哲学的真谛"④。

可以说,熊十力哲学的中心范畴是"本心"。"本心"作为万有本体,就是心学意义上的"明觉之心":"觉即心之本体"。⑤"本心"

---

① 熊十力:《新唯识论》(语体文本),《熊十力全集》第3卷,第13页。
② 同上书,第277页。
③ 同上书,第499页。
④ 王元化:《序:读熊十力札记》,熊十力:《新唯识论》(语体文删定本),第9—10页。
⑤ 熊十力:《新唯识论·附录与张君》(语体文本),《熊十力全集》第3卷,第544页。

的本质就是"明觉",正因为其"明觉",它才可以照亮世界。这样,"本心"作为本体,也就是"明觉"作为"本体"。因为"明觉"的"本心"才是世界亮起来的最终根据。"万物本原与吾人真性,本非有二。此中真性,即谓本心。以其为吾人所以生之理,则云真性。以其主乎吾身,则曰本心。"也就是说,"本心才是吾人与天地万物所同察之真性"①。"夫本心即性,性者,即吾人与天地万物所同具之本体。……必识自本心即证得真性,便破缚锢而获超脱,得大自在矣。……吾人若自识本心,而涵养得力,使本心恒为主于中,则一切明理辨物之作用,虽名理智,而实即本心之发用也。"②说来说去,他把深植于个体心灵的"本心"视为真正的本体。

他同时相信"本心"可以通过"学"而抵达"觉"的境界。"学者,觉义,即证体之谓学。思者,理智思辨。斯二者不容偏废,如只求证,则一直向上,而于大用流行中一切事物散著者,未尝析观,即于事物不能无迷罔,故曰'学而不思则罔'。……故思矣,而必要归于学。学之言觉,即反己自识本体,乃独立而无匹,自得本体,即游于无待,故名独立无匹。周行而不殆,本体至神也,以其在人言之,则曰心。此心周遍流行,随缘作主,试反验之吾身,其非礼勿视听言动者,即可见其主乎吾之一身,随所缘而不可乱也。"③个人通过学习和思考,可以抵达或重返"本心",实现其"明觉"。这是倡导个人以主动和自觉的学习或修养行动去提升或改善自我。

---

① 熊十力:《新唯识论》(语体文删定本),第132页。
② 同上书,第274页。
③ 熊十力:《新唯识论·附录与张君》(语体文本),《熊十力全集》第3卷,第547页。

2. 冯友兰论"理"及四重境界

与熊十力突出本体即心、即性而非共相相比，冯友兰更偏重个人之外的宇宙万物之"理"，即模型、共相、规范或规律。当熊十力注重由个体的生命体验组成的道德境界直抵超道德境界时，冯友兰相信个体可以循序渐进地逐步抵达超道德境界。当熊十力的哲学可以归入仁的本体论时，冯友兰的哲学应当带有"理"的本体论特点。他主张"一种即一类物有一种物之理。一种事有一种事之理，一种关系有一种关系之理。……理是本然而有，本来已有，故是本然，故可称为天理"①。凡人和事最重要的都是其"理"。"一切事物，所依照之理，皆是很众底；我们可以说一切事物皆依照众理，但不能说一切事物皆依照一切理。照我们的看法，没有事物能依照一切理，亦没有事物只依照一理。"②在他看来，哲学并不神秘，而就是关于人生境界的学问。"哲学是可以使人得到最高境界底学问，不是使人增加对于实际底知识及才能底学问。"③

现实之"理"，在冯友兰这里，是始终与人的"觉解"紧密相连、密不可分的。不存在与人的"觉解"相分离而单独存在的"理"。人的哲学境界诚然有高有低，但只要个体有"觉解"的意愿及其行动，就可以循序渐进地实现从低到高的逐步超越。"各人有各人的境界，严格地说，没有两个人的境界，是完全相同底。每个人都是一个体，每个人的境界，都是一个个体底境界。没有两个个体，是完全相同底，所以亦没有两个人的境界，是完全相同底。但我们可

---

① 冯友兰：《新理学》，《三松堂全集》第4卷，河南人民出版社2000年版，第31—32页。

② 同上书，第40页。

③ 冯友兰：《新原道》，《三松堂全集》第5卷，第135页。

以忽其小异,而取其大同。就大同方面看,人所可能有底境界,可以分为四种:自然境界,功利境界,道德境界,天地境界。"①他通过这四重境界的超越之路,可以逐步掌握"理"。

冯友兰从个人可以通过超越行为而逐步上升到"理"的境界这一认识出发,对艺术与哲学的关系做了分析。他认为艺术活动与哲学活动存在不同。"哲学是旧说所谓道,艺术是旧说所谓技。"这两者引导人抵达"理"的途径有所不同。"哲学讲理,使人知。艺术不讲理,而能使人觉。……理是可思而不可感者。此感是指感官所有之感说。理是不可感者,亦是不可觉者。实际底事物,是可感者,可觉者。但艺术能以一种方法,以可觉者表示不可觉者,使人于觉此可觉者之时,亦仿佛见其不可觉者。艺术至此,即所谓技也而进乎道矣。"②由此出发,他认为"哲学底活动,是对于事物之心观。……艺术底活动,是对于事物之心赏或心玩。心观只是观,所以纯是理智底;心赏或心玩则带有情感。哲学家将心观之所得,以言语说出,以文字写出,使别人亦可知之,其所说所写即是哲学。艺术家将其所心赏心玩者,以声音,颜色,或言语文字之工具,用一种方法表示出来,使别人见之,亦可赏之玩之,其所表示即是艺术作品"③。当哲学以"心观"方式理智地观照事物时,艺术以"心赏"方式在情感与理智的结合中赏玩和体验事物。

3. 金岳霖论"道"

金岳霖与熊十力的"本心"和冯友兰的"理"都有不同,转而

---

① 冯友兰:《新原人》,《三松堂全集》第4卷,第497页。
② 冯友兰:《新理学》,《三松堂全集》第4卷,第150页。
③ 同上书,第151页。

从中国思想传统回望中发现"道"的根本的本体论地位："中国思想中最崇高的概念似乎是道。所谓行道、修道、得道，都是以道为最终的目标。思想与情感两方面的最基本的原动力似乎也是道。成仁赴义都是行道；凡非迫于势而又求心之所安而为之，或不得已而为之，或知其不可而为之的事，无论其直接的目的是仁是义，或是孝是忠，而间接的目标总是行道。"[1]将老庄思想、程朱理学与西方亚里士多德等的哲学思想融合起来，形成了以"道"为中心的本体论哲学。基于"道可以合起来说，也可以分开来说"[2]的认识，他把"道"视为宇宙中"式"（理、形式）与"能"（气、质料）之间的关系形式，"'宇宙'不仅是全而且是大全。宇宙不可以有外。说不可以有外者因为它不仅无外。假如宇宙有外，这在外的不是无能的式，就是无式的能，而这总是不可能。能既是在式的能，式既是有能的式，万事万物总逃不出能与式底范围，那就是说，它们总在无极而太极之中"[3]。由此，他致力于探讨"道"作为"式与能"的展开方式问题。"道"正是宇宙万事万物之间相互联系、运动和变化的规律，但作为共相，又总是存在于每件具体事物及其过程中。"道"意味着个体成仁赴义、安身立命的自觉行动。"道之可以合可以分也是因为共相与共相底关联。任何一共相都是别的共相底关联，任何一套共相底关联总是一共相。就任何共相之为其本身而言之，它总是单独的、整体的，就任何共相之为其他共相底关联而言之，它总是牵连的、部分的。共相底关联成一整个的图案，这整个的图案是道，各共相也是道；此所以道可以分开来说，也可以

---

① 金岳霖：《论道》，《金岳霖全集》第2卷，人民出版社2013年版，第20页。
② 同上书，第21页。
③ 同上书，第258页。

合起来说。"①在他看来,"道"丰富而又复杂,可以变化无穷。它可以合起来说,也可以分开来看。"道一是合起来说的道,道无量是分开来说的道。有真底道(分),有假底道(分),而道(合)无真假;有善底道(分),有恶底道(分),而道(合)无善恶;有美底道(分),有丑底道(分),而道(合)无美丑。有如底道(分),有不如底道(分),而道(合)莫不如如;所谓如(1)如(2),就是如(2)其如(2),不如(2)其不如(2),或如(1)其所如(2),如(1)其所不如(2);总而言之,无论如(1)何,都是道。就真、善、美……之各为其本身而言之,道无量;就它们彼此有关联而此关联之亦为道而言之道一。"②

4. 贺麟的仁的本体论

贺麟在"道"与"精神"之间做了明确区分:"道"是指宇宙人生之真理、万事万物之准则和真善美永恒价值,而"精神"则是主体意识活动。"若从体用的观点来说,精神是以道为体而以自然和文化为用的意识活动。根据这个说法,则精神在文化哲学中,便取得主要、主动、主宰的地位。自然也不过是精神活动或实现的材料。所谓文化就是经过人类精神陶铸过的自然。所谓理或道也不过是蕴藏在人类内心深处的法则。"③他由此突出"精神"的主导地位。

贺麟设定"心有二义:(1)心理意义的心;(2)逻辑意义的心。逻辑的心即理,所谓'合即理也'。心理的心是物,如心理经验中的感觉、幻想、梦呓、思虑、营为,以及喜怒哀乐爱恶欲之情皆是物,

---

① 金岳霖:《论道》,《金岳霖全集》第2卷,第261页。
② 同上书,第261—262页。
③ 贺麟:《近代唯心论简释》,《贺麟全集》第3卷,第196页。

皆是可以用几何方法当作点线面积一样去研究的实物"①。他认为
中国哲学欠缺一个从本体连接现象界的逻辑主体,从而提出"逻辑
的心"这个新命题。"逻辑的心"即逻辑主体或"理",是贺麟哲学
的中心范畴。"逻辑的心"既是一种超经验层次的精神原则,又可
以进入经验层次展开评价,因为它"乃一理想的超经验的精神原
则,但为经验行为、知识以及评价之主体。此心乃经验的统摄者、
行为的主宰者,知识的组织者、价值的评价者。自然与人生之可以
理解,之所以有意义、条理与价值,皆出于此心即理也之心"②。由
此,"心"与"理"就相互打通了。宇宙万物的价值恰是由人类主
体的"心"与"理"的同一性所赋予的,由此出发的哲学属于一种
即心即理、亦心学亦理学的哲学。贺麟相信"心与物是不可分的整
体。为方便计,分开来说,则灵明能思者为心,延扩有形者为物。
据此界说,则心物永远平行而为实体之两面:心是主宰部分,物是
工具部分。心为物之体,物为心之用。心为物的本质,物为心的表
现。故所谓物者非他,即此心之用具,精神之表现也"③。

　　贺麟从即心即理、亦心学亦理学的哲学去考察人与天、物、文
化等的关系,认为"人是以天为体,以物为用的存在"。他对此具
体解释说:"人之知天知物,人之希天用物,即是人的使命、人的天
职。这种使命,乃基于人的本性之必然。知天知物即可得一世界
观,知人即得一人生观。"④关于人与文化的关系,他引用朱熹《论
语集注》卷五中的主张"道之显者谓之文",认为这个命题"应当解

---

①　贺麟:《近代唯心论简释》,《贺麟全集》第3卷,第3页。
②　同上书,第3—4页。
③　同上书,第4页。
④　贺麟:《文化与人生》,《贺麟全集》第4卷,第88页。

释为文化是道的显现,换言之,道是文化之体,文化是道之用。所谓'道'是宇宙人生的真理,万事万物的准则,亦即指真美善永恒价值而言。儒家常说'文以载道',其实不仅'文艺'以载道,应说'文化'以载道,因为全部文化都可以说是道之显现。并且不仅文化以载道,我们还可进一步说'万物皆载道','自然亦载道'"①。他提出"以精神或理性为体,而以古今中外的文化为用"的新主张,认为"以自由自主的精神或理性为主体,去吸收融化,超出扬弃那外来的文化和已往的文化。尽量取精用宏,含英咀华,不仅要承受中国文化的遗产,且须承受西洋文化的遗产,使之内在化,变成自己的活的产业。特别对于西洋文化,不要视之为外来的异族的文化,而须视之为发挥自己的精神,扩充自己的理性的材料"②。

贺麟运用上述观点对中国古代儒学传统的核心概念"仁"做了现代性转化处理。"仁乃儒家思想的中心概念。……仁即天真纯朴之情,自然流露之情,一往情深、人我合一之情。"③这就意味着"仁"的纯朴化、情感化和自然化的理解,即将其视为一种"人我合一之情"。"从哲学看来,仁乃仁体。仁为天地之心,仁为天地生生不已之生机,仁为自然万物的本性。仁为万物一体、生意一般的有机关系和神契境界。简言之,哲学上可以说是有仁的宇宙观,仁的本体论。"④他由此建立一种"仁的本体论"哲学。

他将这种"仁的本体论"哲学发挥到儒学传统的重新阐发上。"儒学是合诗教、礼教、理学三者为一体的学养,也即艺术、宗教、

---

① 贺麟:《近代唯心论简释》,《贺麟全集》第3卷,第194页。
② 同上书,第201页。
③ 贺麟:《文化与人生》,《贺麟全集》第4卷,第16页。
④ 同上书,第17页。

哲学三者的谐合体。因此，新儒家思想的开展，大约将循艺术化、宗教化、哲学化的途径迈进。"① 他主张从艺术、宗教和哲学三重视角交融的角度去重新解释儒学思想。"儒家所谓仁，可以从艺术化、宗教化、哲学化三方面加以发挥，而得新的开展。"② 他寻求借鉴西方艺术学而发扬儒学的"诗教"传统。"须领略西洋的艺术以发扬儒家的诗教。诗歌与音乐为艺术的最高者。儒家特别注重诗教、乐教，确具深识远见。惟凡各种艺术者皆所以表示本体界的义蕴，皆精神生活洋溢的具体表现，不过微有等差而已。建筑、雕刻、绘画、小说、戏剧，皆所以发扬无尽藏的美的价值，与诗歌、音乐亦皆系同一民族精神及时代精神的表现，似无须轩轾于其间。过去儒家因乐经佚失，乐教中衰，诗教亦式微。对其他艺术，亦殊少注重与发扬，几为道家所独占。故今后新儒家的兴起，与新诗教、新乐教、新艺术的兴起，应该是联合并进而不分离的。"③ 他这里有关儒学传统的艺术化和哲学化理解是无可厚非的，但从"宗教化"角度去发挥，显然存在谬误：儒学诚然会被人从宗教角度去理解或曲解，但毕竟不等于宗教，毕竟与西方宗教有别，不宜在此混为一谈。

例如，他对于儒学的"诚"的概念的分析，虽然有理有据地传承其艺术化和哲学化内涵，但不适当地强化了其宗教化意义。"在儒家思想中，诚的主要意思是指真实无妄之理或道而言。所谓诚，即是指实理、实体、实在或本体而言。中庸所谓'不诚无物'，孟子所谓'万物皆备于我矣，反身而诚'，皆寓有极深的哲学意蕴。诚不仅是说话不欺，复包含有真实无妄、行健不息之意。'逝者如斯

---

① 贺麟:《文化与人生》,《贺麟全集》第4卷, 第16页。
② 同上书, 第17页。
③ 同上书, 第16页。

夫，不舍昼夜'，就是孔子借川流之不息以指出宇宙之行健不息的诚，也就是指出道体的流行。其次，诚亦是儒家思想中最富于宗教意味的字眼。诚即是宗教上的信仰。所谓至诚可以动天地泣鬼神。精诚所至，金石亦开。至诚可以通神，至诚可以前知。诚不仅可以感人，而且可以感动物，可以祀神，乃是贯通天人物的宗教精神。就艺术方面言，思无邪或无邪思的诗教即是诚。诚亦即是诚挚纯真的感情。艺术天才无他长，即能保持其诚、发挥其诚而已。艺术家之忠于艺术而不外骛亦是诚。总之，诚亦是儒家诗教、礼教、理学中的基本概念，亦可从艺术、宗教、哲学三方面加以发挥之。"①当他把西方式宗教含义赋予"诚"后，这个概念的中国内涵就难免遭到部分曲解了。

　　从以上有关熊十力、冯友兰、金岳霖、贺麟等的现实本体思想的略述可见，他们主要还是在重新阐发中国古典儒学思想传统上，特别是在其现代转化上有新建树，值得重视。不过，同样需要重视的是，他们在分别标举"体用不二"、理与觉解合一、"即心即理"、道可分可合、"仁为自然万物的本性"等观念时，没有看到或不承认存在着可以不以个人意志为转移的客观现实，未能基于物质决定意识、社会存在决定社会意识的前提去看待问题。今天需要在坚持物质决定意识、社会存在决定社会意识的根本原则基础上，重新考察现实观念，以及与之相关的物与心、现实与精神之间等多重关系。

　　不过，如果换个角度看，把"体用不二"、理与觉解合一、"即心即理"、"仁为自然万物的本性"、道可分可合等观念放到文艺作品

---

　　①　贺麟：《文化与人生》，《贺麟全集》第4卷，第17页。

所建构或创造的审美世界层面看，也就是仅仅当作文艺作品所建构的虚拟世界看，它们显然就是富于洞见的观察了，有利于把握文艺作品的规律，特别是其中创现实的特性。

二、现实与文艺中的现实

现实，始终是不以个人意志为转移的客观实在。我个人没有去过南极，并不等于那里就不存在南极冰盖正在快速地融化因而体积变小的事实，因为由当地气象观察记录数据以及世界各国相关科学家等提供的综合分析事实及其科学结论，已经足以证明这个事实的可靠性，就不必等待唯有我本人去南极亲眼验证才算"现实"了。重要的是，这种特定现实存在着，并且作为一种日常生活习惯，已纳入当代人的心灵世界之中，被心化或心灵化了，成为心化了的现实，不妨简称心化现实。心化现实，是指人的心灵对于存在着不以个人意志为转移的客观现实这一事实的确认，是指人的心灵所确认的不以个人意志为转移的客观现实。现实存在着，并且不以个人意志为转移，但这一事实总是对于人来说的，总需要人予以领会和确认后才真正变得有意义。离开了人的领会和确认，这种现实就变得没有意义了。

谁来确认现实的客观性？只能是人。"首先应当确定一切人类生存的第一个前提，也就是一切历史的第一个前提，这个前提是：人们为了能够'创造历史'，必须能够生活。但是为了生活，首先就需要吃喝住穿以及其他一些东西。因此第一个历史活动就是生产满足这些需要的资料，即生产物质生活本身，而且，这是人们从几千年前直到今天单是为了维持生活就必须每日每时从事的历史活动，是一切历史的基本条件。"①正是人们的以物质生产活动为主的历史活动构成了"一切历史的基本条件"。这一"真理"只能由人来确认。这就意味着人将存在客观现实的事实予以确认，从而将客观现实变得心灵化或心化了，将其变成了心化现实。这样的由万事万物共同组成的现实状况，随时随地都在发生着、存在着、变化着，构成了人类生存于其中的具体物质条件和环境，提供了人类个体与之相遇的具体境遇，并且随时随地被心化，转化成心化现实。"这是一些现实的个人，是他们的活动和他们的物质生活条件，包括他们已有的和由他们自己的活动创造出来的物质生活条件。"②这样的现实及心化现实都毋庸置疑地存在着。这是我们必须承认的前提。

考察文艺这种人类的特殊创造物，同样需要紧密联系现实，尽管文艺并不能直接等同于现实本身，而不过是一种人为的审美的心化现实的产物。"它从现实的前提出发，它一刻也不离开这种前提。它的前提是人，但不是处在某种虚幻的离群索居和固定不变状态中的人，而是处在现实的、可以通过经验观察到的、在一定条件下进行的发展过程中的人。"③谈论文艺问题，就需要紧密联系"处在现实的、可以通过经验观察到的、在一定条件下进行的发展过程中的人"，因为文艺归根到底是对于人的现实生活或处于现实生活中的人的反映的产物，也就是说，文艺中的现实终究是对于人

---

① 〔德〕马克思、〔德〕恩格斯：《德意志意识形态》，《马克思恩格斯文集》第1卷，第531页。
② 同上书，第519页。
③ 同上书，第525页。

127

生活于其中的现实的反映的产物，也就是一种心化现实的产物。

　　这样，谈论文艺中的现实问题，始终离不开现实。这是需要坚持的基本前提。不过，与此同时，同样重要的是，谈论文艺中的现实问题既始终离不开现实，也同时始终离不开人的心或心灵也即心化现实。这是因为，文艺中的现实一方面来源于人所生存于其中的客观现实，但另一方面又同时可以高于客观现实，因为这种现实已经被心灵化或心化了，属于一种心化现实。一方面，现实生活是文艺的唯一源泉，因而永远高于文艺。"作为观念形态的文艺作品，都是一定的社会生活在人类头脑中的反映的产物。……人民生活中本来存在着文学艺术原料的矿藏，这是自然形态的东西，是粗糙的东西，但也是最生动、最丰富、最基本的东西；在这点上说，它们使一切文学艺术相形见绌，它们是一切文学艺术的取之不尽、用之不竭的唯一的源泉。"[1]另一方面，文艺由于带有人类主体的更高远的心灵性和理想性，因而也可以高于现实生活。"文艺作品中反映出来的生活却可以而且应该比普通的实际生活更高，更强烈，更有集中性，更典型，更理想，因此就更带普遍性。"[2]这样，文艺既源于现实/生活而又可以高于现实/生活。

　　从文艺源于现实而又高于现实的原理出发可知，文艺中的现实既归根到底来源于现实，因为没有这样的现实就没有这样的文艺；但又同时可以高于现实，因为如果没有这样的人类心灵对于现实的加工和改造即生成心化现实，就不会有这样的赋予人类心灵色彩的文艺。在文艺中，现实需要作用于人类心灵，并由人类心灵

---

① 毛泽东：《在延安文艺座谈会上的讲话》，《毛泽东选集》第3卷，第860页。
② 同上书，第861页。

来进行加工和改造后,再使其成为心化现实。在这个意义上,文艺中的心化现实与人类心灵之间,构成相互紧密联系而不可分割的整体。假如离开心而谈论现实本体,在文艺作品的存在方式中没有什么实际的意义。在文艺作品中,现实本体固然存在着,甚至在对文艺发生根本性作用,但如果它与特定人类心灵及其文艺呈现无关,谈论它就没有必要了。在文艺作品中,当现实对于人类心灵来说成为他心灵感知和思考中的特定现实时,这种现实才有本体论意义,也才能被视为由人类心灵产生"自明""觉解"的那种现实即心化现实。在此特定条件下,熊十力所谓"体用不二"、贺麟所谓"仁的本体论"等,才能发挥实际的作用。

就文艺与现实的关系或现实进入文艺的特定方式来说,现实在文艺中或文艺中的现实总是以心化现实这一特定方式存在的。这种情形在2012年以来的心性现实主义文艺中有着越来越显著的呈现。如果从现实过渡到人的心化现实的过程看,心性现实主义文艺作品中的心化现实,往往存在着如下三种具体展开方式或层面:首先是更靠近现实的心感现实,其次是更靠近人的心灵的心明现实,最后是由艺术媒介和符号形式系统创造成的心创现实。

心感现实,是从文艺对于现实的依赖性来说的,是指个体心灵所感遇、感知、感发的现实生活状况。这是从物质决定精神、社会存在决定社会意识角度而对于个体心灵感发中的现实的一种理解,强调个体心灵依存于社会生活现实,而不可能超越于或凌驾于其上。"'精神'从一开始就很倒霉,受到物质的'纠缠',物质在这里表现为振动着的空气层、声音,简言之,即语言。语言和意识具有同样长久的历史;语言是一种实践的、既为别人存在因而也为我自身而存在的、现实的意识。语言也和意识一样,只是由于需要,由于和他人交往的迫切需要才产生的。……意识一开始就是社会的产物，而且只要人们存在着，它就仍然是这种产物。"①文艺作为人类以精神、语言、意识等方式而对于物质现实的反映的产物，只能和必须高度依赖于现实。也正由于如此，"人应该在实践中证明自己思维的真理性，即自己思维的现实性和力量，自己思维的此岸性"②。文艺反映是否具有"真理性"的问题，只有通过现实生活实践才能予以证明。叶燮这样解释杜甫诗歌创作的发生："千古诗人推杜甫，其诗随所遇之人之境之事之物，无处不发其思君王、忧祸乱、悲时日、念友朋、吊古人、怀远道，凡欢愉、幽愁、离合、今昔之感，一一触类而起，因遇得题，因题达情，因情敷句。"③这里的关键在于现实中"所遇之人之境之事之物"对于诗人心灵的感发作用。假如没有这些人、境、事和物对于诗人心灵的感发，就不可能有诗兴的发生。

与心感现实着力陈述文艺对于现实的高度依赖性不同，心明现实是从文艺对于现实的超越性或文艺中所展示的人类心灵对于现实的加工和改造来说的，是指由个体心灵在心感现实基础上运用想象、幻想、理解、理想化、概括化等方式予以处理后的现实变异状况。这里突出的是人的心灵对于心感现实的能动加工和自由改造的程度。心明现实之明，可以从王阳明的"自明"或"明"的理论去理解："先生游南镇，一友指岩中花树问曰：'天下无心外之

---

① 〔德〕马克思、〔德〕恩格斯：《德意志意识形态》，《马克思恩格斯文集》第1卷，第533页。

② 〔德〕马克思：《关于费尔巴哈的提纲》，《马克思恩格斯文集》第1卷，第504页。

③ 〔清〕叶燮：《原诗》，霍松林校注：《原诗 一瓢诗话 说诗晬语》，人民文学出版社1979年版，第17页。

物,如此花树在深山中自开自落,于我心亦何相关?'先生曰:'你未看此花时,此花与汝心同归于寂;你来看此花时,则此花颜色一时明白起来,便知此花不在你的心外。'"①这里的"明白",并非日常生活中的随便什么知晓或了解,而是相当于瞬间中的突然"照亮"或"澄明",将某种平时难以得见的人生价值引导到明朗地带,从而显然属于人生价值的瞬间生成。这代表人的心灵对于外在现实对于人的价值的新发现和新建构。文艺家从现实生活感受基础上形成自身之"明白",这意味着在心中生成了一种更高的精神"现实"。文艺诚然高度依赖于现实社会生活,但又同时要超越其束缚而向往更高远的理想境界。这里的心明现实,就正如前引六个"更"所揭示的那样,恰是说文艺中生成的现实应当比现实本身"更高""更强烈""更有集中性""更典型""更理想""更带普遍性"。显然,在文艺中,心明现实是指那种比心感现实更具超越性、距离人类理想境界更近的现实展开方式,也即心灵创造的符合理想标尺的"现实"。"故画竹必先得成竹于胸中,执笔熟视,乃见其所欲画者,急起从之,振笔直遂,以追其所见,如兔起鹘落,少纵则逝。"②当苏轼说文与可画竹时"必先得成竹于胸中"时,这就是指画家在画竹过程中,必须在对于现实的竹子的观察和感发基础上,也就是在心感现实基础上,在心中先行描绘出自己所构想的竹子的形象或意象。注意,画家不是机械地画其眼前所见竹子,而是"见其所欲画",是在心里发现了自己想要描绘的理想的竹子的意

---

① 〔明〕王守仁撰、吴光、钱明、董平、姚延福编校:《王阳明全集》上册,第94页。

② 〔宋〕苏轼:《文与可画筼筜谷偃竹记》,张志烈、马德富、周裕锴主编:《苏轼全集校注》第11册,河北人民出版社2010年版,第1154页。

象。这让人难免想到英国艺术理论家贡布里希提出的似乎是由他才发现的理论:"绘画是一种活动,所以艺术家的倾向是看到他要画的东西,而不是画他所看到的东西。"①贡布里希的这一理论"发现",包括他从《艺术的故事》起就一直致力于破除"画其所见"等旧观念,在西方绘画美学中可能是新颖的甚至是全新的,但在中国早已由苏轼的"见其所欲画者"清晰地阐明了。因此,画家胸中之成竹已经不同于他观看中的竹子了,从而具有了心明现实的特性。

心创现实,是从文艺作品的存在方式来说的,是指由个体心灵在心感现实和心明现实基础上运用艺术媒介、艺术符号和艺术形式而实际地创生成的艺术作品世界。这是呈现于观众面前而供其观赏和品味的活生生的审美现实。苏轼曾指出,理想中的文字应当"大略如行云流水,初无定质,但常行于所当行,常止于所不可不止,文理自然,姿态横生。孔子曰:'言之不文,行而不远。'又曰:'辞达而已矣。'夫言止于达意,即疑若不文,是大不然。求物之妙,如系风捕影,能使是物了然于心者,盖千万人而不一遇也。而况能使了然于口与手者乎? 是之谓辞达。辞至于能达,则文不可胜用矣"②。他在这里区分了"了然于心者"与"了然于口与手者"。"了然于心者",大约相当于心明现实,即文艺家心灵中的正在创造的但又还不确定的"现实";而"了然于口与手者",则相当于心创现实,即已经外化出来呈现为客观文艺作品的"现实"。

从实际的文艺创作过程的一般性来看,从现实到文艺作品的

---

① 〔英〕E.H.贡布里希:《艺术与错觉——图画再现的心理学研究》,林夕、李本正、范景中译,浙江摄影出版社1987年版,第101页。

② 〔宋〕苏轼:《与谢民师推官书》,张志烈、马德富、周裕锴主编:《苏轼全集校注》第16册,河北人民出版社2010年版,第5292页。

过程，是一个从五官感觉中的心感现实，经过内心中的心明现实的加工和改造，再到呈现于观众面前的符号形式化的心创现实的演变过程。

这就需要了解文艺作品中的现实即心创现实的情形。心创现实，是由文艺家运用自己的心灵在文艺作品中创造出的审美的现实。这种现实，固然根本上来源于客观的社会生活现实，但又同时可以高于社会生活现实，因而具有一种审美世界的独立性。简要地说，文艺作品中的心创现实状况可以分别从下列三层面去考察：一是近心感现实层面，二是近心明现实层面，三是心感-心化现实交融层面。近心感现实层面，是心创现实中更贴近现实原生态的层面，其主要人物或叙述者在能动地改变社会现实方面的能力或作为较为弱小或甚至遭受挫败。近心明现实层面，是心创现实中更贴近人的心灵的层面，是指主要人物或叙述者在能动地改变社会现实方面展现出符合理想范型的强能力或强作为。心感-心明现实交融层面，是心创现实中现实与心灵相互交融和尽力平衡的层面，指心感现实与心明现实之间处在相互交融和相互平衡状态。这三个层面之间的赖以区分的简约标准在于，主要人物在结局时是否成功：在心感现实层面是基本失败或面临开放的或不确定性局面，在心明现实层面主要人物往往走向成功或基本成功，而到心感-心明现实交融层面则呈现为有得有失或成败皆有的更复杂、多元和混合的局面。

为了以下分析问题方便，不妨在此引入中国现代文艺中一直存在的主人公-帮手模式传统，以便作为分析人物与社会现实的关系时的一个参照系。长篇小说《创业史》第一部（1960）中的主人公梁生宝，出身贫苦人家，年轻、充满变革热情，但又同时稚嫩、缺乏经验,幸而有区委书记王佐民的启蒙和指导,他得以沿着王佐民指引的方向果断行动,迅速成长,带领蛤蟆滩群众通过加入互助组而走上集体创业道路。这里的无论是主人公梁生宝还是他的帮手王佐民,都被赋予了神圣性、原创性和感召力等卡里斯马型主人公特有的品格,从而共同结成了中国现代文艺中特有的主人公-帮手模式传统,反映出中国现代文艺具有的以卡里斯马型人物去推进生活世界变革的品质。①这样的主人公-帮手模式,到了新时代已经发生了新的富于时代气息的重要变迁。诚然,主人公还是像梁生宝那样年龄的青年人,虽然起初稚嫩、弱小,但充满原创活力,能够积极地以自身行动去创业,开拓未来,求取个体人生价值,不过,值得注意的是,随着社会现实环境发生巨大变迁,他们身边的帮手已经褪去了王佐民时期那样在思想启蒙上的权威性和在开创未来方面的神圣性禀赋,变成为社会身份不确定的各类人。帮手的变化必然会影响到主人公的变化,尤其是在主人公的心性状况方面。

三、近心感现实层面

近心感现实层面,是指更贴近心感现实而同时更远离心明现实的状况,也就是心感现实因素更突出而心明现实因素很微弱。在这个层面的作品中,主要人物或叙述者往往处在日常现实的原

---

① 参见王一川《中国现代卡里斯马典型——20世纪小说人物的修辞论阐释》,云南人民出版社1994年版。

生态或低级层面，仅仅有着隐蔽、微弱或势单力薄，有时甚至是缺点或弱点显著的社会作为或社会改造行动。在这类作品中，主要人物或叙述者总是缺乏及时准确领悟时代精神的足够能力，即便是有所领悟和作为，也总是行动迟缓或不得要领，终究在困难或挫折面前作为甚少、无所作为，或者遭遇挫败。长篇小说《望春风》（2016）、《谁在敲门》（2021），影片《心迷宫》（2014）、《冰下的鱼》（2020）、《吉祥如意》（2020）等，可以归入此层面。

在近心感现实层面，主人公或主要人物的生存方式往往与现实水平相近、接近或看齐，缺乏超越其水平的更高素质。小说《望春风》中的主人公兼叙述人赵伯渝，只读过几年私塾，相当于初级文化程度，但又立志做一名乡村修史者，自己秉笔直书地讲述亲历的儒里赵村生活往事。他叙述自己的算命先生父亲如何因为历史问题的缠绕而选择在便通庵自尽，母亲如何很早就离家出走而重建新家庭，而他自己的一生则经历了乡村几十年风雨。他虽然曾经一度倚靠母亲的关系而走出乡村抵达城镇工厂生活，但最终还是回到已变得荒芜而苍凉的乡间故土，与丧夫的春琴相依为命，在相互陪伴中共同编撰乡村衰败史。无论是赵伯渝还是春琴，都不属于生活中的成功者，也没有遇到过真正有力的生活帮手，而只能接受被抛弃的命运。《谁在敲门》以第一人称兼第三人称的叙述视角，自信地讲述许家大家族的故事，把笔触从乡村伸展到镇上，刻画出当代川东北乡镇众生相。其中没有任何一个人物人格完美或道德完善，都或多或少带有这样或那样的缺点或不足，再也没有《创业史》时代那种神圣帮手了。对于这两部小说的详细分析，请参见本书第五、六章。

1.《心迷宫》与心灵迷途

有的同属近心感现实层面的作品，不仅主人公显得无能和无力，而且有可能成为其帮手的人物也同样无能和无力。影片《心迷宫》运用巧合、悬念、意外等手法，特别是频繁的蒙太奇镜头切换，渲染出一种紧张和焦虑的氛围。该片由新发现的一具被烧焦尸体的辨认，再到第二具尸体的辨认，以及进一步的缘由调查，到村长肖卫国携其子肖宗耀去自首，一步步揭开当代乡村社会群体心理迷途状况。这里刻画的男女两个系列人物，都是生活中的失意人或失败者。男性人物系列中，青年肖宗耀进城后本想远走高飞，但又被迫同父亲妥协，心灵无所皈依。一村之长肖卫国虽然主动为儿子和家庭谋划幸福未来，但实际上是儿子幸福的破坏者，当目击儿子失手杀死白虎后主动帮儿子焚尸逃脱罪责。还有王宝山偷情和推责，大壮有杀人夺妻之心，白虎蛮横和有匪气，白国庆撒谎，陈自立虐待妻子，二哥讨债时呈霸凌之气等。这群男人各有其人格缺陷，丧失心灵家园皈依。而女性人物系列中，丽琴跟王宝山恋爱被父母拆散，嫁给瘸子陈自立后长期受虐待，与已婚的王宝山偷情。同村光棍大壮在她丈夫死后追求她，但想到她可能是杀夫凶手而产生恐惧。黄欢因急切想跟肖宗耀结婚并去城里生活而谎称怀孕，但约会时遭遇白虎敲诈，扭打中黄欢致其死亡，仓皇逃进城里，对肖自知理亏，无法让心灵安稳。小凤本来异常愤怒于丈夫王宝山在自己怀孕时与丽琴偷情，但在婆婆劝说下与之和好。村长之妻毫无主见地陪伴丈夫和迁就儿子。白虎嫂巴不得小叔子早死并鼓励丈夫白国庆作假。黄欢的闺蜜促使她设计拴住肖宗耀。陈自立的"小三"急于篡夺妻子正位。这群女性人物同样是生活的失意人和心灵迷途者。值得注意的是,这里的青年一代,无论男女,似乎都在现实生活中迷失了方向,变得茫然失措。他们已经丧失掉神圣帮手。即便有可能成为帮手的人,也都不合格。例如肖卫国本来是唯一可以成为儿子帮手的人选,但是不仅破坏儿子的自由恋爱,甚至选择了以犯罪方式去"帮助"儿子焚尸灭迹。

2.《冰下的鱼》与进退维谷者

有的人物,则处在无论对于长辈还是对于晚辈都显得无能为力和痛苦不堪的窘境中。《冰下的鱼》把观众带到冰天雪地的东北老工业城市,目击大型国有企业建华机床厂的附属小学退休职工、82岁老人赵丽华在丈夫去世后患上抑郁症,她的小小愿望不过是去厂里职工浴池洗一次澡,但意料不到地多次被拒之门外,甚至遭到人格羞辱。该片的主要矛盾焦点集中在她的儿子朱红兵身上:他为了找到愿意陪同母亲洗浴的女人可谓费尽心思;妻子关晓燕与母亲长期不和而婆媳矛盾激化,女徒弟刘朝红婚姻不幸而暗恋他,足疗技师陌陌对他的处境有所了解;他同时为了儿子在北京买房、生活稳定,不得不卖掉老家房子,跟妻子一道回到母亲的家同住,加剧了本来就紧张的婆媳矛盾。朱红兵一面要关照老母,一面要帮助儿子,还要协调婆媳矛盾。这众多琐事交织一体,让他进退维谷,心情抑郁。影片用洗澡一事,披露出孤独老职工赵丽华的细腻内心世界:到自己工作了一辈子的职工浴池去洗浴一次,相当于重新亲历一次国有大型企业特有的公共清洁仪式,然后有尊严地、"安乐"地告别人世。她似乎要借此履行一次对于国有企业的神圣的怀旧仪式,以便寄托自己隐藏在心底多年的国有企业乡愁。这个看似容易的小愿望却最终无法实现,让她和儿子朱红兵都深感不安和不解。再看朱红兵,为了母亲洗澡而打妻子,为了儿子而卖房子,还陪人喝酒喝到不省人事。他人到中年却无力帮助母亲办成这件小事,也无法协调婆媳矛盾,对支持在北京的儿子也力不从心。这种老人无助、中年无能和青年"啃老"的三代失意人情形,让观众真切地目睹现实层面的心结状况。正如片名"冰下的鱼"所暗喻的那样,赵丽华恰如一条被困于冰下的鱼,想突破寒冷如冰的社会关系层面而实现自己的小小愿望,归于失败;朱红兵同样也有着冰下的鱼一样的命运,在需要为老母、儿子和妻子提供帮助之时深感无助。走投无路中,朱红兵最终租到钟点房为母亲圆了搓澡梦。这个儿子为老母搓澡的桥段,堪称全片的高潮。搓澡过程中,母子两人都选择沉入默不作声的情境中,儿子回忆既往人生的一幕幕,老母也应当陷入自己漫长人生的回忆里。此时无声胜有声,母子仿佛都从各自的回忆中重新找到并积蓄起面对生活的新能量和勇气。但正在此时,朱红兵突然接听到儿子要钱的电话,仿佛重新跌落到现实冰窖中,心理崩溃下抱着母亲痛哭。结尾,当赵丽华似乎可以选择结束自己足够漫长的人生时,已丧失生存勇气但又肩扛父亲和丈夫责任的中年男人朱红兵,又该往何处去?这一开放式处理让观众不得不陷入猜想中。真正难办而又需要办的是朱红兵这位人生中的进退维谷者。

3.《吉祥如意》与大家族心理离散

有的作品记录下当代乡村大家庭从人丁兴旺及和和美美气象而转向分离和零散的可悲且可疑情状。纪录电影《吉祥如意》由《吉祥》和《如意》两个短片合成。《吉祥》主要讲述离家在北京打拼十年,与母亲一道生活,并已结婚生子的丽丽回到老家过年,看望身患阿兹海默症而与母亲离婚的老父王吉祥。平时照顾王吉祥的祖母突然离世，立时让老父陷入无人照顾的境况中。焦点在于，在丽丽已经跟母亲一道与父亲分离而无法回家照顾后，王吉祥的4个兄弟姐妹中谁来照顾他？他排行老三，四个姐弟中唯一的大学毕业生，年轻时在外地工作，称得上全家的骄傲，平常给兄弟姐妹很多帮助。他嘴里经常重复说着"文武香贵、一二四五"，这是四个兄弟姐妹名字中取一个字组成的。丽丽回家后就参与到长辈们有关老父如何照顾的激烈争吵中。由于她与父亲缺乏感情和长久分离，不能加入到父亲的照顾者行列中，而父亲的兄弟姐妹们又年老，且各有自家难题要处理，无法独自承担照顾她老父的重任。这样的故事直让观众质疑：丽丽为什么不自觉承担起照顾老父的责任？她父亲的亲兄弟姐妹们为什么不慷慨伸出援手？

　　第二个短片《如意》，相当于对《吉祥》中真情实景纪录和质疑提供了一种颠覆性或反转性回应：当现实中真实的丽丽突然回到老家，才显示上个短片中的丽丽是导演组在估计丽丽不可能回家的情况下，不得已安排专业演员去饰演的。当真实的丽丽与饰演她的演员相处和对话时，一种意料之外的独特情境出现了（这恰是这部纪录电影的独特艺术效果之所在）：一方面，饰演丽丽的演员，面对王吉祥的生活困难和王家兄弟姐妹间重重矛盾，设身处地地倾心介入，因而激动得难以自持；另一方面却相反，真实的丽丽对父亲的病情及处境无动于衷，似乎王吉祥是别人的父亲！这种巨大的反差，让入戏很深的演员变得近乎心理崩溃，而丽丽本人显得无动于衷。演员禁不住质问丽丽：你怎么能十年不回来？说着说着泣不成声。丽丽对此则并未有丝毫愧疚或不安，只是连她自己也不知应当如何回答而已。饰演她的演员越是入戏深而难以自持，丽丽本人越是本来如此地表现得无动于衷，那么，观众就越是会发出难以回答的疑问：丽丽与老父之间为什么会如此寡情？她为什么会对老父表现得如此绝情？这显然已经不是在做戏地袒露当代社会的亲情寡淡，而就是让实实在在的亲情寡淡自动呈现，尽管这是以纪录电影方式建构的心创现实图景。这里，纪录电影艺术以自身的独特方式尽量贴近和建构起未经多少加工改造的素朴的心感现实状况本身，造成心创现实尽力贴近现实本身的影像修辞效果。

表面看，该片讨论的是阿兹海默症患者王吉祥由谁来照顾的家务事，但实际的根本症结在于整个家族关系的新变迁。老祖母或老母亲突然去世，造成了整个大家族关系整体出现类似于"树倒猢狲散"的解体局面，包括王吉祥在内的众兄弟姐妹及其后代，都一下子被抛入一种前所未有的整体上的空虚和无主境遇中。如果说，刚刚去世的祖母/外祖母代表家族亲情的核心，而在她的四个儿女那里，亲情已经变得淡薄，那么，到了第三代丽丽这里，这种家族亲情已经变得无所谓了或不存在了。丽丽选择生活在远离故乡、远离父亲，从而也远离家族亲人的北京大都市，本身就代表对于一种非家族、无亲情、离散的生存方式的选择和追求。该片以纪录电影方式所真实再现的现实，正是当代中国乡村社会遭遇的一种大家庭解体所伴随的心理离散现实。

四、近心明现实层面

近心明现实层面，是指更贴近心明现实而同时更远离心感现实的状况，也就是人心的主导作用更浓重而人心对现实的依存作用更淡薄。心性现实主义的近心明现实层面，重在展现主要人物或叙述者的显著的社会作为或社会性改造行动。这里既在再现现实的客观性和批判性方面，同时又在参与干预或改造社会现实的实践的人们的德行修为方面，都展现出主体的能动作为。在这类作品中，主要人物往往自觉领悟时代精神的潮头信息，进而积极投入改变个人乃至世界命运的实际行动中，并且取得了成功，尽管其中有人也难免遭遇挫折或留下缺憾。这方面的文艺作品实例众多，尤其是密切配合国家重大主题或重大节庆的献礼作品，例如纪念改革开放四十周年、国庆七十周年、决胜脱贫攻坚战和全面建成小康社会纪念、庆祝建党一百周年等。简要地举例的话，有报告文学《花繁叶茂，倾听花开的声音》（2018），小说《经山海》（2019）、《宝水》（2022），网络小说《寂寞的鲸鱼》（2020），电影《中国合伙人》（2013）、《我不是药神》（2018）、《我和我的家乡》（2020）、《一点就到家》（2020）、《奇迹·笨小孩》（2022），电视剧《情满四合院》（2015）、《人民的名义》（2017）、《鸡毛飞上天》（2017）、《正阳门下小女人》（2018）、《在远方》（2019）、《三十而已》（2020）、《流金岁月》（2020）、《安家》（2020）、《花繁叶茂》（2020）、《山海情》（2021）、《经山历海》（2021）、《幸福到万家》（2022）、《春风又绿江南岸》（2022）、《大山的女儿》（2022）、《特战荣耀》（2022）、《去有风的地方》（2022）、《县委大院》（2022）、《风吹半夏》（2022）、《白色城堡》（2023）等。

1.《鸡毛飞上天》与完美型主人公

一位小时候名叫"鸡毛"的孤儿，当其有着向上奋斗的神圣愿望和原创禀赋，又赶上时代机遇，再加上相关机缘合适，就有可能超越自身束缚而成为新时代需要的心明现实所理想的主人公,也就是创造出"鸡毛飞上天"的奇迹。这一点正是55集电视剧《鸡毛飞上天》试图告诉观众的。从剧情看,该剧在创作中对于浙江义乌籍的众多企业家原型的成长事实有所参考,这就体现了必要的现实生活依托,从而可以在总体故事情节编排上避免单纯虚构所可能带来的空洞感。更重要的是,它基于对于改革开放时代特有的时代精神的理解,对这些现实生活事实做了必要的加工,灌注进更多的虚构、想象及理想内涵,增添了必要的心明现实感。这也就是说,其主人公陈江河与骆玉珠这一对义乌人在改革开放时代催人泪下的奇特爱情故事及其相伴随的令人击节赞叹的经商成功故事,在整体上是虚构的和符合理想内涵的设计。这样,这部剧虽然具备一定的纪实性,更主要的还是有着基于时代精神高度的理想性内涵,塑造出完美型主人公,显然由此可以充当心性现实主义的近心明现实层面的代表性文本之一。

该剧把叙事焦点集中到义乌孤儿陈江河与野性女孩骆玉珠之间分分合合和生死相依的曲折爱情故事上,并且在其中植入改革开放时代商人通向成功的故事情节,从而形成爱情线与经商线相互交融的双线叙述结构。陈江河集聪慧、诚实、仁厚、仗义、信用等多重优秀品质于一身,而骆玉珠则自我、野性、狂傲、忠诚,富于自我牺牲精神。这两人身上汇集了中国改革开放时代虽然身处下层且身份卑微但同时又最懂得自我奋斗和人生开创的完美英雄特有的品质。陈江河和骆玉珠在流动的生活中自由恋爱,不料被拆散,中间由于生活误会和时代变迁的多方干扰而各奔东西,但陈江河始终在等待和寻找骆玉珠。一旦重逢,就不愿再度分离。这样的细节感人肺腑:第16集陈江河随身带着玉珠画着画的那块砖头,终于追上了她，让她惊呆了，从而彻底原谅了他，两人终于在一起。后来骆玉珠为了救陈江河而甘愿替他做人质时，说了这样一句话："我这辈子只活了三个字：陈江河！"这些描写生动地突出了陈江河和骆玉珠之间爱情故事的奇特性和真挚性。

与爱情故事紧密交融的，是他们同样曲折的成长故事。他们从一无所有的野性少年，历经曲折，成长为在国际上成功的中国商业巨子的历程，在心性现实主义文艺的主人公中具有突出的代表性。先从主人公成长轨迹看，浙江义乌人陈江河和骆玉珠从青少年时代起都得益于改革开放时代流动大潮的惠助，获得了走出家乡到外面闯世界的绝佳机遇。他们从最初的鸡毛换糖到后来的国际经商，都是拜这个时代机遇所赐。同时，他们无论是到外面闯世界还是回乡经商，都得益于这个时代国家政策的逐步开放。另外，主人公的成长需要若干帮手的引导。陈江河的个体成长和经商成功的帮手，首先是养父陈金水，其次是知识分子邱英杰，再次是谢书记，当然还有灵魂伴侣骆玉珠。这一个个帮手虽然已经没有了《创业史》中王佐民那种意识形态启蒙的权威性，但都成为他经商路上必需的综合营养。还值得注意的是，该剧同时形塑了改革开放时代民营企业家或商人的群像，如正面角色陈江河、骆玉珠、陈金水、杨雪、王旭、陈路兄弟、邱岩等，以及反面角色如骆玉珠的赌鬼父亲骆大力、国际商人阮文雄和阮二叔。

这里尤其注重中国式家族经商伦理的代际传承关系。既有陈江河和骆玉珠这一代商人的成长，也有他们面向下一代王旭、陈路和邱岩等的传承，还有他们共同应对国际企业竞争对手的方略。他们的成长和传承的核心在于仁义和诚信，即为人要仁厚和富于正义感，经商要诚实和守信用。这些符合中国古典心性论传统的品德，通过上一代帮手传递到下一代身上。这里有三个事实最值得注意：一是陈金水带领全村人以"百家饭"方式而养育孤儿陈江河的事实本身，就仿佛无言地向陈江河本人述说了为人应懂得仁义和感恩等品德；二是陈金水向陈江河从小就灌输为人诚信、踏实做人做事等原则；三是邱英杰告诫陈江河，义乌之外有中国，中国之外有世界；商人眼里不能只有钱而要有信用，心里要永远有杆秤，否则鸡毛永远别想飞上天；经商无信不立等。这些对于陈江河确实起到了启蒙和激励等作用。该剧尽管在叙事上存在一些缺陷，例如第28集玉珠集团成立后没说如何赚得第一桶金，就直接跳到成为成功的上市公司了，另外一直单相思的杨雪对于陈江河的一再怨恨和报复显得于理不通。但总体上看，透过陈江河和骆玉珠的经商成功故事，反映了当代中国商人的成功道路及其与心性论传统相契合的程度。

2.《特战荣耀》与创伤型英雄

45集电视剧《特战荣耀》的叙事重心在于主人公燕破岳的曲折成长历程。该剧构想出一个又一个障碍、阻力、难关或悬念，不断延宕燕破岳入选武警特战队和成就为"兵王"的成熟时机，由此而增添观众的观剧热情。这样的成长延宕叙事，恰恰符合该剧精心构想的多维度交融成长曲线，从而呈现出多维度成长叙事的特点。其第一个成长维度，在于个人的军人技能从低级技能向高级技能攀登的技能卓越意识，致力于"兵王"的养成过程，属于作为军人最基本层面的成长；其第二个成长维度，在于个人的独立存在与团队集体协同之间的相互共在意识的培育，这是更加重要和具备核心意义的成长；其第三个成长维度，在于个人的人格从创伤型人格到治愈型人格的转变历程，这是最困难的成长。这三个成长维度都很重要，一个都不能少，而且一个比一个难度大，共同组合成全剧中主人公成长叙事的主要构架。全剧的核心目标，在于通过叙述燕破岳的创伤型人格的成长和升华历程，塑造出当代军人的创伤型英雄形象。燕破岳从小就失去母爱，有过被绑架和关闭在密室的痛苦经历，留下难以化解的心理障碍。他之所以当兵以及在部队始终不停顿地追求卓越，恰恰就与他从小就有的创伤型人格相关：渴望冲破孤独和恐惧的狭小内心到外界去证明自己，一心要成为胜过父亲、出人头地、众人仰慕的大英雄。重要的是，全剧中具有创伤型人格的军人并非燕破岳一人，他周围大有人在。第24—27集安排第九小队队员参加10天密室训练时，无所事事的队员不得不利用这个契机展开相互交流，叙述各自的故事，由此增进相互了解和信任。先是沉默寡言的女队员郭笑笑被"逼"开口讲述自己的经历：从小跟着父亲摸枪，气走母亲，变得沉默寡言，不想交朋友。接着曹奔憋不住地讲述自己和白龙的共同领导向飞，又促使白龙主动揭开从小父亲去世后与母亲一道受人欺负的心理伤疤，坦陈进部队就是想成为没人敢欺负的英雄，而入伍后向飞成了他的恩人。面对向飞为救曹奔而牺牲的事实，白龙表态说将来也会像向飞一样救助自己的战友。萧云杰则开口讲述他和燕破岳与学习委员夏梨的共同故事，以及岳空讲述自己的故事。等到十天密室训练结束时，顽固的燕破岳还是没有开口讲述自己。这一事实足见燕破岳的创伤型心理症候的严重和治愈之难。该剧之所以为燕破岳的成长设置出一道又一道难关，目的正在于呈现他的成长和治愈的艰难性、曲折性。到第41集，当燕破岳面对新来学员裴鸿鹄的刻意挑衅，在两次吃亏后都隐忍而不施展报复手段时，其成熟之日终于来到,就连提前暗中策划这次"下马威"的艾千雪教官也不禁感叹说:"燕破岳,到底还是长大了。"

全剧着力刻画燕破岳的创伤型人格的变迁过程,揭示了他从刚脆性格到刚韧性格的成长经历。这部剧的主要意义就在于塑造燕破岳的刚韧性格的成长历程。这让人不禁想到《韩非子·喻老》中的话:"是以志之难也,不在胜人,在自胜也。故曰'自胜之谓强。'"①燕破岳艰难曲折的成长历程表明,对于这位具有创伤型人格的主人公来说,战胜自我即"自胜"才是他一生最可宝贵的成长路碑,因为"自胜"对他而言就意味着克服阻碍、战胜对手、治愈自我创伤和成就自我即"自强"。而这种描绘对于"百年未有之大变局"时代的当代青年的成长来说,应当具有显著的启示价值。因为,身处于当今全面小康社会中,面对流动型社会生活的特定境遇以及新冠疫情下的封闭或半封闭生活环境,青少年个体的创伤感会有不同程度的增加,甚至变得剧烈化和复杂化。他们如何自觉地治疗自己的心理疾病直到真正治愈,让病态人格转化为健康人格或健全人格,这已经和正在成为普遍而又突出的社会问题之一。《特战荣耀》的播出,在这方面应当有着积极的个人心理和社会心理的治疗价值。

3.《风吹半夏》与自我改过之风

36集电视剧《风吹半夏》的剧名就难免让人琢磨:这到底是什么"风"?在小说原著《不得往生》结尾,许半夏呼唤高跃进来海边

---

① 〔战国〕韩非著,陈奇猷校注:《韩非子新校注》上册,上海古籍出版社2000年版,第460页。

办公室，两人共同静观威力巨大的超强台风。那风似乎是一种隐喻，代表一种自我反省之风，即自我反省野蛮生长的商人的过失。而电视剧里的"风"，显然已经有了明显的改变，蕴蓄了更为丰厚的意味：它虽然延续了原著中的自我反省之风，强调个体心灵自反的重要性；但又向前迈进了一大步，加入自我改过之风，重在以实际行动去自我纠错；同时，它还带有改革开放时代特有的开创之风在当前新时代的延续意味，要继续引领时代风气。这样，该剧就可以拓展出自反、自纠和开创的三风交汇新格局。这是对原著的一次显著拓展和强力升华。凭借这三风交汇之风，许半夏在成功协调和处理公司遭遇的系列重大危机后，没有急于上市，而是果断选择去自首和补偿村民，体现了新一代商人的现代儒商之风。这应当是一种在中国式现代化背景下传承古典儒商风范传统的新型儒商之风，可以简称为中国式现代儒风。这无疑应当是这部剧中的一个重要创新点。

该剧正是围绕许半夏的这种中国式现代儒风的表达，精心安排主要情节。剧情被放在1996年至2002年之间，同时适当追溯到1991年许半夏与小陈、童骁骑三人联手收购废旧钢材时期，释放出改革开放时代初期特有的时代气息。其主情节始于许半夏在1996年滨海招商会上结识商人伍建设、裴毕正、冯遇、郭启东、赵垒这五人之时。故事始终围绕她与这五人的关系展开。她同前四者相约前往北边国家收购废钢材，同时选择海边滩涂建堆场做废钢生意，经过艰苦努力，在1997年夏天从黑海边运回5万吨废钢，却不幸碰上全球钢铁大跌价。好在有赵垒从旁帮助，许半夏在坚持大半年后终于等到钢价回升后出手，赚了一大笔。后来在省二钢拍卖时竞标败给伍建设，后者办起建设钢铁厂，她则自己办新钢厂。

在建设钢铁厂排污危机爆发时，她深明大义地将建设钢铁厂与自己的钢厂合并成立宇宙钢铁厂。当公司走上正轨时，她被前来寻仇的前夫王全打伤，大度地选择容让并与之和解，跟赵垒结婚。随后公司突遇被检举偷税、走私、侵吞国有资产等系列危机，她全力应对。好不容易解除危机时，她决定就当年滩涂污染案去投案自首并赔偿受害村民，以这种自首和纠错行动主动为曾经的野蛮生长担责，由此坦然面对过去，走向未来。其中，还穿插了她与父亲许友仁的矛盾、与前夫王全的纠葛、与赵垒的恋情等颇有看点。

该剧的突出创新点之一在于以镜像方式塑造一群鲜活的商场人物形象。许半夏总是微笑着面对周围各种人，其争胜、坚毅、仁义、容让、务实、善思、勇于改过等多种品格，是典型的当代儒商人格。她身边的小陈，宛如忠厚、踏实和忍让品质的化身，童骁骑则代表朴实、忠诚而又侠义。其恋人赵垒具备当代理想"暖男"的特点：正直、善良、睿智、宽怀。高跃进则显得大气、稳重和心细。如果说，前面几个人物构成许半夏的忠诚伙伴和帮手，同时也构成她的同一性的正面理想型镜像，有力地促进和见证了许半夏的人格精神风范，那么，下面四个人物则是其正面欠理想型镜像，即虽然是"好人"但存在明显缺点：伍建设热情、自负、强势和急躁，裘毕正重利、世故和轻信，郭启东精明和心狠，冯遇是个优柔寡断的老好人。如果把伍建设视为老一代"野蛮生长"的商人代表，那么许半夏则已经成长为新时代商人的代表。

进一步看，许半夏作为新时代儒商形象，是多方面性格特征的综合体，其中至少可以梳理出三方面特征。一是富于开创性性格，甘做改革开放时代的弄潮儿。开头几集，叙述她在去北边采购废钢材遭遇困境时，其他同行者都回国了，而她独自坚持下来，终于找到转机，满载而归。二是为人仁厚、侠义、谦让。第19集，讲述她到沈阳，在赵垒帮助下同钢铁厂老板王大胜见面，后者虽然表示可以把钢厂废铜烂铁低价卖给她，却告诫她别去管工人的事。她并没有被吓到，反倒提醒王大胜考虑工人及家属的善后事宜，最终使其妥协，答应给家属们通水通电。第20集，她带设备回滨海，前去拜访钢厂副总工程师老贾，邀请他和其他技术人才到滨海共同建厂，住房、工资都可以安排，使得老贾欣然决定跟她去开始新生活。第24集，讲述她在竞标省二钢失利后专程找到伍建设，要求其保障沈阳来的钢厂技术人员待遇，后者答应落实。这些都反映许半夏品格中宝贵的"儒者"或"君子"风范。三是勇于退思补过，这是她的"儒者"或"君子"品质在"知行合一"中的具体体现。

重要的是，这部剧特别注重呈现许半夏以人为镜的自觉、自信和自强之心，并且勇于以实际行动去改过。《旧唐书·魏征传》记载有唐太宗李世民的话："夫以铜为镜，可以正衣冠；以史为镜，可以知兴替；以人为镜，可以明得失。朕常保此三镜，以防己过。今魏征殂逝，遂亡一镜矣！"[1]许半夏或许没有看过《旧唐书》，但似乎深谙"以人为镜"的道理，总是自觉以周围人为镜子，随处反思、反省和检讨自己的过失。《论语·学而》主张"吾日三省吾身"，又说"过，则勿惮改"，《论语·卫灵公》有"过而不改，是谓过矣"的论述。[2]他在这些地方都主张要经常自己反省自己的言行，犯有过错就不怕改，犯了过错而不知改才真的是过错。明代王阳明说"夫

---

[1] ［后晋］刘昫等撰：《旧唐书》第八册卷七十一《魏征传》，中华书局1975年版，第2561页。

[2] 杨伯峻译注：《论语译注》，中华书局1980年版，第3、6、168页。

过者,自大贤所不免,然不害其卒为大贤者,为其能改也。故不贵于无过,而贵于能改过。"①这些表明,儒家早就形成了一整套以个体反省和自觉纠错为核心的心理机制传统,而这种传统在许半夏品格中获得自觉传承。第35集,许半夏的反思性心理活动的复杂过程得到细致的和反复的渲染。第36集,她对一再劝告她去让伍建设独力承担责任的律师说:我选择做一个重情义的商人,要来一次真诚的道歉,给自己一次忏悔的机会。她的理由是,不管是个人、公司还是一个大的企业,都要承担责任,更要有强烈的社会责任意识,这样才能对他人和社会负责任,才能创造出更美好的未来。正是考虑到这种自我担责的重要性,她主动选择去自首。这种选择来自于她的良心发现:过去无处可逃,坠入深渊,不得往生。这部剧的结尾把小说中第61章"拥抱台风"写许半夏与高跃进在台风中聊天和静观,改为现在的许半夏与童骁骑冒着漫天大雪在海边散步,通过旁白反映其自我反思。这种改编,重在突出主人公在自我反省中向着文明商人或儒商的生成。

《风吹半夏》通过塑造许半夏这个人物形象,刮起了一股中国式现代儒风,带有现实主义和浪漫主义相结合的鲜明特点,这既是对过去现代儒风的总结,更是指向未来中国式现代儒风构建。这个人物形象的出现,难免理想成分较多,但毕竟为当前和未来中国式现代化征程形塑出一种具有示范效应的新型人格形象及其儒风规范,相信可以在观众中起到促进文化自信和文化自强的积极作用。这一点想必正是这部电视剧给予我们的有益启示之一。

---

① 〔明〕王守仁著,徐枫等点校:《教条示龙场诸生》,《王阳明全集》第叁册卷26"续篇一",天津社会科学院出版社2015年版,第44页。

4.《去有风的地方》与心理治愈之道

在40集电视剧《去有风的地方》中可以聆听到田园牧歌与创业号角的双重变奏。该剧取了"去有风的地方"这个标题,究竟要告诉观众什么? "去"字相当于一次实际行动的询唤,让人产生冲出封闭居住地而到外面行动的冲动;而"有风的地方"应当暗示理想化诗意栖居的愿景及其实现。它们合起来难道只是代表对于悠闲而宁静的田园牧歌式生活方式的向往和追求? 这部剧讲述发生在云南大理云苗村风景秀丽而又宁静的"有风小院"的故事。北京五星酒店前厅经理许红豆因闺蜜陈南星病逝而陷入深度抑郁,来大理散闷,邂逅从北京辞职回乡创业的同龄人谢之遥,和他周围朴实真诚的乡村劳动者群体,有热情爽朗的有风小院经理谢晓春、慈祥和蔼的谢阿婆、坚守木雕技艺的谢和顺、清洁工阿桂婶、责任心强的宝瓶婶、干练有为的驻村干部黄欣欣等,同时也还结识了一群同样年轻的民宿租客。这样的田园诗般地缘环境和人际氛围能给女主人公带来有效的心理治疗吗?

云苗村的有风小院及其周边环境,给了抑郁中的许红豆乡村田园牧歌般的轻松愉快。波平如镜的无边洱海、小街上飞奔而去的白马、朴实莽撞的追马少年、开阔幽静的马场、可口的乡村美味、无法刷卡时可以免单的待遇等,这里的秀美山水和淳朴民风给她留下美好的印象。但本剧并没有把乡村生活理想化浪漫化,而是如实暴露乡村生活真实状况及其缺失:谢之遥被迫回乡创业以填补家乡青壮年外流和田园荒芜的空缺,年过三十却无暇考虑婚姻大事,而且同父亲存在隔阂;弟弟谢之远青春萌动而叛逆;同村人谢晓春离婚后独自带孩子回乡做有风小院民宿经理;谢晓春弟弟谢晓夏不喜木雕而好高骛远；没考上大学的谢强因盗窃仓库电缆钢筋而入狱，使得其母凤姨多年来心情抑郁。至于几位外来租客更是带着各自生活中的缺失感或痛苦而来此逃避：网红主播娜娜在遭遇网络暴力后心情低落；酒吧驻唱歌手胡有鱼想做原创歌手而找不到灵感；网络写手大麦写作遭遇瓶颈；马丘山商场失意而无所适从；白蔓君婚姻突变后来此遣闷。这样的真实性构建告诉观众，在当前中国乡村并不存在想象中的田园牧歌式生活，必须直面和解决其中存在的种种问题，最主要的还是如何实现乡村创业和振兴，即求取乡村生活条件的持续改善。由此，该剧的叙述重点在于将田园心理治愈与乡村生活条件改善这两方面紧密交融起来。

从故事情节看，这部剧的中心线索表面上是谢之遥是否有办法让许红豆选择留下，而实际上是乡村社会能否既保持田园生活的宁静又持续提升生活质量的问题，即当代中国乡村如何在全面建成小康社会之后，进一步在保障田园式悠闲生活氛围的同时推进生活条件持续改善的问题。正是这样，观众可以感受到田园牧歌式悠闲情调和创业号角式激越旋律之间的奇特对话和交融。

确实，宁静、悠闲而又恬淡的田园牧歌有利于治疗乃至治愈以忙碌、浮躁、恐惧、焦虑等为标志的当代都市病。第1集叙述许红豆收到身患胰腺癌晚期的陈南星在肿瘤医院病床上给自己的手机留言："逢年过节替我通话慰问父母，我走后你忍痛哭一下就行，以便表示这是替我解脱，早谈恋爱早开心，替我去云南看看，吃东西前记得看保质期，好好吃饭、睡觉、生活，出去交朋友、找到伴侣。"这些临终遗言，既抚慰又刺痛许红豆脆弱的心。突然间痛失挚友的打击，令她产生天塌地陷般的晕眩感。早已在北京酒店大堂见惯各色人等而在此时被抛入虚空中的她，来到云苗村后却感受到谢之遥、谢晓春、谢晓夏、谢之远等谢氏乡村青年散发出的淳朴、真诚、善良和务实等乡土气息，以及谢阿婆、阿桂婶、宝瓶婶等长辈身上仿佛出自天然的温厚、慈祥和宽容。这样宛若田园牧歌的生活环境有力地排遣了她的抑郁心情。

该剧注意刻画宁静的田园环境下人际深度沟通对于抑郁症产生的疏解作用。第22集讲述许红豆与谢之遥在帐篷外星空下深聊时，许红豆向他倾诉自己对陈南星的怀念，一吐为快，谢之遥则在身旁忠实地倾听，两人很快拉近了距离，变得亲密无间。这时，谢之遥主动为她添茶并给她披上毛毯，许红豆则仿佛自然而然地将毛毯与谢之遥共享，两人相偎而坐。此时，"太阳照常升起，又会是新的一天"的歌声响起，好像在为他俩之间的灵魂式沟通助兴叫绝。这个星夜中的私密心灵深聊，既是许红豆从抑郁走向治愈的重要转折点，也是全剧中她与谢之遥关系的关键升华点。

至于许红豆的田园式心理治愈的标志，可以从第30集一处细节深描看出：许红豆在外出看望陈南星父母、自己的父母和姐姐许红米之后回到有风小院时，先是激动地扫描这个仿佛带有新鲜感和陌生感的神奇小院，并呼唤那只名叫"佳慧"的小猫，随后深情凝视屋檐下一排在风中鸣叫的风铃。进到自己的房间后，立即推开窗户，探出半身去贪婪地长吸一口田园之气，旋即返身回房间，仔细凝望墙壁上的一幅幅植物标本图，最后半坐到沙发上亲吻深绿色靠垫……这一系列富于表现力的肢体语言显示，此时的许红豆已经爱上了这里的田园生活，愿意长久安居这里。

主人公这种个体心理转变和心理治愈，也对周围其他人的心理治愈产生了触动。第35集至36集讲述谢之遥的父母专程回来看望未来儿媳许红豆，其父谢四平又去杨阿公家中做疏通工作，替儿子和未来儿媳消除村中老人对于乡村开发的顾虑,说明他们回乡开发和创业正是为了克服当前乡村荒芜现象而朝向未来长远发展;还主动向谢之遥检讨当年隐瞒爷爷生病而让儿子误会的事。最终化解了父子之间多年的心结,父子和解。此外,谢晓春、谢晓夏、谢之远等本地人以及娜娜、大麦、胡有鱼、白蔓君等外地租客,都在这个田园牧歌式环境中共同走向心理治愈。

不过,这部剧的真正可贵处在于,没有满足于仅仅突出田园牧歌式生活的心理治愈效果,而是将重点落在展示通过创业劳动而实现的乡村生活持续改善上。这不是停留于田园牧歌式生活的静态想象,而是要给这种田园牧歌式生活以更好的和可持续发展的未来。这一点正是另一主人公谢之遥所体现的叙事功能。他本来已经如家人所希望和村里人所预期的那样通过上大学而改变命运,但选择从北京辞职回乡创业。他的回村确实带来了新的活力:开网店,搞物流,宣传非遗文化等。他不仅推动云苗村特产的销售,还带动了当地旅游业。村里人家中琐事也常找他出面摆平。由于他的鼓励,谢晓春毅然回村做有风小院民宿经理。重要的是,凡是村里的创业、旅游开发等大事,驻村干部黄欣欣都必定找他商量,求他一道解决。可以说,他的回归使得本村振兴有了新的主心骨。也正是他与许红豆的邂逅,给后者心理治愈与乡村开发之间的交融提供了现实的可能性。

全剧在许红豆如何响应谢之遥的请求而留在云苗村创业的过程上颇费篇幅:先叙述她以五星级大酒店的先进管理理念去指导村民们改善服务工作,初露其经营乡村民宿的才华,并向谢之遥和其他村民展示了其独有的人格魅力,点燃了他们把她挽留下来的强烈愿望;进而以更多篇幅叙述她在做出留村创业抉择前的漫长筹划过程。第26集到29集叙述许红豆探望陈南星父母、自己父母和姐姐许红米，一是要展现其尽孝之心，二是详细披露其为云苗村创业所做的扎实筹备。特别是她的投资创业最终实现了两方面兼顾：一是不想依附于谢之遥而要保持个人独立性，二是不想违反相关规定而给乡村田园建设和村民利益带来损害，从而力求做一种乡村文明创业。因此，她选择同娜娜联合创办民宿。第31集叙述她在民宿装修前担心施工噪声影响众邻居，就请谢阿婆陪伴去挨家挨户送礼打招呼。这个细节集中表达了她的文明创业理念。与此同时，该剧不惜篇幅叙述谢之遥费心费神地向乡亲们解释自己的合理乡村开发和文明创业理念，打消他们的顾虑。第31集至35集，知名品牌韶华书店选址杨家老宅，先是遭到房主杨阿公断然拒绝，因为他认为招商搞旅游开发会破坏现在的宁静环境，把村里搞得乌烟瘴气；接着受到其子德清老伯的高抬价阻挠。谢之遥会同黄欣欣一道想出另外申请批地的说法，以稳住德清老伯。直到谢之遥父亲谢四平前往杨阿公家做通工作，书店选址难题才终于化解，从而也为许红豆计划中的民宿创业解决了优质环境配套问题。

其他人的心理治愈难题也同乡村创业问题交织起来叙述，例如娜娜在众人帮助下击败以往做网红主播留下的心魔而重新开通直播，从人生低谷完成一次新跨越；胡有鱼在白蔓君等宽慰下重新鼓起过正常生活以及当原创歌手的信心和勇气；大麦也重新产生网络写作的冲动；马丘山重拾经商信心。

这部剧以田园治愈与乡村创业相交融的故事告诉我们，人们在急速变动的当代生活流中总会产生各类心理症候，而心理治愈的真正有效方略，不是逃避到远离尘嚣的桃源仙境，而是以主动进取的生活姿态去开拓，只有开创田园生活的新境界才能享受其悠闲和宁静的馈赠。这使我不禁想到王阳明的话:"知者行之始,行者知之成——圣学只一个功夫,'知''行'不可分作两事。"①重要的是将心中之"知"落实到"行"中,以实际行动成就内心自觉,达成"知行合一"。也不免想到《浮士德》的名言:"这是智慧的最后结论:人必须每天每日去争取生活与自由,才配有自由与生活的享受!"②自由不是空洞幻想的产物,而只能来自人对自由生活的扎实追求。许红豆和谢之遥的创业故事表明,真正的田园牧歌式生活就存在于乡村文明创业生活过程中。由此看,这部剧奏响田园治愈与乡村创业相交融的旋律,堪称田园牧歌与创业号角的双重变奏,为当前国人心理治愈和乡村振兴提供了一条富有感染力的相互融通道路。

观众为什么会对这部剧感兴趣?处在当前"百年未有之大变局"时刻的观众,可能深感难以把握国际国内形势快速激变所引发的陌生感,加之新冠疫情下生活方式、就业状况和未来前景遭遇诸多不确定,会在心理上沉淀难以化解的心结。此刻,面对这里的田园牧歌式悠闲情调与乡村创业的进军号角相交汇的双重变奏,他们难免会激发出心灵深处的共情效应来,获得心理置换、宣泄和抚慰的满足,以及面对未来生活的新鲜而有效的激励。这或许正是这部剧之所以产生良好收视效果的重要社会心理原因。③

---

① 〔明〕王守仁著,徐枫等点校:《传习录上》,《王阳明全集》第壹册卷一"语录一",第22页。

② 〔德〕歌德:《浮士德》,董问樵译,复旦大学出版社2001年版,第663页。

③ 以上有关《去有风的地方》的论述,采自我的评论《田园牧歌与创业号角》,《光明日报》2023年2月22日第15版,有删节。

5.《白色城堡》与当代社会"良知"报告

40集医疗题材剧《白色城堡》有一种扑面而来的新鲜感：表现医疗行业剧应有的真实可信度和行业或专业的反思意识。由于依托医生撰写的小说原著改编而成，它真实而又专业地再现了急诊科医生遭遇的紧急救治病人、面对医疗事故的处置状况、没完没了的医患纠纷等真实状况。第29集和30集刻画主人公王扬鸣在抢救退伍老兵老杨时，本来过程很顺利，但结尾在手术成功一瞬间想到刘非进入课题组而自己不比他差。这一闪念间让他没有及时排净血管里空气而造成栓塞，差点让老杨送命，幸好抢救及时。此后他自责不已，感觉自己不配做医生，甚至不顾医生们劝阻而选择向患者坦白，引发患者家属的起诉和赔偿冲动。这种自责和坦白的冲动正在来自于他心里的那根"倒刺"。还牵扯出医院里的人间百态，例如先心病女孩，从小父母让吃咸蛋黄，直到发誓不再碰。还通过医生的诊断过程，准确地科普了医疗常识，如第5集路易接诊自称吐血的赵太太，准确诊断出她其实是在酒后又吃了油腻食物，吐出来的红酒而已。这些逼真情节或细节，是缺乏医生经验的一般编剧无法凭空虚构出来的。

要紧的是，这部剧没有停止于医疗行业逼真状况和专业意识的展示上，而是更深地袒露医生对于医疗行业的反思这一思想深度。恰如剧中祖闻达医生所说，每个医生心里都有一座墓园，只有竭尽所能，永远不再犯相同的错误，才是真正的祭奠。这类格言警句在剧情中的随处嵌入和贴合，深化了全剧的医疗行业特色和医学深度。该剧在改编过程中尽力保留来自医生视点的医疗行业反思，从而产生出既真实可信而又冷峻自省的双重美学效果。为了增强剧情吸引力，该剧所做的两方面改编令人印象深刻：一是强化戏剧性冲突，这表现为安排王扬鸣与刘非之间从头到尾都陷入生死竞争关系中，导致全剧充满悬念，激发观众的好奇心；二是让本来没有辞职想法的路易一再要求辞职，致使主人公王扬鸣的成长历程一再被延宕，从而将观众诱导入主人公对于医生职业的反思中。这表明，它有理由跨越此前一些医疗行业剧的美学表现力，抵达更新和更高的反思高度。

该剧透过王扬鸣与路易之间的师徒情，披露了医生良知及其代际传承历程。当面对患者的生命危险时，急诊科医生是不顾一切地选择救人一命，还是首先顾及医疗规范及医院安全？王扬鸣一进入急诊科后就不得不面对两道难关：一是病人的生死关，二是救人还是自保。王扬鸣秉承的朴素信条在于："我是医生，我得救人。"他总是第一时间听从来自人性深层的召唤，坚持救人第一原则不动摇，即便屡遇险情并导致留任一再遇挫，甚至面临被开除的危险，也依然故我。这种选择实际上秉承了路易一直坚持的同一原则。路易堪称为了救死扶伤而甘愿奉献一切的全剧灵魂人物，他不仅自己身体力行，还将这种精神传递到王扬鸣身上。

从王扬鸣和路易的师徒组合关系，可以透视出现代中国叙事文艺作品中主人公-帮手模式的代际传承轨迹。正像小说《创业史》中主人公梁生宝与其帮手王佐民之间的关系所呈现的那样，王扬鸣与其师傅路易之间的关系，反映了审美现代性或文艺现代性以来的一种新传统：主人公起初总是稚嫩和弱小的，有待于神圣帮手的成功引导；而一旦获得思想启迪，主人公就能通过自身的充满原创性的和坚韧的行动而成长、壮大、成熟。只不过，帮手从王佐民一代到路易一代，其神圣性已经减弱或者处在自我消解的状况中。与王佐民当年的思想启迪具有不容置疑的权威性不同,路易的引领固然有力和有效,但他自身却不断因本能地救人而违规,并且陷入自我质疑困境中,乃至总是想辞职。当帮手的神圣性被消解时,主人公的行业认同和自我认同历程难免会遭遇延宕的折磨。这种情形也可以视为当前中国思想文化界和人们日常生活过程中一种症候的美学置换:当个体面对人生道路选择时,什么样的方案才能把人导向安全、稳妥和成功之境?当没遇上神圣帮手或者无法邂逅幸运女神时,个体怎样做才能够从逆境转入顺境或者化险为夷地通向成功?这应当是每个人都难免遭遇的日常困惑。

这部剧所触碰到的远远不止是医疗行业的特殊问题,而是所有行业乃至所有正常人都必然遭遇的普遍的人性症候:当你看到他人处在危险中时,你是立即出于人性本能地果断施救或予以友情援助,还是按照行业规则或出于法律意识而先行考虑自保?特别是当近年来接连目睹施救者往往可能反被误会为或诬蔑为加害者的新闻报道之时。面对当前社会面临的见义勇为风险或友情救人代价,该剧通过路易和王扬鸣之间的代际传承故事,实际上奉献出一种带有普遍意义的想象式解决方案:尽管遵循行业规则是必要的和重要的,但出于人性深层的人类"良知"才是第一要紧的。

第15集叙述王扬鸣与路易之间的"井底对话",对于全剧主旨传达有着颇为关键的"点睛"作用:当王扬鸣向癌症晚期患者孙大爷承诺帮他住院以便撑到其在国外读书的女儿回来见最后一面时,感受到巨大的刺激和疼痛。路易帮他分析说,每个人心里都有根刺,它不会扎别人而只会扎自己。你现在觉得自己心痛说明你还有良知。你的良知就像这根倒刺一样,会一直往里扎,直扎到你心里。你觉得这儿环境像什么?王扬鸣说像口井。路易接着赞同地说，这么多年我被困在这口井里出不去，为什么？因为这根倒刺一直扎在心里拔不出来了。而你也跟我一样的。二人对话间，摄影机重复升到空中，俯瞰这一对在高大楼房底层竹林间对谈的师徒，仿佛两只渺小的"井底之蛙"，但他们内心有着自我崇高感和神圣感，并为此而焦灼不安。这场心性对话的美学功能在于，有力传达出这对师徒的最大共通点：拥有基于人性而生的"良知"并因此容易与医疗规范发生冲突，从而让自己时常遭受灵魂的创痛感。而一根深扎进心里的"倒刺"，恰是这对师徒内心"良知"状况的极形象比喻，从而展现出高浓缩度和高表现力的美学价值。这让我不禁想到孟子的"良知"论和王阳明的以"致良知"为核心的心学传统的当代传承。孟子认为"良知"是个体的不学而能知、不虑而行、就连孩童也能做的言行举止，王阳明进而认为"良知"是"心之本体"，是发自"天理"的固有行为，同时又可以通过人的"心性"修为或"心学"智慧而习得和传承。

从路易与王扬鸣之间有关"倒刺"即"良知"的心性对话及其代际传承关联，可以看出该剧的自觉的心性智慧探究：医生首先和根本上是一个人，需要同时修炼自己作为普通人的"良知"和作为医生的"良知"。在一般情况下，这两种"良知"归根到底还是同一种"良知"：发自人性深处的善的本能，也就是生命至上和救死扶伤的本能。但是在有些情况下，作为普通人的"良知"与作为医生的"良知"或规矩之间，有可能存在差异并且发生相互冲突，正像剧中路易和王扬鸣先后一再经历的急诊科医疗事件那样。向普通电视观众传递急诊科医生一再承受的"良知"与医疗规范之间的尖锐冲突之灵魂性创痛感并引发其共情，也就是令他们内心在情不自禁中生长出同样的"倒刺"般创痛感，恰是该剧的显著成功点之所在。假如人人都像王路二人那样心里深扎进一根"倒刺",那我们这个社会的"致良知"程度当会获得极大提升和改善。我还注意到,此前审读其24集剧本时,还没出现"良知"与"倒刺"的关联比喻,显然在后来的摄制过程中有了更高的美学追求和切实有效的创作方略。

由此看,该剧真正的思想启迪价值在于,透过路易和王扬鸣在基于人性的"良知"与医疗行业规矩之间的艰难选择及其产生的"倒刺"般创痛感,再现了中国当代普通人所遭遇的人性选择困境,袒露出发自人性深处的基于"良知"的灵魂拷问,由此可与当前深受"良知"问题困扰的普通观众形成高度共情,给他们增添起在未来人生实践中继续探究"良知"问题的精神力量。[①] 由此,该剧可以视为由电视艺术家编撰的一份当代中国社会"良知"报告。

6.《寂寞的鲸鱼》与逆天改命奇迹

有的网络文学作品也在心明现实建构上有着特点。2020年12月16日起连载的网络小说《寂寞的鲸鱼》讲述了天生聋哑的手工烫花艺人骆静语与孤独女孩占喜之间曲折的爱情故事。这里的男女主人公的人生,都体现出积极追求而又终有作为的人生轨迹。骆静语有着高大身材和俊朗外貌,一双手更是生得美,对于女孩占喜更是有着禁不住要多看几眼的吸引力,但由于先天聋哑而人生遭遇困境。他自强不息地刻苦学习烫花技艺,在合伙人方旭协助下,在烫花技艺领域取得了初步成功,吸引来孤独而漂亮的女孩占

---

① 以上有关《白色城堡》的评论,采自我的评论《一根深扎进心里拔不出来的"倒刺"》,《文汇报》2023年6月28日第11版,有删节。

喜的关注，并且逐步赢得她的芳心。占喜则是一名智力正常的乖乖女，在母亲迟贵兰长期的强势掌控下，不得不生活在孤独中，内心充满了反抗精神，拒绝按母亲意志报考公务员，执意搬离哥哥占杰的家而单独租房居住，恰巧跟骆静语成为邻居。这种共同的命运和机缘，让这两位各有其特长和"特短"的人相聚在一起，组合成为烫花工艺团队"好运来"，通过网络销售而产生了自食其力的经济效益。此时，不甘心失去摇钱树的原合伙人方旭，设计偷走骆静语的设计图，并反过来伙同他人诬陷骆静语抄袭。骆静语压抑不住愤怒，暴揍了方旭，双方矛盾激化而无法调和。这时碰上迟贵兰突然间从小镇前来探望女儿。占喜背着母亲与聋哑人恋爱的事就这样毫无准备地骤然暴露在迟贵兰面前。气急败坏的迟贵兰把占喜打成脑震荡。与此同时，骆静语的姐姐怀孕时查出其孩子可能天生聋哑，原因就在于家族遗传。这一不幸消息让骆静语心理崩溃，不得不向占喜提出分手。

在方旭的诬陷和家庭干扰的压力下，骆静语和占喜携起手来勇敢应对，终于找到有力证据打赢了与方旭的官司，彻底洗清罪名，让他俩的烫花工艺团队重新走上正轨。与此同时，占喜同母亲大吵一场，由父亲和哥哥出面游说，让母亲总算接受了骆静语。骆静语姐姐的孩子虽然天生聋哑，但可以装人工耳蜗。而骆静语和占喜的女儿由于受孕前采取了人工授精方式，生下来就很健康，创造了在下一代遗传上实现逆天改命的奇迹。

该小说的结局在于和解与和睦。整部小说传递了个人自我救赎和心理治愈以及家庭和睦温馨的思想题旨。作为聋哑人的骆静语家族虽有天生残缺，但是爱意丰沛，善解人意。骆静语的姐姐和姐夫关系甜蜜，有了可爱的儿子。占喜的哥哥和嫂子秦菲离婚了，各自重组家庭,自得其乐,主因自然是母亲强势干预和哥哥自身的懒散问题。到头来母亲难以改正自身的毛病,只是有所妥协而已。个体、家族和社会上的相关偏见问题仍然存在,甚至势力强大,但毕竟还是应当相信个体的作为和改变所产生的力量。这使得这部小说在心感现实与心明现实之间的交融上产生了平衡态势。

五、心感－心明现实交融层面

当有的文艺家既不想过于倚重现实,也不想过于偏重心灵,而是宁愿将两者融合起来时,就可以理解心感现实与心明现实相互交融的作品的创作缘由了。心感－心明现实交融层面,是将对于现实的依存性和对于心灵的依存性相互交融起来、并且尽力达成相互平衡或协调的结果。主要人物或叙述者的心感现实和心明现实交融的作为,是指他们在承受现实状况中也同时能够或多或少呈现出主动地作为或改变现实的积极性,这类作品容量较为丰富而多样,包括电影《亲爱的》(2014),电视剧《大江大河》(2018),《都挺好》(2019),《大江大河2》(2020),小说《装台》(2015)和据此改编的同名电视剧(2020),《我在他乡挺好的》(2021),小说《人世间》(2017)和据此改编的同名电视剧(2022),电视剧《狂飙》(2023),网络剧《漫长的季节》等。

1.《装台》与得失皆有的主人公

与属于心明现实层面作品中的主人公如前述陈江河和骆玉珠、燕破岳、许半夏、谢之遥和许红豆、王扬鸣和路易、骆静语和占喜等人物最终通向完美或近乎完美的结局不同，属于这一层面作品中的主人公，往往在现实中没有那么完美和成功，而是变得得失皆有、成败并存，无法取得完美成就。小说《装台》中的主人公刁顺子，就有着这种得失皆有的特点。他是西京城里的"城中村"人，寡言少语，低头做事，人缘好，是装台队中的领袖人物，有着楞顺的性格。他代表装台队集体同剧团、剧院以及相关部门打交道，顺风顺水做下来，堪称一名成功人士。甚至就连把第三任妻子蔡素芬娶回家，也都似乎不费吹灰之力。但是，他却无法搞定自己的亲生女儿刁菊花。后者刁蛮任性，自私自利，对继母蔡素芬像对敌人似的予以蔑视和无端攻击，直到令其心灰意冷地主动离开，令刁顺子万般无奈。刁顺子尽管在装台队取得成功，受到众人拥戴，但在区区小家庭中却陷入无可奈何的境地。

根据小说改编的33集电视剧《装台》，虽然最终安排刁菊花心理发生转变而愿意接纳蔡素芬并且让她回到家中，但整体基调与小说原著还是基本一致的：主人公刁顺子的人生得失皆有，无法完美。该剧在浓郁的西安民情风俗氛围中叙述秦腔剧团装台工刁顺子和弟兄们平凡的装台生活，再现当代西安底层民生状况。这里首先映入眼帘的是当代西安城市边缘"城中村"的民情风俗画卷。这不再是20世纪80年代后期至90年代初期《平凡的世界》中那种"城乡接合部"景观，而是21世纪都市中的乡村景观，这里的都市中有乡村，乡村中有都市，都市景观与乡村景观奇特地混合在一起，构成了当今中国特有的一道奇观。西安城市美食是其中重要的景观之一，如肉夹馍、羊肉泡馍、酸汤饺子、菜盒子等，还有西安方言如"花搅我""黑踏糊涂""有点坎""蘯蘯个事"等，它们共同烘托出地道的西安民间民情风俗的独特氛围。同样令人印象深刻的是，该剧注重刻画当代西安"城中村"里城市边缘人的深层心理现实状况。深层心理现实，是指潜藏于个体无意识深层隐秘处的流散而错杂的心理状况及其所折射的特定现实状况。如果说这部剧体现了现实主义精神的话，那么其现实主义精神的触角已不再停留在对处于特定社会生活环境中的人物命运和性格的描写上，而是深入到位于这些人物无意识隐秘处的流散而错杂的心理现实世界层面，凸显出既有独特性而又可予以理解的流动的现代性景观，从而有着心性现实主义的特点。如女儿刁菊花的怪异心理，体现为处处以生母来指控和虐待生父，唤起其对自己的重视。又如邻居八叔与八婶虽已离婚但又缠绕不清，相互依恋。心理发生变异的还有前夫是杀人犯的蔡素芬以及单恋老师的三皮（杨波）等。其实，主人公刁顺子也是心理现实症候的患者，他在妻子丢下他和女儿跟别人走了后，对女儿一味溺爱纵容而不教育。敢于暴露这些个体心理现实症候及其言行错位的情形，体现了这部剧的心性现实主义美学胆识。

《装台》着力塑造西安的城市边缘人物形象，主要有刁顺子、蔡素芬、刁菊花、大雀儿、八叔、三皮等，其中最重要的无疑是刁顺子。与《贫嘴张大民的幸福生活》中的北京市民张大民具有"贫嘴"的特征相比，刁顺子的外形特征恰恰在于不善言谈、低头、弯腰、闷声做事。如果说，张大民的性格特征在于"侃平"，即通过调侃去熨平社会生活之不平等或不平衡带来的心理落差，使个体心理归于平衡，那么，刁顺子的性格特征可以说在于楞顺，即以他特有的直楞性格去化解矛盾，治疗创伤，捋顺关系，使心境变得顺畅。刁顺子说得上是当代西安底层市民中的一个典型形象，以低头、弯腰、闷声做事的外形特征而集中体现出一种不妨用"憨楞古雅"去形容的内在性格。憨，是指他为人憨直、厚道、善良，总是替别人着想；楞，是指他性格直楞、直率，不会拐弯；古，是指古朴、本分、勤劳持家而又不失机敏（例如与蔡素芬蹬三轮车时，顺便就拉货把钱挣了，还捎带让客户慷慨送给古老木椅）；雅是指自觉传承秦地的雅正民风，如正直、讲义气、有尊严等，这可能跟他常年接受所为之装台的秦腔艺术的长期涵濡有关。秦腔艺术在多年的"装台"生涯中已一点一滴地融入他的精神人格之中，成为他整个心灵生活的一部分。如果秦地文化果真有灵魂的话，那么，刁顺子的憨楞而古雅的性格无疑可以成为其核心之一。同时，这个人物堪称全剧的灵魂人物，他立住了，整部剧就成功了。

另外，这部剧继承小说原著《装台》的书名，赋予了这个名称以丰厚而耐人寻味的绝妙内涵。不仅深刻，而且保留了这部剧最要紧的魂。回想2011年的影片《钢的琴》，"钢的琴"三个字属于汉语中前无古人的独创性表述，又十分契合剧情的独特性（例如，你不能说"琵的琶""二的胡""吉的他"等），所以是全片中的核心元素，是其前所未有的和不可重复的艺术独创性标志。尽管发行方出于发行考虑而一再建议改名，但编导铁心不改，结果虽然票房惨淡，但终究捍卫了独创艺术应有的尊严，为中国电影艺术史书写下富有尊严的华章。"装台"这个剧名现在能保留下来，对于诠释整部剧的意义十分关键。它大致有这么几层含义：第一层是装台的本义，即为剧团演出安装舞台设备的行为，如搭台、布景、架灯、拆卸、装箱、运送设备等，如实揭示刁顺子等装台工的职业特征；第二层是装台的引申义，指装台工作的性质在于牺牲自己而为剧团装扮台面，替艺术演出服务，也就是为他人做嫁衣裳；第三层是装台的暗喻义，是指装台工与剧院之间构成不可分离的相互共生关系：刁顺子们为剧团装台，而剧团其实也为他们而登台，装台工和剧团共同构成相互装台的关系；第四层是装台的宽泛寓言义，它更加深广地指社会生活中的每个人其实都是装台工，你为别人装台，别人也为你装台，你和别人共同构成相互装台的关系世界，人生不就是相互装台的世界么？进一步看，这里的"装台"借助刁顺子等的"装台"工作，实际上在履行着为当代秦地召唤其久远的文化之魂的使命。透过刁顺子的憨楞而古雅的性格特征，一种以西安市民为代表的秦地文化之魂，想必已经和正在形塑出来。如此，相信这部《装台》完全可以在中国电视剧艺术史上书写下不可或缺的重要一笔。①

2.《大江大河》与复合史观和永恒镜像

以47集电视剧《大江大河》为例，可以简要考察心性现实主义在其心感-心明现实交融层面的状况。这部剧改编自网络小说《大江东去》（2009），播出时适逢纪念改革开放四十周年重大节庆。它一方面透过三位男主人公在改革开放时代成功的实业开拓故事，颇为贴切地满足了这个重大节庆时刻的相关收视需求，赢得多方满意，另一方面，也注意冷静地反思当代中国创业者的人生际遇和命运轨迹，得出了与众不同的反思性洞见，从而在心感和心明两方面产生了相互交融和平衡的效果。

这部剧的独特点之一在于一种个性化史观的推衍。该剧初看起来具有偶像剧的特点，因为起用风靡荧屏的偶像明星和风头正

---

① 以上有关《装台》的讨论，采自我的评论《秦地文化之魂的当代重聚——谈谈电视剧〈装台〉的精神价值》，《中国艺术报》2020年12月25日第3版，有删节。

劲的青年演员饰演男一号宋运辉、男二号雷东宝和男三号杨巡；但同时又具有献礼剧的鲜明特点，因为它叙述的是三位男性为主角的改革开放时代大戏，无疑可以称为献给改革开放四十周年节庆的一份厚礼。不过，它的独特个性表现在，与一般偶像剧不同，它并不想主要靠偶像的"颜值"吸引眼球，而是紧紧倚靠他们由准确而生动的角色饰演所展现出的诠释力；同时，也与一般献礼剧不同，它并不只满足于为当今时代唱"颂歌"，而是有着一种更为宏阔的抱负：要以电视剧艺术样式，紧紧围绕三位男性的不同命运，书写改革开放时代的史家之心，为中国改革开放时代立传。假如果真如此，那么这不禁让人想到物理学上的三棱镜或多棱镜。棱镜，通常是运用透明材料（如玻璃、水晶等）做成的可以使光束发生分散的多面体，在光学仪器中应用很广，较常见的是三棱镜——这种三角形透明体可以使光束发生色散现象，甚至分离出红、橙、黄、绿、蓝、靛、紫七种色光，使得光的世界呈现五彩缤纷的多样性。可以说，《大江大河》表现出以电视剧样式书写以三个男人命运为核心的三棱镜式的中国社会改革开放时代史，并同时向观众释放出社会改革深层的色彩斑斓画卷的雄心。

由于抱有为改革开放时代写史立传的雄心，该剧及小说原著在人物性格的设计及其执行上就体现出一个明显的个性化美学追求：人物多是性格上各有缺点的不完美之人。无论是三位男主人公，还是作为陪衬的年轻女性（如刘启明、程开颜和梁思申等），都很少在性格上是完美的——唯独宋运萍是罕见的例外，而且他们的结局也都很难说是理想的，从而显示出与通常偶像剧或重大题材电视剧处理法颇为不同的特定追求和新特点。在开头二十集一直显得如此完美而充满魅力的青年女性宋运萍，为什么被狠心地安排过早离世? 男一号宋运辉性格过于耿直和难以变通,根本不是工于心计的闵厂长的对手。男二号雷东宝又专断和鲁莽,辜负了宋运萍纯朴而深厚无边的爱。男三号杨巡虽然能干,但心眼太活,无原则可依。就连承担起宋运辉的神圣帮手使命的水书记,也呈现出其玩弄权术的另一面,一度让宋运辉也对他的人品生出怀疑,特别就他任用虞山卿而言。可以说,该剧不仅让这些正面人物不完美,而且还有意让这类不完美尽情暴露出来。为什么对这些主要人物都采取了如此绝情的美学处理? 答案其实就潜伏在这部电视剧的故事情节编排的深层:与其小说原著的作家创作意图相近,电视剧编导们希望讲述一种拥有自身独特的个性化浪淘式史观的当代中国社会改革开放史。

回想四十多年前,中国社会改革开放进程必然要涉及从"两个凡是"到思想解放、从"无产阶级专政下继续革命"到"经济建设为中心"的转型。但从中国社会细胞构成来说,归根到底要落实到普通个人的命运及其演变上。"我们把改革当作一种革命,当然不是'文化大革命'那样的革命"①。这场中国社会改革是以社会革命的规格及精神去开展的。实际上邓小平已经深刻地预见到,这种看起来和平、温和而稳健的社会改革本身,对中国社会来说具有某种激烈的社会革命效应,必然会伴随有时甚至激进或激烈的深度变革。如此,这场革命式改革势必给置身于其狂涛巨澜中的全体中国人带来种种激荡。以电视剧这种大众艺术样式、紧扣个人命运去书写改革开放史,确实有着无可争辩的美学特长,此前已不乏成功的先例。《下海》透过北方某城陈家兄妹到广东"下海"的

---

① 邓小平:《我们把改革当作一种革命》,《邓小平文选》第3卷,第81—82页。

经历及其引发的变化，展示了改革开放在中国社会家庭中造成的结构性变迁。《历史转折中的邓小平》直接从国家领导人视角切入中国社会改革的风云际会的核心处，塑造出改革开放总设计师的形象。《平凡的世界》聚焦于来自农村青年孙少安和孙少平兄弟，揭示他们在改革开放大潮中的不同命运。

如今的《大江大河》应该如何在上述先前范例基础上继续创新，必然令人拭目以待。《大江大河》确实在若干方面都实现了当代中国社会改革史书写的创新：构建起一种由立体式史观、变革式史观、心功式史观和浪淘式史观等相互交融的复合式史观。

它首先带有开阔的立体式史观特点。"大江大河"之"大"，在这部剧里具体地通过宋运辉、雷东宝和杨巡这三个男性不同的人生轨迹体现出来，他们分别代表着中国社会的主要经济形态——国有经济、集体经济和个体经济及其变迁。它表明，中国社会改革史不只是国有经济一家，而是包含国有经济、集体经济和个体经济在内的全方位的改革史。国有经济的比例虽然在下降，但仍然具有经济主导的地位和作用，成为国民经济形态中的主导力量，肩负着体现当前国家制度稳定和发展的支撑和确证作用。集体经济和个体经济则都是改革开放时代的伴随物，前者代表民间的集体生产力，后者代表民间的个体生产力，合起来为国民经济带来国有经济所无可替代的活力。三位男主人公虽然分别代表一种国民经济形态，这些经济形态在社会生活中的具体运行涉及千家万户形形色色的人物及其命运，都各自是含义异常丰富的若干独特"宇宙"之间的碰撞。他们都分别构成中国社会改革史中象征性形象的一种。这部剧真正想说的是，中国社会改革是一次全方位的立体式进程，所有的个体无一例外地会被卷入这个宏大的历史浪潮之中。

同时，它还展示出积极的变革式史观特点。这部剧通过金州化工、小雷家和杨巡一家各自的变革历程，生动地说明中国现代社会进展到"文革"结束之时发生变革的历史必然性。正是变革，使得从小背负"出身不好"重压的宋运辉，得以借助高考恢复机遇考上大学，一举改变命运，成为金州化工实施改革的弄潮儿；雷东宝可以带领小雷家人集体脱贫致富；只会卖馒头的小个子杨巡，可以成长为个体户老板。这些表明，不变革不行，只有变革才能给这些人物原本的贫苦人生带来奇迹，使之焕发生机。

此外，它还建构起深厚的心功式史观特点。正像王阳明"心学"所揭示的那样，重要的是人们自己如何"在心上用功"。个人一生的作为，首先取决于其"心"的修为。宋运辉为人正直不拐弯，以技术为人生理想，虽然可以在金州化工改革中一度扮演弄潮儿角色，但由于他的"心"从不用于人际权力关系的协调，甚至连起码的权术都不懂，终究难以做成大事，还有可能在激烈的权力角逐中自身难保。雷东宝以其勇气、豪气和聪明，可以在改革开放初年带领群众脱贫致富，但一旦进入改革深水区，这个粗人就难以为继了。杨巡具备超一流的见机行事能力，善于实施个体经济转型，但毕竟缺乏起码的"心"的修养，怎么做都格局太小。宋运辉的大学同窗虞山卿一味相信拉关系并靠此实现自己的个人欲望，不思悔改，终究还是败给了自己。其工厂同屋寻建祥以流氓习气做人行事，难免遭到判刑坐牢的惩罚。小雷家老书记虽然对雷东宝有恩，但后来为解决家庭困难而贪污公款，落得以自杀谢罪的下场。这些实例都说明，个人的"心功"到了，自然可以成事；而"心功"不足，必然不足以成事。

　　这里说的立体式、改革式和心功式等史观内涵，确实在这部电视剧的故事进程中起到了有力的增益作用，丰富了观众对改革开放时代的丰厚内涵的体验和认知。但不仅如此，这部剧的独特史观之尤其独特处，还集中表现在冷峻的浪淘式史观的设定和落实上。浪淘式史观，是一种有关社会历史进程如江河巨浪自动荡涤和淘洗所有人物和事件的历史兴亡与人物功过评价等综合意识。它表明，当代中国社会改革史宛如一条兴亡起伏、盛衰交替的长河，其滔天巨浪一旦涌起，必将自动淘洗所有的人和事：有的升起，有的沉落；有的朝前奔涌，有的向后退缩；有的直冲向主流，有的则被晾在边缘。苏轼脍炙人口的佳句"大江东去，浪淘尽，千古风流人物……"，以及明代诗人杨慎《临江仙》所咏叹的"滚滚长江东逝水，浪花淘尽英雄。是非成败转头空。青山依旧在，几度夕阳红……"它们都蕴藉着一种历史兴亡的深重感慨：人类历史就像滔滔东去的长江水一样，将身处其中的所有人和事加以无情的淘洗、筛选或甄别，让其分别变作浪花或沉渣，主流或边缘，英雄或败类。这种历史浪潮冲击下的淘洗行动本身是无情的，无论你是正面人物还是反面人物，是英雄还是狗熊，是真善美的还是假恶丑的，都必须接受历史浪潮的无情淘洗。

　　就拿《大江大河》的主要人和事来看，无论是国有经济体、集体经济体还是个体经济体，也无论是宋运辉、雷东宝还是杨巡，都无一不在改革浪潮中经受洗礼。书生气十足的正直的金州化工总厂技术干部宋运辉，带有军人粗犷气质的小雷家村支书雷东宝，勤劳而又心眼灵活的个体户老板杨巡，都得在改革浪潮中接受浪淘的考验。他们每个人各有其长短，各有其人生定数，谁也无法超脱于浪淘史观的冷峻的淘洗之外。而宋运萍的完美及其早死，恰恰正是这种浪淘式史观在全剧中加以推衍的结果。与通常的献礼剧往往喜欢塑造完美到底的人物以确证时代的完美性不同，这部剧宁愿塑造众多的不完美人物，并且不惜让唯一的完美人物宋运萍早死，其目的正是要生动地呈现浪淘式史观的内在逻辑：众多正面人物的不完美，完美人物的结局不完美，或完美人物难以见容于世，都是社会历史激流本身自动的浪淘式作用的结果，不会服从于创作者的个人意志，更不以观众的内心好恶为标准。完美的艺术形象，应当既服从于这种浪淘式史观的筛选，也服从于美学辩证法的裁判。

该剧刚播到第21集，还没播映到一半，重要人物宋运萍就因遭遇小雷村村民突发事件时不慎被钢筋绊倒而大出血，送医后不治而亡。这一看似偶然的悲惨死亡事件，让观众们抱憾及悲伤不已，情不自禁地发出如此完美而令人喜爱的人物何以安排如此早逝的质问。这类抱憾和质问，其实非但不是显露观众的无理或无知，反而是表明他们已经深深地浸润到这部剧的剧情之中，把它的意义系统的关键点即剧魂给精准地捕捉到了，成全了剧组的匠心独运之功。因为，宋运萍之早死作为事关全剧整体意义系统的一个最具深意的关键点，不仅涉及这部剧的情节安排和人物塑造的究竟，更触及整部剧意义的核心：这个完美人儿的死竟然牵动几乎所有主要人物的生！

宋运萍确实称得上这部剧少见的一个完美人物，甚至是唯一的完美人物。其一，她长相甜美，对周围的年轻男性如雷东宝释放出不可抗拒的吸引力。其二，人品清纯，心底透明。其三，为人善良、温柔、容让，对周围人都充满关爱。总之，她内外兼修，特别是具有外美与内美统一的美质。美质一词，在古汉语里本来就有。

《礼记·礼器》：“礼，释回，增美质，措则正，施则行。”①《韩诗外传》卷八：“虽有良玉，不刻镂则不成器；虽有美质，不学则不成君子。”②曾巩《熙宁转对疏》：“可传于后世者，若汉之文帝、宣帝，唐之太宗，皆可谓有美质矣。”③这几处的“美质”，其原义都是指美好的品质或素质，而更多地是指人的内在美好素质或品质，从而显然偏重于人的德行修养方面，也就是“内美”而非“外美”。这就集中体现了中国传统审美观：人的真正的“美质”其实不在于当今时尚所谓“颜值”，而在“内美”，也就是个体的心灵美或精神美。由此看宋运萍，可以说，这一人物设置高度凝聚了改革开放时代初期中国人民的纯美的美学观及其对未来美好生活的纯朴愿望，也就是带有返回改革开放时代原点的深长意味，即提醒人们不忘这个时代的原初出发点——以改革开放手段去反思和纠正“文革”式革命的严重过失，以便重新走上让人民过上美好生活的原初轨道。而饰演宋运萍的演员则准确把握了这个人物的纯美内涵及其精神上的象征性意义，近乎完美地实现了编导的创作意图。

宋运萍的这种内美与完美交融中首重内美的人物形象的特质，只要同近年来有关当代题材的电视剧作品所塑造人物相比就更清楚了。在同样由正午阳光出品的《欢乐颂》中，生活在当代中国城市的“五美”，虽然各有其外美，包括甚至超过宋运萍的流行时尚外表，但无人能保存宋运萍式的内心清纯与纯真：樊胜美一心想找有钱人嫁了，但高不成低不就；邱莹莹想在上海出人头地，但看不到希望；关雎尔是五百强企业的实习生，想方设法要留在上海；

---

① 杨天宇撰：《礼记译注》，上海古籍出版社2004年版，第284页。
② 屈守元笺疏：《韩诗外传笺疏》，巴蜀书社1996年版，第729页。
③ 陈杏珍、晁继周点校：《曾巩集》，中华书局1984年版，第435页。

富家女曲筱绡为继承家产挖空心思，花钱大手大脚；安迪曾是华尔街商界精英，工于心计……这"五美"之间无论多么不同，都无一例外地沾染上当代特有的心机或心计，不再有宋运萍所处时代特有的单纯或纯真了。宋运萍式人物即便继续生活在当代，为了生计，也不可能再葆有当年的本真之心了。因为，时代已经急剧地改变了，更要紧的是，这种急剧变化着的时代在无情地形塑每一个人，令其无法不发生从外表到内质的重要改变。由此回看宋运萍，就更能体会到这一完美人物的存在对于改革开放时代原点及其纯美精神或20世纪80年代前期中国社会所具有的时代象征意义了。不妨这样说，在婚礼上身着红色上衣的宋运萍，令人不禁想到曾轰动80年代初年的油画《塔吉克新娘》（1983）中那位红衣新娘：美丽、清纯、善良、温柔，对未来幸福生活充满憧憬，但又心怀某种隐秘的疑虑或不安，令人怜爱而又同情，难免生出莫名的强烈共鸣。正像油画中的塔吉克新娘一样，宋运萍仿佛就是改革开放时代原点及其纯美意味的象征。

初看起来，宋运萍的死亡具有某种偶然性：当雷东宝去追赶被老猢狲煽动起来聚众闹事的村民时，怀有身孕而行动不便的宋运萍也不得不于急切中去帮雷东宝验收钢筋，从而才导致意外的不幸发生。这一后果令雷东宝悲伤和悔恨不已，也令宋运萍的弟弟宋运辉悲伤和怨恨得长时间不能饶恕姐夫。这种悲伤、悔恨等心绪也自然而然地传感到喜爱宋运萍和雷东宝及宋运辉的观众心里，使得他们一样地难以接受宋运萍于偶然中突然死亡的不幸事实。但是，这种偶然性内部其实是蕴含着一种必然性逻辑的。其原因主要来自两方面：一方面，雷东宝行事鲁莽，有勇少谋，这种性格逻辑必然含有因急躁而发生乱子的可能性；另一方面，宋运萍本人心地善良、正直，也必然会忘我地起来试图阻止类似此次村民聚众滋事的事件，从而给她本人增加了意外或风险的可能性。这两方面交融的合力显示，宋运萍的死亡事件，在其偶然性中蕴藉着一种深刻的必然性。这种偶然中的必然，符合人物性格的一种必然性逻辑。也就是说，雷东宝性格与宋运萍性格之间的交合，会产生出一种性格交合逻辑，其中已必然地生长着相互冲突的可能性，正像宋运辉从他们两人交往的一开始就高度直觉到彼此不合适并全力加以反对一样。这种相互冲突的可能性内部也预示着一种死亡的可能性。但这种死亡可能性未必就一定导向过早死亡。宋运萍的早死，特别是偶然地早死，虽然与上述两方面原因严重相关，但最终还是取决于其他原因。

让宋运萍在剧中早死，这个令观众内心深感悲伤和遗憾的美学设计，符合成功的艺术创造所时常遵循的一种美学辩证法：以人物的死换来其在美学上的精神永生。德国哲学家、戏剧家席勒在《希腊的群神》的最后这样感叹说："要在诗歌中永垂不朽，必须在人世间灭亡。"①在席勒看来，诗歌中保存的往往就是不见容于世的令人珍贵的东西，或是注定了会在人世间消亡的美好的东西。宋运萍的早死，恰恰表明她身上承载着"必须在人世间灭亡"而才能"在诗歌中永垂不朽"的美，进而换来足可笼罩全剧的精神上的永生。冯友兰曾说过："我个人不喜欢看《红楼梦》的戏，因为我看着总觉得戏台上的那些人物和小说中的那些人物不像。不但小说中的第一流人物演出来不像，就是第二流、第三流人物演出来也不像，其实贾宝玉所最讨厌的那些老婆子、粗使丫头，在小说中也看

① 〔德〕席勒：《席勒诗选》，钱春绮译，人民文学出版社1984年版，第24页。

着很有意思。最鄙俗的人，在小说中也写得俗得很雅；小说中最看重的人，搬到舞台上也看着雅得很俗。"① 这里的"俗得很雅"，应当是指把俚俗或底层的粗人写得那样符合其本身的性情和气质，也就是达到了美学上的准确、生动和传神的境界，堪称美学上的"经典""典雅"或"雅致"之作；而等到把小说人物搬上戏曲舞台，在想象中最雅的人，两眼看去却"雅得很俗"了，也就是雅得俗里俗气的，令人滑稽。用这一观点看待宋运萍的早死，套用"俗得很雅"的表述，无疑她死得很活，也就是因死而活，或以死换活，体现出因死而生的美学辩证法。而相反，假如让她继续活下去，反而会活得很死，也就是虽活犹死。诗人臧克家在纪念鲁迅逝世13周年时这样写道："有的人活着/他已经死了；/有的人死了/他还活着。"（《有的人》）宋运萍死了，但她活在人们乃至观众心里。她只有死，才能生，也就是以肉体的死亡换得美学的永生，如此才能永远活在全剧故事进程之中，从而也才永远活在观众心中。她虽死犹生，必死才生，以死换生，或者更准确点说，死而永生。

宋运萍确实早死了，但她纯美而温柔的目光仍在深情地凝视和抚慰着她所爱的人们。宋运萍的早死事件同时产生多重美学功能。其一，它作为一个关键的情节设置，等于隐性而又坚决地宣告，改革开放时代初期那种由宋运萍式纯真与善良人格承载的理想主义及乐观主义精神，在随后的时代巨浪淘洗下走向沉沦，具有一种不以个人意志为转移的历史必然性。其二，它通过施加在丈夫雷东宝和弟弟宋运辉及其父母等人物身上持久的深重悲伤效应，

---

① 冯友兰：《论形象》，《三松堂全集》第14卷，河南人民出版社2001年版，第336页。

反倒更深地铭刻下宋运萍的完美人格的人生价值之不朽性或永恒性。其三，它宛如一面魅力四射而又异常冷峻的镜子，映照着所有主要人物的灵魂，例如雷东宝的悲伤和自责及其与韦春红相处时的自我煎熬，宋运辉的悲伤和怨恨以及一度面对年轻女性的一再延宕，等等。其四，它同时也仿佛一把永生的标尺，裁剪活着的人们的优劣对错，恩怨纠缠，让他们自动地反思自我言行。不妨设想：假如宋运萍继续活下去，为雷东宝生儿育女，支持他发家致富，那势必会逐渐地消融于庸庸碌碌的日常生活中，导致上述镜子与标尺的美学功能部分丧失或完全丧失。而正是由于她的早死，她才可能成功地从改革开放时代的浩瀚洪流及其波谲云诡中从抽身而出，凝聚为一种仿佛永恒或永生的美的标尺，转而对所有的人和事都有着"诗意的裁判"①的神奇力量。早死的宋运萍，颇像《史记》中那位"究天人之际，通古今之变，成一家之言"的"史官"，让全剧的几乎所有人物，男人或女人，以及观众自己，都不得不被放到她这个镜子或标尺的映照下加以衡量和检验。《大江大河》第一部播映完了，但宋运萍纯美而温柔的目光，想必仍会长久地深情凝视和抚慰着在改革开放时代洪流中继续沉浮的每一个普通中国观众，令他们不禁时时回返改革开放时代原点，去啜饮继续前行的源头活水，激发新的变革动力。宋运萍早死而永生的情节，堪称这个剧组所奉献的一次意味深长的绝妙创造，有望载入中国电视艺术史的经典情节史册。②

---

① 语出恩格斯的巴尔扎克评论："在他的富有诗意的裁判中有多么了不起的革命辩证法！"见恩格斯《致劳·拉法格》（1883年12月13日），《马克思恩格斯全集》第36卷，人民出版社1974年版，第77页。

② 以上有关《大江大河》的讨论，采自我的论文《从宋运萍之早死说开去——电视剧〈大江大河〉观感》，《中国电视》2019年第4期，有删节和修改。

3.《我在他乡挺好的》与"心安即吾乡"

电视剧《我在他乡挺好的》仅有12集,逼真、朴实而又温暖地叙述了当代四位外省女青年同乡在北京的异乡职场漂泊故事,并且赋予这个故事以一些新时代内涵,一种流动而又回溯的现实主义精神,从而具有心性现实主义的鲜明特点。这特别表现在传达出一种直面新时代社会现实但又自觉传承中国古典心性论传统的美学观。这部剧在现实都市女性异乡生活叙事上做了新开拓。将四位女主人公联系起来的,既有同乡之乡情乡谊,更有职场之行业联系需要,体现出在异乡职场协同奋斗的同乡情与同行情的叠加。这就清晰地透露出全剧关于乡情与行情叠加在异乡生存竞争中的意义这一叙述重心。一开始,生性乐观、自强不息的胡晶晶在27岁生日之际突然紧随坠落的手机而从桥上坠亡,立时给其他三位女性同乡的异乡生活笼罩上沉厚的迷雾,也同时给刚调入公司的简亦繁造成不快预感。我们看到,行事独立、能力强劲、做事沉稳的乔夕辰,虽有虚荣心但也努力上进的许言,一直是她们榜样的成功同乡纪南嘉,都以各自的坚韧之心延续自己的异乡打拼旅程。值得注意的是,这部剧没有回避以胡晶晶突然辞世为标志的他乡生活挑战的严峻性,不仅敢于正面呈现,而且还以持续有力的后续剧情积极回应,这就是让其他三位女主人公勇于直面挑战、逆流而上,一面刨根究底地追究胡晶晶突然辞世的真实原因,一面顽强地继续探寻她们自己的他乡生活出路,带给观众失望中的希望。这样的同乡加同行的异乡打拼情节以及三实一虚的主人公设计等安排,与此前的多部大女主或多女主电视剧相比,显然带来一种情节新鲜感和乡情的强大冲击力。

同时，该剧在人物形象塑造上有自己的独特美学追求。这四位女主人公各自都有其独特的性格特征，构成一种多样性格组合体。如果从理想与现实的关系轴线看，胡晶晶位于理想高洁、关爱他人而又性情刚烈的一端，而位于另一端的，则是许言的重视实际利益而自我第一的性格。介乎她俩之间的，是乔夕辰的理想与现实相对平衡和交融的性格。确实，该剧的较多叙述点汇聚到乔夕辰身上，观众可以以她为中心去透视或比较其他三位女性。处在她们三人前方并且成为典范的，是年龄稍长者纪南嘉的沉稳娴熟、自我平衡、对异性具备吸引力的成功者性格。这样的多样性格组合体，具有丰富的多样性和较强代表性，可以像一面多棱镜折射出当今中国社会都市女性异乡职场生活的斑驳图景。

为了衬托这四位女主人公的性格特征，该剧精心匹配了男性人物沈子畅、林睿、江灏、欧阳、简亦繁等一组群像相对应，让他们以各自方式参与（或曾经参与）四位女性的工作及生活之中，成为其喜怒哀乐的紧密陪伴、陪衬或反衬元素。林睿是乔夕辰的前男友和胡晶晶的暗恋对象，自私自利，见风使舵；江灏作为纪南嘉的前男友，五年前为了工作前途而离开身患癌症的纪南嘉，虽有懊悔但毕竟不可能再续前缘。如果说这两位男性是"渣男"的代表，那么，作为许言男友的沈子畅，富于理想而又自我，处在中间的位置。简亦繁和欧阳则是理想男性的不同代表。简亦繁是乔夕辰的新上级和新追求者，是理想与现实、理智与情感、现实与未来等矛盾对立元素趋于平衡的几乎完美的人物。欧阳的性格有些另类，作为纪南嘉的新追求者，看似话多、喜好时尚而不着调，却处处务实而奇招迭出，具有主见和想象力，终于赢得纪南嘉的芳心。

通过上述异乡漂泊体验叙述和男女人物形象塑造，该剧的题旨得以展现出来：透过这群身居异乡青年男女失望中的希望之旅，既确认异乡流动生存的未知性和残酷性，更重视其中人格自我塑造和自我完善的温润性、凝聚力和励志价值。第7集，乔夕辰对再次追求自己的林睿直白地说道，我之所以喜欢北京，是因为"这儿够大，更包容"。其实，她和她们的故事最终要告诉观众的是，无论你身在故乡还是他乡，心安就好。这难免让人想到苏轼在《定风波·长羡人间琢玉郎》所写："试问岭南应不好？却道，此心安处是吾乡。"[1]也让人想到《平凡的世界》中孙少平的苦难哲学：自己经历千辛万苦而酿造出来的生活之蜜，肯定比轻而易举拿来的更有滋味。不知道生活之苦味，便无法品尝生活的甜蜜。生活包含着更广阔的意义，而不在于我们实际得到了什么；关键是我们的心灵是否充实。这些表明，心安定在哪里，那里就是真正的故乡，心安即吾乡。假如心不安定，即便是返回故乡也恰如身在异乡一样漂泊不定。心的安定，包括自我的主见和自律，善良之心和关怀之心的涵养，特别是人格的自我提升和完善等，才是真正的人生归宿处。

有意思的是，这里透过上述情节叙述和人物形象刻画，描绘出一组流动而又回溯的都市现代性精神肖像。女主人公们的异乡生活是像液体一样流动不息的，每个人总被变幻不定的生活流推举到未必想去的地方，谁也不知下一步生活流会怎样，就像乔夕辰、许言和纪南嘉都不知道好友胡晶晶会自杀一样。但与这种流动的异乡体验相应的是，异乡生活中也有时时回溯于传统源头活水之时。从古到今的中国文化传统，特别是其中的"心学"或心性论传

---

[1]　张志烈、马德富、周裕锴主编：《苏轼全集校注》第9册词集，河北人民出版社2012年版，第526页。

统，会给予女主人公们以持久而坚韧的精神支撑，就像乔夕辰和纪南嘉等多次自我反思的那样。按照王阳明"心学"传统理念，重要的是秉承个体"良知"而为人行事即"致良知"，这是"人生第一等事"，要求个体"在心上用功"，用良善心灵去应对人和事。可见这种"心学"传统的要义并不神秘：如果每个人都能够以"良知"去感知他人及周围事物，关怀他人，以务实行为去协调和改变，终究会换来生活境遇的改善。确实，女主人公们通过时时有意识或无意识地回溯这一中国式"心学"或心性论传统而持续地增强内心安定感。她们未必读过王阳明，但仍然可以从生活传统中潜移默化地获取这种古今传承的精神养料，从而生出继续生存的勇气和力量。这就合力展示了流动而又回溯的现代性体验即流回体验的风貌。这种流回体验的精神在于，面对难以预料的流动型人生体验洪流，个人可以通过回溯"心学"或心性论传统的方式，寻求人生旅程中的稳定感或宁静感。这可能正是这部电视剧所希望向观众传达的一种当代人生理念。由此可看出这种心性现实主义精神的一些重要特征：一是直面流动生活的陌生感和未知性；二是从个体内心寻求"良知"的唤醒并付诸切实的行动，实际地探寻人际温暖及和睦天性释放之路；三是执着于生活环境的改善和人生信念的持守。

以上三个层面，即近心感现实层面、近心明现实层面和心感-心明现实交融层面，其区分都是相对而言的，这种区分只是为了反映文艺家心创现实的不同侧面而已。它们实际上是时常紧密交融在一起的。但无论哪个层面，都是客观现实在文艺家头脑里反映后新创造出来的符号形式世界，即符号形式化的现实。这种符号形式化现实，归根到底仍然来自于现实，但同时又不等于现实本身，而属于以心创现实方式而对于现实加以反映的产物。具体地说，文艺家通过创造文艺作品，在其中生成新的心创现实，凭借这种虚构或想象的方式来反映现实。而要把握这些现实反映的究竟，还需要具体地剖析心创现实的究竟，所以需要回到心性现实主义文艺作品的近心感现实层面、近心明现实层面和心感–心明现实交融层面去做进一步了解。而在这一过程中，现实是处处需要加以对照的终极地平线。

第四章 中国式心性现实主义范式的
成熟道路
——兼以《人世间》为个案

58集电视剧《人世间》于2022年春节期间和北京冬奥会期间在中央广播电视总台的热播以及第二轮热播,在全国产生了热烈的收视效应,以及老中青观众群体中持续的热议。这部剧既作为上一章所区分的心感–心明现实交融层面的作品之一,更作为外来现实主义在持续的中国化过程中终于与中国心性论传统实现融合生长,并将新的中国式心性现实主义范式推向成熟的标志性作品,其理由都需要予以阐明。

我们知道,作为一种外来异文化思潮,现实主义要在中国本文化中扎根,其方式或道路可能会多种多样,但其中之一应当在于与该文化的传统相结合。这在中国古今都有成功的案例:古有外来佛教在中国演变为禅宗,今有百余年来马克思主义中国化成果。在考察马克思主义同中国文化传统相结合的文艺道路时,需要先明确两点前提。一是这种相结合在确有必要时才可进行,因为假如中国文化传统已经足够优秀、完满或足以自救,那就不必劳神费力地求助于外力。必定是它自身遭遇致命危机而无力自救时,才会于迫不得已中"别求新声于异邦"①。毛泽东做了如下总结:"自从一八四〇年鸦片战争失败那时起,先进的中国人,经过千辛万苦,向西方国家寻找真理。"但"多次奋斗,包括辛亥革命那样全国规模的运动,都失败了。国家的情况一天一天坏,环境迫使人们活不下去。怀疑产生了,增长了,发展了",直到"十月革命一声炮响,给我们送来了马克思列宁主义"。②可见中国人接受马克思主义,确实是在本文化无力自救时的向外求助之举。二是应当了解这两种不同文化间的相通点或结合点,便于进而探索它们相结合的文艺路径。第一点已由百年来中国历史本身以及毛泽东的上述总结得到明确,而第二点正需要在此探讨。这里拟先讨论马克思主义与中国文化传统的相通点或结合点,再就这种结合的文艺道路及其案例或范例做出阐述。回望既往百余年近现代中国文艺史,现实主义文艺无疑是马克思主义与中国文化传统相结合的文艺道路的一个突出范例。为使讨论相对集中,不妨聚焦于马克思主义现实主义文艺观如何与中国文化传统相结合而形成中国式心性现实主义美学范式,而其合适的范例便是《人世间》。

一、马克思主义与中国文化传统的相通点和结合点

我们知道,马克思主义是科学的理论、人民的理论、实践的理

---

① 鲁迅:《摩罗诗力说》,《鲁迅全集》第1卷,人民文学出版社2005年版,第68页。

② 毛泽东:《论人民民主专政》,《毛泽东选集》第4卷,第1469—1471页。

论和不断发展的开放的理论。①从马克思主义原理看中国文化传统，可以发现，这是彼此存在不同的两种文化思想传统。考察一个民族的文化传统，关键是看其哲学传统。关于中国哲学传统的特点，论者可谓见仁见智，难以找到公认正确的一种概括。值得注意的是，"五四"以来一些中国现代哲学家对中国哲学传统做了各自不同的探究（详见本书第二章相关部分）。他们有关中国文化传统的看法至今仍然是多样化的，不过，比较起来，还是可以发现一个相通点：中国文化注重个人的心性修为，也就是在处理任何现实问题时总是首先和根本上注重个人心灵或心性涵养，带有心学、心性论或心性智慧的鲜明特点。

假如以上有关中国文化传统的简括有一定合理性，那么，从理解文艺问题的角度看，可以发现，马克思主义与中国文化传统之间存在以下相通点：一是都主张无神论，反对宗教和迷信对人类的欺骗或麻痹，从而反对把文艺源泉归结为上帝或其他神秘原因；二是都标举人学，注重人在世界上的主体性，都主张文艺来自人的社会生活；三是都重实践或实行，主张知与行的统一，反对空谈或玄想，要求文艺注重社会生活刻画，重视社会生活效果；四是都讲究事物矛盾和转化的辩证法，强调事物是运动和变化及转化的，注重文艺的对立面及其辩证转化；五是都按照"美的规律"去创造，都要求文艺符合"美"或"文心"。

当然，马克思主义和中国文化传统之间毕竟存在相异点，例如马克思主义坚持社会存在决定社会意识而不是相反，中国传统智

---

① 习近平：《在纪念马克思诞辰200周年大会上的讲话》，人民出版社2018年版，第7—9页。

慧则信奉主体与客体之间的循环往复运动，尤其是主体（人）不过是客体（天）的一部分；前者要通过集体的社会实践去改造世界，而后者更强调以主体心性去调整与世界的关系。要言之，马克思主义是科学的理论，而中国文化传统则需要经过马克思主义的指导，适应现代中国国情的新变化。

有鉴于马克思主义与中国文化传统之间的上述相通点和相异点，如果确实需要在它们之间找到相结合的文艺道路，中国式现实主义文艺范式无疑是一个突出的范例。

二、现实主义文艺与马克思主义现实主义文艺观

这就需要看到现代中国的现实主义文艺与马克思主义现实主义文艺观之间的渊源关系。现实主义（又译为写实主义），在欧洲有着久远的历史，追溯起来相当复杂。简要地说，在马克思主义孕育、诞生和发展过程中，欧洲形成了风起云涌的现实主义文艺流派和思潮（或运动）。现实主义的基于"科学"的忠实再现当代社会现实的客观性、再现现实生活场景的精微性及非个人性或集体性等原则，在马克思主义创始人那里找到知音。据有关研究，马克思在青少年时代曾经酷爱希腊文学和浪漫主义文学，积极参加诗歌创作和研究工作，后来果断地抛弃了浪漫主义，逐步形成了自己的带有现实主义倾向的文艺观。在马克思的这种现实主义倾向的文艺观里，就包括他"此后一生恪守的一些批判原则"：一是文学应当接近真实和实际领域而不应漫无边际地飞驰遐想；二是文学应具有形式、尺度和凝练；三是伟大的文学作品可以使人觉出一种真

正诗意的特性;再也没有什么比通篇充塞形式主义更能败坏一个艺术作品了,它既没有鼓舞人心的对象,也没有令人振奋的奔放思想。①马克思是被视为"以十八世纪古典美学和十九世纪现实主义美学的伟大的调解人的身份出现的"②。

马克思是此前18世纪美学和19世纪现实主义美学原则的伟大的"批判者"和"扬弃者"。他批评不把对象"当作感性的人的活动,当作实践去理解"③的旧做法,主张研究"感性的人的活动"及其"实践",因为"人的本质不是单个人所固有的抽象物,在其现实性上,它是一切社会关系的总和",而且"全部社会生活在本质上是实践的"。④更进一步说,在马克思看来,以往"哲学家们只是用不同的方式解释世界,问题在于改变世界"⑤。马克思之所以主张批判地继承现实主义美学原则,是由于他相信,现实主义文艺比其他任何文艺流派和文艺思潮都能够起到动员群众参与认识世界并改造世界的社会实践的作用。

马克思和恩格斯在推崇现实主义文艺时,特别着眼于其对于人类社会实践的生动再现作用。可以从下面几方面理解马克思主义的现实主义文艺观:

第一,现实主义文艺突出人物个性描写,重视对于社会生活环境的生动刻画。马克思明确反对"席勒式地把个人变成时代精神的单纯的传声筒",以及"在人物个性的描写方面看不到什么特色",

---

① 参见〔英〕希·萨·柏拉威尔《马克思和世界文学》,梅绍武、苏绍亨、傅惟慈、董乐山译,生活·读书·新知三联书店1980年版,第26—27页。
② 同上书,第302页。
③ 马克思:《关于费尔巴哈的提纲》,《马克思恩格斯文集》第1卷,第499页。
④ 同上书,第501页。
⑤ 同上书,第502页。

而是要求"更加莎士比亚化""具有更加突出的个性"。①恩格斯也指出:"我们不应该为了观念的东西而忘掉现实主义的东西,为了席勒而忘掉莎士比亚",应当着力于"介绍那时的五光十色的平民社会","提供一幅十分宝贵的背景",让对象"显出本来的面目"。②

第二,现实主义文艺强调真实性和典型性。恩格斯认为"现实主义的意思是,除细节的真实外,还要真实地再现典型环境中的典型人物"③。现实主义文艺既要细节真实,更要再现典型环境中的典型人物。"每个人都是典型,但同时又是一定的单个人,正如老黑格尔所说的,是一个'这个',而且应当是如此。"④典型人物意味着必须以突出的个性去再现普遍性以及性格的丰富性和深长魅力。"爱莎尽管已经被理想化了,但还保有一定的个性描写,而在阿尔诺德身上,个性就更多地消融到原则里去了。"⑤

第三,现实主义文艺能够提供更加真实而又生动的历史画卷。恩格斯高度评价巴尔扎克的小说系列《人间喜剧》:"巴尔扎克,我认为他是比过去、现在和未来的一切左拉都要伟大得多的现实主义大师,他在《人间喜剧》里给我们提供了一部法国'社会',特别是巴黎上流社会的无比精彩的现实主义历史,他用编年史的方式几乎逐年地把上升的资产阶级在1816—1848年这一时期对贵族社会日甚一日的冲击描写出来,这一贵族社会在1815年以后又重整旗鼓,并尽力重新恢复旧日法国生活方式的标准。"他特别欣赏

---

① 〔德〕马克思:《致斐迪南·拉萨尔》(1859年4月19日),《马克思恩格斯文集》第10卷,第171页。
② 〔德〕恩格斯:《致斐迪南·拉萨尔》(1859年5月18日),同上书,第176页。
③ 〔德〕恩格斯:《致玛格丽特·哈克奈斯》(1888年4月初),同上书,第570页。
④ 〔德〕恩格斯:《致明娜·考茨基》(1885年11月26日),同上书,第544页。
⑤ 同上书,第545页。

的是，"围绕着这幅中心图画，他汇编了一部完整的法国社会的历史，我从这里，甚至在经济细节方面（诸如革命以后动产和不动产的重新分配）所学到的东西，也要比从当时所有职业的史学家、经济学家和统计学家那里学到的全部东西还要多"①。

第四，现实主义文艺擅长于将思想倾向隐藏于场面和情节中。恩格斯注重"对现实关系的真实描写"，强调"倾向应当从场面和情节中自然而然地流露出来"。②

第五，马克思主义坚持从美学的和历史的观点的统一上开展文艺批评。"我是从美学观点和史学观点，以非常高的亦即最高的标准来衡量您的作品的。"③

从以上的简略列举可见，马克思主义的现实主义文艺观的主要精神在于，突出文艺的个性、真实性、典型性、生动历史性、倾向隐蔽性，主张美学观点与历史观点的结合，要求文艺帮助人们从中更好地领略社会历史的规律性。

三、现代中国文艺中的现实主义

应当看到，现实主义最初传入中国时并没有依赖于马克思主义，但后来确实是借助于马克思主义在"十月革命"中取得胜利的威力，才在中国确立起为浪漫主义、现代主义等所有其他外来文

---

① 〔德〕恩格斯：《致玛格丽特·哈克奈斯》（1888年4月初），《马克思恩格斯文集》第10卷，第571页。
② 〔德〕恩格斯：《致明娜·考茨基》（1885年11月26日），同上书，第545页。
③ 〔德〕恩格斯：《致斐迪南·拉萨尔》（1859年5月18日），同上书，第177页。

艺思潮及其美学原则所不可比拟的权威美学地位。这当然首先与中国古代文艺自身中存在与现实主义原则相通的本土亲缘传统有关。有着"兴观群怨"等功能的《诗经》、被视为"感于哀乐,缘事而发"①的汉乐府民歌、被称为"诗史"的杜甫的"三吏三别"（即《新安吏》《石壕吏》《潼关吏》《新婚别》《无家别》《垂老别》），以及长篇小说《金瓶梅》和《红楼梦》等,就在坚持客观描写当代社会生活真实状况、批判社会弊端等方面,与外来现实主义精神息息相通。这种本土文艺传统的存在,为中国现代文艺家开放地接受外来现实主义原则的影响提供了中国原生的接应沃土。

但现实主义在中国文艺界能一跃成为无可比拟的美学权威,确实与马克思主义现实主义文艺观的传入紧密相关。如前所述,现实主义文艺在传入中国后借助"十月革命"的力量而逐渐显示出马克思主义的政治权威和美学权威。其政治权威表现在,列宁领导的"十月革命"一举成功了,这等于宣告了马克思主义在被压迫民族国家中的政治权威的确立。其美学权威形成的主要原因在于,俄国现实主义中传达的被压迫民族寻求解放和自由的呼声更加强烈,社会民主和正义愿望更加旺盛,②从而更有利于同为被压迫民族的中国人民觉醒起来投身于争取解放和自由的斗争中。这正是马克思主义现实主义文艺观在现代中国被接受乃至深受欢迎的主要缘由。正如鲁迅在1932年说的那样:"俄国文学是我们的导师和朋友。因为从那里面,看见了被压迫者的善良的灵魂,的酸

---

① ［汉］班固:《汉书·艺文志》。

② 有关西欧现实主义和俄国现实主义的类型分别及其传入中国后演变轨迹的探讨,参见蒋承勇《五四以降外来文化接受之俄苏"情结"——以现实主义之中国传播为例》,《外语教学与研究》2019年第4期,第608—620页。

辛,的挣扎;还和四十年代的作品一同烧起希望,和六十年代的作品一同感到悲哀。……从文学里明白了一件大事,是世界上有两种人:压迫者和被压迫者!"①他还强调"俄国的文学,从尼古拉斯二世时候以来,就是'为人生'的,无论它的主意是在探究,或在解决,或者堕入神秘,沦于颓唐,而其主流还是一个:为人生"。②茅盾在1941年也指出:"中国新文学二十年来所走的路,是现实主义的路。"而在其中,"五四以后,外国的现实主义作品对于中国文坛发生最大影响的是俄国的批判现实主义文学"③。俄国现实主义文艺由于其中反映被压迫民族的反抗性呼声和为人生的旨趣等美学特点,借助于"十月革命"的强大推送力,必然地更为中国文艺家所认同。

现实主义文艺倚重马克思主义的政治权威和美学权威的强力推送,在中国经历了若干发展和演变阶段。这里可以梳理出大致四个时段(如第一章所论):一是"五四"时期至20世纪30年代的启蒙现实主义,二是40年代至60年代的体现无产阶级社会革命精神的革命现实主义或社会主义现实主义,三是改革开放初期(70年代末至80年代前期)的"伤痕"现实主义,四是80年代后期至90年代前期的"新写实"现实主义。特别是第三、四时段的现实主义文艺作品中,一方面已渗透进弗洛伊德深层心理分析范式、现代主义("意识流"、象征主义、表现主义、存在主义、超现实主义等)乃至后现代主义等多种文艺思潮的影响,另一方面还自觉吸纳改革开放时代复苏的中国文化传统热潮成果,特别是同中国古典

---

① 鲁迅:《祝中俄文字之交》,《鲁迅全集》第4卷,第473页。
② 鲁迅:《〈竖琴〉前记》,《鲁迅全集》第4卷,第443页。
③ 茅盾:《现实主义的道路——杂谈二十年来的中国文学》,《茅盾全集》第22卷,第171—172页。

心性智慧传统有着初步接通,注重内心、心性、灵魂或深层次心理活动在文艺中的多样化表现,尽管各有其显著的差异。贾平凹写作中就体现了中国式意象美学传统与现实主义写实精神相结合的"意象写实艺术"特点。① 李国文的《冬天里的春天》就通过景物描写与情感抒发之间的交融、颠倒时序的叙述、现实与回忆相交织等独特手法,传承了中国式实与虚、景与情、形与神等相互交融的美学传统。《白鹿原》中有关白鹿意象、三秦文化地缘传统、儒家精神、民间传说等的渲染,体现了心性传统的回归迹象。这些都为21 世纪第二个十年以来现实主义文艺的复苏,提供了必要而又重要的文艺范式上的渐进式积累、叠加或铺垫,直到出现《人世间》这一代表了中国式心性现实主义范式臻于成熟之境的标志性作品。

四、跨文化涵濡与心性现实主义范式

这里说的臻于成熟之境的中国式现实主义文艺范式,是一种由中国文化传统接引马克思主义现实主义文艺观时,发生跨文化涵濡并再生的新型中国式文艺范式,暂且称为心性现实主义。简言之,心性现实主义是由中国心性论传统接引马克思主义现实主义美学原则后再生的新型中国式文艺范式。马克思主义现实主义文艺思想传入中国后,给中国文艺家最直接的启示和最有效的影响力在于,找到一条用文艺作品去认识和改造中国当代社会的具

---

①　参见黄世权《日常沉迷与诗性超越——贾平凹意象写实艺术》,北京师范大学出版社 2012 年版,第 13—16 页。

有科学性和实践性而又不失审美魅力的社会动员途径。马克思主义现实主义文艺思想来到中国后，是追求欧洲现实主义那种客观性、典型性和批判性，还是与中国本土文化传统紧密结合，其间经历了长期的曲折探索。这里显然存在着外来文化与中国本土文化之间的跨文化涵濡过程，而这种涵濡过程不是从一开始就带着先见之明地一举找到正确的道路，而是需要经过反复的美学试验。"涵濡，是一个中国词语。……涵濡带有包涵和滋润之意，以及更持久而深入的濡染、熏陶或熏染之意。它可以同现代人类学的'濡化'（acculturation）概念形成中西思想的相互发明之势，共同把握中国自我与外来西方他者之间在20世纪所实际地经历的相互润泽情形。"从中西跨文化涵濡视角看，"中国自我与外来他者之间的涵濡会导致中国自我发生微妙而又重要的变化，其结果是，让中国自我既不同于其原有状况，也不是外来他者的简单照搬或复制，而是一种自身前所未有、外来他者也从未有过的新形态。"①从这个观点看，马克思主义现实主义文艺思想与中国文化传统之间经历长期的跨文化涵濡过程，才催生出中国式现实主义文艺范式。

如前所述，关于中国文化传统的看法很多，这里还是集中为以心性论或心性智慧为代表的倚靠个体心性修为去化解人生问题的思维方式，如仁厚、仁义、中和、和合、友善、慈悲、知行合一等，还可以简约为王阳明倡导的"心功"。对这种中国智慧，尽管可以就其中的儒家式仁义之心、道家式天地之心和佛家式即心是佛等内部差异做细致辨析，但它们在注重心性修为的作用上无疑有一致

---

① 王一川：《涵濡的现代性——中国文论新传统》，北京师范大学出版社2019年版，第3页。

性。马克思主义现实主义文艺思想与中国式心性论传统通过漫长时期的相互浸润、化合等跨文化涵濡过程，才逐渐找到一条中国式心性现实主义文艺道路，并在《人世间》等作品中将这种中国式心性现实主义文艺范式推向成熟。

五、当代中国文艺场中的《人世间》

在《人世间》中可以确实感受到这种中国式心性现实主义文艺范式的一些成熟表现。①不过，首先需要看到，这部小说和电视剧作品的联袂成功都不应只看其作品本身，而需要将其纳入所生长其中的当代社会语境里去考察，将其视为当代中国文艺场孕育和孵化的成果。当代中国文艺场，是近十年来中国社会形成的文艺作品赖以策划、评审、创作、生产、营销、传播以及循环再生产的特定社会制度、机制、政策、环境、动力等整体场域或氛围。这个文艺场中蕴藏着让文艺作品得以如此产生并迅速发挥其艺术公赏力作用的特定文艺生产机制和美学动力结构。艺术公赏力，作为"有关艺术的可供公众鉴赏的公共性品质和相应的公众素养能力的概念"，是"在艺术媒介、文化产业中的艺术、艺术公共领域、艺术辨识力与公信度、艺术品鉴力与公赏质、艺术公共自由、中国艺术公心等概念的

---

① 　此处有关《人世间》的论述，系依托三篇短文拓展和修改而成：《〈人世间〉：心性现实主义范式的成熟之作》，《文汇报》2022年2月28日第10版；《〈人世间〉：艺术公赏力的典范之作》，《文艺报》2022年3月2日第4版；《〈人世间〉：周家三兄妹的刚正、雅奇和憨实人生》，《央视剧评》微博2022年3月4日，见https://weibo.com/ttarticle/p/show?id=2309404743413546483996。

交汇中生成并产生作用的公共鉴赏驱动力"。①由于涉及当代中国文艺作品赖以生产、营销、传播和接受的各个公共环节或领域，在考察《人世间》时就不能简单地仅仅关注其作品本身（尽管作品本身以及作家和编导等的作用都十分重要），而是需要仔细辨析这个当代中国文艺场在其小说和电视剧生产中的特殊的整体作用力。

首先是这种文艺场在小说生产过程中的特定作用。综合有关材料可知，这部小说由作家梁晓声于2010年起构思，2013年初动笔，2017年9月完成初稿并试发行，2018年5月由中国青年出版社正式出版，约115万字。需要看到，参与推动其创作的作用力远不止作家一人：（1）当作家还在酝酿小说构思时，中国青年出版社领导就亲自介入约稿和催化；（2）当这个暂名《共乐区的儿女们》的长篇小说项目还处于写作状态尚未完稿时，就被该社凭其立项计划书入选中国作家协会2017年度重点作品扶持选题计划；（3）该选题还入选"十三五"国家重点出版物出版规划项目；（4）中国青年出版社在该小说尚未交稿时就不顾内部反对而以特殊政策提前支付作家10万元预付稿酬并预签出版协议，以防被其他出版机构中途拦截；（5）小说在出版后于2019年8月获中国作家协会主办的中国长篇小说奖——茅盾文学奖（简称"茅奖"），并在终评时得票高居第一，可见其在文学界受欢迎和嘉许的程度。

再看这个文艺场在小说改编为电视剧过程中所起的作用。这个改编过程其实在小说一出版和获"茅奖"前就已着手进行了，并且同样是多方合力助推且一路绿灯的成果。（1）它一出版即被热

---

①　王一川：《艺术公赏力——艺术公共性研究》，北京大学出版社2016年版，第27、32页。

心人推荐给阅文集团和腾讯影业;(2)阅文集团和腾讯影业敏锐地觉察到其在当前具备超高的可改编价值,决定正式投拍;(3)曾因执导电视剧《人民的名义》而创造"破圈"效应的导演李路受邀执导并担任总制片人;(4)创作过《牵手》《中国式离婚》《新结婚时代》和《新恋爱时代》等电视剧作品的作家王海翎,受邀担任编剧并于2019年3月22日正式签约;(5)随后电视剧由腾讯影业、新丽传媒、阅文影视和中央广播电视总台等多家文艺产业机构联合出品;(6)在电视剧创作过程中传来小说原著获"茅奖"的消息,创作者们倍感振奋和鼓舞;(7)这部58集电视剧被中央广播电视总台安排于2022年1月28日起在该台综合频道黄金时段播出,正值传统春节以及北京冬奥会举办期间,据统计有高达3亿多观众收看,这个时间段和频道安排代表文艺政策和文艺生产机制的特殊倾斜和优惠支持;(8)该剧在中央电视台的热播反过来助推小说发行量急速攀升:小说出版后到获"茅奖"前发行4万套,获奖后到2021年年底发行16万套,2022年前两个月发行就高达22万套,自电视剧开播一个月就销售达5万余套。这完全可以视为当代小说与电视剧、文学界与电视艺术界共促文艺深入普通观众,形成近乎全民参与的艺术公赏局面的一个成功范例。①

这里对文学(小说)与电视剧之间的近乎全民参与的艺术公

---

① 以上所汇信息,主要来自笔者于2022年2月28日受邀参加中国作家协会举办的"从文学到影视——《人世间》座谈会"时的见闻。其中一部分专家发言见梁晓声《〈人世间〉的成功要感谢很多人》,程武《宽广温厚大地上的坚韧回响》,李路《我想做个"伟大的史诗"》,王海翎《〈人世间〉剧本创作的来龙去脉及个人体会》,李师东《从小说到影视——〈人世间〉一路走来》等,均载于《文艺报》2022年3月4日第2—3版。另见李师东《一路走来〈人世间〉》,《新民晚报》2022年3月4日第18版。

赏局面的形成及其原因,当然需要专门总结,但可以简要指出的是,文学为电视剧改编奠定坚实的故事、人物及其思想题旨基础,而电视剧擅长于把它们改造成为普通公众乐意接受和喜爱的影像系统;文学可以受到文化人群体欢迎,电视剧可以扩展到巨量普通受众中;当电视观众受到震动而愿意回头捧读小说时,小说确实可以提供出电视剧所没有的文心底蕴去抚慰他们。

在理解当代中国文艺场的作用时,需要追究的是,为什么《人世间》能够受到小说出版界、文学行业协会及其评奖机构、国家图书出版立项机构、电视剧龙头行业、中央广播电视总台等诸多顶级文化艺术机构如此高度一致的欢迎、推荐和好评,好像它们一直在等待它出现似的?这就需要看到,从这部小说动笔的2013年年初到根据其改编的电视剧播映的2022年年初,适逢中国进入"新时代"十年。这十年中国社会形成了由多方面合力构成的特定的当代中国文艺场,这个场特有的语境和氛围给予《人世间》顺利萌芽、巨量生产和传播以及近乎全民参与的艺术公赏以充足的文艺生产机制和美学动力结构等培育条件。要理解这个当代中国文艺场,涉及的因素多且复杂,但想必其中有六种要素必不可少。

一是国家导向,落实国家重大文化文艺战略需求。习近平总书记《在文艺工作座谈会上的讲话》《在中国文联十大、中国作协九大开幕式上的讲话》《在中国文联十一大、中国作协十大开幕式上的讲话》等系列文艺重要指示的陆续发表及持续部署和落实,例如关于"结合新的时代条件传承和弘扬中华优秀传统文化""传承和弘扬中华美学精神""中国精神是社会主义文艺的灵魂""拿出扛鼎之作、传世之作、不朽之作""筑就中华民族伟大复兴时代的文艺高峰""书写生生不息的人民史诗""高扬人民性""广大文艺工作者不仅要让人民成为作品的主角,而且要把自己的思想倾向和情感同人民融为一体,把心、情、思沉到人民之中,同人民一道感受时代的脉搏、生命的光彩,为时代和人民放歌"等指示,对全国文艺创作、生产和接受等各个环节起到关键的导向作用。还有2021年《中共中央关于党的百年奋斗重大成就和历史经验的决议》中有关"把马克思主义基本原理同中国具体实际相结合、同中华优秀传统文化相结合"的明确要求,给各级党政机构和文化艺术行业提出了具体工作部署,要求它们以实际成果来落实。在"中华优秀传统文化""生生不息的人民史诗""高扬人民性"和"让人民成为作品的主角"等诸多思想的交汇处,已然屹立着的路标式作品,难道不正是《人世间》吗? 它所讲述的工人周志刚一家三代近50年故事,特别是其小儿子周秉昆和妻子郑娟的曲折而坚韧顽强的经历,尤其符合这些思想的综合要求,可以说仿佛就是上述新时代文艺思想所催生出的特殊产品。

二是行业优投,符合文艺行业优先和优质投资标准。无论是小说出版方中国青年出版社,还是电视剧联合出品方阅文集团、腾讯影业和中央广播电视总台等机构,以及向小说颁授"茅奖"的中国作家协会等,都对该项目予以优先和优质投入。这也可以视为上述国家导向的高效落实环节。假如把它们都视为当代文艺生产行业机构的主干的话,那么这些行业机构是让作品顺利萌芽、生产和传播的基本动力部门。没有这些文艺生产动力部门的实际运行,《人世间》要想如此顺利地生产,以及生产后要想产生现在这般社会效果,都是不可能的。其间如果出现一些闪失,都会不仅导致其社会效果打折扣,而且就连出版或播出也可能成为问题。电视剧改编时如果结尾还是像小说原著那样让作家周蓉的作品描述成为弟弟周秉昆的未来指引，以及在周秉义去世后让其妻郝冬梅改嫁"红二代"远走国外定居，想必观众都不会买账。而中央电视台如果没有安排在春节期间综合频道黄金时段播出，效果也不会如现在这样好。这些显然都属于行业机构实行优投的结果。

　　三是民生体验，契合社会公众的生活世界体验。这是文艺家们进行文艺创作时依赖的对于社会生活、人民生活或人间活剧这"唯一源泉"的深切体验。作家没有仅仅凭借国家的有关号召就去生硬地写"人民"，而是对于所描写的社会生活素材有着长期而深厚的个人体验的浸润，尤其是他从小就熟悉周志刚式家庭，能够把自己的个人和家庭生活投影分别浸润到周志刚、李素华、周秉义、周蓉和周秉昆等主要人物身上。可以说，由于这部小说写的是作家自己所亲历和想象的那个家庭和它的时代，因而仿佛就是从他的个体生命之树上自己长出来的花朵和果实。而在电视剧改编时，故事发生地被从哈尔滨移植到长春，也是由于导演本人就是长春人因而更熟悉其地缘环境的缘故，能够精心营造出"江辽省吉春市同乐区光字片街道"这个特定的城市平民生活场所，透过它而让观众洞悉整个中国社会"人世间"的风云变幻。可以说，没有这样丰厚而真切的当代东北民生体验，就不可能有现在的小说和电视剧《人世间》。

　　四是观众期待，满足观众的鉴赏期待。由于上述第一要素的导向作用以及第二要素的配合作用，加上中国当代社会生活的实际变迁轨迹所产生的理解要求，这时期全国观众对这类既关怀民生疾苦又弘扬文化传统的文艺作品发出了共同期待。而这类观众期待，想必通过有关可靠的观众调查数据等资源，才让阅文集团和腾讯影业等龙头行业对电视剧《人世间》项目实施行业优投充满信心："我记得2017年《人世间》刚刚出版，我有幸读完这部巨著之后也被深深打动，也非常支持……获取授权改编的设想，我们非常有幸能够与李路导演迅速达成共识，决定共同开发。"①可以相信，浩瀚而深厚的当代观众期待给予相关影视行业机构以优先生产和传播该剧的美学动力。

五是艺术创意，有利于文艺家创意实施。这是文艺家（包括小说家、剧作家、导演、制片人和演员等）对待文艺作品从媒介、语言、形式到形象和意蕴等的全方位的创造性发现、构思和加工环节，其结果是富于独特艺术个性的文艺作品的完成。上述所有四种要素的力量都只有转化成为具体的艺术创意，才能直接孵化出优质文艺作品来。这其中最主要的还是作家、编剧、导演和演员四方面作用所形成的美学合力：作家的文学创意为该作品的人世间故事及其感人魅力的生成提供了独具个性的原创性、丰厚的意义沃土以及可以持续开垦的广阔空间；剧作家的编剧创意由于其本人谙熟大众艺术的美学逻辑和各类观众的群体心理指向，而善于将改编引向符合电视观众共同预期的方向；导演熟悉以吉林为代表的东北地缘生活、民风民俗和普通人形象塑造，可以综合出一部集中反映东北地缘生活风貌的作品；所选主要演员几乎都是同行中优秀人才和敬业者，可以确保编导的艺术创意在故事叙述和人物形象塑造上都一一夯实。

六是全媒鼓应，全媒体环境的联合鼓荡。这是当前全媒体或融媒体时代由各种相关媒体（包括传统媒体、新兴媒体、自媒体等）组成的给予文艺作品传播以影响力的媒介环境的统称。这是一个历来容易被忽略但在当代已变得必不可少和十分要紧的环节：从

①　程武：《宽广温厚大地上的坚韧回响》，《文艺报》2022年3月4日第2—3版。

小说出版到电视剧播映的几年间，特别是在电视剧从播出前夕到播映期间，报纸、杂志、互联网平台、短视频、微信公众号等多种媒体，共同参与和助推了该作品的传播，为其营造出有利的媒介环境。有的知名短视频平台不断为此造势，观众一旦在手机上关注过它一次，以后就会随时随地自动、优先和似乎特别贴心地接收到它源源不断的相关信息，包括从电视剧中及时摘录出来可加以反复品味的那些警句或格言式对白。这些相关信息的有备而来、持续传输和与观众贴心互动，表明相关行业机构在该剧和该小说的持续宣发和营销上投入之巨大和持久。不仅在该剧首次播映时有多种媒体参与集体营造声势，而且就是在第二次开播时，多种媒体仍然在进行与之相关的进一步鼓动和呼应，以期持续扩大该剧的受众传播力和社会影响力。这种后续的宣发和营销其实本身也是文艺生产的一个组成部分，而且是可以循环往复的文艺再生产过程。

上述六要素（不只于此）的合力，形成了《人世间》从小说到电视剧的孕育、生产和传播的优质机制、动力结构和总体氛围。假如没有这些要素的综合的催化、询唤或促进作用，《人世间》在现在问世并且产生如此强劲的传播效应都是不可思议的事。可以说，《人世间》正是当代中国文艺场的创造物。这有力地说明，当代文艺力作以及杰作的生产离不开当代中国文艺场的特殊作用力。

六、中国式心性现实主义美学范式的特征

现实主义与中国文化传统的结合及其产物中国式心性现实主义文艺范式，能够在《人世间》中趋于成熟的原因，也应从当代中

国文艺场的特殊作用去探寻：假如在此前更早的文艺场中，例如在21世纪初期中国文艺场中，这种成熟还缺乏可能性，因为那时的国家导向里还不可能提出"中华优秀传统文化""生生不息的人民史诗"等相关指导思想，从而那时的文艺生产行业机构也还不可能产生出对《人世间》之类作品以超常规订货和优惠投拍等强烈意向。只是在当前这种文艺场中，当现实主义与以心性智慧为代表的中国文化传统之间借助《人世间》这个产品而发生跨文化涵濡时，现实主义文艺必有的客观性、典型性和批判性等特征同以"心功"为代表的中国式心性智慧相结合，才能发生奇妙的化合反应。

　　这就需要对中国式心性现实主义文艺范式做必要的阐述。按通常理解，现实主义应当是一种客观地再现当代社会现实的文艺原则或精神，而在这种客观真实原则之前添加任何一种修饰语或定语都是不合适的，因为，真正的客观真实应当只有一个，不会有第二个。但是，在中国文化传统中，特别是按照中国式心性论传统，就应当看到，即便是在面对唯一的客观真实时，也需要考虑不同主体对此的心性反响状况及其浸润或过滤作用。也就是说，对于文艺家和观众来说，文艺作品中的客观真实不等于与主体无关的客观现实，而就是主体感觉和心灵创造的现实，尽管这种现实归根到底还是对于当代社会客观现实的主体反映的产物。由文艺家主体心性浸润过的客观真实，显然已经与自在的和无主体的客观现实拉开了距离，浸润上了主体心性智慧。

　　这种浸润上的中国式心性论传统，到现在已不再只是局部或个别的元素，而是已经和正在生长成为一种完整而成熟的中国式现实主义文艺范式了。范式（paradigm），按照库恩（Thomas S.Kuhn，1922—1996）的界说，有两种含义：一种是指"一个科学群体所共有的全部承诺"，另一种则是其中在次级意义上被抽象出来的"特别重要的承诺"。①总之，"范式"可以视为一个学术共同体成员所共有的知识及其规则系统。而在文艺创作、文艺接受和文艺批评等文艺活动过程中，"范式"可以理解为由特定时代的特定文艺界群体所不约而同地共同遵循的那些文艺规则系统，包括文艺符号形式系统、主题思想、情节结构、人物形象、风格等文艺创作和文艺作品方面，也包括文艺家、文艺理论者、文艺批评者、文艺管理者、文艺营销者、文艺传播者等各种文艺共同体成员。心性现实主义文艺范式，在这里不是一种有明文规定而让全体文艺界成员共同遵守的文艺规则系统，而是在新时代文艺活动中由若干文艺界成员分别参与探索、逐步生成和随后共同遵循或参照的文艺规则系统。要给这种还在生长中的中国式心性现实主义文艺范式做全面、系统而又准确的解释尚待时日，这里只能暂且依托对于小说和电视剧《人世间》的粗浅理解，初步指出《人世间》所呈现的中国式心性现实主义文艺范式在美学上的几方面表现，聊作中国式心性现实主义美学范式的主要特征吧。

第一，在再现现实的目的上，真善交融，以仁润真。这就是不唯独追求现实再现的纯客观性或真实性，而是让个体的仁善之心去浸润真实，以仁润真。《人世间》确实能够不加掩饰地暴露周家生活的苦难性：父亲周志刚是新中国第一代建筑工人、八级技工的优秀代表，家庭中却劫难深重，妻子李素华神经错乱，长子周秉义不替他生孙子，女儿周蓉与人私奔和自顾自己，小儿子周秉昆总是

---

① 〔美〕托马斯·库恩：《必要的张力——科学的传统和变革论文选》，纪树立、范岱年、罗慧生等译，北京大学出版社2004年版，第288页。

不争气；周秉义身为好官却遭人举报且身患胃癌；周秉昆一生命运坎坷，没有稳定的工作和生活，养子周楠好不容易考上清华出国留学，不料在美国遇枪击身亡，"仇人"骆士宾来纠缠；与他发生言语冲突和肢体冲突，周秉昆失手致其死亡，被判入狱近十年；周秉昆之妻郑娟年轻时遭骆士宾强暴生下长子周楠，而且后来因周楠被骆士宾诱惑和鼓动，不得不痛心地向众人揭开心底隐痛，可谓雪上加霜，唯一的弟弟光明眼瞎；在周秉昆入狱后郑娟只能孤苦地支撑全家。对于这家好人却没得好报而一再遭遇苦难的原因，作品没有硬性给出一个准确答案，而是让人物自己的活法去证明：周志刚临终前对自己一生和子女们都表示满意，周秉义坚持做有作为的好官，周蓉后来有着自我批评和转变，周秉昆用一句口头禅"觉得苦吗，自己嚼嚼咽了"要求自己，郑娟则以仁厚和慈悲之心对待苦难。凭借这些宽厚、正义、反思、坚韧、慈悲等自觉的个体心性修为，周家人才能顺利渡过一道道难关而迎来心灵的安顿。小说和电视剧都注意以个体心性修为去过滤和规范单纯的客观性冲动：既无一坏到底的坏人，也无完美无缺的完人（如已婚的周秉义也曾对俄罗斯姑娘动心），好人中有不足（如曹德宝和乔春燕夫妇无端举报周秉义），坏人中也有可同情或可宽恕处（如骆士宾的无理性和贪婪也可以理解）。个人如此，整个当代现实世界也一样。对于周秉义这位在小说和电视剧中都具有引领地位的灵魂人物，电视剧只用寥寥几个镜头暗示他的死亡，显然是尝试安抚对周秉义的刚正务实风范依依不舍的电视观众的公共情绪，体现仁善之心对过于无情的真实性或客观性冲动的缓冲和节制作用。

　　第二，在再现现实的路径上，典型传神，留有余意。这里注重富于典型性的人物刻画，但不仅追求以独特的个性特征去呈现普遍规律,而且让这种个性中见共性的再现方式中释放出中国式叙事文艺特有的传神写照特点,即典型性格刻画中蕴含悠长的余意。这就是自觉地把外来典型范畴加以中国化处理,让其渗透进《水浒传》等白话小说中"性格"或"面目"所特有的"传神写照"特点。化名李贽的明代叶昼这样评点其"性格"刻画的个性和多样化:"描画鲁智深,千古若活,真是传神写照妙手。且《水浒传》文字,妙绝千古,全在同而不同处有辨。……各有派头,各有光景,各有家数,各有身分,一毫不差,半些不混,读去自有分辨,不必见其姓名,一睹事实,就知某人某人也。"①清代金圣叹也说:"《水浒传》写一百又八个人性格,真是一百八样。若别一部书,任他写一千个人,也只是一样;便只写得两个人,也只是一样。"②他更是强调其中"性格"刻画的多样性:"《水浒》所叙,叙一百八人,人有其性情:人有其气质,人有其形状,人有其声口。"③可以说,周志刚、周秉义、周蓉、周秉昆、郑娟、金月姬、蔡晓光、乔春燕、骆士宾、郝冬梅等主要人物都各有其典型性,同时也释放出传神写照的难以穷尽的言外之意。周志刚的阳刚率直、周秉义的刚正有为、周蓉的雅奇孤傲、周秉昆的憨实仗义、郑娟的悲苦仁慈、金月姬的庄正柔婉、蔡晓光的体贴圆通、乔春燕的热烈泼辣、骆士宾的自私重利、郝冬梅的典雅柔媚等,各有其"性情""气质""形状""声口",又具备中国式人物性格所具有的"传神写照"的绵长魅力,让人体会到"文外之

---

① 〔明〕李贽:《水浒传回评》,张建业主编:《李贽全集注》第19册,社会科学文献出版社2010年版,第10页。

② 〔清〕金圣叹:《贯华堂第五才子书水浒传》上册,周锡山编校:《金圣叹全集》,万卷出版公司2009年版,第16页。

③ 同上书,第7页。

重旨""义主文外"和"深文隐蔚,余味曲包"①等所代表的"隐"美学或含蓄美学之妙。进一步看,这些类似"余味曲包"的处理法令人想到阿Q、周朴园和繁漪等富于余意的现代典型形象。

第三,在再现现实的根源上,地缘化育和时势造人。正像"地灵人杰""钟灵毓秀""南橘北枳"和"一方水土养一方人"等习惯语所揭示的那样,中国传统历来信奉水土养人或地缘化育的作用,注重展示特定地域的地缘内生力。地缘内生力是特定地理环境中生长起来的独特人类生命力,对人物性格的生成和演变有着特殊构型作用。同样的人,因地理环境和社会条件等不同而会发生人格变异、显出不同的地缘特征。电视剧虽然把小说中的哈尔滨地缘场景转换为吉春市"光字片",但都注意深挖和凸显东北地缘内生力的潜移默化的形塑作用,建构起从"文革"末期到改革开放时代江辽省吉春市同乐区光字片街道的底层市井形象。同时,时代变迁所造就的新时势,更会给予人的性格及其命运以新的影响及形塑,所以说时势造人。体现在电视剧中,就是让骆士宾、水自流、彭心生等在深圳创业成功的第一批东北籍商人携带改革开放时代新风气去与老工业基地传统发生激荡作用,这些在小说里比较简略,而在剧中占据了更显眼位置。周秉义前往深圳会见昔日兵团战友姚立松,骆士宾在深圳经商成功,周家第三代冯玥也到深圳就业,他们都受到南方及"下海"时代风气的影响。这里的东北地缘化育景观以及时势造人景观,让观众能像欣赏《温州一家人》《圣天门口》《平凡的世界》《情满四合院》《大江大河》《装台》《山

---

① ［南朝梁］刘勰:《文心雕龙·隐秀》,郭绍虞、罗根泽主编:《文心雕龙注》下册,范文澜注,人民文学出版社1958年版,第632、633页。

海情》等分别带有华东、华中、西北和北京等地缘特征的电视剧那样，欣赏到东北独特的地缘家族及其人物风貌。如果说，周志刚、周秉昆、郑娟、乔春燕等人物都烙上了典型的东北地缘烙印，那么，周秉义、周蓉、骆士宾、冯玥等人物则呈现出中国进入流动型社会以来人口频频流动所带来的地缘化育和时势造人相交融的奇观，因为这些人物身上已经显示了东北地缘文化自身的独特特征及其在新时代发生演变的新印记。

第四，在再现现实的态度上，褒贬皆有，批赞共存。这不是单纯的冷峻批评，也不是简单的肯定和赞扬，而是始终携带富于情感态度的批评、批判和有着保留的肯定、赞扬，使得批判中有赞扬，赞扬中有批判或批评，褒贬皆有，批赞共存。对于几乎完美的模范人物周秉义也有批评：在周志刚晕倒后，周秉义和周蓉从外地赶回家，一致责怪周秉昆没能照顾好父亲。前者怪他没及时联系郝冬梅，后者直接对他发脾气："你咋整的啊，我告诉你，爸有事我跟你没完啊。"幸好父亲本人出来替小儿子说了公道话："爸爸啊，是你们仨的爸，不是秉昆一个人的。你不能因为弟弟一直守在爹妈身边，出了什么事就都怪他呀。"这样的描写显然既表扬了周秉昆的孝顺，又对周秉义和周蓉兄妹俩做了含蓄批评。电视剧更突出周秉昆作为底层平民在全剧的根基地位和感召作用，这种改动让人不禁想到电视剧《平凡的世界》在改编时突出孙少安而弱化孙少平，同样都是在大众文艺中弱化读书人或文化人的地位和作用。所以，全剧最后的话还是由周秉昆的"想想就美"四个字来作结，以及留下主题歌《人世间》作余音——"草木会发芽，孩子会长大/岁月的列车不为谁停下/命运的站台悲欢离合都是刹那/人像雪花一样飞很高又融化/世间的苦啊爱要离散雨要下/世间的甜啊走

多远都记得回家 / 平凡的我们撑起屋檐之下一方烟火 / 不管人世间多少沧桑变化……"这样的余音产生出点题效应。

当然,小说和电视剧对最值得赞扬的第一主人公周秉昆,也包含着不留情面的批评:他不该时常产生迷信心态,更不该莽撞地与骆士宾两次打架,从而给家庭带来几乎致命的打击和灾难:第一次是由于郑娟派周楠道歉才免于牢狱之灾,第二次则是周楠亡故后双方打架时致对方身亡。不过打架致对方身亡之事也有特殊缘故,第44集叙述周秉昆在首都国际机场送走郑娟后见到骆士宾,骆埋怨周没有早点把楠楠交给自己去美国培养所以出了事,不仅蛮横地说楠楠和郑娟都是自己的人,而且无耻地侮辱说郑娟是没文化的和自己玩剩的女人,还狗急跳墙地用双手猛烈推搡周时,彻底激怒了周,两人激烈撕打,直到骆后脑勺撞在石墩上昏死。这里显然让观众既寄予同情和理解,又带有遗憾和隐性责备。

而在对待周蓉的雅奇孤傲性格时,电视剧的批判性更强烈。在讲述周蓉不顾郑娟感受,去动员她同意冯玥和周楠恋爱时,周蓉轻飘飘地责备说"为了那些不知道过去多少年的陈年旧事,耽误孩子们的一生,值不值?"这话显然太自私,丝毫不顾及郑娟的隐痛,其理由竟然是"我一直觉得你是女人中的女人,心里面没有自己,只要家好,家人好,孩子好,亲人好,不像我那么自私、那么任性"。郑娟坚持辩解说:"孩子们的一生是一生,我们的一生就不是一生了?"这里透过周蓉的孤傲自私表现,弱化她作为作家或文化人在小说里原有的终极代言人高位,包括不再沿用她的小说新作《我们这代儿女》中第476页的格言警句式语言作为全剧关键话语,也就是没有采纳小说中蔡晓光电话指导周秉昆阅读并获取权威性开导的原来构思。在这个特别显眼的关键点上,电视剧显然不想让作家或文化人"自我感觉良好"。

同时,电视剧也没有结束在周秉昆请求妻弟萤心和尚保佑的话语中,似要弱化小说中多次流露的这类迷信,而是变成了周秉义遗书对于周蓉和周秉昆姐弟俩未来人生的启示,从而突出周秉义这一刚正有为人物在全剧的引领地位。当小说不无道理地和顺理成章地让作家周蓉的作品在全剧结尾产生画龙点睛般导向作用时,电视剧宁愿改成让周秉义和周秉昆分别承担"顶天"和"立地"的特殊作用,而把周蓉适当地降为游动于"天"与"地"之间的居中者或中介者角色,可谓各有各的处理法。

第五,在再现现实的美学形式上,流溯风格,流洄并作。流,是指宛如流水一般向前流动的思绪轨迹;溯,是指向过去回流的思绪轨迹。流溯风格是一种在向前流动的形象系统中不时地通过向后回溯而获取力量的流动性与回溯性之间相互交融的风格,也就是瞻前而顾后、惊羡而又回瞥、追逐新奇而又缅怀旧识等。①《人世间》通过周家人近半个世纪的家族生活变迁史,一方面冷面无情地揭示了中国当代社会从"文革"后期朝向改革开放流动的无可追悔的必然趋势,特别是其中从稳定社会向流动型社会转变的必然趋势,其间交织着兴奋与失落、喜悦与沉痛等复杂心绪,另一方面又满怀深情地追溯这个家族以及相关家族所有的家族信念、传统底蕴、人生信条、家国同构情怀,特别是古典心性智慧所具有的坚韧、达观、宽容、仁爱、慈悲等观念,仿佛能够在流动不居的生命潮水中及时地通过心性回溯而获取精神的笃定和安宁。这种流溯

---

① 参见王一川《流动回溯的现代性影像——21世纪头二十年中国影视潮》,《南方文坛》2020年第6期,第12—20页。此处将"流动回溯"酌改为"流溯"。

交融的复杂情形,特别通过周秉昆这一人物性格展现出来。他在当初面向未来流动时往往身不由己、被动甚至动辄得咎,但一旦成为回忆后就时常产生缅怀情绪,禁不住在心里美化过去,赋予其远比实际体验更加美好的感受,甚至不惜化丑为美地品味。他就是一位在流动中回溯,并在频频回溯中主动遗忘流动时苦难的人。

对于《人世间》在小说原著和电视剧改编之间的异同优劣,完全可以见仁见智。但无论如何,需要看到,这两者从不同方面合力共推中国式心性现实主义范式,在过去多年探索积累基础上,通过巨量公众的公共认同而走向成熟。这确实是需要认真总结的当代中国文艺发展道路的一条经验。当文学的心性现实主义探索走在各文艺门类美学探险的前沿,但又主要局限在文化人群体里时,电视剧的心性现实主义探索将其推广到更广泛的各阶层群体中,由这两者在不同维度上的共同努力的合力衍生出强劲的社会影响力,导致中国式心性现实主义范式借助于近乎全民公赏的公共认同而得以成熟。数量巨大、代表性广泛的公众群体的公共认同,无疑是一部当代好作品的可传世品质的重要基础和醒目标志,无论它究竟属于哪个文艺门类。相信《人世间》这部作品及其推向成熟的中国式心性现实主义范式,会对当前和今后各文艺门类叙事类文艺创作起到有力的示范作用。

也恰恰是由于考虑到《人世间》的这种可能的示范作用,有必要同时在此指出与它相关而需要在未来予以拓展的方面(尽管它本身的任务已完成)。首先,其所塑造的主要人物虽然都有着立体感和较为广泛的代表性,例如周志刚、周秉义、周蓉、周秉昆等可以分别代表工人、高级官员、文化人、底层市民等,"六小君子"也可以视为底层市民的群体代表,但当代中国文艺界还应当创造出可以代表这个时代前沿、先进或领先地位的、闪耀未来意象光芒、能够激发新生活想象力的新型人物形象。其次,其情感基调主要是回瞥型或回溯型的,也就是向过去的回溯而不是向未来远方的前瞻成为其基调,而当前也需要可以在回忆中指向未来的具有远景洞见性和预测力的美学基调。再次,突出周秉昆和郑娟式"好人"形象刻画本身无可厚非,但日常生活中的是非曲直不宜"和稀泥",而仍然需要明确的辨析和价值判断,以便为读者和观众的现实人生体验及其反思提供必要的镜鉴。最后,心性现实主义范式本身也理应多样化并不断开掘其美学境界,特别是不能仅仅固守现代儒家式心性智慧,而应当同时在现代道家式心性智慧和现代佛家式心性智慧等方面大力掘进,同时还需要在中国的华北、西北、华东、华中、华南及西南等不同地域中,依托各自独特的地缘内生力和地缘美学密码①,结出彼此不同而又可以包孕中华民族文化价值观和寄寓人类共同价值理念的丰盛果实来。总之,或许在《人世间》的路标导引下,会有更多更新的文艺佳作问世,乃至公认的文艺高峰赫然矗立起来。

---

① 参见王一川《超疏离态听觉审美场的创生——抗疫主题音乐印象与地缘美学密码》,《中国文艺评论》2020年第11期;《地缘内生力与地缘美学密码——兼谈减贫主题电视剧的美学效果》,《中国高校社会科学》2021年第3期。

第五章 直而温修辞与当代中国乡村社会心史

——长篇小说《望春风》阅读札记

作为本书第三章所列近心感层面的作品之一,长篇小说《望春风》(2016)的叙事内容并不复杂:由乡村修史者赵伯渝记述地处长江之滨的故乡儒里赵村从20世纪50年代起发生的半个世纪变迁史,相当于写出一部个人化的乡村史。假如该村的人物和环境的变迁史是修史的焦点,那也不妨说它带有儒里赵村人与环境变迁史的某种特点。但实际阅读过程却产生了一番奇特的感受,这主要来自小说的独特修辞方式本身。以小说方式讲史,首先要看它作为小说的修辞特点,因为小说毕竟不同于依托史料而严谨修史的真正史书,而是以想象力的自由驰骋来用虚构方式表情达意的语言艺术作品。这也应了一句老话:重要的不是作品呈现什么,而是它是怎么呈现的。也即重要的是作品的呈现方式本身。因此,对于《望春风》的认识,需要首先从小说的特定呈现方式开始,透过这种呈现方式窥见其表意策略。这里的呈现方式,是指小说在艺术语言、文体构造、典故征引、人物设置、情节线索、叙述内容、表达题旨等方面呈现出来的修辞策略。而正是从这种修辞策略可以发现其心性现实主义范式的特点。

一、简蕴修辞

简蕴修辞,是这部小说最引人注目的修辞策略之一。简蕴,即简洁而又蕴藉,或者说简赅又带有余意,引发读者品味的兴趣。这部小说的简蕴修辞表现在,全文的用词、用句、章节设置等都尽力追求简洁而又蕴藉深沉的修辞效果。小说讲述赵伯渝的家族及其乡村所经历的巨大生活变故,就其容量而论,按当前创作的一般惯例,达到五十万乃至上百万字,也不会令人惊讶。比它晚两年问世的题材相近的家族小说《人世间》,字数就高达115万。但这部小说的实际字数可能不到20万字,很显然语言简赅、叙述节制。

相应地,这部小说的章节也很简略:总共只有四章,标题依次为"父亲""德正""余闻""春琴"。标题显示了小说的重点人物为父亲、赵德正、春琴这三人,而其余人物则交由第三章"余闻"去做简括式讲述。这有点类似于《史记》中的"纪传体",其修辞效果还是从简而又讲究余意。

似乎为了具体呈现和印证这种简蕴式修辞策略,小说的艺术语言尽量简易又蕴藉深沉。第一章写父亲的走路方式:"父亲挎着一只褪了色的蓝布包袱,沿着风渠岸河道边的大路走得很快。我渐渐就有些跟不上他。我看见他的身影升到了一个大坡的顶端,然后又一点点地矮下去,矮下去,乃至完全消失。过不多久,父亲又在另一个大坂上一寸一寸地变大、变高。最后,他停在了那个坡顶的大杨树下,抽烟,等我。"这里好像是在以全景式镜头遥拍父亲真幻难辨的身影变化,而没有细说其具体神情、心境等状况,在露出来一部分的同时又小心地藏起来另外一些部分。这个开头描写其实也是对于全部父亲形象描写的一种预示和总括：父亲短暂的一生留给"我"的印象就是真幻难辨、蕴藉深厚的。

小说的情节和章节设置也是遵从简易而又蕴藉的原则：书写赵伯渝的奥德赛式流浪和归乡之旅，其起点和终点都设在便通庵，而起点和终点的伴随人物都有春琴，其原因耐人寻味。小说前半部分写实性较强，后半部分心性活动凸显。前半部分试图客观再现故乡人物和事件，以人物串起事件及其社会背景演变，后半部分的重点则是回归内心思考，竭力充当村史的修史者。后半部分更明显地体现了心性对话方式。第四章第8节这样说："其实，在我和春琴的童年时代，我们过的就是这样的日子。我们的人生在绕了一个大弯之后，在快要走到它尽头的时候，终于回到了最初的出发之地。或者说，纷乱的时间开始了不可思议的回拨，我得以重返时间黑暗的心脏。不论是我，还是春琴，我们很快就发现，原先急速飞逝的时间，突然放慢了它的脚步。每一天都变得像一整年那么漫长。就像置身于台风的风眼之中，周遭喧嚣的世界仿佛与我们全然无关，一种绵长而迟滞的寂静，日复一日地把我们淹没。"这段披露出叙述人和春琴之间经常进行的心性对话。

需要注意的是，这部小说不仅篇幅和章节简略、艺术语言简赅蕴藉，而且语调和其呈现的场景氛围也都自觉地追求雅致的修辞特色。全文艺术语言的主调是雅致的书面语，这同作家当年的先锋小说《迷舟》《褐色鸟群》等名作的语言风格是基本连贯的。《褐色鸟群》这样开头："眼下，季节这条大船似乎已经搁浅了。黎明和日暮仍像祖父的步履一样更替。我蛰居在一个被人称作'水边'的地域，写一部类似圣约翰预言的书。我想把它献给我从前的恋人。她在三十岁生日的烛光晚会上过于激动，患脑血栓，不幸逝世。从那以后，我就再也没有见过她。"只是，与他在20世纪80年代后期的先锋文学语言寻求雅致化不同，这里将雅致化与托名乡村修史者而规定的简易化相结合，使雅致化受到简易化的调节，变得稍稍浅易些。由此看，这位作家虽然仍延续了先锋写作时期的雅致化特点，但其简易化追求又让作品同时带有一种类似于诗意氛围的蕴藉修辞特点。

二、诗意氛围与中外经典植入

这部小说的另一突出修辞特色在于诗意氛围的营造。读者在阅读过程中能够领略到一种弥漫全篇的诗意基调。这与小说有意在显眼位置高度浓缩中外文学经典中的语言和形象有关。最显眼的文学经典引用，要数"序言"的两则引文。

一则是来自《诗经·小雅·节南山》第七章的诗句："我瞻四方，蹙蹙靡所骋。"这里的"蹙蹙"，为"缩小之貌"①。这首诗，说的是我面对"丧乱弘多"的危局，"忧心如惔"，四下张望中竟发现地方日渐缩小、局促，已经无处驰骋、走投无路了。据余冠英解释，"这是控诉执政者的诗。第一、二章叙尹氏的暴虐不平。第三章责尹氏。第四章责周王。第五章望朝廷进用君子。第六章怨周王委政小人。第七章自伤无地可以逃避。第八章言尹氏的态度变化莫测。第九

---

① ［清］方玉润撰，李先耕点校：《诗经原始》上册，中华书局1986年版，第390页。

章怨周王不悟。第十章说明作诗目的"①。特别是这里引用第七章
诗句，几乎直截了当地表明叙述者对社稷局势和自我命运已经悲
伤绝望到无地逃避了。

另一则摘自1975年诺贝尔文学奖获得者、意大利诗人埃乌杰
尼奥·蒙塔莱的《也许有一天清晨》中的诗句："我将继续怀着这
秘密/默默走在人群中，他们都不回头。"该译文出自意大利作家
伊塔洛·卡尔维诺《为什么读经典》一书中译本第30章"蒙塔莱：
《也许有一天清晨》"。卡尔维诺书中并没有引用该诗全篇，中译
者为方便读者，参考多种英译本后，译出全诗附上："也许有一天
清晨，走在干燥的玻璃空气里/我会转身看见一个奇迹发生：/我
背后什么也没有，一片虚空/在我身后延伸，带着醉汉的惊骇。//
接着，恍若在银幕上，/立即拢集过来树木房屋山峦，又是老一套
幻觉。/但已经太迟：我将继续怀着这秘密/默默走在人群中，他
们都不回头。"②可以说，作家在这里转引的诗句，不能简单地理解
为蒙塔莱的诗歌本身，而应理解为经过引用者独特诠释后的蒙塔
莱诗歌，即卡尔维诺式蒙塔莱，或多或少烙上了卡尔维诺的印记。
又译者附记，根据格拉西英译《蒙塔莱诗合集》附注，多位意大利
研究者认为，《也许有一天清晨》一诗源自列夫·托尔斯泰回忆录
《少年时代》的一段文字："我想象除了我之外，这世界不存在任
何人任何事物，物体并不是真实的，而只是我把精神集中时出现
的影像，我一停止思考，这些影像就立即消失。总之，我的结论与
谢林相同，也即物体并不存在，而只存在我与物体的关系。有些

---

① 余冠英注译：《诗经选》，人民文学出版社1979年版，第209页。
② 〔意大利〕卡尔维诺：《为什么读经典》，黄灿然、李桂蜜译，译林出版社
2006年版，第242页。

时刻,当我被这种成见搞得心慌意乱时,我会猛地扫视某一相反的方向,希望出其不意地捕捉那没有我在其中的虚空。"①这样来看,蒙塔莱的诗中深藏了托尔斯泰的影响。因此这首诗同时包含着诗人蒙塔莱、他深藏的托尔斯泰的启示以及引用他的卡尔维诺的用意等多重含义了。

还是需要看看引用者卡尔维诺是怎样解读《也许有一天清晨》的,想必正是他的解读打动了《望春风》的作者。这首诗可以让不同读者有不同的感受,而卡尔维诺的解读则相当丰富和细致,带有强烈的个性化色彩。简要概括,他认为这首诗的要义在于"虚空"意象修辞及其效果。他指出,这首诗"在我内心触发一系列关于视觉认知和挪用空间的省思":"'虚空'和'什么也没有'是在'我背后'。这是此诗的要点。这不是一种犹豫不决的溶解感,而是建构一种认识论的模式……由于我们周围的空间一分为二,一个是我们眼前的视野,一个是我们背后看不见的视野,前者被定义为骗局性的银幕,后者被定义为虚空,而这虚空是世界的实质。"②他承认,人类来到世上总是苦于后脑勺缺少一双明亮的眼睛,无法看到身后的世界。但现代汽车后视镜已经解决了这一问题。他认为这首诗的意义在于,做了类似汽车后视镜的生活新发现:"蒙塔莱这首诗的叙述者通过混合客观因素(玻璃的空气干燥的空气)和主观因素(愿意接受一个认识论的奇迹),成功地迅速转身,竟能譬如说把他的眼光放到他的视野仍未到达之处:而他看见什么也没有,看见虚空。"③这个被诗人发现的人生"虚空",宛如一个无始无

---

① 〔意大利〕卡尔维诺:《为什么读经典》,黄灿然、李桂蜜译,第253页。
② 同上书,第248页。
③ 同上书,第249页。

终的虚空的深渊,无法探测和预测。

卡尔维诺的细读,结束于对于诗中的三种语言速度或节奏的发现:首先是诉诸直觉的心灵的速度和一掠而过的世界的速度,这两种速度或节奏都需要快速地转身并令那些躲在身后的东西大吃一惊,但正是第三种节奏即沉思的节奏,可以压倒上述两种节奏。在他看来,沉思的节奏"是某个人陷入深思和悬浮于清晨空气中的过程,是保守秘密的那种缄默,那秘密在闪电般的直觉运动的瞬间被抓住。一种物质的类比把这种'默默走'既与什么也没有联系起来,那什么也没有是虚空,而我们知道这虚空是一切事物的起始和终结;又与'干燥的玻璃空气'联系起来,这空气是那虚空的外露,欺骗性较小。显然,这种情况与那些'都不回头'的人没有差别,可能他们也都以各自的方式了解这点,而诗人最终在他们中间迷失自己。正是这较庄严的第三种节奏,造就了开头的音符的轻快,并给这首诗盖上最后的印章"①。按照卡尔维诺的上述解读,《也许有一天清晨》抒发的是一种位于人群中深沉的虚空感,也即诗人与周围的人一样迷失在虚空之中的绝望感。

由上可见,这里并置引用两则中外文学经典,意在含蓄地陈述叙述者无地可逃的悲剧感和洞悉世界虚空真相后的无望感。更应当看到,这种经典引用并非只是一种浅表装置,更是嵌入整个故事情节的深层。第四章"春琴"第1节写赵伯渝重返儒里赵村,以惊恐的双眼目睹故乡的荒凉颓败时,禁不住引用《诗经·王风·黍离》中"悠悠苍天,此何人哉",以宣泄内心的极度愤懑,随后又援引《诗经·郑风·风雨》中"风雨如晦,鸡鸣不已"里的"如晦"二字:

---

① 〔意大利〕卡尔维诺:《为什么读经典》,黄灿然、李桂蜜译,第253页。

"我坐在龙冬的身后,双手搭在他瘦削的肩胛骨上,沿着一条宽阔的黄泥大道返回朱方镇。乱针似的细雨仍在斜斜地飘落,四周看不到一个人影。天空陡然间变得更加阴沉幽暗,但也不是全黑——就像《诗经》中所说的'如晦',其实并不是如墨般的黑暗,而是灰灰的一派清冷,暧昧不明,随着摩托车的行进而缓缓移动的地平线上,甚至还透出了些许薄薄的明亮。"此外,卡尔维诺对《也许有一天清晨》的解读中有关背后虚空及汽车后视镜的表达,其影响发生在第二章第6节"白虎堂"的叙述中:"一天深夜,德正大汗淋漓地从梦中醒来,对妻子说了这样一句话:'要是我后脑勺上也长着一双眼睛,那该多好!'"这里显然蕴含了经过卡尔维诺解读后的蒙塔莱诗的意象之深意。由此可知,卡尔维诺、蒙塔莱以及托尔斯泰都给予了《望春风》叙事深层的影响。

叙述人赵伯渝由故乡到外乡流浪最终再回到故乡的漫游经历,难免让人联想到希腊神话中奥德修斯十年海上漂泊之旅。在第三章第9节中,沈祖英这位有些神秘莫测的图书管理员向赵伯渝推荐的"一流"作品就是《奥德赛》。她不止一次对他说起,每个人都是海上的孤立小岛,可以互相瞭望,但却无法互相替代。这是因为,"每个人都在奔自己的前程,也在奔自己的死亡"。海岛的比喻便来自《奥德赛》。就是因为她的推荐,赵伯渝花费几个月时间将《奥德赛》认真阅读了两遍,但没觉得有什么好。而在第四章"春琴"第1节,赵伯渝再次提到《奥德赛》中的故事:"我从未把邗桥的那间公寓看作是永久的栖息之地。就像那个被卡吕普索囚禁在海岛上的奥德修斯一样,我也幻想着,有朝一日能够重返故乡,回到它温暖的巢穴之中去。"可知乡村修史者赵伯渝是有意识地自比为漫游者奥德修斯的。

沈祖英在退休后向赵伯渝辞别时，还引用了黄庭坚的《登快阁》中的前四句："痴儿了却公家事，快阁东西倚晚晴。落木千山天远大，澄江一道月分明。"后四句是："朱弦已为佳人绝，青眼聊因美酒横。万里归船弄长笛，此心吾与白鸥盟。"这里是要表达她的豁达通透之感：人生恰如山水远阔、江月澄澈一样，看开和看透就行。

能够推荐《奥德赛》并且背诵黄庭坚诗句，强调了一个事实：沈祖英是赵伯渝一生所认识的人中，文史素养最高，也是最具"文人"样的人。而且她也确实曾经把他当作"知己"对待，否则就不会在赵伯渝因事错过她退休仪式后专门前来道别了。而且赵伯渝终其一生对她有着亲近、敬畏、仰慕、依恋等多重复杂感情。这一点从春琴对她的天然戒备心理上也可见一斑。第四章第11节说春琴最反感乃至厌恶的人物，居然是她根本没见过的沈祖英，其原因在于听到赵伯渝在故事中说沈祖英戴着一副金丝边眼镜后不无鄙夷地说："文乎文乎，装模作样，讨厌死人了！再说了，你们两个孤男寡女，成天呆在那个图书馆里，一天到晚也不知道搞什么勾当。你竟然还夸她长得漂亮！"由此可知，这里真正关键的焦点在于，沈祖英既有文化又有长相，难怪春琴会醋意大发。最终春琴让赵伯渝把他同沈祖英在下午喝茶时"讲文论史"的部分全部删除掉才完事。由此删改的细节故事，可知古人所倡导的"直书"其实有时是很难真正做到的。

《望春风》通过在开篇引用中外文学经典——《诗经》和诺贝尔文学奖获得者的名诗，以及在故事中渲染沈祖英有些神秘难测的文史素养，加之全篇简蕴修辞的运用，为整部小说文本编织起深厚的诗意氛围，其目的在于渲染一种类似于骚怨但又不止于骚怨的情绪（详后）。这样的诗意抒发在第四章中成为主调：

> 站在祠堂的阅台之上，在纷纷飘飞的细雨之中，想到德正在多年前就已栖身黄土，春生竟然也在不久前埋骨异乡，心里忽然有一种"活着就已死去"的倦怠之感。日来月往，天地曾不能以一瞬。在俯仰之间，千秋邈远，岁月苍老，蒿藜遍地，劫灰满目。我终于意识到，被突然切断的，其实并不是返乡之路，而是对于生命之根的所有幻觉和记忆，好像在你身体很深很深的某个地方，有一团一直亮着的暗光悄然熄灭了。

叙述人在这里深沉地反思道，被切断的不是外在的返乡之路，而是返回内在生命根基的幻觉和记忆链条。这样直指本质的话语陈述及其诗意氛围渲染，虽然不大像赵伯渝这位文墨半通者可以写出来的雅致语句，但起到了特殊的修辞作用。再来看另一段：

> 如果说，我的一生可以比作一条滞重、沉黑而漫长的河流的话，春琴就是其中唯一的秘密。如果说，我那不值一提的人生，与别人的人生有什么细微的不同的话，区别就在于，我始终握有这个秘密，并终于借由命运那慷慨的折返之光，重新回到那条黝亮、深沉的河流之中。

这里以"黝亮、深沉的河流"去比喻自己的人生特征，让叙述变得具有诗意修辞的力量。正是这类比喻语句的高频率运用，营造了小说第四章显著的诗意氛围。

三、以人导事和托名乡村修史者

还有一种值得关注的修辞特色是以人导事，即通过讲述主要人物的故事片段而拼凑成一个碎片化故事集束。这些主要人物有：敏锐、沉稳而又轻生的父亲赵云仙，诚实、冒失和悔过的母亲章珠，敏感而多情的春琴，因祸得福、仁厚而又情欲难抑的赵德正，吝啬而直率的婶子，顽劣而蛮横的堂哥赵礼平，迂腐而愚钝的古琴家赵孟舒及其从扬州带回的风流妓女王曼卿，尖酸刻薄的塾师赵锡光，年轻有为的高定邦和高定国兄弟，以及既讨人厌而又命不好的定国媳妇梅芳，英俊而情场失意的朱虎平，神秘说书人"老菩萨"唐文宽，主持村里大局的严政委和乡长郝建文，同龄人同彬、雪兰、金花等。通过这些人物，小说建构起一个经历土地改革、"大跃进"、人民公社、一九七六年、改革开放、乡镇企业兴办、土地流转政策、乡村整体搬迁等重要事件的当代中国乡村变迁史。以人导事修辞的运用，既简化了语言和章节，又有利于烘托诗意氛围。

这其中，有几位人物性格鲜明，合力支撑起人物群像。父亲赵云仙似乎有着先知先觉的通灵本领，但终究无法超越他的个人局限和时代境遇，不过还是把读书和思考的习惯传递给了儿子。母亲章珠坦诚、善良，内心藏不住任何秘密，在莽撞地举报丈夫后又陷入自我道德质疑、悔恨和对于儿子的亏欠感负罪感中难以自拔。塾师赵锡光，按照第一章"父亲"第3节"刀笔"中的叙述，他真正有着时代的敏锐度，敢于先知先觉地改变命运："赵锡光本有两个老婆。临解放前，那位脾气暴躁的原配夫人，不失时机地害了场

'瘩背'一命归西。赵锡光原先住在前后三进的大院宅里,家中田地百余亩,还有两处碾坊,一处油坊。到了一九四九年春天.善观天象的赵锡光,将碾坊、油坊连同百十亩田地,全都卖给了他'唯一的知己'赵孟舒。到了五二年土改时,只被定了一个中农。"至于那位擅长古琴的赵孟舒,其命运说来令人不胜唏嘘。"一九五五年盛夏的一天他在被第一次公开批斗后的当晚,就在蕉雨山房服毒自尽,留下他那貌美如仙的年轻妻子,在村中任人遭践,落得一个'逢人配'的骂名。"赵德正,是一位更加具有时代标志性意义的人物典型:出身贫寒,父母双亡,吃百家饭长大,根红苗正,担任大队干部多年,为人正直,敢于承担责任,立志为村民办实事,但又背叛妻子而与王曼卿私通,留有人格缺憾。梅芳则是一个褒贬皆有的人物:起初毫无保留地争当先进,无私无畏,甚至盛气凌人,但后来理想幻灭,变得冷峻、灰暗却又善解人意了。这个人物在全篇中带有很强的宿命论色彩:"梅芳终于看清楚了这样一个事实:原来,一直在暗中跟她作对的,其实并不是哪个具体的个人,而就是命运本身。缤纷的阳光,已经悄悄越过她的头顶,走在了她的前头,将她一个人留在了黑暗之中。"(第三章"余闻"第8节"梅芳")赵礼平作为全篇中唯一的反派,一面汇聚了自私、贪婪、撒谎、欺诈、无法无天等罪过,另一面又带有时代所赋予的出手大方、善于摆平等主体特质,兼具坏人与时代"弄潮儿"双重形象。通过赵伯渝不加掩饰的"直书"式叙述可知,儒里赵村的颓败在很大程度上是与这一人物的胡作非为紧密相关的。赵同彬是近乎完美的正面形象:虽然在个人情感上有些"花心",但直率而善良,仁厚而义勇,特别是在赵伯渝和春琴于晚年陷入走投无路的困境时,无私而又大义凛然地出手相助,把便通庵装修一新,为他俩提供了汪洋大海中的一个避风港。

春琴，是贯穿小说叙述始终的关键人物。不过，她在小说的前三章中出场不多，分量不重，只是到第四章才真正显山露水地展现其修辞作用。春琴既与赵伯渝家有着非血缘而又难舍难分的亲缘关系，更是从小失去父母的赵伯渝漂泊在外时故乡的唯一代理人或人物象征，正是她凝聚了游子赵伯渝对于故乡儒里赵村深重的乡愁。她的身上交错闪现着的是姐姐、婶子、妻子，甚至还可能有着母亲等多重形象，既有仁厚、义勇、深情，又有温和、仁慈等品质。尤其要紧的是，春琴最后不仅成为赵伯渝的晚年伴侣，而且成为他书写村史的得力助手兼苛刻的批评家。

说到乡村修史者，这应当是该小说又一值得注意的策略——托名修辞。托名于赵伯渝这位文化程度不高甚或偏低的乡村修史者，由他承担起小说主人公兼第一人称叙述人的角色，并以半文半白、半史半野、半实半虚的方式去回忆式地讲述故乡儒里赵村的变迁史。但实际上，赵伯渝只是形式上的主人公兼叙述人，这部小说的真正主人公其实是儒里赵村的整个村民群体。赵伯渝其人，也不是一位合格的或真正的史家，不过是一名自发的、半吊子的乡村修史者而已。这可能在很大程度上源于小说设定的家世。与邻村窑头赵不同，儒里赵顾名思义地有着悠久的文化传统。赵伯渝的家族本是高门望族，祖居山东琅玡，后迁入江南吉地而居，先后出过一位右丞相、六位进士，但到他父亲一代早已没落。父亲只是一名文化程度不高的算命先生和没敢参与任何行动的国民党潜伏特务，而赵伯渝则在第四章自述"我小时候读过几年私塾，后来在邗桥的图书馆看过百十来本书，这大概就是我全部的文学积累"。一个只读过几年私塾和自学成才的乡村修史者，假如真的是一名文学天才或史学天才的话，例如像明清之际一些白话长篇小说家那样主要靠自学成才，也可以理解。但其中难免还是蕴含一些错位而悖逆处：虚拟中的乡村修史者赵伯渝的叙述水平与真实中的作家的叙述水平，既非完全一致，也非全然不同，而是存在着看似不同而其实相通，看似相通而其实有异的关联。最好将其理解为一种一致而又错位的互文性关联：一方面，作家想假托赵伯渝这个乡村修史者"人设"去达成预设的表面为乡村牧歌式而实际为反乡村牧歌式的叙述效果，而让赵伯渝通过自己的叙述，出于角色自觉，确实承担了自身的叙述使命；但另一方面，全书中也有不少超出赵伯渝角色规定性或与之不尽相符的地方，例如开头对于《诗经》和蒙塔莱诗篇的引用，就显然履行了作家本人而非赵伯渝的叙述功能。前引赵伯渝对于《诗经》中"如晦"一词的深度解读，显然就不大可能出自乡村修史者赵伯渝本人，而更可能出自作家自己，更应该被视为作家自己按捺不住的亮相。再有就是，全篇语言和文体上的简蕴修辞，也是赵伯渝自己无法承担而只能由作家替代他承担的。这可看出，这部小说中由作家设定的赵伯渝水平，与作家本人水平之间固然有一致之处，但也存在错位的地方。

可以这样说，无论是赵伯渝其人还是作家本人，在这部小说中的角色设定都有着不确定、不一致或相悖的地方。这就给文本解读留下了足够宽阔和不确定的空间：任何读者，包括笔者本人，所理解的未必就完全合理的，也未必就完全不合理。也可以说，小说中实际上存在三个不同层次的叙述人：第一层次叙述人是表面叙述人赵伯渝，即主要叙述人；第二层次叙述人是有意识地安排赵伯渝去叙述的作家本人；第三层次是不确定叙述人，既超出赵伯渝其人叙述能力，又与作家有所不同的、处在飘忽不定的居间位置的、未必受到作家掌控的那位游动性叙述人。第三层次叙述人的存在，让小说的叙述出现不确定的、更复杂的意义空间。

赵伯渝身旁的春琴其人，在村史书写中则具有重要的节制作用：当赵伯渝想要完全服从"真实性"或"直书"需要去书写乡村人物和事件时，春琴的强力干预起到了效果。小说第四章第11节，春琴不客气地回敬赵伯渝说："讲真实，更要讲良心！"春琴激烈地以"分床睡"相要挟，赵伯渝不得不学会以"良心"或"良知"去调节"真实"书写冲动，限制所谓的"完全的创作自由"。

正是这里以"良心"或"良知"去过滤"真实"的要求，凸显出整部小说的修辞策略：以儒家式心性论传统所代表的"史德"去浸润经典现实主义特有的真实性要求或"直书"冲动。

四、"直书"与"史德"之间

作为村史书写者，赵伯渝身上或多或少被赋予了刘知幾所谓"史家三长"即"史才、史学、史识"的某些特点。按我有限的理解，"史才"是指具有修史的文字及文献才干；"史学"是指运用史料并从历史事实中发现相互关联和因果关系等的基本学养；"史识"是指具有修史需要的史家眼光和独特见识，能够对史实作出自己的独立判断。赵伯渝的"人设"当然达不到"史家三长"这类"史家"的高标准，但也隐含着"史家三长"的一些意味。赵伯渝的"史才"表现为，他尽力搜集和叙述本村的真实史料，满足"直书"的要求。其"史学"表现为，他还注意利用图书馆工作的机会，阅读书籍和思考，包括从有学识而又神秘的同事沈祖英那里吸取到文史营养。

其"史识"表现为,他可以援引《奥德赛》中的漫游意象去结构自己的村史,并对儒里赵村的人世沧桑发表充满情感和见识的回忆和阐述。

不过,与刘知幾的"史家三长"说相比,章学诚在这种"三长"之后添加的"史德"观念,在这部小说中更显得重要。章学诚相信,"能具史识者,必知史德"。他把"史德"解释为一种主体心性或德行修为:"德者何?谓著书者之心术也。夫秽史者所以自秽,谤书者所以自谤,素行为人所羞,文辞何足取重!魏收之矫诬,沈约之阴恶,读其书者先不信其人,其患未至于甚也。所患夫心术者,谓其有君子之心而所养未底于粹也。夫有君子之心而所养未粹,大贤以下所不能免也,此而犹患于心术,自非夫子之《春秋》不足当也。……盖欲为良史者,当慎辨于天人之际,尽其天而不益以人也。尽其天而不益以人,虽未能至,苟允知之,亦足以称著书者之心术矣。而文史之儒,竞言才学识而不知辨心术,以议史德,乌乎可哉?"[①]他把"史德"解释为"心术",这大约相当于今天所谓有关历史的思想、思虑、思谋、心思、心计等的综合体,也就是对待历史的个体德行修为,并且指出不能只谈"才学识"而不知"辨心术",可见在他心目中"史德"是应当与"史才、史学、史识"一道并用的,甚至是比它们更要紧的。"史德"的精神要义显然在于,不满足于仅仅运用"史才、史学、史识"去书写历史,而且要用个体"史德"去引导"史才、史学、史识",也就是以个体德性修为去筛选或融化历史事实,让它们浸润上个体德行修为的色调。

---

① 〔清〕章学诚著,叶瑛校注:《文史通义校注》上册,中华书局1985年版,第219—220页。

如前所述,《望春风》中的村史书写,说到底是由赵伯渝和春琴合作完成的,更确切点说是赵伯渝在春琴的调节下完成的。没有赵伯渝的村史书写,肯定就没有《望春风》;而没有春琴的从旁调节,这部村史就会变样,变成另外一幅村史景观。赵伯渝和春琴合作而成的乡村史官的修辞特色最终完成了其构型,可以尝试用"直而温"去把握。

五、直而温修辞

如前所述,小说中回荡着一种骚怨,但同时又不止于骚怨的单纯宣泄。赵伯渝面对故乡儒里赵村的历史变迁以及个人的身世飘零,有太多的骚怨需要抒发,是可以理解的。但真正需要认真梳理的是小说书写这种骚怨的方式本身。

骚怨,简单讲就是牢骚和怨恨,是指一种与社会权力关系紧密的牢骚、失意、怨恨等情绪综合体,是在社会权力关系中遭遇重大挫折或挫败后的情怀。假如单纯表达骚怨,"秉笔直书"或"直书"就可以了。中国古代有着"诗可以怨""愤而著书""实录""不平则鸣"等书写传统。《诗经》中的不少篇章、屈原的《离骚》、司马迁的《史记》中《项羽本纪》等篇章,就有着"直书"骚怨的传统。李泽厚把"屈骚传统"同儒家、道家、禅宗的美学一道并列为"中国美学的精英和灵魂",即中国美学的四大支柱。[①]就现代文艺来

---

① 参见李泽厚:《美学散步·序》,宗白华:《美学散步》,上海人民出版社1981年版,第4页。

说,《狂人日记》中的"狂人"形象,及其有关"仁义道德"与"吃人"双重文本间的悖逆关系的呈现,就蕴含着一种深沉的骚怨。当代小说中,"季节"系列长篇小说《恋爱的季节》(1993)、《失态的季节》(1994)、《踌躇的季节》(1997)、《狂欢的季节》(2000)则创造出一种不妨称为"骚讽"的新修辞方式。"我们可以发现一种新的文体创造——以'拟骚体'形式造成'骚讽'效果,写出20世纪后期中国第一代知识分子的'有机悲喜剧'。"①骚怨在这里独出心裁地表现为骚绪与反讽之间的交融修辞。"读者总是或者在富于智慧的反讽中体验骚绪,或者在浪漫骚绪中保持理性的反讽态度,即在反讽中领略骚绪,在骚绪中不忘反讽。……我们只能尝试地把这种由拟骚体话语组织所创造的骚绪与反讽交织的修辞效果称为拟骚体反讽,简称骚讽。"②不过,与"季节"系列中骚怨的情感氛围颇为热烈浓郁不同,《望春风》中的骚怨意味要沉静、淡薄和蕴藉得多,仿佛被筛选或调节过了。

筛选或调节骚怨的,正是中国古典心性论传统,不妨借用"直而温"一语去描述。"直而温"出自《尚书》:"直而温,宽而栗,刚而无虐,简而无傲。"③孙星衍疏云:"直者,东方之行,《洪范》云'木曰曲直是也。'温者,《诗传》云'和柔貌。'性行直者,胜之以柔。……梗直者加以温和;宽厚者加以明辨,性以相反者相成也。"④这里的温,不能理解为温暖,而应理解为古典心性论意义上的温

---

① 王一川:《以拟骚体创造有机悲喜剧——王蒙长篇系列〈季节〉在文体上的意义》,《新生界》1996年第2期,第211页。

② 同上书,第220页。

③ 李民、王健:《尚书译注》,上海古籍出版社2004年版,第19页。

④ 〔清〕孙星衍撰,陈抗、盛冬铃点校:《尚书今古文注疏》,中华书局1986年版,第69—70页。

和,即性情柔和。"直而温"是正直而又温和之意,也就是形成正直与温和之间相反相成的组合关系。《望春风》中具有直而温修辞。它是指,一方面有正直无偏的事实陈述即"直书",如实描写而没有隐讳;另一方面也有温和情怀的传达,尽量以温和之心去浸润过于残酷的真实,并让其趋于和缓、迂回而易于接受。如果说,赵伯渝代表正直无偏的正义性和真实性冲动,那么春琴就是温和之心的当然代表。一个满以为存在"完全的创作自由",渴望并立志毫无保留地尽情书写出所有的真人真事;另一个则异常冷静地坚持以仁爱和温和之心去有选择地传达,对浓烈骚怨予以必要的节制或调节,将其规训在可控程度内。他俩之间经过激烈较量,最终达成相互和解:既要正直无偏地秉笔直书,又要温和节制地体现对于相关人和事的关切与容让之情。这使全书的直而温修辞得以成形。

这种直而温修辞有着如下一些具体表现:

一是在史料运用上,有取有舍。虽然都是秉承真实性原则,但不应把所有真实史料都加以采纳,而是依照心性论传统加以裁剪。如有关沈祖英与赵伯渝在喝下午茶时"讲文论史"的情节,就因为顾忌春琴的"醋意"而删除了。春琴为救儿子龙冬而开房约见高定国的情节,也被赵伯渝主动省略了。

二是在史实描写方式上,有直有曲。这里的"直"与"曲",是古代史学所谓"直书"与"曲笔"两种修史方式的简称。刘知几《史通》第24篇和25篇的标题就分别叫"直书"和"曲笔"。"直书"就是毫不隐讳地据实描述;而"曲笔"则是指修史者屈从于外来压力或个人情感,不敢据实书写。他从个体的"德"即德行修为去看待"直书"的根源:"正直者,人之所贵,而君子之德也。"而这种"直书"的价值同样可以诉诸个体的"德"是否获得实行:"其有贼臣逆子，淫君乱主，苟直书其事，不掩其瑕、则秽迹彰于一朝，恶名被于千载。言之若是，吁可畏乎！"①他相信如果不畏权势而坚持"直书"，就能够让恶名载于史册而对后世产生震慑效果。至于"曲笔"，他予以痛斥："夫史之曲笔诬书，不过一二，语其罪负，为失已多。"②但他又对有些"曲笔"予以宽容，承认《论语》所言"子为父隐，直在其中"、《春秋》所谓"略外别内，掩恶扬善"③都有其合理性，因为同"直书"一样还是出于"君子之德"。就《望春风》中的"直书"与"曲笔"而言，有关儒里赵村的人物群像，叙述人较为直率地加以描写和评价，其褒贬态度较为明显；而面对儒里赵村发生变迁的当代历史背景及其原因，叙述人则有意采取了概略描写并且不加评价的隐晦态度。

三是在史实评价上，褒贬皆有。对于村史中的重要人物，叙述人没有全然采取冷峻的评价，而是贬中有褒、褒中有贬、褒贬交汇的"中和"态度。当然，对于极少数人物如赵礼平，其负面色彩较为鲜明。第二章赵伯渝借同彬之口这样说："你那狗日的堂哥为人险狠，又一肚子坏水。对他来说，世界上根本就没有'规矩'二字。我们惹不起他，倒还躲得起！"随后又一次借助同彬的口说："礼平是属于那种既能把游戏变成阴谋，也能把阴谋变成游戏的人。今天的世界，正是人家的天下。"这位商人从小就说谎和无情，成年后更是毫无原则，唯利是图，可能属于这部小说中唯一的"坏人"。与之相比，其他人物如父亲、母亲、春琴、赵德正、梅芳、同彬、沈祖英、雪兰等，则以褒贬皆有的态度予以描写。

---

① ［唐］刘知幾著，白云译注：《史通》上册，中华书局2014年版，第324页。
② 同上书，第327页。
③ 同上书，第332页。

　　四是在修史原则上，以"良知"调节"真实"。如前所述，第四章中的赵伯渝最初想把所有真人真事都写出来，而春琴以"分床睡"相要挟，使赵伯渝不得不顺从，修改有些冷酷无情的初稿。春琴提出的"讲真实，更要讲良心"的主张，正应当作为赵伯渝和她的乡村史修史原则来看。这里的"良心"，是作为普通村民的春琴提出来的，固然不能跟王阳明标举的"良知"直接相提并论，但它们之间应当存在某种相通点，即"良心"作为基于人性的正直而善良之心，也就是"良知"的基本义项。王阳明主张"致良知"，是从"种树者必培其根，种德者必养其心"①的角度去论证的，强调"良知"恰如树有根一样构成人之所以为人的善良本心。同时，这种"良知"不是通过人的见闻而获得的，而是内生的，但确实会通过人的见闻传达出来。"良知不由见闻而有，而见闻莫非良知之用，故良知不滞于见闻，而亦不离于见闻。孔子云：'吾有知乎哉？无知也。'良知之外，别无知矣。故'致良知'是学问大头脑，是圣人教人第一义。"②真正的"良知"来自个体对"天理"的豁然领悟。"良知是天理之昭明灵觉处，故良知即是天理。思是良知之发用。若是良知发用之思，则所思莫非天理矣。良知发用之思，自然明白简易，良知亦自能知得。"③而"天理"并不神秘难懂，而就存在于个体心中。"天理在人心，亘古亘今，无有终始；天理即是良知，千思万虑，只是要致良知。良知愈思愈精明，若不精思，漫然随事应去，

---

　　①　［明］王守仁撰，吴光等编校：《王阳明全集》上，上海古籍出版社2015年版，第29页。

　　②　同上书，第63页。

　　③　同上。

良知便粗了。"①可以说，春琴说的"良心"与王阳明主张的"良知"在这一点上是息息相通的：个体的正直而善良的心的契合"天理"的温和运用。注意，正直而又善良的个体心性的温和运用，正指向直而温修辞的基本内涵。

简要地说，直而温修辞是一种有取有舍、有直有曲、褒贬皆有、以良知调节真实的修辞方式。直而温修辞的具体修辞效果，引人注目地体现在小说的若干环节上。这里可以指出其中的两方面：一是对于乡土中国的心性论传统持有不褒不贬的中和态度，二是设置了两种不同的结尾方式。

乡土中国的心性论传统的存在方式，在这部小说中具体体现在儒里赵村的当代村史演变主线及其代表性人物形象的描写上。在从20世纪50年代到21世纪初的演变主线描写中，小说对于新兴的社会主义运动与民间潜隐的儒家式心性论传统如仁义、容让、忠厚、义气、公正等品德之间的关系，没有做过多渲染，既没有过高褒奖也没有过低贬损，而是采取了中和的态度。尤其是外来干部严政委出以公心重用本土孤儿赵德正，以及后者以仁厚、公正、容让等作风治理本乡本土而受到村民拥戴，都体现了这一点。当然，与此同时，小说描写赵德正在个人作风上存在一个无法饶恕的严重缺陷：与村民们都熟知的问题人物王曼卿私通。"德正和春琴成亲后，仍与王曼卿暗中往来。有一次，社员们轮流在长江大堤上值夜巡逻，德正和曼卿在老鸦窝渡口的一个草棚里苟且，被春琴逮了个正着。"这样的描写就走出了把赵德正及其儒家式品德加以"圣人化"的旧套路，体现出褒贬皆有的"实录"姿态。

---

① ［明］王守仁撰，吴光等编校：《王阳明全集》上，第96页。

小说还写赵德正在升任公社党委副书记之后突然得了一种怪病："德正老喊头晕，同时，他开始变得疑神疑鬼。他总是疑心背后有人，可转过身来，却发现身后什么都没有。在梦中也是同样的情形：只要一闭上眼睛，他就能感觉到，有一个穿红衣服的小孩躲在他背后，朝他冷笑，窸窸窣窣地跟他说话。"这种得不到确诊的怪病，直到赵德正被公社武装部长曹庆虎精心设计，突然袭击，带人将其五花大绑、裸体游街示众后，才自动痊愈。面对赵德正被突然绑架和裸体示众以及春琴加以阻拦时惨遭毒打的情景，愤怒的村民们在高定邦策划下勇敢反抗，终于痛击曹庆虎一行五人，将赵德正解救下来。这一事件从一个侧面刻画出赵德正在众村民中的崇高威信。

这部小说设置了两种不同的结尾方式：一种结尾方式是直书悲观预言："我本来想对春琴说，就算新珍、梅芳和银娣她们都搬了过来，也只是在这里等死，而不是生儿育女，繁衍后代。你把石头埋在田地里，不能指望它能长出庄稼来。你把尸首种在花园里，不能指望它能开出花朵来。"他显然意识到这是一种过于"直"的结尾，有所不妥，于是"话到嘴边，又吞了回去。最后，我猛吸了一口气，对春琴这样说"。接着就话锋一转，提供了第二种结尾方式，即隐晦而达观的预言：

假如，真的像你说的那样，儒里赵村重新人烟凑集，牛羊满圈，四时清明丰衣足食，我们两个人，你，还有我，就是这个新村庄的始祖。

到了那个时候，大地复苏，万物各得其所。到了那个时候，所有活着和死去的人，都将重返时间的怀抱，各安其分。到了

> 那个时候，我的母亲将会突然出现在明丽的春光里，沿着风渠
> 岸边的千年古道，远远地向我走来。

这两种不同的结尾方式，正好相当于"直"与"温"之间的并置。
第一种结尾是呈现生命的终止状况，以正直无偏的态度展现一种
冷酷无情的真实状况；第二种结尾则是以出于理想或想象的方式
去表达抚慰或幻想意念。这两种不同结尾之间的张力及其交融，
正凸显出直而温修辞的特色。

　　直而温修辞，从现实主义与中国文化传统相结合的角度看，恰
是心性现实主义的具体表现之一。

六、生态困境与"人类世"忧思

　　《望春风》诚然不是典型意义上的生态小说，但透过对于儒里
赵村原有自然山水遭遇的生态困境的描写，也传达出不得不用"人
类世"这个新异词语去表述的那种特定的土地荒芜化忧思以及对
于人类责任的新诉求。

　　这部小说细心地书写出村庄自然环境的荒芜化轨迹。这其中
有两个事件大大加快了这种荒芜化进程：一是赵德正所力倡的推
平磨笄山而将其改造成为新田的大变革举措，是后来儒里赵村生
态恶化的总根源之一；二是随后高定邦主政时期开建人工渠，引进
长江水，并在便通庵建排灌站等，系列举措进一步加剧了生态危
机，更为后来赵礼平丧心病狂地倾倒工业废水至人工渠而埋下伏
笔。这两个事件的相继发生一步步揭示了儒里赵村的荒芜化进程。

　　小说第四章第1节，透过匆忙返乡的赵伯渝惊恐的双眼，拆迁后的儒里赵村环境展示出巨大的变迁：暮春时节小雨中，遍地蒿草的一片荒墟、瓦砾，让人立即产生惊异、恐惧和令人揪心的陌生感。"你甚至都不能称它为废墟——犹如一头巨大的动物死后所留下的骸骨，被虫蚁蛀食一空，化为齑粉，让风吹散，仅剩下一片可疑的印记。最后，连这片印记也为荒草和荆棘掩盖，什么都看不见。这片废墟，远离市声，唯有死一般的寂静。"这里有杂乱丑陋、破碎阴沉的荒野，燕塘填平后长出茂密的苇丛，风渠岸那流淌着稠黑柏油的狭长水道。而在赵伯渝家阁楼的位置，一段木梯从碎砖和霉黑的蚊帐遮掩下露出一角，上有一只似乎四顾彷徨的喜鹊。羊圈里长出了向日葵，赵家宗祠被夷为平地，唯有兔葵、燕麦等摇摆于春风中，燕子们密集于枯树之巅。叙述人还这样感叹说："故乡的死亡并不是突然发生的。故乡每天都在死去。甚至当我第一次听说儒里赵村将被整体拆迁之后，我也没有感到怎样的吃惊。只有当你站在这片废墟之上，真切地看到那美丽的故乡被终结在一个细雨迷蒙的春天，我才知道，我当初的幻想是多么的矫情、谵妄！"春天中的美丽故乡儒里赵村如今已变成荒芜的令人惊恐的废墟了。"日来月往，天地曾不能以一瞬。在俯仰之间，千秋邈远，岁月苍老，蒿藜遍地，劫灰满目。……好像在你身体很深很深的某个地方，有一团一直亮着的暗光悄然熄灭了。"他感慨这种"蒿藜遍地，劫灰满目"的情形，就好比"将死未死之间，是一个微不足道的停顿，是一片令人生疑的虚空和岑寂"。

　　也正是这样的"蒿藜遍地，劫灰满目"氛围，让人难免联想到"人类世"的某些征兆："终结全新世的艰难转型期，我们已经看到生态群落一个接一个的死亡和消逝。它最核心的环境效果是模式格局的碎化，还有对单一权威的服从。森林砍伐殆尽，湿地干涸，河流的大坝修筑、河床疏浚、河流改道以及富营养化，土壤的衰竭、盐化、污染、侵蚀，底拖作业，露天采矿，越来越扩大的随机、饱和种植的单种栽培。"①

"人类世"作为环境政治学术语，产生于20世纪末的一次地球系统学术会议上。当时的新近诺贝尔化学奖获得者保罗·克鲁岑突然产生了一个新想法：不能再用"全新世"了，而需要用新的"人类世"。他随后同生态学家尤金·斯多耶默联名发表文章，在综述此前有关"人类世"问题的相关先驱性意见的基础上确认，这个新的地质期始于18世纪晚期，大气中的甲烷和二氧化碳含量明显增加，由此开启了人类活动在全球产生的效应变得很明显的新时期。在这个新的地质时期里，人类将依旧会是一股影响地质的重要势力。因此，"人类世"这个术语的运用，意味着强调人类在地质活动和生态环境中扮演着核心角色。②"人类世"概念可以体现"四个可能发生的着重点的变化"：一是一种坚定的全球性视角；二是凸显了人类与非人类动能之间的互为推动；三是更趋于强调现代性的生物经济的重要性；四是应当把全球变暖视为碳循环本身无休止调整中的最新一轮调整，这已成为环境政治中的当务之急。③由此看，"人类世"一词无论作怎样科学的界定，都必然地要求人类更多地承担起保护地球生态和人类健康生存的责任来，制止无休止和无节制的土地荒芜化现象。

---

① 〔英〕杰里米·戴维斯：《人类世的诞生》，张振译，生活·读书·新知三联书店2021年版，第216页。

② 同上书，第49页。

③ 同上书，第217—222页。

如果从"人类世"视角出发而进行有关土地荒芜化的观察,那么可以发现,小说第四章第11节有这样的相似议论:"危险是存在的。灾难甚至一刻也未远离我们。不用我说,你也应该能想得到,我和春琴那苟延残喘的幸福,是建立在一个弱不禁风的偶然性上——大规模轰轰烈烈的拆迁,仅仅是因为政府的财政出现了巨额负债,仅仅是因为我堂哥赵礼平的资金链出现了断裂,才暂时停了下来。巨大的惯性运动,出现了一个微不足道的停顿。就像一个人突然盹着了。我们所有的幸福和安宁,都拜这个停顿所赐。也许用不了多久,便通庵将会在一夜之间化为齑粉,我和春琴将会再度面临无家可归的境地。"由赵礼平等人类主体主导的人为"拆迁"而导致的"危险"或"灾难"的可能性,始终存在。这就给赵伯渝和春琴夫妻在便通庵的苟延残喘的晚年生存,制造了严峻的未来威胁。由此可看出叙述者对于未来生态危机以及"人类世"有着深度忧思。而"人类世"忧思意味着,人类个体都应当自觉地行动起来,肩负起人类保护生态的责任。

上述简要分析应当已经表明,《望春风》突出的语言艺术建树在于,托名乡村修史者,创造出直而温修辞方式,由此建构出一种当代中国乡村社会心史。当代中国乡村社会心史,意味着不是一般的社会环境变迁史,而是这种环境变迁在个体心灵上的微妙而又重要的内化印迹"实录",或者说是以乡村修史者的一颗直而温心灵去感受当代中国乡村变迁节奏的产物。作为一部带有心性现实主义特点的文艺文本,它以独特的简蕴修辞、诗意氛围、以人导事、托名乡村修史者等艺术手段,特别是运用创造的直而温修辞方式,有力地传达出作家对于当代中国社会自然环境和人文境遇变迁在个体心性世界激发的深度反响的美学把握。如果说，中国现实主义文艺家长期以来一直在正直书写与温和书写之间的选择难题面前徘徊不定的话，那么，这种直而温修辞的打造就意味着提供了一种新颖的中国式解决方式：让中国式心性论传统中的温和之心去浸润现实主义的客观性、真实性和批判性态度，从而让正直书写与温和书写之间实现相互涵濡。

第六章　第一兼第三人称叙述体与
当代中国乡镇社会心结书

——长篇小说《谁在敲门》简析

　　长篇小说《谁在敲门》(2021)同《望春风》一样是近心感现实层面的标志性作品之一。如果把它的篇名看作一个省去问号的提问句的话,那么不妨尝试作这样的简明回答:是作家尝试通过故事去敲开一系列亲人、邻居及其他相关人物的心结之门,或者,是许家四代人带着自己的心结来敲响作家之门。无论这个代拟的尝试答案究竟如何,这部小说的出现可以表明,心性现实主义文艺的重要特征之一表现在,突出人物的心性世界状况对于社会生活环境变迁的反响,也就是将社会生活环境变迁内化到个体心性世界中,让观众通过理解个体心结而了解社会生活环境变迁。

　　《谁在敲门》以约63万字、近700页的规模去描绘当代川东北白马市东轩县回龙镇以及燕儿坡、李家岩和拐枣坪等地的许氏家族村民的日常生活状况。这里既有镇上人家生活描绘(如大姐和大姐夫家),又有乡村生活叙述(如大哥、二哥、二姐、兄弟、幺妹);所写人物中,既有大姐夫这样的大队干部,也包括"我"这样的从省城画报社返乡的人,而绝大多数则是地道的村民。这里展现了一幅乡村与城镇紧密关联的生活画卷。假如只描写乡村而没涉及城镇,或者只写城镇而没写乡村,都会比较单一,而一举兼顾乡村与城镇之间的对比、对立和互动，才真正展现出当代底层生活世界的丰富复杂性，特别是同一家族中不同阶层之间亲切而又紧张的关系。

这部小说从许家第三子春明回到大姐春红家、招呼全家人回来为父亲许成祥过生日讲起，前五章依次叙述生日仪式、生病、住院、回家、死亡、出殡仪式等情节，呈现许家兄弟姐妹七人及其相关亲人、朋友和同事之间的亲情、人情、友情等变迁状况，突出人情淡薄、金钱至上、送礼之风和享乐之风盛行以及自私、仇富、怨恨等心理蔓延的情形，后两章描述许家成员及其亲友的后续人生轨迹。整部小说重点叙述许成祥生日仪式和丧礼过程，以及这个过程中许家成员的人生轨迹和心结，由此展开一幅当代中国川东北乡镇社会变迁图景。

这部作品在叙事上有自己独特的艺术追求。最主要的一点，没有核心主人公，而是设置了形式上的叙述人兼主要人物"我"即许春明，透过他的经历和观察来描写形形色色多达一百多人的乡镇人物，由他们组成当代乡镇社会人物的多彩画廊。并且主要不在于写这些人物在社会环境中的命运起伏状况，而主要在于刻画他们的内在心性状况。具体地说，凡是描写刚出现的主要人物时，总是以扇面状或网状方式去逐一描写他们的心性状况。这样以众多人物的心性描写为特色的小说，到底显示了怎样的叙述方式及艺术特色呢？问题就提出来了。

一、从"世情书"到心结书

要读解《谁在敲门》的上述艺术特色，可以联系中国古典小说

中的"人情小说"传统来考虑。已有论者指出这部小说"也正是
《金瓶梅》《红楼梦》这种人情小说传统在中国当代结出的果实"，
还认为大姐夫李光文在小说中的地位相当于《红楼梦》中的王熙
凤。①"人情小说"的说法，出自鲁迅的《中国小说史略》。那么，
从中国古代"人情小说"传统来衡量，《谁在敲门》究竟提供了哪些
新东西？如何看待其艺术特色？

　　鲁迅在论述"人情小说"这种小说类型时，将其与"神魔小
说""讽刺小说""狭邪小说""谴责小说"等小说类型相提并论。
他认为这种小说类型"大率为离合悲欢及发迹变态之事，间杂因
果报应，而不甚言灵怪，又缘描摹世态，见其炎凉，故或亦谓之'世
情书'也"②。他指出这种"人情小说"或"世情书"中最有名的是
《金瓶梅》："作者之于世情，盖诚极洞达，凡所形容，或条畅，或曲
折，或刻露而尽相，或幽伏而含讥，或一时并写两面，使之相形，变
幻之情，随在显见。"③他还指出，"就文辞与意象以观《金瓶梅》，
则不外描写世情，尽其情伪，又缘衰世，万事不纲，爱发苦言，每极
峻急，然亦时涉隐曲，猥黩者多"④。可见，在鲁迅眼里，"人情小说"
重在或显或隐、或直或曲、或实或虚、或悲或喜地"描摹世情"，从
而具有"世情书"的特点。"描摹世情"可以视为"人情小说"的基
本特征。

　　按照鲁迅的见解，《红楼梦》也可以视为一部"人情小说"。他

① 王春林：《乡村浮世绘与人情交响乐——关于罗伟章长篇小说〈谁在敲
门〉》，《扬子江评论》2022年第3期。
② 鲁迅：《中国小说史略》，《鲁迅全集》第9卷，人民文学出版社2005年版，
第186页。
③ 同上书，第187页。
④ 同上书，第189页。

引用了《红楼梦》第五十七回所述宝玉发呆情节：贾宝玉去看望林黛玉时，见后者正歇午觉，于是就跟紫鹃说话。当见她衣服穿得少，就像往常那样到她身上"抹了一抹"，并说她穿得单薄又在风口里坐，当心别也生病了。但他没想到的是，紫鹃立即正色劝告他"咱们只说话，别动手动脚的"，"叫人看着不尊重"，说罢起身回屋，丢下宝玉一人在那里发呆："一时魂魄失守，心无所知，随便坐在一块石上出神，不觉滴下泪来。直呆了五六顿饭工夫，千思万想，总不知如何是好。"① 这里就是专注于书写主人公宝玉的心情，"世情书"在这里带有个体内在"心结书"的特点。鲁迅对此分析说："全书所写，虽不外悲喜之情，聚散之迹，而人物事故，则摆脱旧套，与在先之人情小说甚不同。"② 鲁迅看到了《红楼梦》与此前"人情小说"所"不同"的新东西，主要在于它敢于"摆脱旧套"。同时，他强调《红楼梦》有着"写实"的特色："盖叙述皆存本真，闻见悉所亲历，正因写实，转成新鲜。"③ 他认为《红楼梦》之所以给人们以"新鲜"的感受，正在于它的"存本真""亲历"和"写实"。

简要分析《谁在敲门》的艺术特色，可以看到，它虽然自觉传承《金瓶梅》《红楼梦》以来的"人情小说"传统，把"描摹世情"或"世情书"作为基本特色去追求，但又同时注意将其在当代条件下发扬光大，特别是注意将其适应于2013年以来中国社会语境中越来越鲜明而又重要的"传承和弘扬中华优秀传统文化"的主题创作导向。而正是由于这种主题导向的牵引，作为"中华优秀传统文化"的组成部分之一的中国古典心性论传统，才得以成为小说

---

① 鲁迅：《中国小说史略》，《鲁迅全集》第9卷，第237—238页。
② 同上书，第241页。
③ 同上书，第242页。

家们叙事、状物和写人时的一种内在理念。其具体表现在，注意将"人情小说"的"世情书"特色转而引向对于当代中国人的心性存在及其演变状况的书写中，也就是将"世情书"转变成为心结书，并且为此而不惜改造了一般的第一人称叙述法而创造出第一兼第三人称叙述体，其修辞效果在于，尽力贴着人物的心情去写，宛如钻进人物心中，书写其心情或心绪状况，而这种心情或心绪状况又是个体对于外在环境变化的内在反响和调节。

从"世情书"到心结书的重心转变，意味着把人们社会生活的外在典型环境叙述转化为个体内在的心情叙述，使得心情叙述语言宛如一阵阵心语潮，滔滔不绝地涌出来。在《金瓶梅》《红楼梦》里尚且属于少量的心语潮，到了《谁在敲门》里就成为常态化叙述。理解这一点的社会生活缘由并不难。简要地说，随着现代中国社会先后经历的从"站起来"到"富起来"再到"强起来"的三次飞跃，特别是国家近期发展目标从"建设小康社会"（1997）到"全面建设小康社会"（2002）再到"决胜全面建成小康社会"（2017）的先后演变和逐层提升式发展，中国社会在解决了基本的温饱问题之后，顺理成章地就向着日常生活的获得感、幸福感等更高生活目标迈进。而重要的是，日常生活的获得感、幸福感等更高生活目标，往往不再是可以用温饱等简单标尺去衡量的了，而依赖于更加内在的、更加贴合个体心理的心性标尺。相应地，人们日常生活中与获得感、幸福感等相关的心理健康问题以及内在心结问题，就成为新的焦点性问题了。对于文艺家来说，如何从外在的社会生活环境及其对人物性格的影响刻画，及时地向着外在社会生活环境变迁在人们心里铭刻下的深层投影、心结的刻画转变，就成为新的美学使命。

当然，应当看到，自从改革开放时代以来，当代文艺中这种心结的呈现，是有着渐进的演变过程的。这大体可以分为四个时段：

第一时段为20世纪70年代末到80年代受"意识流"影响时段。一批作家的小说受到来自欧美"意识流"语言的影响。中篇小说《布礼》（1979，《王蒙文集》第10卷）这样写道：

> 天昏昏！地黄黄！我是"分子"！我是敌人！我是叛徒！我是罪犯！我是丑类！我是豺狼！我是恶鬼！我是黄世仁的兄弟、穆仁智的老表！我是杜鲁门、杜勒斯、蒋介石和陈立夫的别动队！不，我实际上起着美蒋特务所起不了的恶劣作用！我就是中国的小纳吉！我应该枪毙！应该乱棍打死！死了也是不齿于人类的狗屎！成了一口黏痰！一撮结核菌……

这段描写用简短的语句和果断的判断语，集中突出主人公得知自己成为"右派"后的内心"意识流"。不过，由于有了来自凌雪的坚贞不屈的爱情，主人公钟亦成的内心充满希望：

> 人们发明了语言，用语言去传达、去描述、去记载那些美好的事物，使美好更加美好。但也有人企图用语言，用粗暴的、武断的、杀人的语言去摧毁这美好，去消灭一颗颗美好的心。在这方面，有人得到了相当大的成功。然而，并没有完全成功，埋在心底，浸透在血液和灵魂里的光明和爱，是摧毁不了的。我们是光明的一代，我们有光明的爱情。谁也夺不走我们心中的光，谁也夺不走我们心中的爱。

至于他被平反后的思绪，则有这样的描写：

> 离开山村，他好像丢了魂儿。他把老张头丢在了那个山乡。他把秋文，广义地说，把冬冬也丢在了那边。把石片搭的房子，把五股粪叉，把背篓和大锄，草帽和煤油灯，旱烟袋和榆叶山芋小米饭……全都丢下了。秋文和冬冬，是照耀他这个年轻的老年人的光，秋文便是照耀他的无限好的夕阳。他把夕阳留在了长满核桃树的云霞山那边，夕阳对他招着手，远去了。一步一远啊，这是文姬归汉时所唱的歌词。而有了北京牌越野汽车，车轮的旋转使变远的速度大大加快了。冬冬呢？冬冬什么时候才能理解他呢？冬冬什么时候才能来到他的身边呢？为了冬冬的母亲——海云，那颤抖的、被碾碎了的小白花，这一切报应都是应当的。然而他挂牵着冬冬，冬冬还只是一颗在地平线上闪烁、远远没有升起来的小星星，这颗星星总会照耀他的。

这些地方都注意以高密度语句去抒发个体的丰富感情，反映了刚刚进入改革开放年代的知识分子的热烈心境。这种心境是素朴、单纯和明朗的，没有什么复杂度。

第二时段为20世纪80年代后期至90年代受存在主义、心理分析学和实验小说等影响的时段。"新写实"小说、"先锋小说"是其中的突出代表。《黑的雪》（1988）第11章描写主人公李慧泉应邻居罗大妈的请求，蹬车替她女儿罗小芬取拐角沙发：

> 李慧泉雨水淋漓地骑过了德胜门，他用嘴演奏雄壮的进

行曲，但打着雨伞在街上来往的行人不会注意他。他绝不比
那套沙发更能吸引人的目光。他在内心怜悯儿时的女伴，而
街上任何一个女性都不会给他一丝一毫的同情。他奋力蹬车
时屁股抬离车座，他把人披的雨衣给沙发披上，但这反而使
他更像一个为了赚钱而不择手段的三轮车夫。他颧骨突出、
嘴唇黑厚的面孔，又确确实实像一个冷静的善于敲竹杠的人。
（《黑的雪》第11章）

这里既写李慧泉自己的主观思绪，也写人们（包括叙述人）对他的
客观观感，将主客观观察交融起来。再有就是下面的：

"坐稳！大妈……"车子从朝阳门立交桥的大坡上向东四
方向冲过去。生活里令人畅快的事情还是有的。只是不多。
人不是每件事情都做给朋友、做给他喜欢的人的。否则，哪来
那么多无聊和错误呢？即使做给朋友的事情，也不是件件都
让人愉快，像眼下一样。如果为使罗小芬得救他必须蹬到虚
脱，那么他情愿蹬下去。可是，他为方叉子干了什么呢？

他的心情又黯淡了。衬衣已经湿透，暖乎乎的小虫子顺
着脊梁往下滑，在腰带上满满地聚住。腿麻酥酥的，血管发胀。
他俯在车把上嗯哧嗯哧地低吼起来。（《黑的雪》第32章）

这里描写主人公李慧泉应邻居罗大妈要求再次蹬车把她女儿罗小
芬送往医院途中的思绪。李慧泉一边因为别人需要他帮助而感到
愉快，一边却又想到自己当年为了方叉子出头打架而坐牢，"心情

又黯淡了"，由此披露出他纷乱而难以节制的思绪流。这段心境描写展现了丰富性和复杂度，反映出随着改革开放的深化，人们的精神状况正在发生深刻的变迁，尤其是个体生存方式发生了觉醒。

第三时段为20世纪90年代后期到2012年期间。不妨来看《额尔古纳河右岸》（2005）的最后一段："我不敢相信自己的眼睛，虽然鹿铃声听起来越来越清脆了。我抬头看了看月亮，觉得它就像朝我们跑来的白色驯鹿；而我再看那只离我们越来越近的驯鹿时，觉得它就是掉在地上的那半轮淡白的月亮。我落泪了，因为我已分不清天上人间了。"这里将我仰观天象和俯察近物两种视角交融起来，得出天上月亮像地上白鹿和地上驯鹿像天上月亮的浑融景观，体现了叙述人对于天地人交融状况的独特心理感受。

第四时段即2013年至今，个体心结描写越来越凸显的时期。《人世间》（2017）中部第4章叙述周志刚在要求小儿子周秉昆为周家再生一个孩子并送其上大学而被拒后，无声地哭泣起来：

> 这位老父亲心里委屈到了极点！哪有当父亲的不爱老疙瘩的呢？又哪有身为一家之主的男人不重视传宗接代这等大事的呢？自己的父亲已是单传之子，自己也是，不孝有三，无后为大啊！他也并没要求小儿子非为周家生出个儿子啊！生出个女儿也行啊！难道自己有两个儿子一个女儿，到头来连个是周家种的孙儿女都得不着吗？往后，这世上不就没有了他这一门人家了吗？他作为父亲的这种近忧远虑，小儿子是应该理解的啊！明摆着你秉昆已是唯一能为周家传宗接代的人了，你有这个责任啊！自己已经将话说得很明白了，为什么竟换来你秉昆当面顶撞呢？希望你更有志气，还不是为你好

吗？光字片已经不像人生活的地方，太平胡同更不如光字片，你和郑娟四口人生活在那种地方，你父亲有多心疼你不晓得吗？你们想要跳出太平胡同，除了把希望寄托在下一代身上，还能有什么办法？秉昆，你对老父亲太不公平了！

退了休的老建筑工人，光字片最受人尊敬的一家之主，重体力劳动榨干了身体却志气更高的老父亲周志刚，喉咙里发出一声呻吟般的哽咽，双手往脸上一捂，缓缓蹲下来。他无声地哭了……

这段老工人周志刚的自我内心对话中，第三人称"他"是完全可以换成第一人称"我"而不会影响叙述效果的。而很快就出现的第二人称"你秉昆"或"你"，正表明这实际上就是叙述"我"（周志刚）与"你"（周秉昆）之间的继续对话。这则对话中显然已经深埋入周志刚本人与其小儿子秉昆之间的潜对话，从而可以视为他此前与秉昆的对话或吵架在他心理中的自动延伸或强化状况。这里的自我内心对话中有着潜对话的情形，反映了文艺作品对于人物心结描写的偏爱和执着。

这种情形在这一时段已经变得越来越普遍了。长篇小说《装台》（2020）第27章这样写刁顺子代替犯过错的墩子在庙里菩萨像前长时间下跪：

终于，天亮了，大殿外的光线，越来越强地从高大的窗户中射了进来。顺子感觉，头顶上甚至有了跳动的光环。他再次抬眼看了看高耸的菩萨像，那菩萨好像是在低头向他注视着，眼睛似睁非睁，似闭非闭的，他突然感到，那是一副很宽容的表情，全然一种啥都不计较的神态，笑得那样舒展，那样不藏苛刻、阴谋、祸心、毒计，他就在心里默念：菩萨保佑，墩子绝对不是故意的，他是个没心没肺的人，绝对没有跟神仙较劲的胆量，二十六七的人了，还找不下媳妇，狗日的是憋不住，水枪自动爆裂了，还请菩萨大人莫要计较小人的过错……

这同样是钻到人物的内心去贴着心理活动写，写出了刁顺子的善良、仁义和宽容心境。

到了《谁在敲门》，对于主要人物心里"想"什么，心境怎样，特别是心结如何，就成了叙述人叙述的焦点和基本任务。第二章有这样的议论："都不是小时候了，不是在贫穷中一起长大的日子了。对有些回忆，与其将它唤醒，不如让它熟睡，熟睡之后，就不会受到真实世界的摧残。这么多年过来，彼此都有了沉重的心事，也像有了心结。我们各自孤立，又相互孤立。我们关心了许许多多，却往往淡漠了最重要的。"这里出现的"心结"二字，是理解整部小说的题旨的关键词——重要的就是写出这批乡村人物的"心结"。

确实，与同时代的《人世间》《装台》等小说中的人物形象塑造相比，《谁在敲门》将更大的篇幅、更多的精力和更旺盛的热情投寄到许家四代人物以及相关人物的不同心结的描写上。

二、第一兼第三人称叙述体和方言的心结叙述功能

不过，这部小说的"心结"描写的成功，关键在于实施了叙述

方式的创新，即，其所设置的第一人称叙述人"我"，实际上有一般第一人称叙述人"我"所没有的全知全能特长。这个"我"，本来是要受到"我"这个特定个体视角限制的，只能看到"我"所看到的人和事，不能跨越"我"的视角的限制而任意观察；但这里除了大量使用第一人称"我"作叙述人外，同时还设置了另一种人称叙述，即第一人称叙述人兼任第三人称叙述人。这就是说，第一人称叙述人实际上兼有第三人称叙述人的全知全能视角。这部小说从而设计出了两种叙述人称的交替和交融构造：一是第一人称叙述人，二是第一而又兼任第三人称叙述人，可以称之为第一兼第三人称叙述体。这种叙述体表现为，叙述我见他如何固然重要，但叙述我想他心中在想什么更重要，也就是叙述我揣摩他那时想什么才重要。只有这样，该小说一口气讲述百余位人物，重要的就有数十位，才成为可能。①

这种第一兼第三人称叙述体的特点在于，既叙述"我"亲眼所见人和事，也叙述"我"在亲眼所见基础上进一步想象所见的人和事，从而兼备第一人称叙述和第三人称叙述之全知全能特长。

《谁在敲门》从第一章开头就展现出了这种第一兼第三人称叙述体的特点。先是由第一人称叙述人"我"即春明叙述他在大姐春红家听见敲门声："有时候，敲门声是人的脸，也是人的心，哪种人敲出哪种声音，就跟哪种人会说出哪种梦话一样。当这个声音响起时，已去胸腔里荡过一下，夹带着气恼、自大和经过掩饰的逆来顺受，传到指骨，传到门，然后才传进屋子，大姐就知道，是兄弟

① 有关叙述人称问题，可参见〔美〕杰拉德·普林斯《〈叙事学——叙事的形态和功能〉》，徐强译，中国人民大学出版社2013年版，第7—17页。

来了。"我"叙述自己在大姐春红家听见了敲门声,就直接推断说大姐也同时听见了,而且说大姐凭借其听觉经验而知道是兄弟春晌来了。如果按照一般的第一人称叙述惯例,这里应当叙述"我"和大姐都同时听见了敲门声,大姐会告诉"我"说是兄弟来了,但这里却改说"大姐就知道,是兄弟来了",直接把大姐那时只在个人心里推断而没有说出来的话也都说出来了。这表明,"我"已经具有了钻入其他人物心里的全知全能特长,恰如第三人称叙述者一般。这说明,这里的第一人称叙述,实际上已经直接转化为或同时兼有了第三人称叙述特长了。

接下来,"我"就继续纵情施展其第三人称叙述特长说:"何况他今天不想把父亲送来","是我让他送来的。"直接把兄弟春晌心里所想而憋着没说的话都说出来了,也即代替春晌说出来心里所想。"我"还继续推测说,春晌之所以延迟了一个多钟头才用摩托车把父亲从拐枣坪送过来,是由于被弟媳骂说他没本事,被自家姊妹欺负。而且自述说"我"的这种推测在几个月后就从春晌的同学的口中印证了。由此可见,小说从一开头从赋予第一人称叙述人"我"即春明以跨越第一人称叙述人限制而兼具第三人称叙述人的莫大权力。这个"我"的本事确实大:他甚至还接着说自己知道"父亲本人也不想来",因为知道"每次到大女家,父亲都要生病。他过惯了山里的日子",还知道父亲老了,其人生恰如熟透了的果子离了枝条,不必懂得牛顿力学原理就知道其去处了。"对我父亲来说,过的每个生日,都是一股刮向那枚果子的秋风","因此他不想动,也怕动"。紧接着,"我"这样回顾地叙述:

兄弟本可以找这个借口,但知道说了没用,干脆不说。而且我也没给他说的机会。接了我的电话，听弟媳骂了半天，他就牵着父亲的手，出门，出门后让父亲站下，他将锁在阶沿的摩托，推下泥面斜坡，支棱在马路上，回头抱起父亲，像搁袋土豆那样，把父亲在后座搁稳，自己再骑上去，反手接过父亲的拐杖，插进自己后领。当父亲扣起来的十指捂在他肚脐眼的位置，摩托就发动了。他挺着身子，挡住顶头风，在山路上弯来绕去，层层降落，降到平地，方向才明确下来：逆河而上，直到镇子南门码头的滨河路。

"我"凭借其超强的自信力，以第一人称视角却叙述了第三人称视角才配有的全知全能场景，宛如全程亲见住在拐枣坪的兄弟如何骑摩托车送父亲来回龙镇上大姐家一般。这实际上都是出于"我"自己的想象而非亲眼所见，但读者不仅没有"我"是在"作假"或"想象"的感觉，反而觉得跟"我"亲眼所见差不离了。接着"我"在叙述晚饭后春响没听劝阻而坚持回自己家一趟，而父亲充满慈爱地叫他摩托开慢些时，仿佛可以钻到父亲心坎上去替他思想："但我知道，他这时候更想的，是和兄弟一起回去。他有一声没一声地叫幺儿子的名字，可那声口，更像一个被丢在客人家的孩子叫爸爸。""我"的这席揣摩性话语，形象地勾勒出父亲的晚境孤独与悲凉感。

再下来叙述父亲在晚饭后要抽烟时，突然间流口水不止，自己控制不住，"我"就以第一人称方式叙述说，"父亲愣住了"，"我们都愣住了"。之后特别补充说道："父亲说不出话。他怎么也想不到管不住自己的口水，害怕一说话，口水又流出来。"这里就仿佛再次像第三人称叙述者那样钻进父亲心里去感受所思所想。在叙述了这次流口水不止的怪异之事后，"我"又叙述道，父亲突然对"我"说："春明，我的儿呢，我是不是要死了？"父亲的这句话，立即让"我"回想起并且叙述当年母亲的死的经过，又进而为整部小说接下来的中心事件即父亲之死和安葬等情节做了预设，也就是埋下了伏笔。

从小说开篇第一章到目前为止的叙述方式可见，第一人称叙述人"我"竟然可以直接钻入大姐春红、兄弟春晌和父亲三人的心里去，把他们心里所想、他们的心情都直接叙述出来了，完全是第一人称用如第三人称或兼有第三人称的叙述功能了。

如果说，第一人称叙述的特长在于亲历亲闻的本真感，那么可以说，第三人称叙述的特长就在于无所不在的全知全能感，而第一兼第三人称叙述体意味着既有亲历亲闻的本真感，又有无所不在的全知全能感，从而体现出复合型人称叙述才有的那种综合功能。由此可见，作家在这部小说中展现了一种高度的叙述自信力：可以随心所欲地钻入所有人物的心里去了解其内心话语，传达其心情、心境甚至想象和幻想。换句话说，作家之所以这样选择第一兼第三人称叙述体方式，显然有意识或无意识地是要以心理分析学家的姿态，像解剖刀一样，钻入人物的内心无意识世界，刻画其隐秘的心性状况或心结。

对于这种心结描写，作家自述说："我在写《谁在敲门》时，其实没有思考这么多外在的东西，而是更多地关注小说内部的肌理结构与合理性。每一部小说应该有每一部小说的气质，这个气质可能与题材有关，也与写作者自己当时的心境有关。小说家的心境铸就一个小说的特别气质。我自己在创作中不会刻意煽情或考虑迎合读者的阅读期待，就是想写下天地当中，人的日常以及在时代洪流当中人的命运。"①他关注的是天地之间人的日常生活命运以及人在时代洪流中的个人命运。但这样说还没有说到关键处。因为问题在于,他在被人指出第一人称叙述应有的局限后,还仍然辩解说:"第一人称固然要受到局限,但情节经过艺术化处理,那么不该知道的事情,也可以知道!比如说,我固然无法直接看到你的背后,但可不可以在你身后,设置一面镜子呢?所以,在《谁在敲门》里,我反而强化了第一人称的视觉。可能,我有点犟!"②他实际上是对第一人称叙述法予以了改造,其办法是为它加装了一面类似汽车后视镜的叙述装置,这就是第一人称本真叙述同时兼有了第三人称叙述法的全知全能眼光。"需要第一人称来承担,最重要的意义在于,以'局内人'的视角表达与故乡、与传统、与时代的复杂关联。小说中的'我'不过是出生于乡村的知识分子,是在省城画报社工作的编辑兼诗人。因此'我'的返乡,串联起省、市、县、镇、村等多个层级,牵扯出城乡互动时的碰撞。更关键的一点还在于,第一人称叙述具有很强的带入感与真实感。"这表明,他是有意识地为第一人称叙述加装了第三人称叙述这一类似汽车后视镜的装置。"所以,我决心在《谁在敲门》里尽量缩小'第一人称'的缺点与局限,彰显其优势。可以说,我是有意识地在做这件事。"③

这样,他的第一兼第三人称叙述体法的运用,导致整个叙述同时兼有双重叙述功能:一重是第一人称特有的代入感和真实感,二

---

① 蒋蓝:《罗伟章:真正惊心的,都很普通和日常》,《成都日报》2022年3月22日第8版。

② 同上。

③ 同上。

重是第三人称叙述才有的全知全能特长。

再一个值得关注的方面是川东北方言的选择性运用。川东北方言,是四川地区以及重庆地区(传统上都属于四川)方言的一种,属于北方方言区中的西南官话,与普通话总体上较为靠近,不难懂。只不过,其中一些方言词语是地方性的,出了当地就不一定很快理解其深意了。这部小说总体上就运用普通话去承担叙述任务,不过同时在某些局部精心选择了川东北地区方言。如果全部运用方言,全国各地的读者在阅读时想必会受到一些干扰,存在阅读缺憾或障碍;但是现在只在局部上有限度地运用,就既可以避免方言难懂的缺憾,又可以同时展现方言特有的亲切感、乡土性,这就有助于传达当地地域人们特有的地方性情绪和心态。第三章第十四节这样写大姐在刚看到父亲遗体时的内心活动:

> 她想起母亲去世过后,父亲经受的难处,吃下的苦头;为让儿女吃饱饭,他像牛一样,累得吐白沫;吃饭的时候,刨两口,就说肚子撑,是想多留一口给儿女,结果好几回,都差点饿死在山上;因为把幺女抱给了别人,他像个妇人似的,不知哭了多少场;为送三儿子读书,他穿巾巾挂绺绺,到处借钱,借不到就愁在那里、借到了又要想法还,想破了脑壳,分出两瓣脑壳还得想;为给老大老二起房子,给两个女儿做陪嫁,半夜三更都在山里扛树,数不清踩烂了多少个月头。大姐因是在旅途中结婚,当时并没带陪嫁过去,但箱箱柜柜一样不少,都做在那里的……

这里的总体语言框架是普通话,但还是在局部嵌入了川东北方言词语，如"刨两口""穿巾巾挂绺绺""想破了脑壳""箱箱柜柜"等。特别是用"穿巾巾挂绺绺"，即便是外地读者读到这里，虽然并不了解川东北方言的究竟，也应当能够立即意会到宛如亲历其境般的生动性。尤其值得注意的是，这里就是叙述人"我"直接钻入大姐心里去揣摩地想，或者替她想，将她的心结和盘托出。

第一章写大姐夫时这样介绍说："他给儿子李志立了规矩，绝不能动他的好烟，要抽烟就抽那普通的烟。他有他的一套育儿哲学，'这不是他舍不得给儿子好烟，是要他晓得，人在世上走，须明白自己的份儿，越了份儿，嘴吃叼了，吊上去下不来，自己又没有本事挣，就苦恼了，紧跟着就可能乱来。'"这里的方言句式"嘴吃叼了"，就是指口味或胃口提高而下不来的意思。

三、民间仪式的结构功能

除了第一兼第三人称叙述体和方言运用外，民间仪式在整个叙述中起了全部故事的事由、人物串连、情节整合、后续交代等方面的综合作用，是串起全部叙述的那根红线。这里说的民间仪式，又可称民间典礼或民间礼仪，是一种宽泛称谓，是指发生在城乡社会民间的各种人生过渡礼仪，包括结婚仪式、生日仪式、出生仪式、升学仪式、毕业仪式、开工仪式、奠基仪式、开业仪式、庆功仪式、丧礼等。"此每一个体的一生均由具有相似开头与结尾之一系列阶段所组成：诞生、社会成熟期、结婚、为人之父、上升到一个更高的社会阶层、职业专业化，以及死亡。其中每一事件都伴有仪式，其将社会成熟期与生理成熟期分开对待，其根本目标相同：使个体能够从一确定的境地过渡到另一同样确定的境地。"①例如丧礼就具有"分隔"生者与死者的功能:"其过程对生者是一个边缘状态","生者经分隔礼仪进入此阶段,从此再经聚合礼仪回到社会(解除吊丧礼仪)。在有些情况下,生者之边缘期与死者之边缘期相对应,其结束期偶合,即生者回到正常社会与死者被聚合到亡灵世界在同一时间。丧礼期间,守丧之人与亡者形成特别群体,处于生者世界与亡者世界之间。……守丧要基于亲缘关系程度,且此亲缘关系对应于该群体对亲缘关系之界定(依父系、母系或双系等)"。②对于中国的民间丧礼来说,其基本目的是让死者安息和保佑生者平安。许家七位子女及其子孙辈成员,三代人加起来人数众多,当他们全部或大部分回家奔丧时,如何叙述才显得有条不紊?这部小说就以民间仪式为基础,选择了一种网状式叙述方式。也就是说,它通过父亲生日仪式、看病仪式、丧礼、守灵、拜塔等民间仪式,网状地串连起许家众多成员,依次叙述他们各自的心结。

小说分七章展开:第一章为父亲生日仪式的筹备过程,叙述"我"作为发起人率先回到大姐家,接着兄弟春晌把父亲送来又连夜回自己家了,大姐夫、大哥、二哥和二嫂等陆续回来,没回来的二姐、幺妹春英等相继打电话问候父亲;第二章为父亲生日仪式过程本身,从二哥的女儿小兰回来开始一直讲到全家人过完生日仪式止;第三章写"我"在结束生日仪式后去与同行聚会时得知父亲生病,赶到医院参与救治,在得知无力回天后选择将父亲运回家中;第四章为父亲丧礼,涉及上礼、吊唁、出殡、哭灵、绕棺、聚餐等具

① 〔法〕阿诺尔德·范热内普:《过渡礼仪》,张举文译,商务印书馆2010年版,第3—4页。

② 同上书,第108页。

体环节。第五章继续叙述丧礼过程，进一步写狮子队、哭丧队、丧舞队、移棺、出宅、发丧、谢孝、起棺、落棺等过程；第六章叙述丧礼后大姐独自为父亲做"五七"，大哥、二哥、大姐、春晌等联合做最后的"尾七"仪式以及"我"回来加入其中的"烧百期"仪式，中间插叙燕子、秋月和达友三人之间的情感纠葛，四喜如何继续骗家人和亲友的钱直到社会性死亡，春晌与玉玲之间的夫妻纠葛，二姐二姐夫向大姐和"我"借钱而结果又被人骗，青梅跟李志闹离婚，大姐夫的行政隐患等；第七章由全县"红灯笼行动"讲起，叙述反腐行动背景下大姐夫和大姐的悲剧性结局。这里，头五章都以许家民间仪式为主干而穿插进许家成员的心结描述，后两章则是以许家成员的后续遭遇为主而穿插进父亲走后的民间仪式。

这一系列民间仪式的叙述功能在于，为小说建构起一种特定的群体参与场面，让来自不同地区的许家成员得以重新汇聚到一起，一同打开其平时不曾轻易打开的心结，并且让这些不同心结与心结之间在相互碰撞中释放出心灵的隐秘火焰。

第一章第三十节对大姐夫散烟情节的描写。大姐夫家储存的香烟品种众多，包括"软中华""南京""黄鹤楼"等全国品牌，总是根据客人身份的不同去散烟。他给了大哥和兄弟春晌一人一包本地烟"巴香清"，是其中最高档的红壳子，另外还有中档的绿壳子和低档的白壳子。大哥和兄弟都眼睛亮了，因为他们平时只能抽白壳子。兄弟还说应该多给一包，否则揣在左边右边翘，揣在右边左边翘。大姐夫一边向我递眼色印证他上次说的自家亲人总嫌你给得少，一边回答说把烟还给我你就不翘了。兄弟笑了，大哥和父亲也跟着笑了。大哥把烟揣进口袋，问起大姐夫的儿子李志，大姐夫解释李志在福州跟着江叔叔做餐馆，后者给他一万五千元工钱让他回家。兄弟听后一边自己点烟而不散烟，猛吸后又猛吐，他的话就跟烟雾一起喷出来："有钱人挣钱，像人捞树叶子，没钱人挣钱，像树叶子捞人。我们肩膀背勒皮，腰杆弯成虾子，手脚打起果子泡，也就挣个千千子，要挣一万五，怕是要把命抵了。"他随即讲起自己为数不多的去万源做工的苦日子。这又引出来"我"解释兄弟如何从小被父亲"惯使"（即娇生惯养），父亲自己做工而让他闲着。兄弟伸出手来让大家看他的硬茧，而大哥则说远不如你大嫂做烧腊卖时手遭卤水沤烂完，引得大姐夫和"我"都夸大嫂的好处，"自从大嫂进了许家门，就在许家安石镇屋"。随后大姐夫感叹大哥和大嫂的女儿燕子命不好，引出"我"叙述燕子的命运。正是在这些网状式人物描写中，以及在人们心结之间的相互碰撞中，一个过去未曾料到的事实此刻变得显而易见了：虽然都是一个爹拉扯大的亲兄弟姐妹，但七兄妹实际上已经被岁月无情地分裂为两个不同阶层了，其中一个是"我"春明和大姐春红两家人即省报记者和村支书家属所代表的"有钱人"阶层；另一个是大哥春山、二哥春树、二姐春花、兄弟春晌和幺妹春英等农民和进城务工者所代表的"没钱人"阶层。"我"起初对此是浑然不觉的，直到在参与这些仪式时，从大哥、二哥、二姐和幺妹等的言谈举止里，特别是他们向"我"和大姐借钱的过程中，有意或无意间领略到这种家族内部深深的阶层隔膜感。

再看一个仪式感不那么正式的场面。第六章第二十三节至三十节，以总共8节的篇幅，叙述兄弟春晌的妻子玉玲给公公上坟这个民间仪式。叙述人详细叙述她如何买来猪头，将其煮熟盛盘，还煮了一碗米饭，买来大包香蜡纸钱。她如何摆脱大嫂的关心，一个人去公公坟前上坟。她在公公坟前哭诉，要他管管几天不回家的春晌，还有把春晌弄得神魂颠倒的"牛鬼蛇神"——春晌的初中同学贺怡。叙述人解释说，春晌一直以来被哥哥姐姐们看不起，被妻子玉玲看不上，内心孤独需要安慰和救治，这一点在办过父亲丧礼后到达极致。玉玲既嫌弃丈夫懦弱，又遭遇哥哥姐姐们同样的看不起，并且遭受虐待公公之类的指责，而现在得知丈夫移情别恋跟女同学跑了，可想而知心中的空虚。贺怡的父亲是援藏干部，她十二岁时跟随父母去往西藏上学，途经二郎山时得了严重的高反，只能原路返回寄居于舅婆家中。她那时既享受不到父母之爱，又在学校里被同学视为城里人而倍感孤独。等到三年后转到城里上学时，又被城里同学看作乡下人，产生了更加强烈的孤独感。但正是这些孤独经历，让她感受到在别人对她需要时慷慨付出的必要性。当"我"接到大姐的指派而面见贺怡时，感受到这是一位愿意成为"地母"般圣女的人，感受到她本人难以化解的孤独感。"这个地母般的女人，更确切点说，这个想做地母的女人，是个多么孤独的人。"这里实际上借助于玉玲的上坟仪式，网状式地逐一叙述了父亲去世后春晌和玉玲，以及贺怡三人各自的孤独感和寂寞感。

还有县政府主导的"红灯笼"仪式中的后续情节。第六章第二十九到三十四节，叙述大哥因不愿搬迁下山而被评为"贫困户"并被树为"抗拒政策的典型"，随后他和二哥家都因此不能挂"红灯笼"，并且由此引发一连串有损全家尊严的严重后果。"大哥才明白，一旦登上'贫困号'这艘船，就不能随便下船，只能去指定的地方，按规定的时间和方式下船。母亲曾在这家里生孩子，父亲曾在这家里生病，母亲洋溢的血气和父亲病中的叮嘱，都成了废墟，成了野草和虫子的世界。方法是一成不变的。"大哥、二哥相继找大姐夫和"我"替他们想办法求情，都没成后，选择了对"我"持一种有所不同但同样敌对的态度：当"我"腊月间带领妻儿回老家去父母坟前祭拜后前往大哥家时，表面上还热情，一起吃了晚饭，"但世间有一种热情，底子是冰做的"；而去到二哥家时，就直接遭受冷遇了："二哥开了门，脸骤然一黑。进了屋，他冷冷地叫二嫂。二嫂在里屋，仿佛在跟孙子说话，听见喊，应了，二哥说：'春明他们来了。'二嫂就没声音了，人也不出来。我跟二哥抽完两支烟，起身告辞，二嫂还是没出来。"这使得"我"无法平息妻子在旁边发出的怒火："不是来受气的！你们家的人，最不要良心！""我"叙述说，妻子此时发火是因为联想到几兄弟借钱后至今也不说还，而且这次父母亲修坟山的一万七千元钱都是我们掏的，所以最后竟然将矛头反过来对准了"我"："你去讲啥人情？还是诗人呢！批判别人的时候，正义得不得了，落到自己家，正义马上成了缩头乌龟。你那正义是假的！！最不要良心！"结果导致"我"在自家也成了妻子责骂的对象，因而倍感失落至极："我不仅在老家，在我自己家里，也成不被待见的人了。"这些地方都注意叙述人物自身的平时难以表述的隐秘心结，强化了许家成员中"有钱人"与"没钱人"之间的阶层撕裂状况及其心理后果。

四、第一代人物：老境悲凉

小说描写了许家四代人物的状况、心结及其命运趋向；每代人物都有其不同的心结，但其核心还在第二代人物。

第一代人物中有许成祥、代珍、侯大娘、幺姨、贵爸、王晴光、邹灯等。其中最重要的当然是叙述人"我"的父亲许成祥。他本来性格内向、慈爱、懦弱，怕妻子代珍，仿佛只是作为妻子的影子而存在。但由于妻子早逝，他不得不一人既当爹又当娘地含辛茹苦拉扯大七个子女。其时，"我的"大哥春山、二哥春树、大姐春红、二姐春花、三子即"我"春明本人、幼弟春晌都在 19 岁到 2 岁之间，最小的幼妹春英因不满 3 个月只好送人养大。好不容易他们都长大成人了，纷纷成家生子，其中三子春明还考上了大学并成为城里人。但是，到头来，他还是得倚靠着"倒插门"的幼子春晌的照顾，看春晌妻子玉玲脸色过日子，还担心成为众子女的拖累。每次被接到大女春红家过生日时，都心疼春晌开摩托车送他、春红家花费钱财、春明及其他子女和孙辈跑远路回来看自己。这次过生日时，他在发现自己突然间流口水不止时，既不愿让子女笑话，更感到因生命力衰竭而产生的恐惧和不安。

小说第三章写许成祥在送到医院抢救过程中，"我"的大哥在听到主治医生对父亲病情的判断跟自己的一致时，"很有些得意"地在旁边逐一打电话告诉大嫂、四喜、燕子、二姐、幺妹等亲人。此时"我"叙述道："大哥打电话的时候，一直没睁过眼睛，也没回答过我们问话，甚至对我们问话没有任何反应的父亲，静静地流出了两行泪水。这情景我看见了，兄弟也看见了。兄弟过去，用手为父亲揩，揩着揩着，就左手揩父亲的，右手揩自己的。左手揩得少，右手揩得多。我背过身，跟二哥说话。是不想二哥看到兄弟流泪。二哥做他那套礼生的活，做了多年，跟数百个死人打过交道，便觉得死亡不算什么，只相信人老到一定程度，就会死，老了还生病，就更逃不过一死。因这缘故，他很可能看不起兄弟的泪水。"这里有关父亲默然流泪的细节描写，有着"一击多鸣"的效果。这"一击"在于，通过叙述大哥通话中流露出的得意，就有力地突出了父亲临终前听到大儿子如此得意口吻时的悲凉心结。那静静流出的两行泪水,以符合许成祥性格的特殊方式,有力地披露出他当时复杂的感情状态:悲凉,不安,恐惧,不解,不甘等等。这"多鸣"在于,一是陈述了兄弟春响的悲伤,二是述说二哥的见惯不惊,三是反映"我"的冷静观察和公正评价,四是显然还包含着对大哥的粗心及其对父亲的不避讳言行所持有的批评态度。

小说第四章还通过大姐的哭丧声,从侧面反映出子女对父亲当年慈爱的感恩之情:"我们哪有恁贵重,要用你一辈子的苦来养育,我们又当真很贵重,四兄弟三姐妹,是你和妈结出的瓜,是你当爹当娘拉扯大。妈比你有才干,也比你有狠心,嫌日头重、夜里黑,就借一场伤寒儿,抽身走了个干净,只留下一摊急水,一艘破船,却没留下一句话。你垒出个坟头回来,见破船里一窝秧仔,顿时就,没个抓拿,你是咋个愁过来的?我的爸爸呀!日子一天天过,秧仔一天天长,碗大罐子小,犁宽田土窄,你的那双手板子,黑的是泥土,紫的是血痂,深的是裂口,厚的是茧巴,我的爹呀!馊的臭的,你就要过去,香的甜的,你就推过来,你是享不来福分,还是分不出香臭?爹呀!爸爸呀!我想不完你一生,你这一生都在往后退,你这一生都在做别人的影儿,看得见时被人踩,看不见时不念它,殊不知,树无影儿比草低,人无影儿魂在哪儿?……"

母亲代珍性格外向、泼辣、心狠,对子女更是严加管教,令他们畏惧。母亲在世时母爱就不足,加上早逝,她在家中的角色就需要同大姐春红的性格及其作用联系起来看。这个因母亲早逝而缺少母爱的家族,让大女春红早早地就代替母亲而扮演起母性的替代性角色,向弟弟妹妹们释放出"地母"一般的母爱精神来。特别是对于作为叙述人"我"的春明来讲,他每次回家都受到大姐的母亲般的关怀。这样，母亲的早逝，其实是在以缺席的在场方式起作用，突出了母爱对于许家的重要性和缺少母爱给许家带来的深重后果：整个家族缺乏应有的向心力和凝聚力，尽管父亲还健在。从小说叙述中可隐约地看出，母亲的心结在于到头来没有学会也同时忽略了如何做母亲即慈母。而这也间接地影响到她早逝后父亲性格的形塑趋向：他到头来既没有父亲的威严，也没有母亲的慈爱。

小说第四章对母亲的妹妹幺姨的心结，也有所描述。幺姨其人亲情冷淡，在母亲去世后从不来往。当初二姐在春晌结婚时购买贺礼路遇幺姨，见她老是端着中药碗而又不喝，仿佛不认得二姐似的。待二姐主动找招呼后，又十分绝情地一边说不欠你们家的，一边把药泼洒出来，污染了二姐早上才换的新鞋子。叙述人宽容而又尽力理解地猜测说，"其实在幺姨的一生中，是否也有迈不过的坎，行不通的路，我们并不知道"。

侯大娘作为邻居，比叙述人的母亲大九岁，性格强悍，作风泼辣，擅长吵架、斗嘴，喜看热闹，还是母亲临终之前跟她说话最多的人。她可以作为母亲的替代性"镜像"始终活在作品情节中。侯大娘的心结的关键在于活着即寂寞。叙述人"我"从自己的寂寞心境联想到其他跟寂寞心境有关的人和事，例如第三章写侯大娘："有时候我想，在燕儿坡，侯大娘绝对是最寂寞的人。我相信她当姑娘时，寂寞就和她如影随形。她那娘家，也在老君山，名叫打火寨，比燕儿被荒远得多。"他直言道："不满足，伴随了她的一生，寂寞也伴随了她的一生。即使在我母亲活着的那些年，侯大娘内心的某些角落，也一定是空着的。""她的寂寞比我的厚实，也比我的真诚。"

　　与侯大娘的不满足的寂寞感相比，她的丈夫贵爸的言行特点则是超脱的空幻感：做事慢节奏，不常说话，大热天还穿棉衣棉裤。第四章叙述说，面对周围发生的事，"他像是看不见，也听不见，身上的挂着一种东西——那是默默无言的、逆来顺受的忧愁，又不像是忧愁，而是迷惑，或者空"。这在"我"眼里应当是一种超然物外的空灵感。"贵爸就沉浸在他的秘密里，幽暗而寂静。开饭时喊他，他才醒过来。年轻人把他扶上桌，把板凳为他顺好，让他坐正，他就吃。整个过程，他依旧不发一言，别人说啥，也与他没有任何关系。我父亲死后，贵爸成了燕儿坡最年长的男人，他听见了大幕落下的声音，看起来，他不但没有恐惧，反而渴望大幕快些拉上，将所有的灯光，还有灯光下歌哭悲欢的戏文，都遮个干净。我曾听谭瑞松说，人是一个一个地活着，但人活的，不是个体，而是时代，自己的时代过去了，即便你的身体还活着，心却跟时代一起埋葬了。这是永生比死亡更加可怕的原因。瑞松说他之所以要把自己变傻，是因为傻子适合于任何时代。"这个人物的在仿佛就是不在，恍若缺席地在着，在而又缺席，一种比侯大娘的寂寞感更深沉的空幻感。

　　可以说，许家第一代及其相关同辈人物都共有一种悲凉心结，也就是人生的悲哀、苍凉、寂寞、不甘、空幻感等相互交融的心结。尽管这里面还有着许成祥的慈祥、懦弱和悲凉，代珍的外表强悍和心狠而缺乏母爱，幺姨的冷漠无情，侯大娘的好胜而又寂寞，贵爸的空幻感等多样化表现，但共同点还在于心结悲凉，特别是老境悲凉。

五、第二代人物：家园放逐感

许家第二代七兄妹，构成家族人物的主干。这里面除了大姐春红和大姐夫以及兄弟春晌一家留守家乡，"我"常住省城，其他人都时常离家外出务工，不过又经常返回家乡，不少家庭在镇上有住处，从而在乡村与城镇间流动就成为他们的生活常态了。这表明，许家第二代的人生已经跟第一代大不相同：被迫背井离乡在外求生计，但又同时需要回到家乡抚平伤口，从而过着漂泊不定的流动型生活。这显然属于从乡村流向城市的生活方式，简称乡城流动方式。就当代中国流动型社会而言，这种乡城流动方式正是中国农民的一种必然的人生取向。这种普遍的乡城流动生活场景，在作家此前的《饥饿百年》（2008）结尾处已经初显端倪：当一批批村民走向远方城镇，大片土地荒芜时，何大只能与何中宝相互感叹说："只有我们守何家坡了"。说罢，"混浊的泪水，不约而同地，缓缓地，从两人深陷的眼窝里滚落出来"。而到了《谁在敲门》中，这种举家离开土地而进城务工的漂泊生活，已经成为许氏家族中绝大多数成员的日常生活方式了。

大哥春山在母亲早逝后，当父亲慈爱而宽容，缺乏家长的威严时，他替代母亲和父亲而扮演起了狠家长的角色，让弟弟妹妹们都怕他，而他也喜欢被弟弟妹妹们怕的感觉。他为人老实厚道，但常出门在外，不大理会家族大事。由于儿子四喜惯于骗人，女儿燕子惯于被骗，他在许氏家族中自觉地位卑微。不过，他在家族中还是以富于正义感和敢于直言著称。例如第一章写他当着众人的面劝告大姐夫李光大注意适当节制自己的领导形象，以免惹事、闯祸：

"当着干部,凡事还该小心些。你是这一带的名人确实也做了不少好事,我们村那些人就说,啥时候用八抬大轿,把李光文抬到燕儿坡,让他在燕儿坡当几个月书记,那几公里路就修通了。"他说到这里时扫了"我"一眼又说:"可你做再多的好事,只要你比别人肥实,就挡不住眼红。眼红就要生事。常言讲,大海万丈都有底,人心一寸猜不透。天底下多少聪明人,别人暗地里把套儿挽得停停妥妥,他自己还在打梦觉。"可见这是一位实在、正义而又卑微的人物。

二哥春树从小爱读书,虽然没有读过大学而只上过初中,但保留了读书爱好以及读书人的高冷。没想到结婚后这个爱好不被没文化而且彼此没爱情的二嫂理解,遭到其沉重打击。第三章这样说:"书本给予他的愁绪里,一定少不了爱情的愁。只是那愁当不得吃当不得穿,二嫂便也看不上。实实在在的贫薄和想象出来的贫薄,把二嫂的眼里心里,践踏得寸草不生。结婚过后,二嫂就不让二哥看书了,她把二哥的书都当成柴火,塞进了灶孔。她知道,没人因为她男人读过许多书,就高看她一眼,在与别人的比较当中,她男人读的书也不占任何分量。"尽管如此,二哥是乡村白事文化的行家,把农家丧礼办得炉火纯青。由于遭到妻子的不理解和无情打击,他移情别恋与晚辈许兴之妻朱占惠偷偷相好。他在父亲去世后果断绝情地选择同朱占惠断绝来往。这是一位有文化、有才华而又人格畸形的人物。

说到二哥,不妨顺便提及跟他有些相近的阴阳先生刘显文。他原名刘东,从小人就聪明、爱学习,但由于没能考上大学,就做了阴阳先生,会写符,跟二哥一样写得一手好字,不过他擅长的是唐楷,中正、大气、金石风,对自己办的丧礼以及阴阳师角色都充

269

满"传统文化"自信。第五章写"我"对于刘显文的角色则有下面这番心理解读："有时候我觉得，一个人之所以走上某条路，不是他自己要走那条路，而是别人对他的需要。……遗憾的是，世人总是把自己的婚姻、要么当成包办婚姻加以藐视，要么当成爱情结晶一味抒情，不知道背后有更高的规律。当年的刘东现在的刘显文，那么聪明、成绩又那么优秀、却复读几年也考不上大学，是因为有这山上山下的亡人要他护送，其中包括我父亲。想到这里，我对刘显文就有了一分愧意，更多的是感激。"

还有二姐春花为人自私，只顾自家，与亲人来往不多。幺弟春晌孝顺父亲，敬重姐姐和兄长，但性格懦弱无能，怕强势老婆玉玲，怕家中哥哥姐姐们，所以在父亲去世后需要到老同学贺怡那里寻找"地母"般的异性关怀，惹得玉玲着急。幺妹春英由于从小被送人，亲情观念淡薄，对女儿秋月缺乏管教，出了丑事非但自己不反思，反而怪罪于亲人们。而对于世道她则是愤世嫉俗，总是用"有钱人"和"没钱人"来区分许家成员，把大姐视为"有钱人"推开，显示了素朴而又明确的阶层意识。第六章中，叙述人"我"此时钻入已在对面挂断电话的幺妹心里去替她想："挂电话的时候，她或许会想：大姐是有钱人，你也是，大姐家有人当干部，你吃着公家饭，跟我们这些打工的农民，不是一路人，想的事，说的话，都捏不到一块儿去。"这里就是施展了第一兼第三人称叙述体的特长，叙述对方的心结。这里的阶层意识让"我"不禁浮想联翩："接了幺妹的电话，我更这样认为。便关了电脑，摸出烟抽。抽着烟，我想着幺妹说大姐的那句话。那仅仅是句气话吗？来自血缘的亲情，当真敌不过'有钱人'和'没钱人'的分野？'没钱人'的痛，包括他们的绝情，我当真再不能体会？""我"由此感受到家族成员之间的分裂之痛。

　　比较起来，第二代人物中最引人瞩目的还是大姐、大姐夫和叙述人"我"即春明三人。

　　大姐早年帮助父亲带大弟弟妹妹们，后来跟着大姐夫去新疆时吃过苦，还在婆家遭过罪，为人爽快而坚韧，敢于吃苦和承担责任，爱整洁，做事利索，讲究做人的尊严。第六章写春明的评价是，"大姐有些地方像我们妈，有些地方像我们爸，嘴上厉害，心地慈善"。她的主要作用是"大姐如母"般尽力维护许家成员的团结、协调处理各种矛盾，其在家族中的威信仅次于父亲许成祥。由于被政府取了家中的红灯笼，她最后为了尊严而上吊死亡，这个结局令人扼腕。她明白事理，体现贤妻良母家风，为人豪爽，富于正义感，乐于助人，自我尊严感极强，对最后大姐夫的入狱和众人落井下石等充满不解和不甘。小说第四章这样叙述她作为许家长女担任孝子哭丧之前的心理预备："就在这短暂的间隙里，大姐静了下来。是那种被浸润的静。大姐的整个身体，都弥漫着青色的光。那是悲伤的颜色。从里到外的悲伤，让她这般静如深谷。即使是喧闹的悲伤，也是一种静。何况悲伤是不喧闹的。所有悲伤的声音，都是安静的声音。"这就活画出大姐的仁爱、慈悲、孝顺等大孝女形象，也对于后来大姐为了尊严的自尽之举做了必要的预设和铺垫。叙述人在第二章末尾曾经记述了大姐取笑朱占惠的一句话："人活一张脸，脸没了，不如一根绳子搭在屋梁上。"并且说，"大姐怎么也不会想到，这句话竟成了她自己的谶言"。第五章第二十二至二十六节总共 5 节的篇幅，详细叙述"我"从幺妹春英那里转述来的和自己想象中看到的大姐夜送四喜的对象哈尔滨城市美女申晓菲离开的经过。大姐充满正义感地和敏锐地发现陪同四喜回来奔丧的申晓菲，其实完全被四喜给骗了后，就索性通过幺妹的方言转译的中介，详细地向申晓菲戳穿了四喜的一贯骗术，并连夜送她离开。她回来后才在早晨告诉四喜的爹妈，又通过大嫂告诉四喜本人。在叙述这个过程时，没忘记两次重复幺妹的话："大姐心狠哪"。这里，既可以显出大姐的正义感和豪侠之举，也可以显出幺妹还有二姐等同大姐之间的"没钱人"同"有钱人"的阶层隔膜，因为前者直觉这是胳膊肘往外拐，让许家男子四喜没有女人啊。

大姐夫李光文长期担任李家岩村支书，从早年贫穷、吃苦和受罪中走出来，性格强悍，办事有魄力和韬略，吃得开，受村民尊敬和拥戴。例如他在处理鄢敏意外死亡事件上就颇有办法。鄢敏偷跑去情夫李保顺家幽会时，李保顺只去冲个澡的功夫，她就突发心脏病赤身裸体地死在其床上。事发后鄢敏的丈夫李财协同鄢敏娘家人一起大闹李保顺家。大姐夫在断公道时采取了各个击破、直击其心结的方式。一是叫来李财，了解到他因为妻子跟人偷情就已经不喜欢她了，所以提醒他"她死在李保顺家，你正好脱手不是？你现在就回去，问都懒球得问一声，让李保顺那龟儿子去收拾！"二是叫来鄢敏堂哥鄢发云：是她自己用双脚跑来李保顺家还死在他床上，你们娘家人还有脸？还想要赔偿？医生说她死于突发性心脏病，不是李保顺整死的。要赔就该你们赔李保顺的妻子施漱玉，何况你们还杀了她的狗、打烂她的家什。三是叫来李保顺，盛气凌人地告诉他：她在娘家住了十八年，又在李财家住了十三年，怎么没见心脏病发作，而跑到你家里来就发作了？发作在一个好地方，还脱得精光的？眼见他气焰消退，就叮嘱他办好丧事。最后，叫来李保顺妻子施漱玉，直接讲清楚李保顺被处置与她之间的利害关系，建议她配合丈夫把事处理好，指出事情是保顺做的，你完全无辜，但赔的钱还就是你们的钱，至于鄢敏虽然是个没德性的三角货，但死都死了，就莫跟她一般见识了，就当做好事积德，把她后事安排妥当吧。就是经过这番各个击破的功夫，大姐夫精准施策地协调处理了四方关系，显示了这位乡村干部的强悍、果断而又高效的行政能力。

大姐夫的突出的性格特点之一在于正的和邪的都来。他习惯于享受权力带来的满足，有贪欲，报复心重，为人狠毒，可以不择手段，最终因为过去协助老领导冯泉书记隐瞒死亡事故而受到后来的领导韩书记的"连环拳"报复，落得入狱下场。但是他的内心却深深地铭刻着青年时代在新疆被表叔举报而被判入狱的痛苦经历，这种隐痛伴随他的一生。他内心深处有两点不能触碰的隐痛：一是穷怕了，所以家中总要把好东西摆放在容易看见的明晃处，即便大舅子春山劝他注意也不想听；二是怕入狱坐牢，怕引发对于早年新疆坐牢的回忆，而一旦真犯事了，就心如死灰，悲哀绝望。第六章中，作为他妻子的大姐，曾经这样揭他的老底说："'早晓得这样，我不该捡了他的好酒。捡了他的酒，他每次回到家，都心慌意乱地站在酒柜前，东摸摸，西摸摸。你哥呀，'大姐抹了一下眼睛，'他把好东西搁在明处，有时也不是显摆，是穷怕了，穷出病根儿来了，要眼里光亮，他才心里踏实。想起来呢，也是可怜。"

叙述人"我"即许春明这个角色，与作家本人既有联系，又有区别。其联系在于，同样都是文化人，具有对待人和事的旁观态度和理性反思能力，以及出色的语言文字表达能力。但是，许春明毕竟是作家在这部小说中虚拟出来的叙述人兼角色，绝不能与作家本人混为一谈。他的设定应当属于"低于"作家本人而又比作家本人生活经历更丰富和有着典型的人格分裂症的文化人，既具有文化人的优势也兼有文化人如影随形般常有的那种弱点或病态。他大学毕业后在省城画报社当编辑，又是名诗人，显然是许氏家族中文化程度最高的人。他对父亲孝顺，每年都记得回家给父亲过生日，还重视兄弟姊妹之间的亲情，特别对大姐有一种依恋感情。他对于家族中的是非曲直也有着清醒的观察力和判断力。同时，春明还有着一般文化人常有的酸文假醋般的心境：一是作为诗人，他保留了一种不想长大的童年梦想。第四章第九节写"我"心里很希望幺姨（母亲的妹妹）来到：

> 除幺姨和幺姨父，我们已没有一个长辈亲人。如同一颗洋葱，一层一层往里剥，剥到将自己暴露出来，接着就该剥我们了。被保护的渴望，到了成年，甚至到了中年和老年，也固执地残留着。这与其说是对死亡的恐惧，不如说是不想长大。无论自己的童年有多么不堪，却还是怀想，那时候，时光无限漫长，山花遍野开放，鸟群自在飞翔，那时候的热天，晒得身上流油，也不觉得热，那时候的冬季，冰柱子结成小罐粗，从山壁和屋檐挂下来，也不觉得冷。那时候你分明能感觉到，在悠远的时光里，总有一个时刻，门会敞开，未来会走进来。有长辈亲人在，就有童年在，没有长辈，童年就消失了，只任由光阴劈头盖脸地漫过。

这表明他有一颗童心在。

二是他还有着文化人常有的故作高深般的"寂寞心境"。第三章叙述："我这寂寞心境，在父亲住进来的当天就有了，像有一种东西很严重地冒犯了我。是父亲经受的痛苦吗？可以说是，但又不像是痛苦本身，而是痛苦强加给我的感觉。痛苦是肮脏的。病和老，是痛苦的原因，却不是根源。根源是人生。难道我因此能说，人生是肮脏的吗？正因为不能说，才寂寞，才不想人打搅。再说我身上一股子酸臭，自己闻着都恶心。"他自我反思说自己就有令人"恶心"的"酸臭"味道。

三是他在病房照顾父亲时，还忘不了对胸牌叫"程芳兵"的身材苗条的女护士充满异性才有的好奇心和欣赏眼光，到父亲出院后还专程返回去想同她道别。这说明他是一个有着旺盛的个体欲望和"出轨"幻想而又不敢行动的中年男性。

四是他在父亲住院和得知岳母被车撞住省医院的情况下，还同妻子梨静在宾馆里"疯狂地做爱"，并且为此行径披上合理化外衣："而这疯狂的源泉和动力，却是伤痛和死亡的阴影，埋藏着与生俱来的虚无和不幸。"

五是他时常有着"乡愁"情怀。第五章写道："某些时候，当我坐在省城的家里，读书写作到深夜，猛可间听见遥远处飘来一丝音乐，不管是什么乐曲，都会让我怀念故乡，怀念那些烟烟润润的日子，但想起自己没能力给故乡一丁点儿实实在在的好处，便颓然知晓，我是连乡愁的资格也没有的。我丢掉了故乡，也不敢有乡愁。"

六是第五章写他有着跟兄弟春晌相近的对于"地母"般女人的依恋感，"我进一步相信，这世上，的确有地母般的女人。我大嫂和大姐，都是那样的女人，但她们是传统型地母"。而春晌的女同学贺怡则属于另一种地母型人物：她不仅给予春晌想要的母亲般温暖，更给予春晌内心渴望而又不得的权威般引导。

七是其"酸臭"文人味还表现在，虽然有了名编辑和名诗人的名声，但当亲朋好友找他帮忙时，他却总是帮不上，并且总能拿出推三阻四的种种理由。就连大姐的女儿丽丽的合同工编制转为正式编制的事，也迟迟没有搞定，害得大姐和大姐夫都对他有意见了。第六章，他禁不住自嘲起自己的诗歌才干来："这是个周末，接幺妹的电话之前，我正坐在书桌前写诗。我本想在这里引几句我写的诗，但最终放弃了。作为一个诗人，讲了这么长一篇故事，却从没直接引用过我自己的诗，一句也没有。不引是对的，我的那些诗歌，无非是纸做的房子，云做的裤子。"

许春明这个人物是这部小说设置的与作家本人有所不同但又联系紧密的重要角色：通过他，一方面成功地钻入许家四代成员心里去探测和叙述，另一方面又反过来对他加以一定的贬损和责备，虽然比较轻微。但正由于如此，这个人物形象同长篇小说《人世间》中孤傲雅致的文化人周蓉相比，就显出了一种冷峻的自知之明，一种必要的自我节制姿态。与《人世间》结尾让周蓉的丈夫蔡晓光致电弟弟周秉昆，建议他按照姐姐新书《我们这代儿女》第476页中的睿智话语去生活相比，《谁在敲门》是不大可能让文化人许春明在自己家族中生出此种自我优越感和好为人师的自以为是错觉的，取而代之，他不得不时常像上面所述那样陷入"寂寞""虚无""不幸"等心境中以及自嘲、自贬。

这些表明，这个家族的第二代成员要么离家外出而深感回家无门，要么即便在家也丧失掉家园的安全感，无论文化程度和社会身份高低，他们的共同心结的关键点在于一种无家可归感或家园放逐感。如果说，大哥、二哥、二姐、春明都属于常年离家在外而回家无门者，那么，大姐、大姐夫、春晌则属于即便在家而也痛感有家难回或无家可归的人。对于这代人的描写，成为这部小说中许家四代人物中的主干。这代人物既不像第一代人物那样固守家园忍辱负重地活着并含辛茹苦地养育后代，而是在乡城流动中苦苦寻觅新的生机；又不像第三、四代人物那样在四处漂泊中找不到固定的人生位置，而是形成了自身的不完整的价值观和家园放逐感。这是表面看气定神闲而实际上"空心化"的一代。

六、第三、四代人物之间：空虚感与陌生感

许家第三代人物，大多跟随父母亲友离开故乡而远赴外地打拼，经历了动荡不安的种种生活变故，产生一种空虚感。

大哥之子四喜撒谎成性，习惯于坑蒙拐骗，把亲友骗进传销组织，让他们损失惨重。他在整个许氏家族中身败名裂，但自己则像没事儿人似的，继续坦然地骗人。第五章里，"我"对此的评论是："在我的亲人中，四喜是最无畏的一个，他去外面闯荡，向城市索取，他索取到了日思夜想的美好，却没有足够的诚心和能力，去消受那种美好。他就像个穷惯了的暴发户，不知道如何处理突然到手的钱财。包括子国也一样，那个名叫山蕊的女子，他是无力消受的。不光是他们，我故乡的许多年轻人，都如此。"他把哈尔滨姑娘申晓菲骗来家中，被大姐戳穿其骗术而将她送走。四喜在无奈中不仅没有半点悔改，反而将计就计谎称追回了申晓菲，一道商量买房成家，反过来打电话向父亲借钱，而父亲又信以为真地代他向大姐和"我"借了钱，后来终于发现又被他骗了。

大哥的女儿燕子则相反，一直心地善良而又固执，屡屡被人骗也不知改变。她十六岁出门打工，带着男友盛军和不足四十天的婴儿回来，又很快同盛军分手，再嫁给到处拈花惹草并且靠她养活

的同乡人任达友，当发现后者与她幺姨之女秋月私通后不得不分手，随后跟新男友哑巴秦轩怀了孕。一个总是把别人想得比他自身更好的容易受骗上当的乡村女性。

第二章中"我"叙述二哥春树的女儿小兰自从听到丈夫说发现父亲跟朱占惠有私情后，就有了心病："从那以后，小兰就多了个心。可这样的心是多不得的，多了看她爸爸时，老觉得爸爸身上有个占惠，看占惠时，又觉得占惠身上有她爸爸。小兰发现自己病了，这病药治不好，只有讨个实情消了疑忌，才能把心放到肚子里去。"等到此事落了实锤后，又说"落下去后，才觉得比先前更沉重"。原因在于，按照"我"的分析，"从那以后，她恨她爸爸，也恨占惠，可正像她说的，爸爸是快刀子也割不断的亲，越要恨，越恨不实；恨占惠却是真的，见了占惠的背影子，就娼妇淫妇的嘟囔出一大串"。这里的重点就是在于全力写出小兰深藏的心结。

大姐的儿子李志，游手好闲，没正经工作，娶了老婆青梅并且有了女儿豆豆，还整天不着家，以致青梅想抛下豆豆出走，直到他预感自己要出事后他才有所收敛和自我反思。

幺妹家的女儿秋月不顾家族伦理而与表姐夫任达友谈恋爱，被发现后不仅不觉得自己对不起表姐燕子，反而对亲人们恶语相向，完全不知廉耻了。后来外出打工，跟广东本地人易开蒙相好并怀孕，结婚前夕被男方退婚了，只能挺着孕肚回到家里。关键是她的母亲幺妹春英一点也不认为自己的女儿有问题，不认为自家对燕子和她爹大哥一家有亏欠。这是一个缺乏家教、没有起码伦理意识的乡村女孩。

许兴的妻子朱占惠，虽然年龄跟二姐差不多大，但由于嫁给了许家晚辈许兴，因此在辈分上属于第三代。这是一个能干、能吃苦、办事泼辣的人。当许兴在外打工时,她同时跟保寒、学勤、镇勋以及二哥等人"都乱来过"。但她脸皮子厚,不仅无廉耻之心,而且理直气壮地占用外出的学勤家的土地,种上苞谷和甘蔗,还当众夸耀那块地能出好甘蔗。她后来得了名叫硬皮病的怪病。

与第三代人物有着空虚感相比,第四代人物年龄幼小,但大多离开祖居乡村到镇上或外地生活、上学。其中有清莲姐弟、方敏姐妹、豆豆、沪川、天天、丁丁、聪儿等。可以想见,他们更会是远离乡土、没有根的一代漂泊者。这一代中,二哥春树的女儿小兰与其丈夫朱贵兵生的大女儿聪儿,一个在春明眼里是"半少女"的小女孩,学习成绩不好,但面对长辈"三外公"的劝导,竟然不等长辈话说完就"歪嘴一笑,又端起杯子喝茶"。第二章里,"我"充满自信地这样读解聪儿的心声:"虽没言声,可她那样子分明在说:你说这些有意思吗?天底下饿饭的,挨冻的,被抛弃的,谁不是谁的儿女?你说的尽是纸上的善意,纸上的善意谁不会说?""我"并且进一步指出:"她儿乎是在嘲笑我了","在这个半少女面前,我竟像初入芦苇,不知浅深"。聪儿的谈吐像个小大人,崇拜一大堆当红明星,又说最崇拜的是爸爸贵兵,体贴地感叹说爸爸工作辛苦,并且主动要求"三外公"同意她陪同他抽一支烟。透过这些叙述可见,"我"对于第四代中聪儿等孩子,是有着惊异感、陌生感和畏惧态度的,当然这里面既可能包括代际隔膜,也可能包括对于下一代的美好期待。

对于青梅和秋月等第四代人,大姐的直率看法是:"眼下的年轻人,不像我们这些老一辈哪。"这话重复两三遍后才接着说:"老辈子人闹得透里透,也还有帮子连着,不得随便散架,现在的人,没见咋闹过,却是说离就要离。"(715页)她的意思可能是,现在

279

的年轻人是没有规矩、让人看不懂的一代了。也就是说,在大姐和"我"等第二代人物眼里,第四代应当就是充满陌生感或不便预测的一代了。

七、不规则人物与心结书

写到这里,应该对这部小说中描写的众多人物形象做一点概括了。可以坦率地说,这些人物中没有一个是可以轻易用通常的"正面人物""反面人物""中间人物""好人""坏人"等既定标签去做简要评价或评判的,因为,他们对于既定标签都构成了突破或跨越。这些人物形象都属于一种新型的不规则人物形象,可简称"不规则人物"。就图形来说,正方形、长方形、圆形、菱形等,都是可以给予规范名称的。但这里的人物形象都突破了以往的规范而带有跨越规范的新意义,无法像称呼正方形、长方形等那样去称呼或命名了。

首先,无中心性。他们作为不规则人物的不规则性首先表现在,没有一个中心人物或真正意义上的主人公,而是共同组成无中心人物的群像。《人世间》中,周家的周志刚、周秉义、周蓉和周秉昆可以称得上主人公群体,但《谁在敲门》虽然人物众多,却缺乏中心人物。"我"即许春明只是叙述视角上的中心,而让读者印象深刻的大姐、大姐夫,也都算不上中心人物,尽管他们在叙述上贯穿始终。

其次,弱正面性。这些不规则人物虽然有正面性,但都有所欠缺或弱化。《人世间》中的周志刚、周秉义、周蓉、周秉昆、郑娟等主要人物,无疑都称得上正面性充足的正面人物,例如周志刚刚正耿直、周秉义刚正有为、周蓉孤傲雅致、周秉昆憨直仗义等。《装台》中的刁顺子、蔡素芬也是如此。但这部小说中的父亲、大姐、大姐夫、大哥、二哥、二姐、春晌、幺妹、春明等,没有一个人物其正面素质可以同《人世间》中的正面人物相当,而是或多或少暴露出了欠缺性或亏欠性,带有更多非理想的乡镇民间特色,因此比较难于用简要的词语去形容或描写了。毛病深沉或显著的许四喜、姚秋月、任达友、朱占惠等人物身上,正面性显然更加稀薄。当这些人物的正面素质弱化时,其实就是其负面素质或难以言喻的多样性更丰富之时。在亲人们眼里,大姐在其热情、坚韧、豪爽、侠义等之外无疑也兼有霸气、盛气凌人、武断等弱点,大姐夫就更是兼有正面和负面品质了。就连叙述人"我"这样一位知名文化人和诗人,也兼有文化人特有的那些自以为是、办不成事、寂寞感、空虚感、假模假式、虚荣心等让人"恶心"的品质。

再次,亲情性。他们中除韩书记这样的极少数阴谋人物外,绝大多数都有更显著的缺点或不足,但又都同时是"我"家族中的亲人,属于跟"我"一样的家族成员,由一根共同的亲情线索将"我们"紧紧地联系起来,谁都跑不脱。小说选择的第一兼第三人称叙述体,将亲情性与旁观性、代入感与隔膜感、肯定性与否定性等杂糅起来,难以清晰地分开。

最后,有心结人物。归根到底,假如可以说归根到底的话(这也只是一种设定而已,因为到底哪个是根哪个是枝叶,真不好说),这些人物都有着自己时代社会生活烙上的个体心结。每个人都带着特定心结活着、交往着、区分着以及隔膜着。谁都无法跨越这个时代的建树和限定,但谁都以自身的独特个性存在于人世间。在这个意义上说,提出或回答"谁在敲门"这样的问题,又有什么根本意义呢?谁都可以提问,谁都可以回答,但谁也无法肯定自己的提问或回答就是那唯一的终结者。真正的提问或回答或许在风中罢。

　　要说这部小说存在什么值得商榷之处的话,那就是,叙述人太能了!小说设置的第一兼第三人称叙述体显得太全能了,你怎么可能几乎所有人物的心里都能钻入,几乎所有人物的心结都可以打开和洞悉?!你还有什么不知晓,还有什么说不清的东西吗?或许,按照中国文艺的"言不尽意""余味曲包""有余意之谓韵""韵外之致""味外之旨"等传统,如果小说中能够留下一些叙述人(1)不知晓、(2)即使知晓后也不说或藏而不露、(3)就是说了也还是说不清楚、(4)甚至连看也看不透彻的东西,留待读者自己去慢慢想,迟缓一步品味,或许会更好?《人面桃花》(2004)在叙述主人公秀米的心理活动时,这样写道:"她隐约知道,在自己花木深秀的院宅之外,还有另一个世界,这个世界是沉默的,而且大得没有边际。"还有:"秀米再也不肯往前走了,她呆呆地立在那棵亭亭如盖的大杏树下,一动不动。尽管她知道梦中的绢花是黄色的,而孟婆婆篮子里的是白色的,可她依然惊骇异常,恍若梦寐。天空高高的,蓝得像是要滴下染料来。她不由得这样想:尽管她现在是清醒的,但却未尝不是一个更大、更遥远的梦的一部分。"还有:"秀米心头的那股火气又在往上蹿,她觉得所有的人和事都有一圈铁幕横在她眼前,她只能看到一些枝节,却无法知道它的来龙去脉。她长这么大,还没有一件事让她觉得是明明白白的。"可见,这里的主人公秀米总是感觉生活中还存在不能知晓和不可能叙述的隐秘方面，而《谁在敲门》中的第一兼第三人称叙述人就相反显得太能了，太神了，好像啥都知道似的，留给读者自己去品味的东西就少了，反倒显得不大合理。因为，当代历史激流还在不停顿地向前奔流着，谁能保证自己所见就一定符合班固等史家以来的"实录"标准呢！当然，我们现在面对的显隐并存叙述与洞悉幽微叙述，或许本身就代表两种不同风格的小说艺术呢！与创作过《迷舟》《褐色鸟群》、"江南三部曲"、《望春风》等作品的小说家始终是显隐并存叙述的信奉者和开拓者，喜欢营造叙述"迷宫"、留下悠长回味空间不同，《饥饿百年》《声音史》《寂静史》《隐秘史》《谁在敲门》的小说家对于发明类似于汽车后视镜式的洞烛幽微式叙述方式，是那样充满自信和那样孜孜以求，竭力挖掘深隐于人们内心深处的无意识心结。他们其实各有其小说艺术个性。

可以肯定的或许是，这部小说留下了一本当代中国川东北乡镇社会心结书。即便是在若干年后，后人们仍然会从这部小说里回忆到或观看到这个时代的一批跟他们既不同而又相通的人物的打开了的心结。回头看，小说创造的第一兼第三人称叙述体、方言叙述和不规则人物及其心结书，还是可以载入中国当代文学史的史册而留在人们记忆中的。

第七章 心性现实主义的主体间性 构型
——以近十年中国电视剧人物性格塑造为例

一个值得注意的现象在于，近十年来陆续出现了一批既展现经典现实主义精神、又凸显中国式心性论传统在当代社会生活中回归迹象的电视剧作品。这批电视剧作品的出现表明，移植到中国长达百余年的欧洲现实主义种子，终于找到与中国古典心性论传统相嫁接的合理方式，其果实之一就是心性现实主义美学范式的定型和成熟。这意味着我国文艺界成功地将现实主义与中华文化传统相结合，具体地说，也就是将马克思主义推崇的现实主义精神与中国古典心性论传统相结合，涌现出一批体现心性现实主义美学范式的电视剧作品。而要探讨心性现实主义美学范式的构成，就离不开考察其人物形象中的主体间性构型状况。

一、现实主义与心性论传统

需要看到，外来现实主义与中国古典心性论传统已经和正在实现两种不同传统之间的融合生长。现实主义和心性论，一个偏重客观实体及其真实性，一个讲究主体心性，是中外迥然不同的两种话语体系。人们对现实主义文艺的基本精神并不陌生,这就是追求艺术审美的客观性或真实性,即像手术刀一样把现实生活中假的、丑的揭露出来并加以批判,同时让人们领略真善美的积极价值,并且激励人们向往光明的未来。而心性论传统则注重主体的心以及本性的重要性:"古之欲明明德于天下者,先治其国。欲治其国者,先齐其家。欲齐其家者,先修其身。欲修其身者,先正其心。欲正其心者,先诚其意。欲诚其意者,先致其知。致知在格物。"①这里实际上提出了"诚意正心修身齐家治国平天下"的原则,即个体首先需"诚意正心修身",进而承担"齐家治国平天下"的责任。由此可看出个体德行修为在中国传统人格构型中具有优先性和基本作用。

但是,在经历现代中国百余年间曲折演变后,现实主义精神与中国古代心性论传统在近十年间逐渐实现融合生长,即客观真实性与主体心性智慧之间紧密交融起来,直到产生出心性现实主义文艺美学范式,并逐步走向定型和成熟。心性现实主义,意味着既坚持现实主义特有的客观理性精神和科学态度,又同时渗透进心性论传统所持守的主体心性态度,并且将这两者高度统一地融合起来。这标志着外来现实主义文化种子在中国大地结出了只属于这片东方土地的独有成果。

实际上,导致心性现实主义文艺在这十年间走向定型和成熟的动因有不少,可以列出的方面颇多,这里暂且只指出三方面:

一是当代中国学术界早就对心性论传统的地位和作用开始了

---

① ［汉］郑玄著,［唐］孔颖达正义,吕友仁整理:《礼记正义》下册,上海古籍出版社2008年版,第223页。

重新反思和评价。在改革开放初期的 1978 年，庞朴就撰文《孔子思想再评价》，提出应当辩证地评价孔子这一新主张，开始扭转过去"批林批孔"运动中一边倒地全盘否定孔子的潮流。李泽厚在出版于 1985 年的《中国古代思想史论》一书中也将孔子视为中国文化的象征予以推崇。与此同时，张岱年、梁漱溟、庞朴、汤一介等哲学家也曾提出彼此有所不同但也相互融通的肯定性见解。

二是民间社会层面一直在流行古典式心性论传统，如仁义精神，侠肝义胆，忧患意识等，从而一直有着心性论传统在当代社会中复苏的强烈愿望，尽管过去曾经在国家和社会层面受到抑制。

三是国家层面在意识到精神文明建设严重滞后于物质文明建设后，急切地倡导复苏本土古典文化传统，因而古代心性论传统在近十年中获得复苏的机遇，具有一种必然性和重要性。恰如《白虎通》指出的那样："教者，何谓也？教者，效也，上为之，下效之。民有质朴，不教而成。故《孝经》曰：'先王见教之可以化民。'《论语》曰：'不教民战，是谓弃之。'《尚书》曰：'以教祗德。'《诗》云：'尔之教矣，欲民斯效。'"①越是经济和社会发达，越是物质生活条件向好，越需要实施民风民情中的"教化"作用，推进社会风尚的改善。

可以说，正是由于来自学术界、民间社会和国家层面的心性论传统复苏愿望的相互渗透和协同运作，有力地汇聚成为心性现实主义文艺范式定型和成熟的动因。

---

① ［清］陈立撰、吴则虞点校：《白虎通疏正》上，中华书局 1994 年版，第 371 页。

二、心性现实主义的主体间性构型

　　鉴于心性现实主义在文艺中的呈现方式多种多样,这里选择考察文艺作品中主要人物形象在主体间性方面的构型方式。主体间性,也译交互主体,由德国现象学创始人胡塞尔提出,他借此概念强调每个个体都是由他与周围他者之间的交互关系构成的。如果想认识和理解一个人,就需要认识和理解他与周围他者的关系怎样,而他周围的他者又同另一批他者构成联系,而那些另一批他者自身还有其他更加复杂的他者。这道理同在对一名疑似新冠患者做病毒溯源调查时,需要了解其周围的密接者、次密接者、次密接者的密接者等多层次关联者,是一样的。法国哲学家勒维纳斯索性提出“人质”概念来阐释个人与其周围他人之间的紧密关系状况。这就是说,必须把个体的存在命运交给“他人的人质”:“人类本质首先并不是冲动,而是人质,他人的人质”。[①]每个人来到世上,绝不是孤立的存在,而是始终同他人缠绕在一起的共同存在。因为他不得不同他人打交道,相处、共生、相互缠绕在一起,这就相当于充当了“他人的人质”。“人是这样一种存在,对他来说,在他的生存中,关系到他的存在本身,他必须要抓住他的存在。”[②]具体地说,“人的生存(或此在)由三个结构描绘在它的此(存在于世)中:这三个结构就是先于自身存在(计划)、已然在于世(真实状态)、作为共存(与万物共存,与在世界内部所遇见者共存)的存在

---

　　① 〔法〕艾玛纽埃尔·勒维纳斯:《上帝、死亡和时间》,余中先译,生活·读书·新知三联书店1997年版,第19页。
　　② 同上书,第23页。

于世"①。人生在世的存在往往由三个结构组成：你的生命不是你自己给的，而是由父母给的，而父母的生命也是由其父母给的，这显然都是先于自身的存在；你来到世上，既要同父母相处，还要同让你获得衣食住行等必需生活资料的其他所有他人相处，以及同教导你文化修养的更多他人相处，这便是已然在于世的存在；你在长大、成为在社会上有用的人的过程中，需要同更多的他人、更丰富的关系也即万物产生关联，例如同班同学、老师、同事、上级、下级、客户、乘客、旅客、患者、医生、护士、交警、快递员、司机等相互共存，这就是作为共存的存在于世。这三个结构其实是相互缠绕和共同发生作用的，特别是让其中的他人成为自我不得不始终小心翼翼地应对的对象。"因为他人占据了我的心，以至于我的自为、我的自在都成了问题，以至于它都把我当成了人质。"② 人生在世的主要任务，说到底就是学会与他人相处，相互共在，所以好比自我被当成他人的"人质"一样。"当我说到我，我就不是一个自我之概念的特殊情况：说到'我'，就是摆脱了这一概念。在这一第一人称中，我是人质，承担着所有其他人的主观性，但又是唯一的，不可能被替代，或者说，体现着在责任心面前躲避的一种不可能性，比摆脱死亡的不可能性还更严重。"③ 由此，我来到世上就立即被赋予了"人质"的角色，承担起所有他人的生存在世的守护者角色，必须时时处处带着神圣的责任感去认真关怀和顾念他人，替他们着想。

这样的主体间性观念并不神秘难懂。如果从中国古代儒家伦

---

① 〔法〕艾玛纽埃尔·勒维纳斯：《上帝、死亡和时间》，余中先译，第29页。
② 同上书，第159页。
③ 同上书，第163页。

理传统看,那就是说,看一个人不能只看他本人怎样,而需要考察他与周围他人之间的关系状况,这简化起来就是重视"二人"关系,即他本人与他周围的他人之间的关系。世上万事万物,无论有多复杂,都可以简化为这种"二人"关系,都可以从处理"二人"关系去考虑。儒家标举"仁者爱人",以及制订"君君臣臣父父子子"等一系列"二人"关系规范等,正是出于这个道理。现代新儒家的代表人物之一唐君毅在现代标举"人与人互为真实存在"的"伦理社会"之说,目标在于"促进人与人之价值感之彼此共喻,而逐渐形成一中国之人与人互为真实存在之中国社会"①。在这种传统型"伦理社会"中,真正重要的不是个人与集体、集体与集体、个人与自我等关系,而是"每一个人对其他个人之关系"。这就是说,"每一个人,可以同时普遍的内在于诸伦理关系中之诸其他个人之精神之中,而诸伦理关系中之诸个人,亦可内在于此个人之精神中。则每个人自身与其精神,即对诸伦理关系中诸其他个人为一普遍者。而其为普遍者,乃一真实存在之具体的普遍者。……人类要由抽象的存在而成为具体的存在,兼不泯失其特殊性与普遍性,则舍将人与人之关系,化为互为真实存在之伦理关系,亦无道路"②。这种现代新儒学意义上的真君子,应当自觉地将个人真实存在与他人真实存在相互交融地予以体验,同时将他人真实存在化身为个人真实存在去体验。而假如人人都能够这样做,那么"人与人互为真实存在"的"伦理社会"的建立,就是可以期待的。

由此可见,主体间性这一现代概念与中国古典儒学的"二人"

---

① 唐君毅:《中华人文与当今世界》(上),《唐君毅全集》第13卷,九州出版社2016年版,第91页。

② 同上书,第91—92页。

关系观念有着相通处。两者同样是指一个人的存在状况不仅取决于他个人,而且往往同时受制于他与周围若干他人的关系的情形,从而个人的存在实际上是由他与众多他者之间的诸多复杂关系构成的。这些都表明,人类主体的存在往往不是孤立无援或孤独无涉的,而是交互的或间性的,是由若干有形和无形的人际关系共同构造起来的。这种来自中西不同文化背景下的"二人关系"和"主体间性"观念共同告诉人们,人生在世,无论个体是否愿意,都不得不同周围他者(包括他人和他物)打交道,受到其影响,也给予其影响。

其实,马克思主义已经辩证地和历史地回答了这个问题:人的本质不在于抽象的个人,而在于"现实的个体的人"①。马克思强调"人的本质不是单个人所固有的抽象物,在其现实性上,它是一切社会关系的总和"②,这意味着把"现实的个人"置身于"一切社会关系的总和"之中去作完整理解。马克思和恩格斯强调这样的个人的现实性:"这是一些现实的个人,是他们的活动和他们的物质生活条件,包括他们已有的和由他们自己的活动创造出来的物质生活条件。"③这种"现实的个人"不是首先由其社会意识决定的,而是由其社会存在决定的。"这里所说的个人不是他们自己或别人想象中的那种个人,而是现实中的个人,也就是说,这些个人是从事活动的,进行物质生产的,因而是在一定的物质的、不受他

---

① 〔德〕马克思、〔德〕恩格斯:《神圣家族,或对批判的批判所做的批判》,《马克思恩格斯文集》第1卷,第253页。

② 〔德〕马克思:《关于费尔巴哈的提纲》,《马克思恩格斯文集》第1卷,第501页。

③ 〔德〕马克思、〔德〕恩格斯:《德意志意识形态》,《马克思恩格斯文集》第1卷,第519页。

们任意支配的界限、前提和条件下活动着的。"①可见这里的"现实的个人"是有鲜活生命的个人，他们通过自己的劳作活动而同环境发生联系，所以具有超越动物的灵性。同时，这种"现实的个人"更是始终与周围他人相交往的人、相互共在的人。总之，"人们自己创造自己的历史，但是他们并不是随心所欲地创造，并不是在他们自己选定的条件下创造，而是在直接碰到的、既定的、从过去承继下来的条件下创造"②。人们总是在既定的历史条件下去创造自身的新历史，从而既是史诗的主角，同时又是史诗的行吟者。由此看，"二人"关系和主体间性或交互主体，实际上都可以理解为现实的个人角色构造，也就是指向了现实个人的主体间性的构型状况。

主体间性构型，在这里是指个人作为主体总是存在于他与周围他者的相互关联状况中，并且也由于这种相互共存关联而排列组合成为一种相对稳定而又处在变异中的人格构造。这样的主体间性构型，就不只是指向一种静态的主体人格构造，而是指向一种始终与周围他者相互共存和相互发生矛盾以及寻求相互调和的动态的和变异的人格构造形态。

而就心性现实主义文艺作品中人物形象来看，其主体间性构型的分析方式可以有若干，这里拟从个人与周围他人的相互关联状况去考虑，也就是着眼于个人与他人打交道、共存以及在社会关系网络中发挥自身的社会作用的角度去考察。

────────

① 〔德〕马克思、〔德〕恩格斯：《德意志意识形态》，《马克思恩格斯文集》第1卷，第524页。

② 〔德〕马克思：《路易·波拿巴的雾月十八日》，《马克思恩格斯文集》第2卷，第470—471页。

三、心性现实主义的主体间性构型方式

为了具体分析心性现实主义电视剧作品中人物形象的主体间性构型，不妨参照《尚书》的如下论述："帝曰：'夔！命汝典乐，教胄子，直而温，宽而栗，刚而无虐，简而无傲。诗言志，歌永言，声依永，律和声。八音克谐，无相夺伦，神人以和。'夔曰：'於！予击石拊石，百兽率舞。'"① 这里有关"直而温，宽而栗，刚而无虐，简而无傲"的论述，体现出帝舜时代对于为人正直而又温和、处事宽厚而又明辨是非曲直、性情刚毅而不粗暴、待人态度简明而不傲慢的人格构型的欣赏和倡导态度。孔子在回答子张所提如何从政时说，君子应该做到"尊五美"。这里的"五美"是指"君子惠而不费，劳而不怨，欲而不贪，泰而不骄，威而不猛"②。由此可见这里对"君子"的人格构成要求在于，给民众实惠而自己没有耗费，能让民众劳动而他们并不怨恨，自己行使仁义之事就不叫作贪，个人安泰矜持却不骄傲，威严却不凶猛。③ 这种构词方式的特点在于，可以充分考虑和兼顾个人在主体间性构型上的既异质、易变而又可以相互化合等辩证组合情形，体现出儒家式"中庸"或"中和"原则在人格构型上的既规范而又灵活多样的运用。这里沿用这种古典式构词方式，有利于看出人物形象中个人与周围他人之间、或者主体与其他主体之间的多样而又复杂的间性关联状况。这样可以见到心性现实主义在当前电视剧作品中的几种主体

① 李民、王健：《尚书译注》，第19页。
② 杨伯峻译注：《论语译注》，中华书局2006年版，第236页。
③ 同上书，第237页。

间性构型模式：愚而智式主体、散而聚式主体、识而行式主体、异而同式主体、创而让式主体、变而安式主体、过而改式主体、融通式主体。限于个人的阅历和本文篇幅，下面只能是简要地列举，不寻求全面和完整。

其一是愚而智式主体。心性现实主义将客观现实状况同个人的主观性相互融合在一起，呈现出一种憨而慧或大智若愚的主体间性构型方式，也就是既憨厚、直率而又聪慧、明智的人格状态。这种主体间性构型主要是就家庭或家族关系以及邻里关系来说的，其较早的突出实例是《傻春》（2011）中的老大素春。老赵家九口人，父亲赵宇初性格耿直而又自以为是，母亲许敏容有着"大小姐"脾气和男尊女卑的旧思想，七个儿女各有其性格。长女素春因学习成绩不好、遇事反应迟钝，就分别被父母叫作"傻春"和"傻老大"，并且常受弟妹们欺负和父母打骂，但始终亲切善良、忠厚随和，总是以一张笑脸面对家人和周围邻居，甚至终究成为全家的顶梁柱式人物。该剧先后通过苹果事件、小楚不消化事件、找回小楚事件等情节，反映出傻春看似愚笨而实聪慧的品格，强调正是她给家里带来凝聚力。她诚然没有多少文化，更不知道多少儒家学说，但凭借其先天和后天得来的对于儒家式忠厚和友善持家原则的领悟力和实行力，完成了愚而智式主体的构型。又如《情满四合院》（2015）中钢厂食堂厨师何雨柱，为人憨直、善良、仗义、机敏，人称"傻柱"。他热心帮助同院钢厂工人秦淮茹，后者年轻守寡且带着一儿两女，还要赡养婆婆，日子过得艰难，但讲孝道、善良、能干。他们两人间历经曲折而结成知心伴侣。放映员许大茂自私，贪图便宜，同傻柱成为对头。他不断挑拨离间，从而时常引发傻柱的报复。而同一胡同的三位老工人，人称"三位大爷"，善于调解邻里纠纷。傻柱在与邻里相处中磕磕绊绊而来,终于逐渐成熟,敢担责任,把四合院改建成养老院,还在秦淮茹支持下与许大茂实现和解,从而让这座四合院的邻居们和睦地生活在一起。长篇小说和电视剧《装台》(2020)中的西安"城中村"装台队队长刁顺子,也有着一副憨愣性格和朴实外表,但内心明白、为人仁厚和仗义,总是替他人着想。他为首组建的剧院舞台装台队,汇拢了一群乡下壮汉,一道在西安为剧院演出做装台工作。正是在多年的装台生活中,他熟谙秦腔艺术,人生言行都受到其濡染,在日常生活间自然流露出来。这样一套愚而智的言行准则,让他成为周围人信赖和依靠的对象,只是小说和电视剧结局有所不同:在小说里他终究无法驾驭刁蛮任性的女儿刁菊花,任凭其气走蔡素芬,落得人走而家破的结局;而在电视剧中刁菊花终于发生转变,使得蔡素芬留下,家变得完整了。不过这种不同并没有改变刁顺子的愚而智式主体间性构型。这种主体间性构型的特点在于人的外表与内里德行之间往往构成反差性组合,突出了内在美质的重要性。

其二是散而聚式主体,意即分散而又聚合的主体间性构型。这种主体间性构型同样也是针对家庭或家族关系以及邻里关系来说的,涉及中国社会的基层主体间性构型方式。《下海》(2011)讲述20世纪90年代初北方小城中陈氏家族的动荡生活故事,父母双亡后陈家由大哥陈志平代行当家人义务。志平的大妹志芳在丈夫赵永明鼓动下南下广州行医,而陈志平妻子周芸为人善良、工作勤奋,却意外下岗,也不得不去广东开拓新路,同志平的关系愈益疏远。小妹志华的丈夫李林业余时间偷办拳击班,与校方冲突而入狱,出狱后与小妹辞职南下求生计。志平因为陈家的破碎也被迫南下,试图挽回分离颓势,重建完整的陈家。经过志平和其他成员的共同努力,陈家遭遇亲情与无情、仁义与金钱、本分与发迹等的冲突和调和,历经分离、离婚、复婚等阵痛,终于意识到完整家庭的重要性,共同重聚而实现团叙,发表饱含亲情团聚喜悦的《广东宣言》。《温州一家人》(2012)讲述温州农民周万顺一家在20世纪80年代初离家奔赴中外艰苦创业的故事,描写周万顺与其妻赵银花、儿子麦狗和女儿阿雨卖掉祖屋,借钱闯荡,历经坎坷而最终建成现代企业的风雨里程,展现了当代中国商人的奋斗史。与此相关的还有《鸡毛飞上天》(2017),以陈江河和妻子骆玉珠的感情和创业故事为线索,讲述义乌改革发展30多年曲折而辉煌的历程。剧中陈江河和骆玉珠本是青梅竹马,却被棒打鸳鸯。各自闯出一条商路,历经坎坷后重逢,相约不再分离,夫妻联手同战商海,扶持下一代王旭和邱岩传承和壮大产业。这种主体间性构型一面承认现实生活中家庭成员分离和分散的不可逆转性,一面伸张家庭成员团聚的重要性。

其三是识而行式主体,属于一种敏锐地识别生活趋向并及时付诸行动的主体间性构型。《岁月》(2011)改编自小说《沧浪之水》,其中主人公梁致远堪称后知后觉的代表,从校门踏入社会后感到社会人事关系复杂。他虽然同善于交际的许小曼之间性格可以互补,但天生的书呆子气让他与她分手。他重新面对复杂的社会关系,逐渐适应其生存规则而顺利晋升。但结果发现与当初青葱时代的理想愿景越来越远,为时已晚,只能陷入悔恨和反思中。这种悔恨及反思性成为其主要的人格构型特点。《正阳门下》(2013)中返城知青韩春明善于知而行,勇于开拓,乘改革开放东风艰苦创业,虽然不断遭到暗算、欺骗,导致真诚爱情和婚姻也出现危机。但由于有众人帮扶,几经磨难,坚韧持守,建立起收藏和保护流失海外或濒临毁灭的古代艺术品的私人博物馆，成为一名成功的京城文化企业家。《大江大河》（2018）改编自小说《大江东去》，讲述三位男主人公在改革开放时代的开创性业绩。这三人是国有企业技术员宋运辉、乡镇企业老板雷东宝和个体户杨巡。他们分别再现国有经济、集体经济和个体经济的运行状况，传达出历史兴亡的感慨。他们三人是知而行的范例。但知而行并不必然带来人生幸福，而是不得不遭遇历史"大浪淘沙"的无情洗刷，有着不同的命运归宿。《超越》（2022）讲述轮滑少女陈冕以短道速滑为事业目标，最终成长为国家队主力而出征冬奥赛场的故事，重点在于刻画三代运动员/教练员之间并非单纯个人争胜好强而是为国争光的精神传承关系和彼此之间的深厚情谊，从而为奥林匹克精神提供了一种中国式新阐释。《春风又绿江南岸》（2022）讲述临危受命的江南县委书记严东雷带领班子成员推进环保工作，发展绿色产业的故事。严东雷为人不张扬，不说大话但心中有数，认准了就坚决做，终于要求、感染和激励班子成员齐心协力推进工作，并且满怀仁义帮扶企业家走出困境迎来新生，从而通过环境整治、精准扶贫、效能革命、扫黑除恶等过程，使得江南县走上绿色发展的正确轨道。《大山的女儿》（2022）讲述黄文秀在研究生毕业后毅然回乡投入扶贫工作，到百坭村任第一书记。她回乡不仅出于报恩意识，更是要以开创精神为改变乡村面貌而建功立业。她总是以仁厚态度对待村民，帮助他们脱贫致富，属于新一代中的知而行典范。这种主体间性构型主要考虑个人在社会中的作为方式，突出仁厚、仁义、容让等品质的重要性。

其四是异而同式主体。《父母爱情》（2014）讲述海军军官江德福与富家小姐安杰历经五十年风云而坚如磐石的感情线。这对夫妻克服了出身、文化程度、兴趣等方面的性格差异，历经磨合，共同抚养五个孩子长大，一道牵手到老，体现出身份和性情不同却可以形成高度同一性的格局。《欢乐颂》（2016）叙述从外地到上海打拼、同住"欢乐颂"小区的"五美"的生活故事，她们中有大龄职场女性樊胜美、实习生关雎尔、工资不高的邱莹莹、海归金领安迪和富家女曲筱绡。她们性格各异，命运有别，但经过若干次磨合，逐渐结下姐妹情谊，共同应对变化中的上海职场生活。这种主体间性构型偏重于不同个人在家庭和社会关系整体中的相互共在状况，传达异质性中的共通性原理。

其五是创而让式主体，意即既创业又敢于容让，关键时候能够作出容让性举动。《正阳门下小女人》（2018）讲述徐慧真和她的小酒馆的几十年变迁，传达了这位女性创业者的正直、仁爱、仗义、嫉恶如仇等品格，凸显容让、包容、慈悲等品格。《都挺好》（2019）中的职场成功女性苏明玉也有创而让的品格。她从小受家人排斥，愤而离家出走，在外独自打拼，当母亲突然离世、老父精神失措、长兄远在国外而次兄只会啃老时，不得不回家料理母亲后事、照顾精神崩溃的父亲、调解兄长矛盾，直到疏解家庭纠纷，让全家重新凝聚为整体。这种主体间性构型揭示了创业或创造过程中面对名与利、进与退、得到与给予等矛盾时所作的选择。

其六是变而安式主体。这里试图表达一种通过改变心态而达成自我及他人心安、心安是福的道理。强调生存于变化不息的生活中的个人，通过改变自我心态，也可以达成心安。《山海情》（2021）讲述六盘山麓涌泉村村民在福建援建干部帮扶下整体搬迁至戈壁新家园吊庄的故事。村民在村干部马得福动员下入住吊庄，但无法忍受沙尘暴肆虐等异常艰苦条件而又搬迁回山上，几经反复,终于应最年轻村民群体的要求而完成整体搬迁。《我在他乡挺好的》（2021）讲述四位女性在北京异乡拼搏的故事。胡晶晶的突然离世打破了乔夕辰、许言、纪南嘉三人的平静,使得她们三人紧急行动起来,重新思考人生意义,寻找更合适的生活方式,终于明白心安是吾乡的道理。

其七是过而改式主体。这是一种发现自身过错并主动纠错或改过的主体间性构型。这是现实主义精神与中国心性论传统相融合的一种重要呈现。《风吹半夏》（2022）叙述许半夏在钢铁行业白手起家、艰苦创业的过程,展现民营企业从最初"野蛮生长"到后来呈现智慧型发展的鲜明转变和扎实提升。该剧的一个叙述重心在于,让民营企业家许半夏在其钢厂实业由小到大、从逆境转向顺境并接近腾飞的重要时刻,主动反思早年过错,向当年滩涂污染事件受害者及家属作出真诚忏悔,并且自觉地向他们赔罪,体现了中国企业家的群体人格觉醒。这种企业家主体性格获得转变和升华的背景,显然与2012年以来新时代中国社会兴起的古典心性论传统复归热潮紧密相关,特别是在这种热潮中中国社会各行各业领袖型人物越来越有着基于古典心性论传统的君子式人格复苏、转型或升华上自觉,并且务实地转化为现实生活的实际行动。许半夏正是他们中更具理想主义精神的突出代表。

其八是融通式主体,属于上述几种主体间性构型方式的融通形态。《人世间》（2022）从同名小说改编而成,讲述工人周志刚及其家族自20世纪60年代以来近半个世纪的人生经历。他和三个子女周秉义、周蓉和周秉昆都体现出各自的主体间性品格。周志刚是中国产业工人中的一位典型,有着耿直善良的性格,服从国家需要而常年离家到南方工作,偏爱小儿子秉昆并对他的一生发展（如考大学、成家、生子等）寄予厚望，到头来却饱尝失望，多次生气训斥、责骂，都无济于事。岁月沧桑磨砺了他的性格，促使他逐渐认可秉昆对于郑娟及其儿子的接纳，包容秉昆和他的"六小君子"的底层生活情状，并且在临终时对于自己的人生、三位子女及其家庭等都表示满意。其长子周秉义有着正直有为的性格，无论是在当插队知青，还是在军工企业做厂长，以及在地方任职的过程中，都秉持家教，一方面做纯正、正直、务实的普通人，另一方面在担任干部时主动为百姓办实事，甘做清廉而有作为的好官。其次女周蓉秉持一种孤高雅致的性格，相信诗意和远方，在其教学和文学创作中自觉追求远离底层人群的高雅人生，还想以文学理想去指导实际生活中的人和事，尽管时常遭遇挫折。周秉昆的性格可以用憨直仗义去概括，他自幼生活在底层，同光字片街道中的"六小君子"相投缘，虽然没有考上大学，但始终在向往理想的生活，孝敬父母，关爱友朋，以生存的韧性直面生活的艰辛和苦楚。对于落难的郑娟投寄进真情实意，不离不弃、相亲相爱地持守一生。这几位主要人物都共同展现出心性论传统在中国社会伦理制度中的长期涵濡之功。

实际的电视剧作品及其主体间性构型现象远不只上述这些，但它们应当是其中比较重要的。这些人物的主体间性构型的出现，是当前社会中心性论传统复苏并与现实主义精神相交融而在电视剧艺术中的一种特定写照，具有必然性。

四、反思心性现实主义电视剧的主体间性构型

以上就心性现实主义电视剧作品中人物的主体间性构型状况

做了简略分析，尽管这种分析还有待于更加详细和更加深入，但毕竟已经可以帮助我们看到一些有意思的问题了。首先应看到，愚而智式主体、散而聚式主体、识而行式主体、异而同式主体、创而让式主体、变而安式主体、过而改式主体、融通式主体等主体间性构型的出现，具有重要的审美认识价值：这些电视剧人物的主体间性构型真实地和生动地展现了中国社会在当代已经和正在发生的巨大变革及取得的飞速进步，而这些巨大变革和飞速进步恰是以当代中国人及其家族的生存方式上的剧烈生存动荡为标志和代价的。改革开放进程伴随越来越频繁的城乡人口流动性和人们生存方式的变迁性，导致中国城乡经济社会逐步发生巨变，使得中国个体生存伦理乃至家族生存伦理都被投入剧烈变动中。当传统生存方式和家族伦理都遭遇人口流动带来的各种强力冲刷时，主体间性构型方式发生变化就是必然的了。以《下海》《温州一家人》《鸡毛飞上天》等作品人物的散而聚式主体间性构型为其中代表之一，此时古典心性论传统重新登场亮相，无疑出于必然：正如《下海》以结尾的《广东宣言》所呈现的那样，当代中国个体和家族急需援引古典心性论智慧而在现实生活中产生重新稳固家族伦理关系的凝聚力。这表明，电视剧擅长于及时地反映时代社会变迁景观（电影可相媲美），形塑出新时代社会变迁的美学镜像。

其次，还应当看到，这八种主体间性构型方式各有其特点：愚而智式主体、散而聚式主体和创而让式主体比较适合于协调社会关系范围较近的家庭、家族、邻里关系，识而行式主体更贴近于改革开放时代个体的行动和创造姿态，异而同式主体和变而安式主体便于概括流动型社会中城市陌生人之间的人际关系，过而改式主体是当前社会尤其需要但带有更强理想化色调的主体间性构型,融通式主体则在上述构型范式中具有更强的互动、贯通和概括性。这种多样性和差异性正可以用来应对当前流动型社会中主体生存方式的丰富复杂性,由此也可以看出,中国电视剧创作在反映现实生活的丰富复杂性方面取得了长足的进步。

还需要指出的是,这里呈现的八种人物性格大多有着强烈的理想主义色调,而其现实性和反思性偏弱。以弘扬理想主义为主调当然有其合理性,但冷峻地揭示其现实状况并加以深入反思也具有同样重要的价值。《情满四合院》里的何雨柱、《正阳门下小女人》中的徐慧真以及《风吹半夏》里的许半夏,在其结尾处都表现出显著的理想化色彩,也就是更多地透露出当代中国社会中还存在于理想或幻想层面的主体性成分。这虽然值得标举和追求,但同样需要做的是,真正揭示这种理想主义精神生存于现实中的困难性。在这方面,《我在他乡挺好的》敢于在一开头就揭示胡晶晶之死带来的深重阴影,《大江大河》终究没有给三位男主人公设计出"大团圆"或理想化结局,《山海情》反复表达山民们整体搬迁下山后在戈壁滩上的生活艰难面,它们的不加掩饰的现实主义精神都值得鼓励和进一步发扬。比较而言,当前和未来中国电视剧创作亟需增强的,正是"良史之材"所应具备的"善序事理,辨而不华,质而不俚,其文直,其事核,不虚美,不隐恶,故谓之实录"[①]的中国式现实主义精神。

最后,并非最不重要而实际上特别要紧的是,这几种人物主体间性构型范式的共存表明了一点,即当代中国人的主体理念和

---

① ［汉］班固撰,［唐］颜师古注:《汉书·司马迁传》,中华书局1962年版,第2738页。

伦理理想已经产生了一种普遍而深刻的变化,不仅继续传承中华人民共和国成立以来一直倡导的"共产主义美德"这一现代革命传统,而且也让以"中华传统美德"为标志的中国古典心性论传统得以强势复苏,并且同外来现实主义精神形成了新的相互渗透和交融。正是这种互渗和互融反映出,具有世界普遍性的外来现实主义同中国本土心性论传统之间,是可以形成跨文化交融态势的。这或许可以视为中国当代电视剧创作对于世界现实主义文艺的一种独特建树。

第八章　形塑当代中国社会的地缘心性形象

——近年电视剧网络剧中的地域景观管窥

　　心性现实主义文艺范式在心性现实领域的稳定性建树，可以从一些地域景观鲜明的电视剧作品得到证实。近年来，随着方言使用越来越频繁，地域场景、服饰和民俗风情等地方元素愈益受到重视，中国电视剧和网络剧（以下简称剧集）中的地域景观特征也由此而变得越来越鲜明和引人瞩目。《装台》《山海情》《人世间》《大山的女儿》《漫长的季节》等便是其中有较大影响的例子。地域景观，也可称为地区、区域或地方景观，不是指离开人类生活而独立的纯地理环境状貌，而是指特定地理空间领域中属于人类生活世界的地点、位置、土地、田地、器物、景物、场面或关系等及其与时间相连的感性状貌。人生下来总有居住地和活动场域，并且通过社会实践活动而向大地求取食物，承受来自特定地理空间中的阳光、空气、水分、风霜雨雪、电闪雷鸣、昼夜循环以及季节更替等不同的作用力，同时也要承受人类社会生活世界的时代变迁所产生的影响力和具体居住地环境变迁的作用力。可见，地域景观绝非单纯的地理学范畴，而是涉及人地关系场的社会时空联合体构造。同时，地域景观也非简单的外在地理风貌展示，而是人与特定社会时空联合体不可分割的地缘心性形象的美学反映。这里拟考察近年一些剧集对于人地关系场中地缘心性形象的形塑状况，由此探讨当代中国心性现实主义文艺在心理现实领域的构建。

一、人地关系场、社会时空联合体及地缘心性形象

要理解剧集中的地域景观，就需要适当认识人与地的关系，即把握人地关系场。人总是在一定的地理空间或地理环境中生存的，在其中移动和劳动，求取生活资料、实现个人和群体的发展目标，这就组成一定的人地关系场。人地关系场，表明人与地之间总是结成一对互动共生的时空关联体。地，地点、地方或位置，构成人的生存环境、资源供给处和活动场域；人，有着身体和心性的人，既以身体生存于地，又以心性领受地的信息投射，还可以对地加以改造。人文地理学者注意到，"从人的角度出发，以人为主体进行研究成为人地关系的主流，强调社会、文化等非物质因素成为现代人文地理学的突出特点，……人文地理学研究人地关系必须以环境为基础，脱离了地，也就不能称其为地理学研究。人和地是矛盾的统一体，人文地理学需要用生态学的规律，主动协调人类活动与自然环境之间的关系，预测人类活动可能引起的变化和后果，在开发利用的同时优化人类的生态环境"[1]。可知人总是生活在特定人地关系场中，是人地关系场制约和形塑的结果。人地关系场，并非单纯的地理空间单元，而是与特定社会时间和空间组合体紧密相

---

① 王恩涌、赵荣、张小林等编著：《人文地理学》，高等教育出版社2000年版，第11页。

关,也与将它们组合起来产生相互作用的历史进程有关,意指一种人与地在其中发生相互作用的有着历史进程支撑的社会时间与空间的联合体,简称时空联合体。

哲学家对于人活动于其中的空间和时间及其相互关系问题,有着细致的思考。马丁·海德格尔认识到,"此在本身在本质上就具有空间性,与此相应,空间也参与组建着世界"①。按照他的见解,个体的"此在"总是依存于特定的地理空间,而地理空间同个体此在一道组成这个世界。而他的代表作之一《存在与时间》本来想在对于此在作空间分析后再转入其时间性分析的,鉴于种种原因而未能实现。相比而言,亨利·列斐伏尔对人的生存的空间性及其空间政治学做了更加严密而系统的思考。他发现,空间概念本身就具有"意识形态性"或"政治性":"有一种空间的意识形态存在着。为什么?因为空间……其实是一个社会产物","有一种空间政治学存在,因为空间是政治的"②。他强调空间不再是简单的地理学事实,而对于人的生存来说具有政治性,也即涉及人的日常生存方式中的权力关系问题。他还认识到都市空间具有空间与时间的联合体属性。"空间包含着时间。人们曾经非常不重视时间,并没有尽量地去缩短它。通过空间,被生产和再生产出来的,是一种社会时间。"③正是空间与时间的组合产生了个体生存的社会时间,从而使得空间得以超越单纯的地理空间范畴而具有丰富的社会属性。"空间的具

①　〔德〕马丁·海德格尔:《存在与时间》,陈嘉映、王庆节译,生活·读书·新知三联书店1999年版,第131页。

②　〔法〕亨利·列斐伏尔:《空间政治学的反思》,包亚明主编:《现代性与空间生产》,上海教育出版社2003年版,第62、67页。

③　〔法〕亨利·列斐伏尔:《空间与政治》(第2版),李春译,上海人民出版社2015年版,第86页。

体性的概念,超越了地理空间的概念,即可视空间的概念、特定空间的概念(经济的、地理的,等等)。然而,在这一层面上,这些对立面加剧了它们自身中包含和隐藏着的矛盾(交换-使用、中心-边缘、总体-局部、均质性-差异性,可能还有:生产-自我毁灭。"①

亨利·列斐伏尔还分析了城市或都市生活中的空间与时间的关系。他认为都市"既是空间的又是时间的:空间的,是因为这一进程在空间中展开,它改造了空间;时间的,是因为它在时间中发展,它一开始只是作为次要的方面,但后来成为实践和历史的主导"②。就都市生活来说,"都市空间成为物和人汇集的地方,成为交换的场所"③。他对都市生活与乡村生活的空间关系做了具有历史感的对比性分析:起初,城市不过是乡村的辅助区域,乡村的"地位依然是首要的:地产资源、土地收益、分配到领地的人群(领主或贵族)。与乡村相比,城市保留了一种异位空间的特征,以城墙和郊区的变迁为标志"。后来,"这些关系颠倒了,情况变得完全相反。应当在我们的轴线上记下这种反转,这种异位空间颠倒的时刻"。城市具有了主导地位,转而让乡村成为辅助区域:"城市不再显现或表现为在乡村这一汪洋大海中的一座孤岛,不再表现为与农村或乡村的本质相对立的矛盾、怪物、地狱或天堂。……乡村是什么?它不过是城市的'环境'、范围、边界。农村人呢?在他们看来已经不再是为领主而劳动,而是为城市、为都市贸易而进行生产。即使他们知道小麦商人或木材商人剥削了他们,他们也认为

---

① 〔法〕亨利·列斐伏尔:《空间与政治》(第2版),李春译,第91—92页。
② 〔法〕亨利·列斐伏尔:《都市革命》,刘怀玉等译,首都师范大学出版社2018年版,第9页。
③ 同上书,第12页。

这是一条通向自由的道路。"①他还注意到城市街道对于个体生存的功能:"街道成为核心场所的一种压迫,并尽可能地通过这里形成的关系的'现实'特征表现出来,它是脆弱的、被异化的。"②

　　其实,对于人地关系场中的社会时空联合体问题,马克思早就做了精辟论述:"人不是抽象的蛰居于世界之外的存在物。人就是人的世界,就是国家,社会。"③而人的世界往往是在与自然环境的关系中存在的。"全部人类历史的第一个前提无疑是有生命的个人的存在。因此,第一个需要确认的事实就是这些个人的肉体组织以及由此产生的个人对其他自然的关系。"④这样,人与人的关系和人与自然或地理环境的关系,就共同成为人的生活世界的不可分割的组成部分。"人是最名副其实的政治动物,不仅是一种合群的动物,而且是只有在社会中才能独立的动物。"⑤这里的人与社会的关系,显然就应当包含人与人的关系和人与自然或地理环境的关系。"人即使不像亚里士多德所说的那样,天生是政治动物,无论如何也天生是社会动物。"⑥可见,马克思主张人是"社会动物",意味着说人绝不是纯粹生物学或地理学上的存在,而是人现实社会关系中的人。"人的本质不是单个人所固有的抽象物,在其

---

① 〔法〕亨利·列斐伏尔:《都市革命》,刘怀玉等译,第13—14页。
② 同上书,第22页。
③ 〔德〕马克思:《黑格尔法哲学批判》,《马克思恩格斯文集》第1卷,第3页。
④ 〔德〕马克思、〔德〕恩格斯:《德意志意识形态》,《马克思恩格斯文集》第1卷,第519页。
⑤ 〔德〕马克思:《1857—1858经济学手稿》,《马克思恩格斯文集》第8卷,第6页。
⑥ 〔德〕马克思:《资本论》,《马克思恩格斯文集》第5卷,人民出版社2009年版,第379页。

现实性上，它是一切社会关系的总和。"① 这显然是确认，人总是生存在具体的社会时间和空间的组合体中。马克思进而在《资本论》中提出"自由人联合体"构想，指出社会主义和共产主义是比资本主义社会"更高级的、以每个人的全面而自由的发展为基本原则的社会形式"②。这种"自由人联合体"思想显然是一种建立在人的自由和平等基础上的合作模式，要求破除资本主义对人的控制和剥削，转而建立最广泛的个人自由和平等的关系，为实现人的全面自由和平等发展奠定坚实的"社会形式"基础。③

根据马克思有关人是"社会动物"以及"自由人联合体"等相关论述，并由此批判地理解其他哲学家的相关论述，可以知道，人总是生存在特定社会空间和社会时间的联合体中，从而可以在一定程度上归属于特定的人地关系场。由于特定的人地关系场总是将特定空间、时间等多重复杂因素汇聚在一起，所以也就构成一种特定的社会时空联合体，简称社会时空体。由此看，人地关系场与社会时空体之间，实际上代表同一事情的不同侧面，它们的共通点在于确认特定的地域与人的关系状况会给予个人生存方式以形塑作用。这样，个人生活在城市还是乡村，其人地关系场或社会时空体就颇为不同；而即使生活在城市中，具体是在胡同还是在大院，也会有所不同，因为胡同和大院牵涉各自不同的社会身份、社会收入、社会地位等时空联合体意义上的差异。同理，在中国这个地域辽阔且地形多变、人口规模巨大、民族众多、各省份都有其文化

---

① 〔德〕马克思：《关于费尔巴哈的提纲》，《马克思恩格斯文集》第1卷，第501页。
② 〔德〕马克思：《资本论》，《马克思恩格斯文集》第5卷，第689页。
③ 同上书，第96页。

背景和历史遗产的国度,不同地域或区域中的不同民族、家庭和个人,自然会有彼此不同的人地关系场或社会时空体,导致不同的人地关系体验,产生不同的心理反响或纠结。

就新时代以来至今中国社会中的人地关系场及其变迁轨迹来看,更应当看到"人民日益增长的美好生活需要和不平衡不充分的发展之间的矛盾"[①]及其影响。一方面,在全面建成小康社会和决胜脱贫攻坚前后,中国社会在向往更高的"全面小康"特有的获得感和幸福感之际,会产生更多而且复杂的心理"不平衡"问题。例如,正如《人生之路》中的高加林、刘巧珍、高双星等所想的那样,陕北穷地方的人为什么不能享受到大上海那样的优越生活条件?生活在陕北城市与乡村的人与人之间为什么差异那么大? 更多的人们会想到,中国的西北、东北、华北、华南等不同地域的生活之间为什么会存在差异? 另一方面,随着国家发出马克思主义基本原理同中华优秀传统文化相结合的号召,中国思想文化界高度重视中国传统美德、风尚、遗产在当代社会的创造性转化和创新性发展的可能性,因此,普通民众在日常生活中就自觉或不自觉地注重古代心性论传统的现代传承和转化。例如重新倡导"仁义礼智信"等在日常生活中的引导作用。这两方面交融所生成的合力和舆论环境,对于中国艺术创作,特别是作为大众艺术的电视艺术创作来说,会产生切实的引力和拉动作用,即引导中国电视艺术家非同一般地注重新时代人地关系场的新变化在个体内心铭刻下的心理印痕,关注普通人如何自觉传承和发扬古代心性论传统而对于人地

---

① 习近平:《决胜全面建成小康社会 夺取新时代中国特色社会主义伟大胜利——在中国共产党第十九次全国代表大会上的报告》,人民出版社2017年版,第19页。

关系场中生成的个体心结加以必要的调节或化解，从而形塑出新的地缘心性形象。在这个意义上说，地缘心性形象的创造称得上是中国电视艺术在感知和理解当代中国社会的深层心理现实方面所做的一次具有开拓性意义的重要美学建树。

这里的地缘心性形象中的地缘一词，并不包含简单的或单一的地理因素决定论义项，而仅仅是指缘于地理环境差异的因素，也就是指出其中包含的与地理环境因素的影响力或作用力有关的那些方面。地缘心性形象，是指与地理环境因素的作用相关的个体心性世界状况在艺术的形式与内容世界中的具体呈现画面，或者说是指艺术世界中所呈现的特定人地关系场在个体内心世界的斑驳投影。作为现实主义精神与中国古代心性论传统相结合的产物，地缘心性形象体现了现实主义精神在当代中国社会心理现实深层的持续掘进和深化态势，表明当代中国社会现实生活境遇会在不同地域的人地关系场中产生不同的面貌，进而在不同地域的个体心理世界造成不同的心结。《诗·曹风·鸤鸠》："其仪一兮，心如结兮。"结，在汉语传统里通常是指以绳、线、条等形状的物体打成的疙瘩，具有稳定性和不易变动性。心结是个体心性状态的一种，指个体心里有疙瘩而化解不开，想放也放不下，内心极度抑郁，处在一种有心病在身而又未必自知的状态中。地缘心性形象正是特定人地关系场在个体心性世界造就的难以化解的心理结块的写照。

近年来剧集创作的突出业绩之一在于形塑出一系列感动人心的地缘心性形象。这具体表现在，从近年剧集创作看，注重特定人地关系场中人的心性世界状况的描绘，即地缘心性形象塑造，已经成为一种新的创作趋向。从有限的鉴赏所见，一部分作品在人地关系场中人的心性状况细致而深入的描绘上展现出新的功力，塑造出一些值得重视的地缘心性形象:《装台》(2020)、《山海情》(2020)、《人生之路》(2023)等聚焦于西北地域的乡城流动和西东流动中的人生心结;《人世间》(2022)、《漫长的季节》(2023)等刻画东北国企背景及其改制后的人生困窘;《梦中的那片海》(2023)、《情满九道弯》(2023)面向北京大院和胡同而重温青春梦;《大山的女儿》(2022)和《狂飙》(2023)展现华南地域的人心纠结;《花繁叶茂》(2020)和《去有风的地方》(2023)从西南边地分别反映从心理失衡到心理平衡的转变和发掘田园牧歌的心理治愈功能;《正好遇见你》(2023)借助江南风光而让历史文物和非遗工艺起到治愈作用。

二、西北:乡城流动、西东流动及其心结

说起西北,当代观众或许会想到1984年的影片《黄土地》所呈现的那种荒凉、贫瘠、落后的场景。近年电视剧表现较多的早已不复从前那种模样了,面对的更多是乡村与城市之间流动(乡城流动)、西部向东部流动(西东流动)所伴随的心理失衡问题。

在33集电视剧《装台》中,主人公刁顺子和他的装台队的核心问题是如何继续安居西安城而不必担忧回到乡下。该剧把观众带到曾经创造过中华文明史上汉唐繁盛气象的古都西安,一面欣赏西安地域方言、美食和风俗,一面观察西安城中装台队日常生活。装台队成员中不少人来自乡下。他们是寄居于西安"城中村"的临时居民,既在城市又是乡下人,一群不折不扣的乡城流动者。这揭示了这里人地关系场的特殊性:装台队的人地关系场是脆弱的

和变动不居的，这来源于他们的农业户口即农民身份。这种特殊的人地关系场所赋予的社会身份，规定了刁顺子生活方式的特点。他性格的主导特征可以概括为愣顺，即低头、寡言，看似反应木讷，但善于在心里盘算，一旦打定主意就不顾其他。他以这种愣顺性格去待人接物，全力以赴地承揽剧团的装台活，即使代人吃苦、受过、受罚也在所不惜。他这样谦卑而又坚韧地做人做事，主要为了两个目标：一是抚养头两个妻子遗留下的女儿刁菊花和韩梅，以及留住第三个妻子蔡素芬；二是让装台队众兄弟都有饭吃，能在西安城继续居留下来。他心中有着难以处理的纠结：自己身边总是留不下妻子，导致家庭不完整。被他新领到家里来的蔡素芬知书识礼、温柔娴淑，却被刁蛮任性的女儿菊花无理赶走。装台工大雀儿在北京演出后，为完成女儿心愿去游乐场拍照，不想心脏病突发猝死。刁顺子就把灵堂设在自己家里，大雀儿的妻子带女儿来西安吊唁后就住刁顺子家不想走了，想实现大雀儿的留下做城里人的遗愿，但同样遭到菊花的蛮横反对。这样，蔡素芬能否在西安城留下来以及大雀儿的妻女能否入住西安城，就成为刁顺子竭力考虑解决的人地关系场难题了。

同样值得注意的是，刁顺子经常为之装台的秦腔剧团演出活动，作为一种为当代人重构悠久的历史文化蕴藉的特殊的社会时空场域，给予他和其他装台工持久的无意识熏陶：刁顺子等人虽然不是秦腔演员，但秦腔艺术早已耳濡目染地内化了。该剧多次叙述刁顺子在装台时随口哼出秦腔，正表明了这一点。秦腔艺术及其传统作为一个巨大的象征性时空体给予刁顺子等人以有力的人格形塑。同理，"装台"一词代表的不只是地理和社会空间，还是拥有巨大象征性意义的社会时空联合体，一边可以溯洄久远的历史传统，一边可以深潜入当下西安"城中村"日常生活。"装台"意味着每个人的存在都离不开他者的存在，即包括为他者而存在、因他者而存在、在他者中存在、由于他者的存在而存在等多重义项。

23集电视剧《山海情》从头到尾设置了类似梵高绘画中"麦地"的金黄色调或偏黄色调，将《黄土地》中那种沉郁荒凉的黄土地色感转化成洋溢生机勃勃进取气象的温暖色调。居住在涌泉村的李马两姓人家共同揪心的核心纠结在于，从地处六盘山麓深处的贫瘠故土整体搬迁到戈壁滩上即将成为新城镇的吊庄，那里依然荒凉和贫瘠，如何可以建成长久稳定和繁荣的家园？这就展开了一种乡镇流动的人地关系场模式：从黄土高原山地转移到戈壁滩新城镇家园，呈现为山地–平原间流动模式。扮演刁顺子的演员在这部剧里饰演了老村干部马喊水。他同样讲朴实的陕西方言，虽然退居二线，仍指导儿子马得福组织群众搬迁，向他讲述当年李姓人家收留逃荒要饭的马姓人家的家史，嘱咐他尊重和爱护李姓人，特别是耐心细致做好李家长辈的心理疏导工作。再有就是来自福建省的扶贫工作队担负起输送扶贫干部、科学知识、资金和设备等任务，书写了两省份协作完成脱贫攻坚使命的佳话，从而为人地关系场在新时代的改变注入了新内涵。

根据路遥中篇小说《人生》改编的37集电视剧《人生之路》，时间从当代返回1984年，外景地设在陕西省清涧县，具有陕北乡村的鲜明色彩，同时又加大改编力度，着力将故事后半程挪移到大都市上海与陕北乡村之间进行大幅度拓展，从而强化了乡城流动和西东流动所伴随的心理失衡问题的影响力。这里存在着语言运用的纠结：主要人物高加林和刘巧珍说普通话，而其他次要人物多说陕北方言（估计是担心观众听不懂）。剧中困扰主人公高加林的核心问题，不仅仅在于是否继续留在城里（如《装台》），或者是否从乡下整体搬迁到新城镇（如《山海情》），更在于能否从西北乡下人变成大上海城里人。这里的人地关系场变迁的紧要处在于，西北乡下人如何改变现有居住地地理环境或空间而转变成为真正的大都市人。这里实际上交织着两重关系场变迁：第一重是如何从乡下人变成城里人，这属于从乡村到城镇的人地关系场变迁，及乡城流动；第二重是如何从西北人变成东部大上海人，这是从西北到东部大都市的更宽广的人地关系场变迁，即西东流动。在探寻上述人地关系场变迁途径中，出现了两重背叛策略：一重是村主任高明楼利用职权作假，让自己儿子高双星冒名顶替高加林到上海上大学；另一重是高加林为了跟城里人黄亚萍相好而抛弃了乡下恋人刘巧珍。相应地，随后也出现了两重赎罪之道：一重是高加林为当年抛弃刘巧珍而赎罪，这就是照顾丈夫已去世的刘巧珍和她女儿马莹莹；另一重是高双星在自我良心发现后向高加林忏悔，到有关部门自首，被开除公职，自己打工挣钱，重新考取社会人员教师证而回到家乡。这里在人地关系场中，建构起两个理想生活空间：一是对于乡下来说的城市理想生活空间，二是对于西部来说的东部理想生活空间。还有就是多重和解：一重是刘巧珍谅解了高加林的背叛，另一重是高加林谅解了高双星的欺骗，还有高双星的妻子陈秀礼原谅了丈夫的欺骗。看得出，主人公高加林、高双星等为了改变陕北地域贫瘠的人地关系场面貌，不得不选择了欺骗、冒名顶替、抛弃、抢夺等不良手段，后来为此付出了巨大的代价。

这三部剧在人地关系场变迁中各自呈现了不同特点：《装台》关注乡城流动中的城市安稳生活，《山海情》注重山地向平原的流动,而《人生之路》瞄准西北山区到东部沿海大都市的流动。每一种流动方式各有不同,但都纠结于心理上的平衡态,即个体内心是否平衡而不再纠结。比较起来,《人生之路》提出的问题更有当代性:为了完成乡城流动和西东流动心愿,主要人物经历了从心理失衡到道德背叛再到道德救赎的几度转化。几经人生风雨后,高加林、高双星、刘巧珍们终于认识到,人生要紧的与其说是离开西北乡下到东部大都市生活,不如说是求取个体从心理失衡回归于心境平和。

三、东北：国企改革大潮下的心理落差

东北,从1949年到20世纪90年代,长时间里是国家老工业基地和国企发展的样板地域,但随着国企改革大潮以及与之相关的下岗、下海、南下等大潮涌起,其重要地位反倒成了巨大拖累:一批批产业工人离开稳定岗位而变成了"下岗工人"或"退休工人"。这种"下岗""退休"潮,对于当事人及其家庭会制造出深远的心理落差。

58集电视剧《人世间》注意在主人公的人生苦难遭遇与人生幸福回味之间寻求一种心理平衡态。产业工人周志刚一家虽然都是城里人,不存在乡城流动的艰辛,但还是经历了异地流动、家庭成员分离和小儿子人生遇挫等接二连三的痛苦:先是周志刚自己南下参加"三线建设",接着是大儿子周秉义和二女儿周蓉下乡当知青以及后来上大学,而小儿子周秉昆留守家中陪伴生病的母亲李素华。让这位受人尊敬的国有企业工人揪心的是周秉昆:一是自己南下期间竟然从来没有收到过他的哪怕是一封回信,失望至极,怒火中烧;二是他没考上大学,不如他的哥哥姐姐;三是连正

经工作也没有；四是竟然还要跟已经有儿子、同样没有正经工作的郑娟结婚。在这个后来是三代同堂的大家族中，家族成员的异地流动是导致人地关系场变迁的主因。而在该剧后半段，随着周志刚去世，叙述的重心转向周家第二代和第三代之间关系上：周秉义的工作岗位不断变化，职位持续提升；周蓉同冯化成离婚并同蔡晓光组建新家庭；周秉昆为儿子楠楠怒打骆士宾，被判入狱十年；周蓉之女玥玥和秉昆之子楠楠之间发生情感纠葛，玥玥南下深圳打工；周秉昆同"六君子"的友谊持续不断。这里有意安排东北老工业基地与改革开放前哨深圳之间产生南北异地交流，促进了前者的变革脚步。

12集网络剧《漫长的季节》触及大型国有企业改制和解体后生成的巨大的象征性时空体影响力，尤其值得关注。它叙述1998年发生在东北桦林市钢铁总厂（简称桦钢）的碎尸案，该案件制造的悬念持续到了2016年。这部剧通过一个精妙的破案故事，传达了一个意味深长的无意识潜文本：作为一个巨大象征性时空体的桦钢，它的裁员大潮、与港商合作、厂长违纪以及全厂最终解体等变故，如何影响主要人物的命运并在他们心灵上铭刻下深深的伤痕。桦钢，起初代表着国有大型企业特有的工人是主人公、人人平等、充满自豪感、享受终身制等丰厚的正面意义，但进入20世纪90年代后期，伴随其裁员、改制、转型等相关潮流而来的则是其职工的下岗、失业、焦虑、抑郁等新变故。这使得这个巨大的象征性时空体发生了从实有到虚化、从可靠到可疑的急剧转变，其直接的后果就印证在几位主要人物的身体和心理上：王响是火车头司机，优秀工人的代表，为人善良、正直，对厂忠诚、自豪，同时又不自信，总想证明自己，一旦发现不公正就起来反抗厂长；他的妻子罗美素温厚、内向而多病,顺从丈夫,没有主见,焦虑不安;他们的儿子王阳没考上大学,前途迷茫,失意,对女大学生沈墨一见钟情;大学毕业生龚彪刚进厂时,阳光、帅气、空想、轻信,为自己喜欢的女工黄丽茹出头而暴揍厂长宋玉坤,不幸被厂长首批裁员;女工李巧云富于正义感,敢用暖水壶砸领导的头,面对失业、老公腿伤、儿子生病,无路可走而去陪人喝酒;桦林市刑侦队长马德胜为人正直,在桦钢办案中坚持追求真相,但性格轴,缺乏领导眼中的大局观,被撤职后郁郁寡欢。这几个主要人物起初都活动于桦钢这个大时空体中,他们的个体存在直接受到桦钢这个大时空体的形塑,一旦桦钢遭遇巨大变故而衰落和解体,这些个体存在就都被抛入虚无之中。这个时空体的大变故导致的系列标志性效应在于:一是厂长宋玉坤酝酿的首批下岗职工名单中有王响,他与黄丽茹偷情被龚彪发现;二是黄丽茹将龚彪当成"接盘侠";三是龚彪愤而打宋玉坤,与王响一道遭遇首批下岗的厄运;四是遭受大伯沈栋梁的虐待而大娘赵静居然默许的沈墨,与王阳真诚相爱;五是与宋玉坤合作的港商卢文仲用钱财骗取女青年殷红的感情;六是殷红在沈墨酒里下药而使其被卢文仲侵犯并以此要挟;七是不甘屈服的沈墨在弟弟傅卫军和王阳协助下杀死卢文仲和殷红后抛尸被发现;八是王阳为救跳水的沈墨而死以及沈墨失踪;九是罗美素不堪儿子死亡而自尽;十是马德胜破案未成而被领导解职。这个悬案直到18年后出租车套牌事件出现才重获转机:下岗后早已转型成为出租司机的王响和龚彪会同退休后跳拉丁舞的马德胜,一道联手重启追查,还先后爆发赵静在医院去世和沈栋梁被杀死的新案件,直到迫使整容后的沈墨现身,所有事实被弄清,谜底水落石出。

观众可以看到,桦钢这个巨大的象征性时空体的解体,并没有停留在仅仅给予主要人物以悲剧命运上，而是给了他们最终的亲切抚慰和似乎永恒的魅力感召。因中年丧子和丧妻而万念俱灰的王响，本来想在自己曾经长期行车其上的铁轨上卧轨自尽，没想到因选错轨道而幸存，更因此而捡到后来精心养大的儿子王北，于是有了新家，而他自己到头来也重新产生了开着桦钢火车头而向人们挥手致意的堂皇幻觉。王响的前桦钢同事龚彪虽然对婚姻失望，生活依旧不着调，但仿佛永葆桦钢人特有的憧憬真情、心存幻想的纯真传统，临死前终于与同样是前桦钢职工的黄丽茹实现和解。曾经与桦钢家属王阳相恋、饱受屈辱而隐形、逃亡和沉默了18年的沈墨，终于在报仇雪恨后可以坦白真相，特别是向王响陈述王阳是为救自己才死去的真情，让王响放下心里疑窦。马德胜通过破获桦钢悬案而重新证明自己，得到当年徒弟和现任局长的认可。两位前桦钢老职工王响与李巧云可以组合成新家庭。故事开始于象征桦钢这个大时空体的铁轨间，也结束于同样的铁轨间。虽然后来已经没有桦钢了，但与它的火车头和铁轨相关的那种巨大的象征性时空体幻觉，想必依然会存在于王响、李巧云、马德胜等相关人物的心里持续再现，只要世上依然存在火车头和铁轨这样的时空体的话。

四、北京：大院、胡同与青春梦

进入新时代以来，在接连欣赏过《正阳门下》（2013）、《情满四合院》（2015）、《正阳门下小女人》（2018）、《芝麻胡同》（2019）、《什刹海》（2020）等京味剧之后，今年又陆续见到《梦中的那片海》

《心想事成》《情满九道弯》等面向北京大院和胡同而重温青春梦的剧集。这里只谈谈《梦中的那片海》和《情满九道弯》。部队大院时空体所特有的青春梦和英雄主义精神,可以说是38集电视剧《梦中的那片海》令人关注的焦点之一。这部剧叙述20世纪70年代起发生在北京部队大院一群子女中的故事。其主要人物肖春生、叶国华、陈宏军、佟晓梅、贺红玲、叶芳、肖艳秋等都是部队子女,在大院长大。与北京胡同孩子的本地居民身份不同的是,他们因父辈都来自五湖四海,倚靠出生入死打江山,才争取到京城新一代居民这一特殊身份。这样,部队大院就具有了特殊的象征性时空体内涵,正像桦钢的巨大象征性意义一样,这属于一个来自人民军队的具有巨大象征性意义的时空体。这个象征性时空体的基本内涵可以简括为:为了人民利益而奋不顾身的现代革命英雄主义精神。这种革命英雄主义精神尤其通过老军人肖延培而传递到儿子肖春生身上。与《情满四合院》中主人公何雨柱需要从同一胡同的"三位大爷"等长辈中吸取仁厚、容让等民间传统资源相比,肖春生等可以就近从父辈身上传承现代革命英雄主义精神资源。为了让大院文化及其精神更接地气,该剧设计让故事主场景之一发生在位于北京城市中心的什刹海冰面上。冬季的什刹海冰面,冰雪的洁白和滑冰场的空灵,通过大院子弟们草绿色军装的映照,烘托出他们内心的革命英雄主义豪情和远大理想,指向他们的好像具有永久性价值的青春梦想。这里通过部队大院和什刹海两个时空体的联动,打造出该剧的青春梦想蕴藉。

重要的是,这群怀揣革命英雄主义精神这一巨大而又无边的时空体幻想的大院子女,却发现自己生长在一个不再需要力挽狂澜的大英雄而只需要过平常日子的新的难免有些平庸的时空体里，与想象中父辈的戎马生涯远为不同，这就发生了巨大的内心时空体与狭小的实际时空体之间的现实错位和心理纠结。渴望成为英雄而又发现无用武之地的肖春生们，不期而然地只是成了这个时代里虽不起眼但又必须依靠韧性奋斗才换来起码的生存时空体的小人物。这部剧的真正的无意识潜文本在于，叙述胸怀英雄主义大时空体而又不得不在似乎无英雄的狭小时空体里生存的他们，如何最终让自身的狭小现实时空体也同时拥有了英雄主义大时空体才有的心理幻觉时空体。该剧开头，肖春生就在冰场上展示了为陈宏军、叶国华等朋友行侠仗义的英雄本色。第10集，他为让陈宏军能准时参加高考，竟然答应黑子给自己划一管子的无理要求，不顾胳膊在流血就陪同陈宏军一起到考场，看着他们进考场才放心地倒下。第13集、14集肖春生参军后为了贺红玲而勇敢地挨了暴徒贾涛的刀子，接着主动配合警察而诱使贾涛之兄贾辉等黑恶势力上钩并一网打尽。第15集肖春生在部队经过刻苦训练后在新兵考核中取得与段磊并列第一的优异成绩，看第二名孟金柱不服，就和段磊两人商定夜里私下比赛而让孟金柱当裁判，使其心悦诚服。第18集肖春生随部队参战时为救叶国华而趟地雷身负重伤，自己冒死换来的功劳竟然被好友叶国华窃取。肖春生负伤后右腿落下终身残疾，只能退伍，开办春晓医疗器械公司。他选择在平凡岗位上做一名"英雄"。从佟晓梅对于肖春生的坚贞不渝的爱情和悉心照顾中，可以感受到部队大院时空体所开掘出来的忠诚品质和英雄主义精神在和平环境中的传承和拓展。

相较起来，40集电视剧《情满九道弯》的新意有限。曾经创作过《傻春》《正阳门下》《情满四合院》《正阳门下小女人》等京味剧的编剧和导演，在此继续担任编剧和导演，显然有意延续其京味剧风格。该剧沿用了《情满四合院》中的同类四合院空间,还塑造了与何雨柱(傻柱)相似的男主人公杨树茂(傻茂)。只不过,这个名叫九道弯的四合院,其空间比《情满四合院》里的空间大,住有数量更多的京城普通人家。京郊太山屯村下乡知青傻茂在胡同里喜欢行侠仗义,打架出了名,特别是总喜欢为三位邻居美女史小娜、叶菲和赵亚静出头而与人产生纠纷。从某种意义上说,傻茂其人与《傻春》中的傻春人设以及《情满四合院》中的傻柱人设比较重合,只不过,傻春主要是为了家里人,傻柱主要是为了心爱的秦淮茹和胡同里其他邻居,而傻茂则是为了这三位邻家女孩或知青队友。该剧的故事情节的中心在于傻茂与这三位女友之间长时间的情感纠葛。这样的编排着实让不少观众感觉难以理喻,也未见多少新东西。与《梦中的那片海》中还有部队大院和什刹海两大时空体作为青春梦想的原型,产生出理想的辐射力量相比,这里的四合院以及后来急剧变换的南北城市多种时空体,都无法释放出应有的理想因素来。

五、南方:多彩多姿的心理纠结与治愈

这里把有关南方地域的剧集放到一起来分析是有特定缘故的。这主要是由于,这些地域的独特地缘文化风貌包括方言都在这个时段得到了较为集中强化的描绘。虽然有一些故事或素材发生在南方的电视剧作品,其地域特色被有意淡化了,例如《在远方》(2019)讲述浙江人的快递业创业故事,但全程用普通话并淡化地域色彩;《县委大院》(2022)更是让故事素材采集地、外景拍摄地、

情节发生地等分别放在南北不同省份,有意淡化其地域色彩而强化其全国代表性,但在这个时段,一些讲述华南、西南和江南的故事的电视剧注意在地域景观描绘中着重反映个体心理纠结与心理治愈的多彩多姿面貌。

就华南地域来说,30集电视剧《大山的女儿》和39集电视剧《狂飙》分别表现广西和广东的人地关系场变迁,由此展现当代华南地域人地关系场变迁中的人心纠结情形。《大山的女儿》采用了桂柳方言,从山水环境、村落民居、田园场景、村民着装等多方面还原广西百色地区百坭村地域特色。面对当地村民心心念念的脱贫致富渴望,主人公黄文秀自觉地将来自两种不同社会时空体的精神传统交融起来:为人民谋幸福的革命老根据地传统与北京师范大学"学为人师,行为世范"的校训精神传统。两者之间的合力点在于形成了仁厚有为的当代干部从政精神,即为乡村百姓幸福生活而开拓进取。黄文秀注意以仁厚、容让、慈悲等"人师"式修养去突破人际关系障碍,消除隔阂,拉近距离。刚到百坭村时,面对村支书农战山、村副主任蒙昌龙等的冷漠态度,她先是发起打扫村广场卫生,接着在村委会上宣布戒烟纪律。当农战山带头以出门抽烟方式抵触甚至抗议时,她当机立断地提出转到门外开会。当农战山说"你这是给我下马威"时,黄文秀笑答"不是下马威,而是妥协"。这种主动转移办公空间的果断策略,以必要的妥协缓和矛盾,推进了工作。而她在车祸现场为阻止村民打司机却被一记飞来闷棍误伤时,没有任何怨言地带伤要求村民配合交警处理,让农战山和其他村民从此对她刮目相看。她不仅有此仁厚作风,而且善于开创和开发。她通过种砂糖橘、烟草、制酒,开榨油厂、肉联厂、新猪圈、烟草合作社、养殖场等发展经济的系列措施,带领村民走在如期脱贫致富的正确道路上。面对蒙昌龙的误会和阻碍，还有农战山之妻岑福玉和蒙昌龙之妻岑福爱两姊妹的误解及挑唆，她都冷静地逐一化解，结果让这两家人全都转而相信、支持和配合她的经济措施。这部剧还构建起黄文秀回乡工作中产生的新社会时空体理想。她在跟其他第一书记聚会时坦陈，既然当了"选调生"，愿意当"官"，是有政治愿景和社会使命的，这就是方便为社会做点事。"如果给我一个乡、一个县，我就要把这个乡、这个县变成乐园。但现在我要从把一个村变成乐园做起，主要的就是想看看我黄文秀能不能把一个村变成乐园。"她大胆而坦率地披露出自己的有着社会时空体轮廓的为政雄心：当官是为老百姓做实事，有实在作为，目标是建设百姓乐园。这乐园不是她个人的，而是百姓的新的社会时空体。她以百姓之乐为乐，先百姓之忧而忧，后百姓之乐而乐。面对百坭村这个人地关系场，她一心要将其改造成为新的百姓乐园这一新型社会时空体。

相比《大山的女儿》以桂柳官话加重地域特色不同，《狂飙》主体上是讲普通话（这应当是担心观众不懂粤语），但通过外景地取景和情节发生的背景等让观众一再目睹广东江门的地域特色。对于地处华南的京海市民来说，令人震惊的不是像西北地域高加林们那样从乡村空间移动到城市空间，或者从西北山区到东部沿海以便完成脱贫致富大业，而是高启强集团那种谋取富裕生活的非法手段之"黑""恶"程度。刑警安欣耗费20年时间坚持不懈地追踪高启强犯罪集团及其各级各类"保护伞"，正是要为京海市民彻底铲除黑恶势力空间而换回廉洁公正的人民生活空间。这里闪现了两种社会时空联合体之间的严峻较量：一种是安欣所代表的本性善良、正直、正派的人们，安欣本来可以拥有正常的幸福生活，但为了破获犯罪集团、追求正义而选择放弃,过上苦行僧式的艰苦孤独的生活;另一种是高启强所代表的当地黑恶势力,钱权交易的罪恶团体。观众悉心追踪安欣等所代表的正义势力与高启强犯罪集团之间展开的艰苦破案斗争历程,相当于一场旷日持久、异常严峻的心理时空体较量:要以内心的廉洁公正时空体去替换掉眼前若隐若现的腐败阴霾时空体。这里始终交织着两种心性论传统的较量,即安欣代表的仁义正经力量与高启强代表的仁义歪经力量之间的斗争。自觉地将仁爱、义气、忠厚、忠诚等仁义品德运用于天下百姓的幸福生活,属于仁义正经行为;而将它们运用于极少数腐败势力和黑恶势力的贪婪生活的,则属于仁义歪经行为。随着剧情发展,观众始终纠结于心的正是这种仁义正经与仁义歪经之间的是非曲直问题。这两种社会时空体之间看起来差别不大,但实质上有云泥之别,从而在观众中产生了巨大而持久的心理震荡。高启强身上展现的罪恶滔天而又情深义重、令人愤慨而又令人可怜等双重对立特性,都让观众深深领会到社会生活和个人品格的复杂性,禁不住发出深切的感叹。这种特别的心理震荡效果,恰是成功的电视艺术创造出来的。

关于西南地域则有34集电视剧《花繁叶茂》,它在叙述贵州遵义市枫香镇花茂村、纸坊村和大地方村从贫困村到富裕美丽村寨的故事时,大量运用属于西南官话范畴而兼有川、渝、黔等相近地方言特点的"贵普话",突出了西南地域风情。特别是花茂村村主任唐万财与会计何老幺两人之间的对手戏,更是通过这种"贵普话"的生动运用,强化了当地社会时空体特有的地域景观。唐万财直率,聪明,自以为是,说话风趣幽默,虽然小错不断但又大错不犯,有时还能以其"鬼点子"而帮助领导化解矛盾,替群众解决问题，所以威信较高，带有西南地域人物的生活气息和鲜明特色。这里披露的核心问题是与贫困紧密相连的人心失衡和心理纠结问题。以唐万财家为例，他当年凭借写诗追到了美丽而贤惠的潘梅，自信心爆棚，但后来由于误会她与别的男人相好，愤而提出离婚，离婚后恋恋不舍而心理空虚，嘴硬心软。潘梅离婚后旧情不减，全部心思仍在这对父子身上，变得郁郁寡欢。而跟着唐万财生活的儿子多多虽然已上大学，但内向、孤独、心忧未来，既与父亲隔阂，又对母亲充满怨恨。这个三口之家的成员都难免变得心理失衡。随着欧阳采薇率领的扶贫工作的稳步推进，他们才逐步地打开心结，积极求变，从心理失衡转化为心理平衡，使得这个一度破损的家庭得以破镜重圆，重新成为个体心灵皈依的安宁时空体。这个破损家庭的修复及其心理治愈，也成为他们生活和奋斗于其中的花茂村实现脱贫致富目标的鲜明标志之一。

40集电视剧《去有风的地方》虽然没有采用方言而是用普通话，但选择以云南大理云苗村的"有风小院"为核心时空体，探寻当代城里人的心理治愈之道和当地乡村振兴方略之间的时空结合点。北京城星级酒店高管许红豆在深度抑郁中离开京城空间而奔赴云苗村"有风小院"，目的是到田园诗般新的时空体中求取心理治愈。她与刚辞去北京公司高管职位返乡创业的谢之遥邂逅后，就在当地村民和外来租客配合下，共同演奏出一曲田园牧歌与乡村振兴号角的双重变奏。这里汇聚起双重社会时空体预设：第一重预设是大都市仿佛就易于导致心理抑郁，但同时也蕴含着助力乡村振兴的新型智慧生成的潜在可能性；第二重预设是地处中国西南部的云苗村既指向心理治愈的时空体可能性，但同时也代表旧的需要改变的贫困落后时空体。这双重时空体预设，随着许红豆到云苗村求治和谢之遥返乡创业而形成新的时空体交集和交换,进而演绎出田园治愈时空体与乡村振兴时空体之间的双重变奏。当许红豆和谢之遥分别脱离大都市时空体而进入云苗村时空体之后,新的双赢局面逐步形成:一方面是新的人地关系场云苗村置换了大都市空间,让许红豆逐步治愈并且找到灵魂伴侣谢之遥;另一方面是谢之遥和许红豆共同设计的乡村振兴策略让云苗村时空体发生改变,也即云苗村村民通过文化旅游方略而实现脱贫致富目标。这就势必产生一种新型时空体的巨大象征意义:只要你心中有着高度的亲朋好友信赖感和知行合一的奋斗意愿,即便身在西南边地小院,也能够及时化解心理纠结并实现乡村脱贫目标。

说到江南地域,35集网络剧《正好遇见你》也放弃了方言使用,而是通过选择由国际知名建筑大师贝聿铭设计的苏州博物馆新馆为外景地,给观众构造出这个特殊时空体所独有的沉浸式体验。正是在这一特殊的时空体体验中,一件件富于独特地缘文化特征的非遗工艺,如花丝镶嵌、缂丝、古画装裱、苏绣、漆器、玉雕、西洋钟表、沪式旗袍、陶瓷等逐一亮相,吸引住观众的注意力。应当看到,剧中主要人物如文艺编导鱼在藻、青年文物专家陶唐、知名主持人汪希宁、导演穆宗沄,以及被他们采访的一些非遗传承人家庭,虽早已摆脱贫困生活状况,有的甚至属于"全面小康"人家,但其实都有着各不相同的心理纠结。鱼在藻有着超高的艺术天赋,但年幼习舞时尾椎骨摔伤而留下心理阴影,有时行为举止怪异。第8集后半段写鱼在藻独自对镜痛哭场面,令偶然路过的顾时雍和助手阿迅感到十分意外。陶唐是一位有着多重人格的文化怪杰,也需要关怀和治愈。穆宗沄与汪希宁曾经是一对恋人,一见面就唇枪舌剑,表明双方都需要抚平往昔生活的心理创伤。当红女主

持人庄伊伊表面甜美和善,内里凶狠霸道,也有着心理阴影。这就
披露出一种当代都市时空体特有的心理症候:大众媒体界知名人
物都看似外表光鲜靓丽,其实心底阴云笼罩,致使其日常言行出现
无法自控的偏差,激发起一个又一个矛盾,形成系列悬念。这些心
理症候显然已经成为推动剧情的动因了。该剧注意借助苏州地域
的自然山水景观和人文风貌,发挥江南人地关系场和历史文物及
非遗工艺特有的心理治愈功能。第1—2集中,剧组拍摄刘氏花丝
镶嵌工艺时发现,刘大师与不愿传承工艺的小儿子及想学而有不
让学的长女之间,爆发了家庭内部冲突,三人各自承受着不同的心
理创伤。剧组采纳鱼在藻的摄制方案,首先做通刘大师的思想工
作,结果既助力刘大师转变思维而自愿将手艺传给有心师承的女
儿,又将其无心学习传承的儿子从抑郁中解救出来,摄制组自身也
顺利完成任务。在文化传承节目制作中实现摄制组主要成员自身
的心理治愈,和通过传承节目而向观众传递心理治愈的精神力量,
正构成该剧的两种相互交织的美学追求。

六、地缘心性形象及其现实再现

从以上远不完备的简要列举可知,西北、东北、北京和南方各
地域展现出有所不同的地缘心性形象。地缘心性形象,是当代人
地关系场变迁在个体存在方式中的心理投影。当代中国社会在基
本的生存温饱问题解决或基本解决之后,在从"初步小康"到"全
面小康"的转变过程中,以及在"全面建成小康社会"后的当前,
个体心性世界会越来越频繁地承担起处理外部世界信息的持续刺

激或高强度碰撞的艰巨任务。从根本上这与当代社会现实境遇中的矛盾问题的个体心理反应是相关的。

简要地说，地缘心性形象的生成原因，可以从社会环境资源匮乏或不充足而心生纠结角度去理解。简要归纳，这里存在的问题有：①经济发展不平衡不充分，②城乡区域发展和收入分配差距较大，③群众的就业、教育、医疗、托育、养老、住房等存在困难，④生态环保任务艰巨，⑤干部队伍问题较突出，⑥反腐败任务艰巨。不过，还需要增加不可或缺的又一难题即⑦心理健康和精神卫生问题。重视心理健康和精神卫生，也是当代中国社会面临的普遍而又紧迫的社会问题之一。归结起来，当代中国社会面临的突出难题的焦点在于，一方面，人们在实现吃饱饭和穿暖衣的基本愿望后，必然会在日常生活中增添更多的闲暇时光和更高的精神生活诉求，从而产生更高程度和更加全面而完整的获得感、幸福感、安全感等新需求；但另一方面，现实生活仍然存在生活资源的匮乏以及其他相应的诸多欠缺和不足，难以及时和全面满足人们越来越高的美好生活需求。中国电视剧和网络剧作为最能及时反映当代社会现实状况的大众艺术门类之一，迎难而上地就上述难题做了及时反馈和正面回答。

地缘心性形象的创造，表明中国式心性现实主义艺术的触角已经日渐伸展到置身于具体的人地关系场中的个体心理世界深层，发掘出其中或显或隐地存在的个体心结。这些心结并非凭空产生的，而是当代中国社会现实境遇及其问题，通过特定人地关系场的作用，在个体中的心理现实再现或心理移位的结晶。作为这种结晶，地缘心性形象表明当代中国社会现实生活境遇会透过不同人地关系场的作用而在个体心灵世界呈现不同的心结。这里仅仅从以上有关西北、东北、北京和南方的多种现象的讨论中拈出部分现象来，做进一步分析。

西北地域的乡城流动造成的心理失衡和西东流动导致的道德背叛及其悔过，根本上与上述问题①和问题②紧密相关，也就是取决于经济社会发展层面的城乡之间社会分配差距、西东之间发达与欠发达的地域差距，同时也与问题⑦所涉及的心理健康问题相关。《装台》中的刁菊花之所以先后冷漠拒绝蔡素芬和大雀儿的妻女来家里，与她作为先入城者而瞧不起后入城者的无意识心理作祟有关，归根到底还是与深入骨髓的自卑感相关（越是自卑就越瞧不起同类）。《山海情》中李姓人家拒绝整体搬迁下山，与他们对于手握全村大权的马家心存芥蒂和充满警惕的无意识心结有关，直到马家主动与李家一道重温当年两家相濡以沫的深厚情谊并虚心听取意见，才重新化解心结而实现整体搬迁。《人生之路》中高明楼和高双星父子之所以做出冒名顶替的背叛和犯罪举动，缘于他们内心对于高加林出类拔萃的才华充满"羡慕嫉妒恨"的怨毒之气。高加林之抛弃刘巧珍和选择黄亚萍，是深感不平衡的内心向往更富裕的东部城市生活所致。而后来高加林和高双星分别向刘巧珍和高加林真诚忏悔，则显示了心性智慧传统复活后应有的社会心理改善和治愈效果。

东北地域剧集给人的最突出印象之一在于，业已消逝的往昔大型国有企业时空体居然如此易于激发观众满溢的乡愁，例如观众从《人世间》中的周志刚和周秉义父子身上，及《漫长的季节》里的王响、龚彪、李巧云身上能够清晰感受到。周志刚具有刚正憨直品格，周秉义身上展现了刚正有为精神，可以视为往昔国有企业员工优秀品质的核心象征形象。王响对于象征意义巨大的飞驰的火车头以及路旁生机勃勃的向日葵的深度迷醉和幻觉,正是标志性镜头。在这类乡愁情怀深层,应当潜伏着人们对于社会主义制度特有的公正、公平、正义、平等、民主、集体主义、公而忘私等优越性的倾心认同和真情体验,以及对于其未来发展持有的充分信念和深切向往。与东北地域激发浓郁的国企乡愁相比,北京大院空间的青春梦想和英雄主义精神具有令观众难以忘怀的深沉的精神力量。这里仿佛就是当代中国理想主义和英雄主义精神的原生时空体,让主要人物肖春生和佟晓梅等即使在现实社会生活境遇发生巨大变迁之时依然故我地保持行侠仗义、助人为乐、公正廉洁等本色,从而表明这种大院理想主义和英雄主义精神至今仍然有其现实价值。

南方诸地域的呈现方式更加多样。华南地域的问题,在《大山的女儿》中既涉及问题①和问题②,也牵涉问题⑦,而在《狂飙》中则不仅涉及问题①、问题②、问题③,而且更触及问题⑤和问题⑥,即干部队伍腐败问题和反腐败任务艰巨问题。好在主人公黄文秀和安欣的存在及其作为,显示了这里的社会时空体持续转变的积极趋向。西南地域的问题,恰如《花繁叶茂》和《去有风的地方》所分别呈现的那样,主要出在问题①、问题②、问题⑦及其相互关联上,表明脱贫致富问题不仅涉及发展不平衡不充分、城乡收入分配差距大,而且也牵涉心理疾患及其及时的心理治愈上。江南地域的问题,就《正好遇见你》所见,虽然主要没有出在问题①和问题②上面,但重点披露的问题⑦的存在及其后果,更值得注意:在实现"全面建成小康社会"目标后,无论是文化人还是非遗传承人的心理健康症候都需要得到重视和及时治疗。这又难免让人回忆起《都挺好》(2019)。身在苏州这一经济和文化发达的时空体中的苏大强家,全部成员都患上心理疾患:苏大强本人在妻子赵美兰突然去世后言行举止失措,难以理喻;长子苏明哲从国外回家后对于家中混乱深感力不从心,无计可施;次子苏明成多年满足于"啃老",志大才疏,破罐破摔;这迫使离家出走多年、对家人深怀怨恨的小女苏明玉重返家中起到凝聚作用。

上述不同地域中的地缘心性形象之间诚然有着存在不同,但仍然显示了共通点,这主要表现在,当代流动型社会中的各种人地关系场之间,无论存在怎样的西北、东北、北京、华南、西南、江南等地域差异,但无一例外地总是面对人与人之间的经济、社会、文化等方面问题的困扰。这其中主要集中在问题①发展不平衡不充分、问题②城乡区域发展和收入分配差距较大、以及问题⑦心理健康上。富于才华而又理想高远的农村青年高加林必然向往城市和东部大城市,而其成绩优于高双星的事实又会在后者心里造成极度不平衡,导致冒名顶替事件发生。沈墨是大学生,会引起未上大学的殷红的羡慕、嫉妒和怨恨。至于王响和肖春生,以他们后来的人生际遇回看往昔,对于飘逝而去的国企集体记忆和大院青春梦会各自怀着深深的眷恋。这里交织着当代中国社会各个地域都同样遭遇的共通性问题,例如贫困与富裕、欠发达与发达、正义与邪恶、平等与不平等、公正廉洁与腐败堕落、心理抑郁与心理治愈、心理失衡与心理平衡等之间的矛盾及其调节。这些地缘心性形象的出现,让个体的平时隐秘的无意识心理症候披露出来,唤起人们警觉和反思,本身就是现实主义文艺精神的当代体现。而心性现实主义文艺的特殊建树正在于,将对于外部现实社会生活环境的描绘笔触进一步深深地扎进个体无意识心理现实之中,展开空前力度和空前强度的深描。

　　由此看来，对于地缘心性形象，不必过多纠结于它与特定的地域景观或地理环境特点之间的紧密联系，而真正关键的着眼点应当沉落到当代中国社会现实境遇如何透过特定人地关系场中的个体心理状况而得到回应。这就是说，真正具有根本意义的问题在于，生存于当代中国社会特定人地关系场中的人们，如何以自身深潜于内心而秘不示人的个体心理纠结，去体验和建构出当代中国社会境遇的变迁印迹。这或许正是电视艺术创造的地缘心性形象所可能具备的基本认识价值之所在。

　　以上有关地缘心性形象的讨论到此暂告一个段落，但对电视艺术美学的反思应当才刚刚开始。尽管从这里提及的剧集来看，它们的电视艺术成就高低不一——有的作品以成功的艺术创造活画出地缘心性形象，而有的则缺乏新东西，但都给我们留下了富有意味的地缘美学辩证法启迪。

　　这里的地缘美学辩证法，是指依托特定人地关系场而生成的个体心性世界描绘方略，展现出基于唯物立场的地缘辩证观点。简要地归纳，它可以包含这样几条原理或道理：一是发生在特定时空体中的人生苦难，诚然让人沉痛而一时难以释怀，但也终究会让人生出温馨而绵长的人生意义回味，表明个体对于人生应当有着事物相反而又相成的辩证转化观念，例如生性刚直而总对三儿子秉昆加以严厉批评的周志刚，在临终前对三个子女和自己的国企人生都表达了满意之情；二是生活在底层空间中的人们，并非只有朴实、粗犷和现实感，而是同样有着古雅情怀，重要的是做生活中的有心人，像王阳明说的那样"在心上用功"，例如刁顺子和装台队众兄弟对于秦腔艺术有着耳濡目染的体验并将其潜移默化到日常生活言行中；三是特定的人地关系场及其变迁，既可以造成心理偏狭，也可以促进心理改善和心理治愈，这关键取决于个体的自觉而又主动的心理反思行为，例如高加林和高双星在分别负心于刘巧珍和背叛高加林后终于良心发现地追悔和改过；四是同一人地关系场既可以带来心理创痛，也可以激发缅怀和追忆，这与个体内心是否树立起人生的辩证思维习惯关系重大，例如王响心中的桦钢情结在剧中幻化出动人篇章；五是同一人地关系场可以释放出田园牧歌式心理治愈功能，同时更需要实施持续的乡村振兴举措，这表明人生更重要的还是务实的改变世界的行动，例如"有风小院"所在的云苗村，只有不断迈出乡村振兴步伐，才能让其已有的心理治愈功能持续下去并让更多人从中受惠。

其实，这些地缘美学辩证法的生成本身，也可以视为中国古代心性论传统的现代转化方式的具体表现。期待未来中国电视剧和网络剧艺术，能够以这些地缘心性形象创造为新起点，进一步以更新、更优质的剧集创作，持续描绘地缘心性形象的更精妙的时代肖像。

第九章　现代君子之风及其制度化构型
——近期影片中的基层干部形象塑造

在影片《我的父亲焦裕禄》（2021）中，兰考县委书记焦裕禄在带领妻儿回山东老家探亲，于雪花纷飞中同老母告别，突然间向她深情下跪。这庄重尽孝的一幕在以往基层干部形象塑造中实属罕见。无独有偶，《乡土》（2022）中立志带领铁屯村脱贫的村支书闫铁军，其老母在儿子的工作面临村民误解和阻拦的紧要关头，亲率儿子铁军和儿媳兰丽秀一道向村民祖先之墓虔敬下跪，体现了干部家庭对村民的仁厚、尽孝和容让之心，化解了原本尖锐而无法调和的矛盾。这样场面的出现绝非偶然。近十年来，中国大陆电影中有一种人物新品质变得越来越鲜明和突出，这就是基层干部的现代君子之风。这可以大体视为以儒家伦理为主干的中国古典心性智慧传统在中国当代社会中获得制度化构型的一种影像象征。而要把握这种电影艺术形象的来由及其美学范式特征，需要适当将这种形象塑造同当代中国已经和正在发生的一些社会制度变迁趋势结合起来考察。

一、从儒学化转向到现代君子之风

自从"五四"时期爆发"打倒孔家店"等儒家伦理批判大潮以

来,现代中国文艺中表现的价值认同核心或显在层面是反儒家伦理,以"五四"以来"新文艺"传统为标志(特别是在鲁迅、郭沫若、茅盾、巴金、老舍、曹禺、田汉等的作品中)。儒家伦理传统被迫折入潜隐或进入隐性层面去延续,例如在一些通俗性特点突出的电影中。在中华人民共和国成立以来的文艺中,当弘扬共产主义道德必然地成为主旋律时,以儒家伦理为代表的中国心性智慧传统便继续在隐性层面的边缘处徘徊,例如《达吉和她的父亲》(1961)中汉族工程队技师任秉清与失散在彝族社长马赫家的女儿达吉能否相认的情节处理①。进入改革开放时代,随着中国特色社会主义进程,中国文化传统在当代社会的作用重新受到关注和重视,这使得中国电影中基层干部形象逐渐地重新传达出儒家伦理及其君子之风的某些内涵来。特别是进入21世纪以来,一些影片更明确和显著重申儒家伦理的现代价值。《5颗子弹》(2007)透过狱警马队在大洪水中向押解的三名犯人展示"仁者无敌"的"仁枪"境界,形象地诠释了儒家式仁义道德的现代价值。我曾经把这种新趋势尝试理解为"主旋律影片的儒学化转向":这是指"主旋律影片中呈现的当代社会主导价值系统对古典儒家传统的借重与挪用状况。……在主旋律影片所呈现的当代价值系统中,更多地杂糅进以儒学价值系统为主导的传统价值观,前者如大公容让、舍己为人、任劳任怨、公正廉洁等品质,后者如仁爱、仁慈、仁厚、感化、中

---

① 面对当时有关该片的争论,周恩来指出该片受到不应有的创作观念束缚,无法让人物感情真挚地表达出来,因为担心被批评为"人性论""温情主义"或其他"旧社会"的东西。参见周恩来《周恩来同志谈艺术民主——一九六一年六月十九日在文艺工作座谈会和故事片创作会议上的讲话》,《周恩来陈毅论文艺》,河南人民出版社1980年版,第9—10页。

和、文质彬彬、成圣成贤等品质或风范，这两者形成复杂的相互交融"。这里不再是从通常的"共产主义道德"中寻求支撑，而是"出人意料地转向古典文化传统中的以仁爱为核心的儒学伦理"，"体现了当代核心价值表现上的儒学化转向。马队及其五颗子弹的击打方式所指代的，显然直接地是对儒家式'仁爱'伦理传统的回溯，借此中介才间接指向当代核心价值。从马队形象集中凝聚传统儒家所崇尚的'仁者无敌'的伦理境界看，影片在主旋律理念的儒学化转向方面展示了新的突破"。①该片中的狱警马队虽然主要不是从基层干部形象角度去塑造的，但观众却可以从中读解出关于基层干部的现代君子之风的新诠释：真正合格的基层干部应当如马队那样理直气壮地传承和弘扬儒家式伦理价值，在与犯人打交道时敢于以基层干部应有的传统美德或君子之风去加以感召，而不是一味地强制性压服。

随后几年的影片中陆续有基层干部形象展现出或显或隐的中华传统美德风貌。在2008年（改革开放30周年纪念年份），《千钧·一发》中的老警察老鱼四天里破获连环爆炸案而身负重伤；《欢乐树》中王林生烧毁自家房屋阻吓村民上山砍林从而唤醒被蒙蔽民众和返乡商人李明德的天然林保护意识；《愚公移山》以"劳动模范"李双良为原型，叙述退休工人带头治理城市环境、将太钢废渣场变成美丽花园的故事；《十八个手印》中凤阳县委书记陈开元为改变农村贫穷落后面貌而毅然支持小岗村"包产到户"；《永远是春天》以"最美奋斗者"王乐义为原型，讲述王永乐从癌症病人被选为村支书并带领村民发展蔬菜种植业的故事；《水凤凰》以"师

---

① 王一川：《主旋律影片的儒学化转向》，《当代电影》2008年第1期，第17页。

德标兵"陆永康为原型,刻画小学民办教师卢荣康跪着教书的优秀人民教师的感人形象。2009年的《铁人》重塑钻井队长王进喜及其"铁人"精神。2010年的《第一书记》再现"优秀共产党员""百名优秀村官"安徽省凤阳县小岗村党支部第一书记沈浩带领小岗村村民脱贫致富奔小康的事迹。在2011年(建党90周年纪念年份)影片中,《建党伟业》叙述毛泽东、李大钊等创建中国共产党;《秋之白华》重现中共早期领导人瞿秋白短暂而光辉的一生;《吴运铎》写兵工专家吴运铎抗战时期为发展军工作贡献;《杨善洲》叙述"优秀共产党员""最美奋斗者"保山地委书记杨善洲退休后到大亮山种树的故事;《湘江北去》描述毛泽东、萧子升、蔡和森等走出不同的救国道路。2012年的《钱学森》叙述科学家钱学森回国从事"两弹"研制;《白鹿原》中有"仁义"之名的白鹿村在现代发生巨变,族长白嘉轩之子白孝文、乡约鹿子霖之子鹿兆鹏、白家长工鹿三之子黑娃等情同手足,成年后各赴前程,而其中的鹿兆鹏投奔革命并领导革命斗争。这些影片从不同角度阐发基层干部形象中的传统美德意味。

如果说,上面说的"儒学化转向"还只是带有开端性意义的一股股分散的涓涓细流,那么,正是从2013年以来,随着国家层面全面引导和社会各方面共同推进的中华传统美德的制度化构型的进展,这些细流终于逐渐扩展为如今的浩荡主流。如果按照我国现有行政级别的相关规定推算,中央领导可称为高层领袖,县团级及以下的为基层干部,介乎这两者之间的厅局级到部级干部一律称为中层干部,那么,国产影片中的基层干部塑造已经形成了一个完整的层级格局。从下面的表格中,可看出这种浩荡主流中托举起来的高层领袖、中层干部和基层干部的形象组合。不过,鉴于目前要完整地搜集和观看这类影片还存在特殊的困难,例如不少影片无法进入院线上映而只能在"内部"观看,故表9-1只能提供笔者个人能力所及获取的不完全影片汇集:

表9-1 2013—2021年国产影片中的干部形象

年份	出场干部类型	片名	主要事迹
2013	高层领袖	《周恩来的四个昼夜》	周恩来总理1961年5月考察革命老区河北邯郸伯延公社
2013	高层领袖	《毛泽东与齐白石》	毛泽东1950年前后与齐白石交往
2015	高层领袖	《百团大战》	毛泽东、朱德、彭德怀、左权等在抗日战争时期领导八路军发动"百团大战"
2015	高层领袖	《少年毛泽东》	毛泽东少年时代立志高飞(动画片)
2015	高层领袖	《邓小平登黄山》	邓小平于1979年7月登黄山并发表"黄山谈话"
2016	高层领袖	《古田会议》	毛泽东、朱德、陈毅等红军领袖1929年召开"古田会议"
2016	高层领袖	《难忘的岁月》	延安时期毛泽东和陈云等扩大中共党员队伍
2016	高层领袖	《四渡赤水》	毛泽东1935年指挥红军"四渡赤水"(动画片)
2017	高层领袖	《建军大业》	毛泽东、周恩来、朱德、贺龙、叶挺等1927年领导南昌起义、创建人民军队
2019	高层领袖	《红星照耀中国》	美国记者埃德加·斯诺1936年到延安采访中共领导人毛泽东、周恩来、彭德怀、徐海东等
2019	高层领袖	《古田军号》	毛泽东、朱德、陈毅等1929年召开古田会议

续表

年份	出场干部类型	片名	主要事迹
2021	高层领袖	《1921》	毛泽东、陈独秀、李大钊、李达等1921年创建中国共产党
2021	高层领袖	《革命者》	中国共产党创始人之一李大钊1912年至1927年的革命活动
2021	高层领袖	《红船》	毛泽东、李大钊等1921年的建党活动
2021	高层领袖	《三湾改编》	毛泽东在1927年秋收起义后在江西永新三湾村领导"三湾改编"
2013	中层干部	《炮兵司令朱瑞》	朱瑞1946年起北上沈阳组建解放军新兵种炮兵
2021	中层干部	《何叔衡》	中共一大代表何叔衡1931年起担任中华苏维埃共和国临时中央政府工农检察部部长
2013	基层干部	《雷锋的微笑》	从毛泽东主席1963年回忆雷锋微笑照片起讲述雷锋成长过程
2013	基层干部	《雷锋在1959》	雷锋在1959年从农民到工人再到军人的成长过程
2013	基层干部	《青春雷锋》	雷锋从1956年起到1962年牺牲的成长故事
2013	基层干部	《南泥湾》	八路军连长老周、女战士苗子等1941年春耕耘南泥湾
2013	基层干部	《牛老汉的幸福生活》	当代北方农民牛老汉在村书记、镇长和大学生村官等劝导下搬进新居
2014	基层干部	《智取威虎山》	少剑波、杨子荣等1947年东北解放区剿匪故事
2014	基层干部	《警察日记》	当代英模人物警察局长郝万忠14年破案故事

续表

年份	出场干部类型	片名	主要事迹
2014	基层干部	《兰辉》	当代英模人物北川副县长兰辉在2008年汶川地震后带病工作,因公殉职
2016	基层干部	《党的女儿尹灵芝》	尹灵芝历经抗日战争和解放战争而从山村少女成长为共产主义战士并为之献身
2016	基层干部	《社区主任》	当代英模人物社区主任吴亚清推进社区综合治理
2016	基层干部	《太阳河》	红军总部卫生队长廖崇光等感动被押解的国民党军团长韩枫
2016	基层干部	《燕振昌》	当代英模人物村党支书燕振昌一心为公,治理和发展乡村
2016	基层干部	《湄公河行动》	改编自2013年真实事件,中国公安部特别行动小组高刚、方新武等赴湄公河侦破案件
2018	基层干部	《黄大年》	当代英模人物黄大年从1988年入党到2017年去世间的科技报国故事
2018	基层干部	《红海行动》	改编自2015年真实事件,中国海军"蛟龙突击队"杨锐、顾顺、夏楠、徐宏、佟莉、张天德、庄羽、李懂等奉命执行撤侨任务
2018	基层干部	《我不是药神》	改编自2015年真实事件,讲述上海警察曹斌处理神油店老板程勇独家代理仿制药"格列宁"案件
2019	基层干部	《攀登者》	改编自1960年和1975年中国登山队两次登顶珠峰事迹,讲述方五洲、曲松林、徐樱、李国梁等攀登珠峰
2019	基层干部	《中国机长》	改编自2018年真实事件,讲述刘长健等中国民航机组成员与119名乘客空中遇险而成功降落

续表

年份	出场干部类型	片名	主要事迹
2019	基层干部	《我和我的祖国》	通过新中国成立70年间7个小故事,讲述普通人爱国情怀
2020	基层干部	《我和我的家乡》	通过中国东西南北中五个乡村题材故事,讲述普通人的爱家乡行动
2020	基层干部	《金刚川》	志愿军1953年金城战役
2020	基层干部	《夺冠》	中国女排从1981年首夺世界冠军到2016年里约奥运会夺冠
2020	基层干部	《除暴》	刑警队长钟诚破获张隼为首的犯罪团伙"老鹰帮"
2020	基层干部	《紧急救援》	以中国海上救援队海上救援事件为原型,讲述特勤队高谦、方宇凌和赵呈等执行海上救援任务
2020	基层干部	《秀美人生》	改编自英模人物黄文秀扶贫事迹
2021	基层干部	《我的父亲焦裕禄》	改编自焦裕禄之女回忆录,讲述焦裕禄事迹
2021	基层干部	《悬崖之上》	抗日战争时期四位中共特工空降回哈尔滨执行"乌特拉"秘密任务
2021	基层干部	《守岛人》	以英模人物王继才事迹为原型,讲述32年守岛故事
2021	基层干部	《柳青》	作家柳青于1952年到陕西长安皇甫村挂职14年,创作长篇小说《创业史》
2021	基层干部	《中国医生》	以武汉金银潭医院院长张定宇为原型,讲述张竞宇院长及其他医务人员团结抗疫
2021	基层干部	《我和我的父辈》	抗战时期冀中骑兵团的战斗故事

续表

年份	出场干部类型	片名	主要事迹
2021	基层干部	《长津湖》	志愿军七连参加长津湖战役
2021	基层干部	《长成一棵树的岁月》	18任右玉县委书记接力式地治理环境
2021	基层干部	《村头村尾》	老书记徐进水和老人刘守山之间消除恩怨而共同支持脱贫事业
2021	基层干部	《山歌》	赵琳和何斌分任邻村扶贫第一书记共同完成脱贫任务
2021	基层干部	《乡土》	以真实人物为原型,讲述党委书记闫铁军带领铁屯村脱贫
2021	基层干部	《扫黑·决战》	扫黑专案组长宋一锐破获黑恶集团
2021	基层干部	《春天的约定》	白家庄子第一书记靳军和扶贫队员米粒儿等共同扶贫
2021	基层干部	《谷文昌的故事》	以英模人物谷文昌为原型,讲述其仁厚对待"敌伪家属"和让"荒岛"变"宝岛"
2021	基层干部	《浏阳河上》	党委书记兼总河长潘梅雪治理河道
2021	基层干部	《大山的儿子》	以英模人物为原型,讲述张东堂带领四龙庙村群众脱贫致富
2021	基层干部	《村里的年轻人》	党员大学生张文斌带领群众以药茶产业致富
2021	基层干部	《山路十八弯》	十八湾村扶贫书记冯曙光推动扶贫工作
2021	基层干部	《幺妹住在十三寨》	秦思岚回乡带领十三寨村脱贫

年份	出场干部类型	片名	主要事迹
2021	基层干部	《伊水栾山》	栾川县潭头镇副镇长马海明以生态保护为抓手脱贫
2021	基层干部	《阳光照耀塔什库尔干》	塔什库尔干塔吉克自治县皮乐村两代第一书记杨信达和彭光亮精准扶贫
2021	基层干部	《花儿为什么这样红》	以英模人物为原型,讲述拉齐尼·巴依卡和刘红军为救群众而牺牲

从这个不完全列举可见,2013年以来,基层干部以及其中的英模人物得到越来越多的呈现。特别是在2021年,基层干部形象出现数量或频次为多年来之最。在纳入考察的64部影片中,表现中层干部形象的只有2部,即《炮兵司令朱瑞》《何叔衡》,数量最少,约占3%;高层领袖形象为15部,约占23%;基层干部形象为47部,约占73%,数量最多。这显然既与建党一百周年纪念年份需要突出宣传基层干部形象相关,也与当年作为决战脱贫攻坚战和全面建成小康社会的年份需要展现基层扶贫干部的工作相关。不过,真正关键的原因在于,2013年以来国家和社会就文艺作品中基层干部形象塑造原则出台了一系列重要指导意见,其中重要的就是大力推崇现代君子之风。

二、现代君子之风的社会伦理层级构型

现代君子之风,是指这些影片中的基层干部形象不仅展现了共产主义道德的风采,而且有力地突出了以儒家伦理为代表的中

华传统美德的风采，因此不妨概括为"现代君子之风"。中国电影中激荡起这股现代君子之风，并非仅仅出于电影美学规律，而是有着来自当代社会生活及社会发展的深厚缘由。这种深厚缘由固然需要从当代社会生活激流的深层隐秘处去寻找、辨识，但从2013年这个特殊年份起回溯——因为从那时开始出现来自国家层面的明确倡导，或许不失为一种简明便捷的办法。近期国产影片中作为现代君子之风的代表的基层干部形象的塑造历程，至少得到如下几方面的推进力量。

一是国家层面对中华优秀传统文化的传承要求。习近平总书记于2013年3月1日在中央党校建校80周年庆祝大会暨2013年春季学期开学典礼上讲话中指出："……中华民族的优秀传统文化和民族精神，我们都应该继承和发扬。"①当年8月19日总书记在全国宣传思想工作会议上提出"四个讲清楚"命题："宣传阐释中国特色，要讲清楚每个国家和民族的历史传统、文化积淀、基本国情不同，其发展道路必然有着自己的特色；讲清楚中华文化积淀着中华民族最深沉的精神追求，是中华民族生生不息、发展壮大的丰厚滋养；讲清楚中华优秀传统文化是中华民族的突出优势，是我们最深厚的文化软实力；讲清楚中国特色社会主义植根于中华文化沃土、反映中国人民意愿、适应中国和时代发展进步要求，有着深厚历史渊源和广泛现实基础。"②这里把传承和弘扬"中华优秀传统文化"的任务面向包括文艺界在内的全国宣传思想文化界做了

---

① 习近平：《依靠学习走向未来》，《习近平谈治国理政》，外文出版社2014年版，第405—406页。
② 习近平：《把宣传思想工作做得更好》，《习近平谈治国理政》，第155—156页。

正式部署。11月26日总书记在考察曲阜时提出大力弘扬中华优秀传统文化。①12月30日在主持十八届中央政治局第十二次集体学习时总书记指出："要继承和弘扬我国人民在长期实践中培育和形成的传统美德,坚持马克思主义道德观、坚持社会主义道德观,在去粗取精、去伪存真的基础上,坚持古为今用、推陈出新,努力实现中华传统美德的创造性转化、创新性发展,引导人们向往和追求讲道德、尊道德、守道德的生活,让13亿人的每一分子都成为传播中华美德、中华文化的主体。"②这就等于提出了传承和弘扬"中华传统美德"的要求。在2014年10月14日《在文艺工作座谈会上的讲话》中向全国文艺工作者发出了"要结合新的时代条件传承和弘扬中华优秀传统文化"③的号召。

二是国家层面关于社会主义核心价值观必须从中华优秀传统文化汲取营养的统一要求。"中华优秀传统文化已经成为中华民族的基因,植根在中国人内心,潜移默化影响着中国人的思想方式和行为方式。今天,我们提倡和弘扬社会主义核心价值观,必须从中汲取丰富营养,否则就不会有生命力和影响力。"④这里强调"社会主义核心价值观"也必须从"中华优秀传统文化"汲取营养,可见后者已经被明确列为当代文化建设的重要源头。

三是国家层面关于现代"君子"之风的明确要求。诸如以儒家

---

① 《习近平:汇聚起全面深化改革的强大正能量》,http://politics.people.cn/n/2013/1128/c1024-23688474.html。

② 习近平:《提高国家文化软实力》,《习近平谈治国理政》,第160—161页。

③ 《习近平在文艺工作座谈会上讲话》,http://culture.people.cn/n/2014/1015/c22219-25842812.html?from=androidqq。

④ 习近平:《青年要自觉践行社会主义核心价值观》,《习近平谈治国理政》,第170页。

伦理为代表的"君子喻于义""君子坦荡荡""君子义以为质""言必信,信必果""仁者爱人""与人为善"等"君子"风范被多次提及。①还有《论语·学而》中的"君子务本,本立而道生"。②特别是在2020年1月8日"不忘初心、牢记使命"主题教育总结大会上,《论语》中的"君子之过也,如日月之食焉:过也,人皆见之;更也,人皆仰之""君子之德风,小人之德草,草上之风必偃",北宋理学家吕希哲的"天下之难持者莫如心,天下之易染者莫如欲",以及北宋宋祁的"人不率则不从,身不先则不信"等名言接连被引用③,要求像"君子"那样,敢于直面问题和修正错误,保持高风亮节,克制个人私欲,率先垂范,为人民敢于有作为。

四是党的十九大通过的《中国共产党章程》(2017年版)在"提倡共产主义道德"之后首次增加了"弘扬中华民族传统美德"④。这可视为有关共产党员的现代君子之风要求的一种坚实有力的制度化措施:其标准在于将"共产主义道德"与"中华民族传统美德"融合起来,成为衡量党员和基层干部的一把常态化尺子。

五是全面建成小康社会、决胜脱贫攻坚战、乡村振兴、建设社会主义文化强国和社会主义现代化强国等当代社会生活实践,给基层干部成长为拥有现代君子之风的干部提供了合适的大舞台。

可以说,正是2013年以来国家和社会对文艺作品中基层干部

---

① 习近平:《青年要自觉践行社会主义核心价值观》,《习近平谈治国理政》,第170页。

② 习近平:《在第三届世界互联网大会开幕式上的视频讲话》(2016年11月16日),http://www.xinhuanet.com/politics/2016-11/16/c_1119925133.htm。

③ 习近平:《在"不忘初心、牢记使命"主题教育总结大会上的讲话》,http://www.gov.cn/xinwen/2020-01/08/content_5467606.htm。

④ 《中国共产党章程》,人民出版社2017年版,第26页。

形象的塑造提出了以现代君子之风为标志的新的美学原则，这才有力地鼓荡起电影中现代君子之风的创作热潮。要认识这股现代君子之风的究竟，需要适当关注这批银幕形象塑造所赖以支撑的儒家伦理传统的现代制度化建设进程。

正如论者指出的那样，"从整个儒家的发展史而言，在传统中国社会，儒家更多的是一种制度化的存在。制度化儒家包含有'儒家的制度化'和'制度的儒家化'两个层面，所谓'儒家的制度化'是通过孔子的圣人化、儒家文献的经学化和科举制度等一系列制度设计来保证儒家的独尊地位及其与权力之间的联系；而'制度的儒家化'则是儒家观念在社会控制体系和制度设计中的渗透和呈现，具体地说就是体现着儒家观念的国家意识形态、宗族制度、政治社会结构等现实的制度的建立。这两个层面通过权力、真理和制度之间的互相配合而长期影响着中国人的生活"①。由此观点看，当代中国社会中正在兴起一种让现代君子之风"制度化"的整体进程，其中一方面是君子伦理的社会制度化，另一方面是社会制度的君子伦理化，由此通向一种以君子伦理为核心的和谐稳定的现代社会秩序。"儒家一直主张以礼作为治国之本，而礼的基本原则，就在于通过对建立在血缘自然关系之上的等级人伦秩序的强调，而达到一种和谐稳定的社会秩序。"②

这种以君子伦理为核心的现代社会秩序的构型，虽然也讲究等级或层级的差别，但真正根本的还是主体之间在德行修为上的无等级的内在超越性。按照儒家伦理传统，"君子"虽然听命于"天"并遵循一定的社会等级制度规范，但归根到底贯穿着德行修

---

① 干春松：《制度化儒家及其解体》，中国人民大学出版社2003年版，第2页。
② 同上书，第256页。

为的优先性或内在超越原则。这种内在超越原则表明，"道德生活之本质，为自觉的自己支配自己，以超越现实自我"。其具体体现为，"一切道德行为、道德心理之唯一共同的性质，即为自己超越现实的自己的限制"①。这关键在于个人自己有着超越性体验的行动（或实行）："这个超越性的源头……只有待每个人自己去体验。"②"我当然不否认中国传统社会中人有等级、职业种种分别分化的事实，但那完全是另一不同的问题。……在中国文化的价值系统中，人的尊严的观念是遍及于一切人的，虽奴隶也不例外。"③重要的是，个人德行修养或"内在超越"的优先性及"人的尊严"等相关观念是通过扎实有效的社会制度化建设而内化于心、外化于行的。"以内在超越的智慧说明中国传统的心性之学，为现代新儒家道德形上学得以成立的思想前提。'内在'是就心性本体而言，指心体或性体，表现为生命精神；'超越'因层次不同而意义有别，主要涉及性与天道、精神的向上提升和超越的存有论等问题。"④主体的德行修为上的"内在超越"，主要体现为主体自觉的心性修为。

在三类干部形象中，无论是君子式高层领袖形象如毛泽东、周恩来、邓小平、李大钊、陈独秀、瞿秋白等，还是君子式中层干部形象如炮兵司令朱瑞和红军时期检察部长何叔衡，或是君子式基层干部形象如谷文昌、焦裕禄、王继才、燕振昌、徐进水、潘梅雪、张

① 唐君毅：《道德自我之建立》，《唐君毅全集》第4卷，九州出版社2016年版，第1、30页。
② 余英时：《儒家伦理与商人精神》，《余英时文集》第3卷，广西师范大学出版社2014年版，第7页。
③ 同上书，第18页。
④ 张毅：《儒家文艺美学：从原始儒家到现代新儒家》，南开大学出版社2004年版，第415页。

东堂等,都是自觉践行个人的德行修为,处处寻求成为群众或他人的表率。这种层级设计的制度后果在于,揭示一种符合君子风范的现代社会制度构型原则:当高层君子如圣贤般起到全社会的表率作用,特别是成为基层君子的言行示范时,基层君子则自觉地以圣贤为典范而成为周围人群的日常生活言行典范。

三、现代君子之风的美学范式

要进一步认识这批现代君子形象的美学风度,需要适当归纳或概括出展现现代君子之风的大致通行的价值标准。不妨从当代中国化马克思主义的"共产主义道德"与"中华民族传统美德"相结合的角度,适当参照传统儒家和道家的相关价值规范构架,共同组合出一个现代君子之风的美学范式。这种现代君子之风美学范式可以呈现如下具体价值观:一是仁厚,即仁爱和宽厚;二是容让,即宽容、忍让、谦让;三是义勇,即为正义而勇敢奋斗,也可包括义气、勇毅、自我牺牲等;四是刚正,即刚直方正、无私无畏;五是儒风,即儒雅和风流。不过,特别要看到,就这些影片对于基层干部形象的具体刻画看,这些价值观呈现实际上是相互渗透和相互交融的,甚至是多重价值观的复合型组合方式。在论述中为着眼于该形象在该部影片中最主要的价值观呈现,作简化处理而仅列一项,梳理出其现代君子之风的主要标志性呈现特征。

下面对五种美学范式分别做简要说明。

1. 仁厚式君子风。在五种美学范式中,仁厚无疑是构成现代君子之风的最核心和最普遍的美学范式,同容让、义勇、刚正、儒风等其他范式相互渗透和交融在一起，并且构成了它们的基础型范式。就干部来说，仁厚意味着爱护黎民百姓，把普通群众的利益装在自己心中，在工作中时时处处事事替他们着想、为他们服务。无论是革命年代的毛泽东、周恩来、李大钊、陈独秀、朱德、贺龙、叶挺、陈毅等高层领袖，还是和平建设年代的黄文秀、焦裕禄、王继才、徐进水、闫铁军、谷文昌、潘梅雪、张东堂、冯曙光、杨信达等基层干部或干部，都以仁厚之心去为人民着想和服务。在《谷文昌的故事》里，面对东山岛数千百姓家庭因被国民党抓壮丁而成为"敌伪家属"，遭到"敌对""敌意"等严峻事实，谷文昌冒着"同情敌伪家属""以敌为友"等可能的政治罪名，全力以赴为他们争取到正常人的待遇，给他们以人的尊严，体现了博大的仁厚胸怀。在《我的父亲焦裕禄》里，焦裕禄自认为"县委书记就是一个卒子，凡事都要拱在前面，拱在第一个"，这正是他的仁厚之心的集中体现。他在率领妻儿离开老家大门后，面向老母站立的方向远远地告别时，突然下跪，显然是深深感化于齐鲁文化中的仁厚之心传统，体现出这种古老传统美德同"共产主义道德"的当代交融。《长成一棵树的岁月》里的18位县委书记，在艰苦环境里带头治理环境，体现出无边的仁厚之心。

2. 容让式君子风。《燕振昌》《乡土》《浏阳河上》《大山的儿子》等共通点在于，在本乡本土服务的基层干部，总是要首先克制个人和亲友的利益而无私地为个人和亲友之外的广大民众服务，体现无私奉献、舍己为公、宽容、谦让甚至自我牺牲等精神品质，这里暂时以容让精神及其风范去概括。容让，这里还应包含在遭遇亲友误解和阻挠时而依旧任劳任怨地服务的意思，例如《浏阳河上》的潘梅雪、《大山的儿子》中的张东堂就是甘冒亲友的误会。

《燕振昌》从一开始就把燕振昌置入环境危机深重的激流中。他以一个干部就是一面旗帜的誓言去工作,不顾家人、亲属的误解和劝阻,特别是不顾亲儿子燕松涛以当众下跪方式进行的劝阻,硬性要"为全村人找活命水"而亲自推掉自家祖坟上的墓碑,甚至宁可舍去自己的性命也要把水磨河村的环境治理好,直到在办公桌前去世。这里也有燕振昌本人的下跪:他面对自家祖先的墓碑,向着祖先们的亡灵下跪致歉,然后果断推掉墓碑。《乡土》中的闫铁军,当其面对亲兄弟和村民老兰爷分别拿自家性命全力阻止拆迁房屋和搬迁祖坟,村民纷纷前来旁观的严峻局面而无计可施之时,他的母亲站了出来,设身处地耐心劝说老兰爷,劝导他替儿孙们着想,不要让死人再占活人的地,并且在兰家女儿就迁坟一事让给个说法时,闫母毅然决然地就儿子作为村支书为村民服务时可能的过错,向兰家以及所有村民的祖先下跪,并且带着儿子铁军和儿媳一道下跪,这样说:"再难也要把咱们村带起来,永远不让大家再受穷、再挨饿了。"正是在母子三人集体下跪的社会仪式般场景中,迁坟之事终于如期完成,村里发展障碍被扫除。

3. 义勇式君子风。这种为了正义事业而奋不顾身地奋斗的风范,不仅灌注于革命年代或战争年代的影片中,而且也体现在和平年代的场景里。《建军大业》中毛泽东、周恩来、朱德、贺龙、叶挺等领导南昌起义和秋收起义,《百团大战》中毛泽东、朱德、彭德怀、左权等率军抗击日寇,《1921》中毛泽东等十三位来自全国各省的代表汇聚上海和嘉兴南湖共举建党伟业,《革命者》中李大钊以个人身躯换取全国民众的觉醒,都展现出义勇气质。《悬崖之上》在谍战片、动作片和惊险片等多类型交融形式中,刻画出从苏联空投回哈尔滨执行特别使命的四名中共特工的形象,他们在险恶环境下惊心动魄地战斗,舍身忘死地维护革命利益,其义勇品质产生了大义凛然的美学效果。《长津湖》中的连长伍千里和指导员梅生等以义薄云天的英勇气概投入长津湖血战中,突出了志愿军的义勇精神。《我和我的父辈·乘风》讲述父辈骑兵团传奇故事,一个个先烈的义勇精神深深地铭刻在观众记忆里。《花儿为什么这样红》中,两位主人公巴依卡和刘红军分别为救助落水儿童和遭遇滚石袭击的少年献出了宝贵的生命,共同在和平年代日常生活的偶发危机中谱写出舍己救人的义勇精神协奏曲。

4. 刚正式君子风。这类现代君子之风较多地体现在公检法及相关题材的影片中。郝万忠局长不仅在破案中,而且也在协调处理各种民事纠纷中,展现出刚正有为的风范(《警察日記》)。作为建党创始人之一的何叔衡,在苏区执法断案中透露出刚正不阿的精神,即便因此累及自己未来发展前途也在所不惜(《何叔衡》)。特别是在《扫黑·决战》中,宋一锐领导的专案组刚介入魏河县赵家村拆迁改造过程暴力致村民死亡案件,就遭遇当地严峻而又复杂的对立形势。他们受到村霸赵氏父子和宏远集团总经理孙志彪等联合设置的明面上的重重阻挠,特别是还发生与被挑唆的集资群众之间的严重斗殴事件,造成不良网络舆论,被迫回省述职。但宋一锐和他的专案组不畏阻碍坚持秉公办案,终于峰回路转地发现由县长曹志远和县委原书记曹顺华等暗地里组成的地方黑恶势力链条及其隐形保护伞。他们的坚持终于换来案件侦破的彻底胜利和曹氏父子"家天下"美梦的幻灭,彰显出刚正品质。

5. 儒风式君子风。也就是古典儒家君子所要求的既儒雅且风流,一种温文尔雅、富于文采的为人风度。在《毛泽东与齐白石》中,毛泽东为接见齐白石老人而亲自安排菜谱,包括湘潭味红烧肉、湖南浏阳辣椒等，"让他找到回家的感觉"。毛泽东在丰泽园招待齐白石时说："民间艺术也能改变世界。"我们看到，齐白石在品尝过红烧肉后，感受到浓浓的湖南乡情。该片还设计了一个富于童趣的情节：毛泽东的小女儿李讷突然闯进来天真地要摸齐白石老爷爷的胡须，说是摸了就会画画。老人欣然同意，众人朗声大笑。毛泽东在感谢齐白石送的印章时特意提及感谢他赠送的画作，齐白石很意外地说自己没送画而只送了印章。结果秘书拿出那幅画后，齐白石才意识到那确实是当时自己包印章用的废弃画作，没想到被毛泽东当作礼物珍藏。谈笑间，齐白石欣然请毛泽东和郭沫若联手题诗。毛泽东题写上联"丹青意造本无法"，郭沫若题写下联"画圣胸中常有诗"。这幅珍贵的画作被齐白石精心收藏，可谓一则现代儒风之美谈。这样的现代儒风，还可以在《难忘的岁月》中陈云在延安窑洞里演唱苏州评弹看出，这也为陈云在改革开放时代倡导恢复和发展苏州评弹埋下了伏笔。

特别是在一些位列票房前列的相关影片中，例如《长津湖》（票房约57.72亿元）、《流浪地球》（约46.86亿元）、《红海行动》（约36.51亿元）、《我和我的祖国》（约31.69亿元）、《我不是药神》（约31.00亿元）、《中国机长》（约29.12亿元）、《我和我的家乡》（约28.29亿元）、《湄公河行动》（约11.82亿元）等，现代君子之风成为最主要的和最能打的制胜法宝之一。这些影片分别透过基层干部在战争、危机或激变等关口的果敢作为，异常显著地突出了基层干部的义勇、仁厚等现代君子之风：《长津湖》中伍千里、梅生等在异常艰难的长津湖战役中力挽狂澜；《流浪地球》中刘培强、刘启、王磊等为了未来地球的出路而奋勇探险；《红海行动》中杨锐等"蛟龙突击队"在撤侨中用顽强信念和慷慨勇气铸成中国军人丰碑；《我和我的祖国》中的平凡个人如科研人员高远、外交官安文彬、退休扶贫办主任老李、飞行员吕潇然等为国家发展建立丰功伟绩；《我不是药神》中警官曹斌在追查程勇案件中既刚毅正直又心怀仁慈；《中国机长》中的机长刘长健在突如其来的空中险情中临危不惧而智勇化解；《我和我的家乡》中的村长王守正、魏村长等一心为家乡发展而谋划；《湄公河行动》中高刚等专案组成员在国外智勇双全地惩治罪犯。票房高，可以从一个侧面反映出这类现代君子之风形象在社会公众中广受欢迎和喜爱的程度。影院观影，实际上带有某种社会仪式的集体认同性质：通过影院中众多观众对于银幕上基层干部形象的集体认同，有效地凸显出现代君子之风在公众中产生的社会伦理价值。这不仅仪式般地突出了古典君子之风传统的现代传承，也同样仪式般地为现代民族国家的正义性提供了有力的合理性与合法性支持。

与这五种现代君子之风形成对照的还有一些反面人物。《扫黑·决战》里的县委原书记曹顺华及县长曹志远父子，《悬崖之上》中的叛徒，《何叔衡》中买凶杀人案罪犯谢步升等，则是人浮于事、腐败、堕落等的代表。他们在这批影片中的呈现虽然只占极少数，但可以激发观众一定社会面联想，同时更促进他们进一步体会那些正面形象的现代君子风范。

四、仪式化美学情境与现代斯文构型

为了凸显这种现代君子之风，不少影片注意建构具有社会仪式化特点的美学情境，简称仪式化美学情境。电影（特别是故事片）并不一定直接描写社会上真人真事中的现代君子之风，而是转而借助于一个个具体而又生动的想象性仪式化美学情境去传达，因此需要分析影片中仪式化美学情境的特定作用。

按照一些社会学家或人类学家的相关论述，人们在社会生活中总是经历一个个社会仪式的承认、认同等的"过渡"。"每一个体总是共时性或历时性地被置于其社会之多个群体。为从一群体过渡到另一群体以便与其他个体结合，该个体必须从生至死，始终参与各种仪式。尽管仪式形式多有差异，但其功能则相近。……无论对个体或群体，生命本身意味着分隔与重合、改变形式与条件、死亡以及再生。其过程是发出动作、停止行动、等待、歇息、再重新以不同方式发出行动。"① 正是多种不同的社会仪式，可以有效帮助当事主体顺利实现人生中多种不同的目标。社会仪式，总是两人或两人以上共同参加的一种互动性社会构造过程。"互动仪式的核心是一个过程，在该过程中参与者发展出共同的关注焦点，并彼此相应感受到对方身体的微观节奏与情感。"这种社会仪式具有"以一个清晰的随时间发生的过程模型来呈现"的特点，注重"在片刻的时间内出现，又在稍长的几分钟、几小时和几天内消逝的细小的微观事件流"。"仪式是通过多种要素的组合建构起来的，它们形成了不同的强度，并产生了团结、符号体系和个体情感能量等仪式结果。……我们还会发现各种不同类型的集体意识或主体间性：各种不同的集体成员身份、符号体系、情感风格与社会经历。"②

① 〔法〕阿诺尔德·范热内普：《过渡礼仪》，张举文译，商务印书馆2010年版，第137页。
② 〔美〕兰德尔·柯林斯：《互动仪式链》，林聚任、王鹏、宋丽君译，商务印书馆2009年版，第85页。

具体地看，互动仪式有四要素：一是两个或两个以上的人聚集在同一场并相互影响，二是对局外人设限而参与者知道，三是人们有共同对象或活动并有互动，四是人们分享共同的情绪或情感体验。其中后两个要素更加重要，因为"关键的过程是参与者情感与关注点的相互连带，它们产生了共享的情感／认知体验"①。这种互动仪式在当事人中往往产生如下体验：一是增进群体团结，二是增强个体的情感能量，三是认同于代表群体的符号，四是维护群体中的道德感、正义感，尊重群体符号等。②不过，影片中的互动仪式毕竟不同于社会生活中真实发生的，而是一种想象的美学情境，人们共同参与的带有互动仪式特点的场面，其中既有预先设计的，更有大量的未经预先设计而是在社会生活中实际形成的。特别是后者，对于当事人具有突出的社会制度构型功能。

对于影片中基层干部形象的现代君子之风塑造来说，仪式化美学情境的设置，往往有助于维护或强化当事人的群体团结、个体情感能量、共同符号认同和群体正义感等。以下做一点实例分析。

1. 恋人相见不相认。《我和我的祖国·相遇》中，科研人员高远由于从事高度机密的核弹研制工作，忍痛与恋人方敏断了联系。几年后，当他戴着口罩偶然在公交车上遇见她，虽被她认出，也只能强行装作认错了人，因为一切都无法解释，也不能解释。这一相见不相认的公共仪式场面，突出了高远为国家利益而坚决牺牲个人情感和幸福生活的仁厚、容让、义勇等品质。

2. 魔都幻影。《1921》中，刘仁静、邓恩铭、王尽美三人被上海

---

① 〔美〕兰德尔·柯林斯：《互动仪式链》，林聚任、王鹏、宋丽君译，商务印书馆2009年版，第86页。

② 同上书，第87页。

大世界的哈哈镜逗得前仰后合的场景,突出了这群特殊人物出于仁厚和义勇而对现代化生活倾心向往。这是少有的有关党的创始者热切向往现代化未来的仪式化情境,透出了新意。

3.下跪。《燕振昌》中燕振昌不顾儿子下跪劝阻而自己向祖先墓碑下跪并随即亲手推倒墓碑,《乡土》中闫铁军和妻子在母亲带领下向村民祖先墓碑下跪致歉,这样的仪式化美学情境有力地化解了来自亲人、村民等的信任危机或敌对情绪,增强了群体认同感,也建构起基层干部在群众中的仁厚、容让等形象。《我的父亲焦裕禄》中的焦裕禄,为官一方始终牢记母亲有关"天上一颗星,地上一个丁,好男儿就要有担当"的嘱托,他在故乡崮山小山村边当着自家妻儿的面向老母郑重下跪,标志着作为孝文化故地的山东博山、颜山、孝水所长期浸润的仁厚和尽孝之风,通过这位党的基层干部获得了现代传承。

4.互行军礼。《太阳河》的尾声处,在一队队整装待发的红军战士旁边,指挥员在释放国民党军俘虏韩枫团长时,引用周恩来的评价说"作为中国军人,在民族大义面前,你还算是个好学生",并对他说"你自由了",还相约以后一同打日本鬼子,然后庄重地行了军礼,韩枫回敬同样的军礼。这个仪式化场面集中说明,红军医疗队长廖崇光等生前在艰难曲折的过草地过程中表现出的仁厚和容让之情,已经深深地感动了起初冥顽不化的韩枫。因此他才能在趟过沼泽地途中,眼见一个个红军战士英勇倒下,就连廖队长也陷落后,忍不住大喊一声"嫂子",然后身背小红军战士,怀抱婴儿,带着他们赶到红军总部报到。这才有了上述互行军礼的一幕。

5.送子从军。《长津湖》中,透过蒙太奇手法的组合,观众可以看到,一幅画面是毛泽东在中南海庭院亲送儿子毛岸英参加志愿军，另一幅画面则是浙江秀丽江边普通伍姓村民送儿子伍千里归队，形成了新中国官民一心保家卫国的互动仪式链，生动地形塑出国家领袖与普通百姓同生死、共患难的仁厚之风。当毛泽东在中南海苦苦"恳求"彭德怀带走岸英，并深情目送岸英离去时，伍千里的父母站在摇晃的船上凝视儿子，静静地，任何言语都不足以表达这对普通父母对儿子的不舍和担忧，侧光打在他们衰老的皱纹上，气氛被烘托而出。

6. 向长城行注目礼。还是在《长津湖》中，当七连战士们乘坐列车路经长城时，车门突然打开，蜿蜒而巍峨的巨龙释放出耀眼的光芒，似乎将祖国壮丽山河及其悠久历史打开在眼前，向儿女们发出无声的召唤。就连生性叛逆的伍万里也在突然间意识到什么，同伍千里和梅生等一道情不自禁地向壮美长城行注目礼。这一瞬间，相当于他们的一则无声的参战宣誓仪式：这群爱国指战员将誓死保卫美丽的人民家园。

7. 英雄丰碑。丰碑式的互动仪式链在《长津湖》中还有很多：由连长伍千里贴身携带的七连花名册，已经记载有677名先后牺牲的战士，那些画上红色方框的姓名，每一个都赫然是英雄丰碑；属于英雄丰碑的当然还有令观众充满悲壮感的"冰雕连"战士；准备退伍的指导员梅生的小箱子里的八岁爱女照片、军功章、日记本和书，这些是他的全部牵挂、他准备为之奉献的一切；已经撤往防空洞的"刘秘书"（毛岸英），想到大型军用地图还没取走，又飞奔回司令部，不幸遭遇美军炸弹轰炸，这组几秒钟慢镜头下奔跑的身影也给观众树立起英雄丰碑。这些互动仪式组成了有力的链条，既有助于影片中人物凝聚成一体，又有助于观众对他们的认同。

8. 文人雅兴。《毛泽东与齐白石》中，毛泽东在中南海丰泽园，由郭沫若等陪同,邀请齐白石老人来谈画、挥毫;在《难忘的岁月》中,陈云在延安窑洞里修习评弹,这两幅画面都体现现代人民领袖的儒雅风范,堪称现代斯文构型的有力象征。

9. 平而不凡之叠加。《守岛人》中,王继才坚守开山岛三十余年,其间一次次坚持升国旗、向国旗行军礼、高唱国歌,见证者有妻子王仕花、儿子、小狗以及大海,有时还有前来参观开山岛的游客们。影片中的六次反复叙述,参与人数一次比一次多,规模一次比一次大,仪式般地并且层层叠加地展现出王继才的守岛行为对于个人、家人、国人的重要意义,在平凡中透出不凡或崇高。

这些仪式化美学情境的出现,在影片的影像体系中具有一种双重美学功能:一重是促进共同体成员之间的高度认同和坚强团结,另一重是拉近他们与观众之间的距离从而形成高度的认同感和共情效应。这些互动仪式链,不仅有力地形塑了以仁厚、容让、义勇、刚正、儒风等为代表的现代君子之风,而且对于中国现代斯文的建立也有着深层构型的作用。

这里的现代斯文,是中国古典斯文衰落后中国现代文化急需确立的一种文化美学象征。斯文,在中国古代通常有两个含义:一是指传承自夏商周三代的礼乐制度及其教化规范,另一含义是指温文尔雅者、儒士、文人或儒者。孔子是夏商周三代礼乐制度即斯文的自觉传递者和维护者,对周公制礼作乐而建构的礼乐文化和伦理宗教制度及其理念体系体会尤深:"周监于二代,郁郁乎文哉! 吾从周。"①周礼是以夏代和商代礼仪为根据而制作的,因而会如此丰富多彩,但还是应当跟从周礼。孔子在春秋礼坏乐崩的

---

① 杨伯峻译注:《论语译注》,中华书局1980年版,第28页。

时代背景下，以"克己复礼"即继承上述三代文明，特别是发扬周代礼乐文化传统为己任。《论语·子罕》："文王既没，文不在兹乎？天之将丧斯文也，后死者不得与于斯文也；天之未丧斯文也，匡人其如予何！"[1]这位自觉的"斯文"传承人决心将周礼所代表的文化传统在新的时代条件下发扬光大。

本文的问题在于，如果说，中国古典文化传统有着自身的持续传承而又不断更新的斯文即古典斯文的话[2]，那么，在古典斯文体系已"丧"的现代，置身于现代境遇下的中国人如何重建属于自身的现代斯文？这种现代斯文，应当既是中国古典斯文的一种现代传承物及其遗韵，同时又是其在新的全球化境遇下，参酌世界多元文化之精华而建构成的有着现代新颖特质的制度化品质。近期影片中的基层干部形象之现代君子之风的塑造，显然正可以视为这种现代斯文的在当代社会中正在寻求制度化构型途径的一种象征性形态。

以上只是对近期国产影片中的基层干部形象及其现代君子之风的简要概观，如果要进一步挖掘现代君子之风中人物精神品质状况，需要联系一种当前正在兴起的万物通心智慧去审视。

同时，以上所讨论的现代君子之风也同时可以从其他艺术门类中发现，例如可以同小说和电视剧《人世间》中的心性现实主义美学范式联系起来考察。如果说，《人世间》中的中国式心性现实

---

① 杨伯峻译注：《论语译注》，中华书局1980年版，第88页。

② 有关论述参见陶磊《斯文及其转型研究》，浙江大学出版社2012年版；中国国学研究中心编《斯文在兹——儒家文化精神与源流（上）》，人民出版社2017年版；〔美〕包弼德《斯文：唐宋思想的转型》，刘宁译，江苏人民出版社2001年版。

主义范式集中体现出中国古典心性智慧传统在现实主义文艺思潮中获得转型再生之机，那么，其中以周秉义及其岳母金月姬为代表的中层干部形象，也像在本文已经论及的近期影片中那样，着力呈现出了现代君子之风。周秉义的刚正有为、金月姬的庄正柔婉，都可视为现代君子之风的不同形态的呈现。这种现代君子之风也可视为心性现实主义美学范式在近期电影艺术门类中的一种构型方式。属于心性现实主义的以真善交融、典型传神、地缘化育和时事造人、褒贬皆有、流溯风格等美学范式特征，也可以说正高度集中凝聚在现代君子之风的形塑之中。特别就当代现实题材影片来说就更是如此。《我不是药神》中曹斌的仁厚，《中国机长》中的刘长健等的义勇，《我和我的祖国》中高远、安文彬、老李、吕潇然等的仁厚，《我和我的家乡》中村长王守正、魏村长等的仁厚，《守岛人》中王继才的仁厚，《长成一棵树的岁月》中18位县委书记的仁厚，《大山的儿子》中张东堂的容让等，恰是心性现实主义文艺所拟想的具有现代君子之风的主人公或主要人物的代表。

由此可见，近期影片中的现代君子之风塑造是当前我国文艺创作整体变迁趋势中的一部分。电影作为受众数量巨大、社会影响广泛的大众艺术门类，在将处于社会制度化层级构型中的现代君子之风以影像方式流布于社会公众这方面，具有得天独厚的美学优势。

第十章　大变局下社会心态新构型
——以近年现实题材电视剧为例

回顾2022年上半年现实题材电视剧,脑海不禁跳出三幅图景:《人世间》里老工人周志刚在历经苦难后临终前对自己一生包括三个儿女秉义、周蓉和秉昆都表示满意;《大山的女儿》里"时代楷模"黄文秀以果敢的创变型作为和温厚的"人师"风范泽被后世;《春风又绿江南岸》里县委书记严东雷顺势而为地创造出自然生态美与政治生态美之双美交融的江南山村美。我由此感到,电视剧作品中有一种新趋势变得越来越清晰,这就是在对于当前"百年未有之大变局"时代人间百态的生动描绘中出现了社会心态新构型。而这种新构型,作为对于人们的群体社会心理状况的想象性电视艺术美学建构,并非本年度才突然出现,而是近十年来已逐渐展开,并且较为典范地呈现在现实题材电视剧作品中。这类作品有:2013年的《正阳门下》《女人进城》《新恋爱时代》;2014年的《满仓进城》《老农民》《产科医生》《大丈夫》《马向阳下乡记》;2015年的《平凡的世界》《情满四合院》《急诊室的故事》;2016年的《欢乐颂》《中国式关系》《小别离》《安居》;2017年的《人民的名义》《我的前半生》《外科风云》《鸡毛飞上天》《欢乐颂(第二季)》《猎场》;2018年的《正阳门下小女人》《归去来》《恋爱先生》《美好生活》《大江大河》;2019年的《都挺好》《小欢喜》《精英律师》《在远方》《因法之名》;2020 年的《大江大河(第二部)》《老闺蜜》《了不起的儿科医生》《最美的乡村》《三叉戟》《一诺无悔》《幸福里的故事》《猎狐》《东四牌楼东》《小镇警事》;2021 年的《山海情》《装台》《我在他乡挺好的》《小舍得》《对手》《经山历海》《温暖的味道》《号手就位》《小幸福》;2022 年的《超越》《人世间》《今生有你》《龙城》《特战荣耀》《心居》《春风又绿江南岸》《欢迎光临》《警察荣誉》《女士的法则》《新居之约》《爱拼会赢》《关于唐医生的一切》《大山的女儿》《高山清渠》;等等。下面拟结合近十年来现实题材电视剧作品分析来谈社会心态新构型。

一、当前社会变迁中的社会心态构型

要理解近十年国产现实题材电视剧创作的发展和演变,需要看到我们身处其中的当代社会的群体心态发生了怎样的新变化。社会心态,是人们在社会生活境遇中形成的看待生活世界的感觉、理智、情感、思想、想象、幻想、直觉等心理综合物,它常常以社会群体交流和达成大致共识的方式,去回答当前社会和人生怎样、为什么这样以及人生意义在哪里等一系列生活世界问题。进入新时代以来,以人们常说的"百年未有之大变局"为代表,急剧变迁中人们的社会心态已经和正在发生微妙而又重要的变化,出现了社会心态的新构型。这些变化以及新构型突出地表现在,一方面,人们的社会生活总是受到社会生活环境的影响或制约,努力顺应社会生活的变迁而变迁;另一方面,人们也总是调动自己的主体能动性去感知社会变化,力求把握自己的命运,或者在社会变化中体现个人的作为或价值。特别是近十年来，国家领导人大力倡导传承和弘扬"中华优秀传统文化"，在全国电视剧创作界产生了有力的引领作用。习近平总书记于2013年3月1日在中央党校建校80周年庆祝大会暨2013年春季学期开学典礼上讲话中指出"中华民族的优秀传统文化和民族精神，我们都应该继承和发扬"①。8月19日在全国宣传思想工作会议上提出的"四个讲清楚"命题之一就有"讲清楚中华优秀传统文化是中华民族的突出优势，是我们最深厚的文化软实力"②。2014年10月15日《在文艺工作座谈会上的讲话》中向全国文艺界发出"结合新的时代条件传承和弘扬中华优秀传统文化，传承和弘扬中华美学精神"③的号召。2021年更是正式提出马克思主义普遍真理与中华优秀传统文化相结合的新命题。正是在国家倡导和社会各界积极响应的特定背景下，电视艺术家们越来越自觉地在马克思主义世界观与中国古典心性智慧传统相结合的意义上去体验当代现实社会生活，在创作中深入描摹人们的社会心态，展示他们在社会生活境遇中所表现出来的具体风貌，从而传达出大变局下社会心态新构型的讯息。

虽然中国古典心性智慧传统在当代生活世界中的传承其实是持续在进行，从未间断，而由于国家领导人的倡导和社会各界的共同关注和身体力行，才越来越受到重视，并且渗透进电视剧创作中。这样，马克思主义的社会存在决定社会意识的世界观就与个体德行修为具有优先性的中国古典心性智慧之间产生了必然的和

---

① 习近平：《依靠学习走向未来》，《习近平谈治国理政》，外文出版社2014年版，第405—406页。

② 习近平：《把宣传思想工作做得更好》，同上书，第155—156页。

③ 习近平：《在文艺工作座谈会上的讲话》，人民出版社2015年版，第26页。

重要的交融。如果说，社会存在决定社会意识的观念认为世间万事万物的存在和变化已然构成个体生活的条件和基础，那么，古典心性智慧要求个体自觉地调动自己的德行修为去做人做事，由此对社会生活中的人和事产生一定的干预性作用。在这样的背景下，当代中国社会心态出现新构型并且集中反映在现实题材电视剧创作中，就有着一种历史必然性。

二、电视剧中的三种社会心态

从马克思主义和中国心性智慧传统相结合的视角去观察，近十年来电视剧中社会心态的新构型呈现出大约三种情形：第一种不妨称为物通心式心态。物通心，是说世间万事万物有自身的运行规律，给予人们的社会生活以这样那样的有力影响，而对此，人们的心灵能够感受到并展开积极的回应和应答。第二种可以叫作心通物式心态。心通物，是说人们的心灵或精神能够主动去感受万事万物的变迁规律，并且发挥自己的能动性去改变自己的命运。介于两者之间的第三种社会心态可称为物心互通式心态。物心互通，是说世间万事万物与个体心灵之间虽然存在差异，但可以相互沟通或交融。尤其是个体心灵可以在顺应万事万物变迁的同时，积极寻求以自身作为去改变环境和命运，以便换一种心理平衡。

如何简捷识别这三种社会心态之间的关系？在物通心式心态中，人物对社会生活既顺变而又加以心化，即在顺应社会变化过程中能够以心性智慧去加以化解，一般没有明显的主动改变命运之行动。在心通物式心态中，人物竭力调动自己的主体心性智慧去试图挑战和改变命运，并确实在一定程度上取得成功。在物心互通式心态中，人物面对客观社会变化的强势挑战，积极地应变，力求在与社会变迁潮流的应战中取得成功或保持平衡。

就物通式心态来看，电视剧中的主要人物往往在时代潮流推送中往前走，顺应和认可新的变化着的时代。在这里，时代大潮的强力推送构成人生境遇改变的主导力量，而个人也以积极的心灵姿态去响应。《新恋爱时代》中的邓小可、闺蜜沈画和表姐魏山山三人到城里打拼，在职场和情场都遭遇曲折后，走出了各自的爱情婚恋道路。《老农民》中麦香村的牛大胆与马仁礼、牛大胆与灯儿、乔月和韩美丽等，在历经从合作化到2006年农业税取消期间的发家过程后，平心静气地看待生活道路。《欢乐颂》里同住上海欢乐颂小区的樊胜美、关雎尔、邱莹莹、安迪、曲筱绡等五位外地姑娘，在这座"魔都"中经受时代洪流的洗涤，经历了曲折的成长。《中国式关系》中的马国梁和江一楠在遭遇各自的人生挫折后，误打误撞地产生了交集，历经持久磨合，最终走到一起。《小别离》叙述方、金、张三姓家庭，投身于中国大城市中兴起的中学生出国留学潮，为各自家中孩子的出国留学费尽了心力。《我的前半生》中的全职太太罗子君在突然与丈夫陈俊生离婚后陷入困境，后来在闺蜜唐晶及其男友贺涵的帮助下进入职场，实现了自我成长。《大江大河》聚焦于国有企业技术员宋运辉、乡镇企业带头人雷东宝和个体户杨巡三位男主人公，叙述他们在改革开放时代的"大江大河"中翻滚起伏的命运轨迹，他们都在顺应时代大潮的过程中积极应对人生变故，结果阴差阳错地品尝到各自不同的而又难以言明的人生滋味，展现出人生必然性与偶然性的奇异交融图景。《都挺好》中长期承受妻子鄙夷目光的苏大强，在妻子突然去世后释放被压抑的自我,其心态和言行都变得怪异而有悖常情常理;远在美国工作的长子明哲和近在家中"啃老"的次子明成也都有各自的心理疾患;紧急回家协调的小女明玉,也曾多年承受母亲的嫌弃而离家出走,这次回家救急也变得百感交集。苏家这四名成员都不得不全力调整自己的心态适应新变化。《在远方》中的男主人公姚远在急剧变化的社会潮流中成长,心里背负着沉重的自卑感,在与恋人路晓欧、伴侣刘爱莲和对手刘云天等的交往中逐渐战胜自我,不断开创快递业的新局面,成为引领中国快递业的领军人物。《因法之名》里的一群主要人物,即老一辈公检法人员邹雄、葛大杰与陈谦和等,还有冤案主人许志逸及其子许子蒙,都长期生活在该冤案的阴影下而心理变态,生活变糟,幸遇国家推进法治社会建设而纠正冤假错案,年轻的市检察官邹桐和律师陈硕等敢于出面通过调查找到真凶,一扫众人心中阴霾,使之重新生活在阳光下。《装台》中的刁顺子是生活在西安"城中村"的人,有着愣顺的性格特征,寡言少语但心中明白,凭直觉行事,诚然在自己的装台队有着领导力,但在家中缺乏对于女儿和妻子的掌控力,总体上是感知和顺应命运的变迁轨迹往前走。《我在他乡挺好的》透过在北京生活的四名安徽籍女孩的不同命运和共同选择,说明心安才是当代社会生活赖以理顺的一条基本生存法则。还有《人世间》里的周志刚家族,《龙城》里的郑家三个堂姐弟及其家人,《欢迎光临》中的酒店礼宾部保安张光正和空姐郑有恩,《心居》里的顾家姑嫂顾清俞和冯晓琴,《新居之约》里的杨光和陈曦等,也都体现出物通心式心态下人物的共同特点:身不由己地跟随社会生活潮流走,虽然没有体现出同社会潮流和命运展开硬性抗争的强大能量,但也能够在顺应环境变迁的同时,尝试调动个体的心力去应对,在局部范围和有限程度内发挥自己的某些调节作用。

而在心通物式心态中，主要人物虽然同样承受社会环境的制约，但个体的心理能量更加主动和强劲，甚至敢于同周围环境力量相抗衡的程度。《女人进城》中村妇女主任王红艳等通过进城创业，对其丈夫李大可等所代表的夫权进行了成功的反抗。第4集开头有这样一幕：身着红色衣服的王红艳收拾行李坚决出走，李大可始料未及，追到门外也无济于事，王红艳头也不回地往村口走，展现了超乎寻常的坚决和果敢姿态。《马向阳下乡记》中表面不靠谱的马向阳历经曲折，终于在担任驻村第一书记的大槐树村干出一番事业来。《情满四合院》里北京钢厂职工何雨柱与邻居寡妇秦淮茹有着同样的仁厚、良善、容让等品质，两人情意相投，虽然遭遇许大茂的百般阻挠以及"三位大爷"等的搅局，但意志坚韧持久，敢于斗智斗勇，历经长期协调而走到一起，也让许大茂被感化而发生转变，谱写出以个体德行修为凝聚人心的胡同邻里和睦新篇章。《正阳门下小女人》徐慧真的人生故事与此相通相契：面对前夫贺永强的背叛和持续搅局，以及与范金友和陈雪茹夫妇的剪不断理还乱的矛盾，在丈夫蔡全无的爱护和支持下，历经半个多世纪的风雨，成功地将祖传的小酒馆实业传承下来，也换来三个家庭之间的合作与和谐，展现了这名京城女性超凡的德行修为和人格魅力。《一诺无悔》中政和县委书记廖俊波，以超常的仁厚品质和开拓精神去从政，在短短四年间让省级贫困县转变为经济发展全省十佳县，创造出"政和传奇"。《大山的女儿》中的黄文秀敢于主动选择有挑战的生活，回到大山深处去展开作为，全力帮助贫困区百姓改变命运。《高山清渠》中的黄大发以其"大心脏"，三十六年如一日地克服种种困难，完成高山引渠大业，展现出一颗仁厚、容让、智勇双全而又经久不衰的创业者心灵。这些主要人物都拥有强盛的个体心智,敢于调动它们去适应社会环境变化,主动迎接命运挑战,直到社会生活环境及个体人生产生重大改变。

至于介乎物通心式心态与心通物式心态之间的物心互通式心态,则力求在社会环境的力量与个体意志力量之间寻求平衡。《人民的名义》叙述最高人民检察院反贪总局侦查处处长侯亮平前往汉东省京州市调查反腐案件,牵连出一连串大案要案,直到惩治一批贪官的过程。他个人的意志品质固然重要,但更加重要的还是整个国家依法治国环境的改善和上级领导的支持,由此才能实现破案的目标。《鸡毛飞上天》叙述陈江河和骆玉珠联手战商海取得成功的故事,变动不居的人生履历、激烈争斗的商海和坎坷的情感经历等都没有阻断这两人的创业意志。《猎场》叙述郑秋冬在职场经历沉浮后成为专业猎头的故事,既展现了他命运轨迹的曲折,也突出了他个人意志的坚韧。《猎狐》以公安部"猎狐行动"事件为原型,刻画了夏远和吴稼琪等经侦警察跨境追逃中表现出的智勇双全品质。《山海情》的时代背景在于国家脱贫攻坚战略的推进及其在闽宁合作中的具体落实,在此基础上展开的闽宁帮扶事业才可能走向成功。正是得益于来自福建的干部和技术员等的多方援助,以马得福、马得宝和马喊水一家为代表的涌泉村贫困村民,才能坚决克服留守与搬迁之间的摇摆,最终完成整体易地搬迁和脱贫的壮举。这里重点书写的是当地李马两姓人家与六盘山麓和戈壁沙滩等自然环境沟通的心灵史。《对手》讲述了一群国安干警与境外间谍的较量故事,从波澜不惊的日常平淡生活中发现间谍的蛛丝马迹,再凭智慧和耐心与敌周旋,直到将其捉拿归案,体现的是主体心灵与外在他者之间的会通。《超越》虽然以我国冬奥会运动员陈晃的"超越"目标为中心题旨，但着眼于陈晃个人心理创伤的治疗、三代体育人之间的恩怨纠缠和友爱互助，得以跨越唯金牌论的低层次，上升到对于人生中事业、友情、亲情等丰厚意义的多层次挖掘：既有出于竞争心的成功式超越，更有出于事业心的奉献式超越、面向后代的传承式超越，以及满溢友善之心的团结式超越，从而成功地营造出一种中国式高境界的超越。《特战荣耀》中的主人公燕破岳更是一位具有创伤型人格的军人，他携带严重的心理障碍去追求卓越，经历了从刚脆性格到刚韧性格的成长转变，说明了战胜自我比战胜他人更加困难而又更加重要的道理。他周围的战士郭笑笑、曹奔、白龙等也都有着同样的"心病"，共同经历了成长和转变。《春风又绿江南岸》里的严东雷缺乏黄文秀那样的自觉性和主动性，只是在顺应新形势变化中逐步发挥出个人的德行修为和领导魄力。《警察荣誉》讲述四名见习警员李大为、夏洁、杨树和赵继伟在派出所参与办案的经历，他们起初幼稚、青涩、懵懂，后来经过老警察们的言传身教，逐步变得合格。《关于唐医生的一切》中，个人家庭不顺心的心外科医生唐佳瑜受邀回国担任医院心脏中心主任，没有强势的性格和宏大作为，但以细致而持久的温厚、友善、助人等工作作风团结起周围的医务人员，在救治心脏病人、助推国产人工心脏研发中做出突出建树。这一类型的主人公或主要人物起初并不知道自己到底会怎样，自觉性不够强，但后来历经曲折而成长，竭力平衡环境与自我之间的对立。

或许还有其他社会心态类型，但这三种形态是主要的。当然，它们之间实际上是相互渗透和紧密联系的，有时很难区分开来。这里的区分只是为了分析方便。

三、三种社会心态之间

比较起来，在这三种情形中，物通心式心态偏重于物对心的制约和心对物的顺应，心通物式心态偏重于物的制约下心对物的主动回应和作为，物心互通式心态要在物的制约下寻求物与心的平衡。

物通心式心态，体现了社会存在大趋势或社会生活主流对主要人物的支配性作用，以及主体调动心性智慧而进行的顺应、化解与平和之举。《人世间》中的周志刚和李素华夫妇，都是过去近半个世纪中国社会风云的亲历者和顺应者，他们率领全家在经历种种苦难后坚持了下来。周志刚小有不满，特别是对小儿子周秉昆，经常批评训斥，但后来还是认可了他的不容易和对父母的厚道，对自己的一生表示满意。周秉昆没考上大学，没有正经工作，始终在社会底层沉浮，还坐牢近十年，但仍然以"觉着苦吗，自己嚼嚼咽了"的口头禅微笑着予以释怀，最终得出这个人生"想想就美"的结论。《欢迎光临》中的酒店礼宾部保安张光正外表平常但内心仁厚、注重友情、乐于助人，空姐郑有恩表面泼辣带刺但内心柔软、善良，这两人之间的持续碰撞在经历若干曲折后，终于抵达平和之境。周家父子对待苦难人生的宽厚态度，张光正和郑有恩之间从分歧到和睦的过程，构成物通心境界的生动诠释。具有这种心态的人物开始时往往遭遇挫折或危机，然后经过调整，最终趋于平和。

心通物式心态，一方面表现主体对于社会存在大潮或社会生活主流的倾心服从和积极顺应，另一方面则突出其果敢选择所产生的超乎寻常的社会影响力和人际感召力。《大山的女儿》中的黄文秀敢于逆"走出大山不回头"的潮流而动，义无反顾地重返大山，为家乡脱贫致富做了一系列创变型努力，还同时展现出这位拥有现代君子之风的仁厚型干部的超常领导力和感召力。这种人物的创变型作为和仁厚式人师风范，恰是心通物式心态的当然代表。秉持这种心态的人物总是面对严峻的客观情势而敢于有所作为，最终取得超出常人的突出成就，不过其数量偏少或者罕见。

与物通心式心态突出物对心的制约和心对物的顺应不同，也与心通物式心态强调物的制约下心对物的果断作为不同，物心互通式心态是要在物对心的制约中尽力争取心对物的积极回应和有效调节，最终求得物心之间进入相对性平衡态。这种形态可能涉及的人群更多，也更具普遍性，因此在电视剧中数量相对多一些。《春风又绿江南岸》中的严东雷起初只是普通基层干部中的一员，没有当县委书记以及继续上升的雄心和底气，但周围客观情势的变化把他推到为政一方的关键位置上，而他身处新情势下也确实有了积极应变和大胆作为，以一系列新举措而使江南县焕然一新，结出了自然生态美和政治生态美双美交辉的硕果。与此同时，他个人的以仁厚有为为标志的现代君子之风也流布四方。具备这种心态的人物往往既身处客观危机情势的挤压中，又能审时度势地施展个人才智，实现物心之间的大体平衡。

四、仪式化美学情境

以上所说的当前大变局下社会心态，虽然只是电视艺术想象地建构起来的，但它们确实通过创造具有社会仪式化功能的美学情境,在一定程度上折射出当今大变局时代社会心态的实际存在和演变状况,让观众想象出社会心态中某些幽微动人的方面。

说到物通心式心态,可以进入《人世间》第39集所述周志刚临终场景。当其病倒住院检查后,医生让准备后事,周秉昆听后即跪求医生全力抢救。周志刚醒来后含糊说想抽烟,周秉昆没听懂,郑娟却听明白了。周志刚坚持要求回家。回到家后,他抽口烟后感慨地说还是回家好,对老大秉义说不能埋怨和冤枉秉昆,人各有各的命,因为各有各的难处,各有各的好。他一面感谢冬梅母亲叫车接自己,一面还感谢光字片晚辈把自己送到医院,笑着总结说这叫作"小鸡不尿尿,各有各的道"。周蓉最后乘飞机赶回家。这次全家团聚让周志刚深感快慰,一家子重新坐在一个炕上谈天说地。周志刚说国家和社会好起来了,在逐个评点和安慰子女们后说:你们仨在爸爸心里都是顶呱呱的,都是最好的。你爸爸是老狐狸,你们三个就是小狐狸,你们妈就是养狐狸的。你们都好好养着吧。此刻窗外雪花飘飞,屋内温暖如春,其乐融融。周志刚在温馨和满足中安然离去。这幕情境令人印象深刻地显示,周家的这位灵魂性人物有着物通心式心态,他回顾此生,十分满意,满怀感恩。而这种物通心式心态也传递到他的小儿子秉昆身上,让后者在多年后得出"想想就美"的温馨感慨。

就心通物式心态来说,《大山的女儿》第29集袒露出黄文秀当官为乐的抱负。她在下乡一周年时跟其他第一书记聚会,坦陈自己来自一个穷乡,当了"选调生"就是有政治前途和社会使命。我确实想当官,但这只是方便我为社会做点事。"如果给我一个乡、一个县,我就要把这个乡、这个县变成乐园。但现在我要从把一个村变成乐园做起,主要的就是想看看我黄文秀能不能把一个村变成乐园。"她进一步阐述自己的为政构想，说现在有两个根本问题还没有解决，第一个问题是贫困，让所有人从出生到长大不须再为缺钱而发愁；第二个问题是观念缺乏现代化。还有幼儿园建设、乡村医疗等硬件设施都需要完善起来，真正做到幼有所教、少有所学、壮有所为、老有所养。"这个才是我心目中的乐园。"这席话赢得了同行们由衷的热烈掌声，大胆而坦率地披露出这名年轻驻村第一书记的为政雄心：当官，无论是村官还是乡官、县官，都要为老百姓做实事，有作为，目标是把世界变成百姓的乐园。她实际上是先百姓之忧而忧，以百姓之乐为乐。可见，这里展现出主体强大的心灵干预能力，因为她本来是可以有其他选择的。她是在若干不同选择中选择了对自身崇高品质的全力施展和张扬的道路。

至于物心互通式心态，可以想到《春风又绿江南岸》第14集中对严东雷的一连串亲历的仪式化描绘。这一集先后出现陈忠等乡镇干部大闹全县工作部署会、多名县干部和乡镇干部分别单独找严东雷陈述、县委常委会开会、四位乡镇干部聚集商量等多个仪式化场景。特别是在工作部署会上，陈忠等五位乡镇干部受县委副书记吴庆和授意，在会场公开发言反对严东雷的环境整治方案，造成极坏的政治影响。好在多数干部拥护而得以通过。结果是，面对散会后吴庆和、王华、刘妙妙、陈忠本人等接连分别前来表达各自的态度，严东雷果断地决定推迟召开县常委会，等到逐一听取相关人物的陈述后，才在会上对公开抗命的陈忠等四位乡镇干部采取严厉批评和将功补过相结合的宽严相济策略。这样做既在县委一班人内部当众立威，又给予下级干部以改过自新的机会，从而增强了他个人的感召力和说服力。陈忠等四位乡镇干部也随后共同商量要拼力干出成绩来。这显然是物通心式心态的恰当实例。

五、万物通心及其展开

以上对当前电视剧中人物社会心态的分析还是初步的和不完备的，有待于拓展和深入。但至此可以看到，当前社会心态出现了一些耐人寻味的东西。当前三种社会心态中，第一种可能是相对说来更容易做到的，主要人物顺着社会存在的主流走就是，尽管要保持老工人周志刚那样的临终心境也不容易；第三种则较多地依赖于个体的作为，才可能与社会潮流大势保持平衡，相对说来难度稍大些，但也可能做到。这两种心态之所以数量较多因而较为普遍，是由于它们分别代表着当前社会中人们的社会心理的大多数：要么你就踏实地顺应社会变化潮流而保持安宁心境，要么你奋力拼争后在社会潮流与个体选择间求得大体平衡。而第二种之所以相对稀少，是由于对于主要人物的精神品质要求特别高，一般人物难以达到，但对于社会变迁和发展来说，又是不可缺少因而尤为可贵的方面，代表着社会前进的导向和目标。

如果把上述三种社会心态构型汇集起来看，可以发现，一种不妨称之为万物通心的社会群体智慧正在当代生活世界生长。万物通心，作为马克思主义的物质决定意识原理与中国古典心性智慧传统之间相结合的产物，在万物对人的决定作用与中国古典传统中心灵对外物的感通作用之间寻求调和，强调"世间万事万物，一方面有着自身的发展规律和发展状况，另一方面又给予个人以全面而又深刻的影响，同时又连通个人的身体感觉和心灵思考，迫使个人以己心去应答，形成人心将万物与人沟通起来的局面"。这意味着万物通心的"基本特性在于天地人心一体论，其基本原则之一在于'中和',其实施途径在审美及文艺表现层面有天地生文律、阴阳交替律、刚柔相济律、以善润真律、化悲为喜律、褒贬皆有律和乐以忘忧律等"。① 如果这里有关万物通心的基本特性在于天地人心一体论以及古典"中和"原则的现代传承的阐述有一定的合理之处,那么可以说,上述现实题材电视剧中呈现的三种社会心态构型,正体现出人类个体生活世界体验与万物变迁规律之间会通的新成果:万物诚然有其不以人的意志为转移的客观的运动和变化规律,但人也可以调动自己的心性智慧传统去感知、体验和调整,从而在万物运行规律与人心之间实现一种新的调节,达成"中和"效果。可以看到,三种社会心态中的无论哪一种,都倾向于要求个体一方面坦率地顺应和承认现实社会生活世界的真实性和可理解性,另一方面对之抱以达观的态度,平静接受,从而产生化解内心焦虑和净化心灵等效果,生动有力地诠释万物通心中的天地人心一体论及其基本的"中和"原则。

下面对上述三种社会心态中蕴含的天地生文律等七种定律加以简要分析,它们可以视为万物通心在三种社会心态中的具体展开形态。

天地生文律,认识到天、地、人之间有着不以个人意志为转移的客观运行规律,它们会通而构成现实生活世界之"文",因而不应以个人意志去加以逆反式抗衡,而应当予以顺应。阴阳交替律和刚柔相济律,分别是指作为天之道的阴阳之间和地之道的刚柔之间并非永恒对立,而是可以相互交替、转化和共同生成,而人不应当强行干预或改变它们,而应当顺应或适应,从中获取对于人类

---

① 见本书第二章。

生活世界的重要启迪。这三种定律都不同程度地呈现在三种社会心态中。就物通心式心态而言,《大江大河》透过宋运萍和宋运辉姐弟以及雷东宝和杨巡等人物的不同命运,揭示了个人无论如何主动地选择和自觉地奋斗,都不可避免被波涛汹涌的"大江大河"裹挟到无法预料的地方,在"大浪淘沙"中遭受不同的结局。在心通物式心态中,《正阳门下小女人》中徐慧真坚韧顽强地创业成功,终究取决于她以人的纯真天性和良善品质去感受天地人之间的阴阳刚柔规律,并将它们娴熟地运用于与贺永强、范金友、陈雪茹以及众多下一代的关系协调中。在物心互通式心态中,《山海情》中的李姓人家长者之所以最终同意整体易地搬迁到戈壁滩上的闽宁镇,是由于马家最年轻的代表马得花在大喇叭里声泪俱下地哭求说,你们如果真正为我们下一代着想,就应该坚决地放弃苦难不已的涌泉村,带领我们搬迁下山去寻找幸福生活。这里还是由于李家长者的个体心灵与涌泉村生活变迁规律之间接通才带来转机。

以善润真律要求运用仁爱和良善等心性智慧去浸润现实生活世界的真实状况,特别是润化或弱化其中的挫折、苦难等滋味,将其转化为可理解、可接受的顺境;化悲为喜律是说把令人悲痛的现实生活苦难转化为可理解的喜剧化生活场景去品味;褒贬皆有律是说关于人生中对错、好坏、善恶等评价不应固化、绝对化,而应看到其相互依存和相互转化的可能性,常常褒中有贬、贬中含褒,不宜单一化;乐以忘忧律主张适当淡化人生的忧虑或忧郁,改以平和或快乐心态去加以化解或释放。这四种定律在三种社会心态中也有着不同的表现。突出的实例就是《人世间》中的周志刚、周秉昆和郑娟等人物,他们的人生足够悲苦,但他们善于运用良善和仁厚等心性智慧去化解,充满善意地对待哪怕是得罪过自己的人们,并将一生所承受的悲苦转化为快乐、宽容与和睦。《正阳门下小女人》中的徐慧真一生中屡屡受到贺永强、范金友等人的背叛、算计和打击，但总是以德报怨和充满智慧地加以化解或转化，同所有这些对手实现和解。《春风又绿江南岸》中的严东雷，起初貌不惊人，显得胸无大志，但一旦被组织上委以重任而安置到新岗位上，就会有出色的角色自觉及顽强意志，善于调动正直有为干部的积极性，化解对立面的敌对情绪，感化和团结犯有错误的人并争取其自觉自愿地向好转变，追求以政治生态美去改造和实现自然生态美，从而在自然生态美与政治生态美之间产生相互共生和共赢效果。这些正从不同角度展现出万物通心这一当代社会群体心理在电视剧艺术中完成了自身的美学生成。

关于当前大变局下社会心态新构型及其在近期现实题材电视剧中的美学生成，还有不少问题需要梳理，这里只是提出一些粗浅认识。还应看到，上述三种社会心态及其背后的万物通心状况等并不仅仅出现在电视剧中，也几乎同时出现在电影、话剧、舞剧等众多艺术门类中，这反映了它们在当代社会生活以及艺术世界中的普遍性。可以说，从近期现实题材电视剧中呈现的三种社会心态新构型来看，这些作品通过这种新构型不仅真实再现了近十年来中国社会生活中人们社会心态的新变化，而且反过来对电视观众也能产生积极有效的心理治愈作用。观众通过观看这些作品，能够真诚地同其中的正面人物形象及其新的以万物通心为标志、以上述三种社会心态为基本构型的群体社会心理，产生深深的共情体验，并且有可能将这种共情体验濡染进自己的生活实践之中，使心理和言行都发生潜移默化的改变。

第十一章 当代现实中的个体心象
——以三部舞台艺术作品为例

心性现实主义作品中的人物心理描写，即便不能完全迥异于过去的现实主义作品，也还是有着新时代境遇下的特定心性内涵及其特征即心象。心象，在这里是指处于社会现实境遇制约下的个体心理现实构型画面。个体的心理现实构型画面，是个体的情感、理智、想象、幻想等的感性化形态。它并非先天地，也非凭空地独自生长于个体心灵中，而是受到特定时代的社会现实境遇的感发、投射以及制约，呈现为个体的外部动作、神态与内心活动相结合的感性形态。这里不妨就现实题材的三部舞台艺术作品做简要分析：舞剧《到那时》（2022）、话剧《篦街》（2022）和舞台剧《兰考》（2023）。

一、舞剧《到那时》：以双重舞蹈象征形象重构当代个体心象

作为一种由身体的动静姿态及其场景去体现表情达意目的的艺术门类，舞蹈艺术如何在当代现实题材领域完成写实性表达意图？这是探讨心性现实主义范式在舞蹈艺术领域的表达时所不得

不提出并加以追究的问题。

应当看到，在近十年来的舞蹈艺术门类中，舞剧已经成为在写意性地描绘生态环保题材、革命历史题材等领域中接连获取成功的重要样式，其引人瞩目的成功标志之一在于以写意美学等手段结出一批具有浪漫主义诗意特征的优质成果。《朱鹮》（2014）是其中一个崭新开端：运用独特的人体服饰和舞姿造型，在中国式写意美学的构架中，深情演绎朱鹮这种鸟与环境之间的感人故事，构造出具有浪漫主义氛围的诗意氛围。其上篇表现古代樵夫俊与洁相遇，下篇写近现代新闻记者俊与洁的邂逅以及现代老年俊与洁在博物馆的相遇和诀别。第一幕为水天一色的浪漫式相遇，第二幕为近代的灰色基调的有克制相处，第三幕为现代的黑白质感的相遇，尾声重返绿水青山场景。该剧还探索出一套中国古典舞的现代表现技法，将中国古典舞姿与现代舞姿巧妙地融合起来，塑造出朱鹮的桔红色羽毛造型与绿水青山和青青禾苗的反差强烈的对比背景，通过演员的动静交替有致的肢体语汇，重点突出朱鹮的"涉""栖""翔"三种姿态优雅的纯美造型及其遭遇的生存危机，由此反观当今世界自然生态恶化、环境恶劣、人类贪欲不断等给自然和人类造成的不堪承受的灾难，唤起人类自身的古典乡愁和当代警醒。舞剧《永不消逝的电波》（2019）根据革命历史素材故事改编，运用独创的江南佳丽舞蹈群语汇，透过一组组男女双人舞、女子群舞、男女混合群舞等舞蹈造型，创造出以李侠及其妻子兰芬为代表的刚柔相济、以柔润刚的现代中国革命"斯文"形象，也具有浪漫主义的风格特征。舞剧《骑兵》（2021）更是以独特的写意舞蹈语汇去演绎现代革命战争中的草原骑兵故事，创造出由演员饰演的战马与战士之间水乳交融、生死相依的人马合一奇观，同样透露出浪漫主义诗情。在生态舞剧《大河之源》（2021）中，由演员饰演的雪豹，堪称最具原创力而又最令人喜爱的核心舞蹈形象，其斑纹仿佛凝聚了整部舞剧"文"之精华。这种以舞蹈演员的身体舞姿去惟妙惟肖地表现雪豹自身"文"的形象，既是写实的也是写意的，是外形斑纹写实、姿态写实与内在坚韧生命力写意之间相互交融、浑然一体的"文"的形象。这种雪豹之"文"还同时与藏羚羊、牦牛、山鹰等多种动物形象形成奇妙的"文"的组合，共同构成一组独特的"地文"型舞蹈艺术群像。其最具原创性和表现力的舞蹈艺术语言整体是多彩河湟轻纱舞。它先后以蔚蓝色、橙黄色、深红色等轻纱舞再现黄河奔流过程中经历的不同生态之纹理状貌，唤醒观众强烈的生态意识。同多彩黄河一样最具原创力和表现力的舞蹈段落是卓玛领舞的陶罐舞，生动感人地再现了位于河湟文化之源的先民生存图景。这些多彩河流舞姿与原创性动物舞姿一道共同透视出河湟文化本来有的"天文"和"地文"间的融合奇观。以新疆出土文物汉代织锦护臂为创意的舞剧《五星出东方》（2021），虚构出中原王朝将领奉与西域精绝城公主春君以及北人首领之子建特之间和平交往并为精绝城居民安危英勇献身的故事，让观众欣赏到西域民族舞蹈和中原舞蹈艺术的绝妙之文采，由此传达出铸牢中华民族共同体意识的题旨。

　　或许，到目前为止的中国式舞剧似乎总是呈现出写意易而写实难的困窘。正像上面提及的以写意语言为主的5部舞剧所呈现的那样，问题在于，中国式舞剧能否转而在写实上也同样形成卓越的表现力呢？观看当代题材舞剧《到那时》时，自始至终都能感受到改革开放时代一股股新浪潮的激情奔涌和强烈冲击。这样的写实感强烈的直觉体验，甚至在观剧结束后一段时间里，仍然令人余兴盎然，回味再三。

这部当代题材舞剧尝试以写实姿态去开拓改革开放时代广州黄埔区创业者的故事，以父子两代创业者经历为主线展开叙事，以年代剧样式勾勒出改革开放初期、20世纪90年代、21世纪初及当下四个阶段前后连通的创业经历。这父子两代人的创业史，不仅起到成为该区域改革开放时代岁月变迁的缩影的作用，而且将这四个不同时段中国家和群体的重要变异场景和个人亲身体验记忆呈现出来，触发起观众的深深共鸣。全剧展现出以"小人物"透视"大时代"，把"小地域"置入"大历史"境遇的恢弘气度，小中见大地再现改革开放时代波澜壮阔而又跌宕起伏的人生景观。

但舞剧如何完成当代题材故事的写实任务？该剧让我感到最富有意义的创新处，正在于突出运用了一种不妨称为双重舞蹈象征形象的新颖舞蹈语言。其舞蹈形象既模拟地表意特定个体，同时又象征地表意时代精神整体。这种双重舞蹈象征形象组合意在表明，每个人都不仅是时代浪潮整体中的一朵具有自身存在价值的浪花，而且拥有由自身透视时代精神浪潮整体的象征性价值。与同一导演此前创作的《大河之源》和《水月洛神》等舞剧比较，《大河之源》和《水月洛神》虽然也让舞蹈形象承担一定的整体象征任务，例如雪豹斑纹既是雪豹自身之文的展示，也象征整个自然界生物之文；《水月洛神》尾声处的漩涡和轮回，可以同时象征曹植个人的人生轨迹和隐喻人生中政治、情感、理想等的漩涡和轮回的循环往复。但在《到那时》中，舞蹈形象不仅直接指喻自身的意义，也同其他舞蹈形象一道共同指喻这个改革开放时代的整体意义。这里的微妙而又重要的区别在于，《大河之源》和《水月洛神》的整体象征意义是相对隐性的或间接的，高度写意的，而《到那时》

的整体象征意义则是相对显性的或直接的，高度写实的。前者留给观众的联想空间较大，也更具不确定性，而后者则观众需要凭借自身的感官直接感受相对确定的整体象征意义。假如丧失这种相对确定性的写实面貌，观众就有可能出戏，导致作品的欣赏价值遭遇挫败。

因此，在这点上说，《到那时》中显性或直接的象征意义设计面临更严苛的修辞要求：假如在外在形象建构上与当代中国社会的改革开放时代精神整体及其演变轨迹有着明显的距离，观众就会产生直接的阻拒感。例如主要人物随身携带的拉杆旅行箱，如果在当前新时代还使用20世纪80年代至90年代的无腿旅行箱，观众一看就会感觉丧失真实性而予以拒绝。而舞剧又主要不是靠语言文字说明，而是靠人体舞蹈动作以及舞美环境直接显示，因而要求所创造的舞蹈形象能够让观众一看就产生双重象征形象：一重是以具象方式直接指喻自身意义的舞姿，另一重是进而指喻改革开放时代精神的整体意义的舞姿。该剧正是依靠这种精心设计的双重象征意义装置，成功地承担起以舞蹈语言直接再现改革开放前哨城市广州的个体心象和时代精神整体景观的双重象征表意使命。

如果上述观感有一定的合理性，那么《到那时》运用独创的双重舞蹈象征形象及其相关的同样新颖的舞蹈语言组合和舞美景观，则生动有力地再现了改革开放时代广州民众的个体心象，小中见大、举重若轻地演奏出往昔四十余年中国社会变革浪潮的惊涛拍岸般旋律和一击多鸣般变奏意味，激发起当代观众对于这种大时代记忆的深度关切、同情和共鸣。与众多古代题材的舞剧相比，这样的直面当代题材的舞剧作品还相对稀缺，这与当代距离较近而表现难度更大有关，但当代毕竟是当前尤需反映和反思的题材领域，更有助于激励观众在反思中更加清醒而坚定地走向未来。在通向文化强国的建设征途上，这样的舞蹈语言新颖的当代题材舞剧作品可谓意义深远。

正是凭借精心设计的双重舞蹈象征形象体系，该剧聚焦于表现改革开放时代创业者的个体心象及其变迁轨迹。个体心象，作为个体的感觉、情感、理智、想象、幻想等的综合心理面貌，总是能够投射出改革开放时代中国社会生活现实的变迁状况。该剧着力诠释的是主人公父子所代表的纯真与实用、信赖与背叛、无怨无悔与怨恨之间的心理较量及其转化而成的行动冲突，其个体心象的核心在于怨恨情结的生成和危害及化解。改革开放时代，既然是一个走出固定生活成规而向外寻求突破、创新乃至实现自我革命的时代，人们就不得不时常面对上述心理纠结。为了表现这些心象及其演变轨迹，该剧以父子两代创业者的接续奋斗经历为中心，接连设计出夫与妻、母与子、父与子、儿子与女友等多对关系，让它们沿着各自的时空轴线演变，既闪耀自身命运的独特光芒，同时又发生相互渗透、交融、交错、错位、误会等多种情形，由此显出改革开放时代人生的跌宕起伏、错落有致、令人扼腕叹息等多重特征和多种人生况味，尤其是其中的个体心象。这两条叙事主线令人印象深刻：一条是父亲与母亲的关系，从亲密、如胶似漆到后来疏远和孤独；另一条是父子关系由亲热到生疏，儿子对父亲心生怨恨到最后走向和解。这两条线共同构成全剧剧情步步深入而转折多变的基本动力，指向改革开放时代个体从纯真到孤独、从亲热到怨恨的心象演变轨迹。

该剧还同时设计出父亲的合伙人形象。这位几乎是全剧中唯一的反派人物，被视为导致夫妻、父子的原初亲密关系转为敌对关系的罪魁。他的出现让整个剧情增加了复杂度和节奏感，也显示了改革开放时代个体人生的多样性和变化性。

但更重要的是，该剧中的父与子两代人都表现出真诚而执着地探寻人生真理的务实姿态和不畏险阻敢于冲决困难的理想主义精神，这是父子间变中之不变。由此可见，该剧以这样的家庭关系构造去展示改革开放时代变迁造成的个体心象，无疑显示了应有的合理性和表现力度。

该剧在人物心象设计上体现出一种美学自觉性。如果说，那位合伙人的心象可以用实用和贪欲予以概括的话，那么，父亲的心象体现为从纯真到实用至上，再到醒悟和悔恨的转变轨迹，母亲则仿佛是永恒的纯真品格的化身，儿子的心象则经历从稚嫩和轻信，到惊醒和怨恨，再到宽容及和解的转变。

当然，舞剧毕竟是需要以舞姿去说话的。为了表现上述心象，该剧在双重舞蹈象征性语言的设计上进行了大胆尝试和创新。独舞、双人舞、三人舞、四人舞等不同形态的舞段编排，分别传达出男女之间、夫妻之间、母子之间、父子之间、家庭成员之间、邻里之间、同事之间等的关系和感情面貌，把观众带进那些热烈、纯真、缠绵、激烈、孤独、愤怒、绝情、谅解、缓和、关爱等多种不同的象征性心象状态之中，宛若亲历这个家庭的心象变化。尤其是初恋男女之间、新婚夫妻之间、新生儿与母亲之间的热烈而纯真的心象，儿子在丧母之后对父亲的怨恨，最后父子之间的真诚和解等心象，都激发起观众心灵深处的一次次心潮共振。最为动心的一处可能要数一家三口人手相连而成心形图案的场面，活画出三口之家的家庭心象，足以引发观众的强烈共鸣和认同感。

这些人数相对有限的舞蹈姿态，一旦与人数众多的群舞段落组合起来，就交织成为一道道兴衰起伏的时代浪潮形象，共同象征着改革开放时代浪潮在中国大地翻卷起伏、多彩多姿的大时代景观。这里的大时代之大，一是指时代景观之丰富多样，二是指其涵盖面规模宏阔，三是指其纵深度深厚博大，总之是一种丰富多样、规模宏阔和深厚博大的宏大时代气象。精心设计的多种不同的象征性群舞语段，总是有着宏大的场面和雄壮的气势，与车间生产、汶川抗震、抗疫、创业等不同时代的国家社会核心议题紧密结合，再由不同的演员个体和群体担当，通过不同的双重象征性舞蹈语言设计，展示出多样、丰富、深厚而又特色独具的个体及群体心象，抒发了不同的感情和意义，可以令观众想象不同的大时代景象及其丰盛滋味。

与此同时，全剧善于设置出特定的音乐旋律、电子屏幕背景、多样化舞美景观等，共同编织出道道浪花翻卷跳跃、层层波涛起起伏伏、时代大潮浩浩荡荡奔涌向前的舞蹈形象，有力地塑造出中国改革开放时代的个体心象及其整体象征意蕴。而全剧中多次重复出现的展示电脑图案的手语，令人想到如今足球比赛中裁判常用的使用门线鹰眼技术识别器的手势，突出了该剧故事发生地广州的时代风貌和地缘特质。

二、话剧《簋街》：开创、仁厚而倔强的当代北京市民心象

话剧《簋街》选择以北京东城知名美食地标簋街的当代生活为题材，讲述居住在此的街坊邻居李家和金家三代人平凡人生中的

恩怨缠绕，由此透视改革开放时代其中三十余年北京城市市井风俗史，令人产生新京味品评冲动。这里的新京味，并不是指与旧京味全然两样的全新滋味，而只是说在京味传统基础上返本开新地书写其在改革开放时代的新拓展，刷新了京味传统的新滋味。

该剧的新京味集中在，将整部话剧的改革开放时代叙事置身于古老的北京琴书的深情款款倾诉中。主人公李一刀每到其人生关键节点上，即1988年、1998年、2008年、2018年、2022年等年份，总会出现一段北京琴书演唱，由此披露其个人内心隐秘生活体验和焦虑即心象，起到承前启后的作用，让整个故事融化于这种京味艺术样式的整体氛围中，更使这部话剧从头至尾都增强了地道的京味。

同时，全剧还有着表现形式上的另一重京味创新：在总体上的正剧基调中辅之以喜剧插曲，例如人物群体参加的北京琴书演唱和活泼的舞姿，让全剧的庄正性基调得到来自局部的戏谑段落的滋润，产生了正喜交融、以喜润正的美学功能，有助于增强该剧的通俗性。

再有就是以簋街为中心的北京胡同景观设计，包括房舍、胡同、灯笼、鞭炮、礼花、牌匾等，都流溢出京味。还通过人物服装、布景、道具等的持续变化，包括砖头录音机、黑白电视机、彩电、煤气灶、露天大排档、太阳镜等的展示，以及实际舞台和虚拟舞台两种舞台空间的并置使用，全面而生动地展现出北京市民这三十余年生活变迁的丰富景观。

京味方言即北京话的运用，是该剧的另一个突出特色。下面这些北京话的运用，如"卖卤煮的""吃瓦片的""撺掇""四张儿""差辈儿""置气""兜里还趁俩钱儿""结了个死疙瘩""拉不下这个脸儿""不怕招腻虫"等，展示了京味的持久传承及其滋味。

相比起来，全剧的尤其重要的京味似乎要数北京美食了，例如李一刀的祖传特色菜"清酱肉"，及其系列如酱肉馇馇、酱肉炒饭、酱肉烙饼、酱肉木须、酱肉笋片等，还有他创办的"酒盈樽"餐馆，他儿子李国华在广州兴办的"归去来"餐馆及"思乡饼"，还有多次提及的北京炸酱面美味及其做法。特别是全剧的中心剧情就在于父子在餐馆经营上的冲突，更是集中透露出京味美食在全剧的重要性。至于在北京琴书演唱中提及并通过电子屏幕闪现画面的炒疙瘩、炸酱面、卤煮火烧、瓦块鱼、麻豆腐、水爆肚、干炸丸子酱肉皮、芥末墩、糖卷果、京酱肉丝、炒木须、涮羊肉、溜肥肠、糖醋萝卜等京味美食，都可以激发起观众前往北京簋街实地品尝京味的强烈冲动。

不过，该剧的相比而言最鲜明而又最重要的京味创新，当数主人公李一刀这一人物形象及其心象之新。要理解这个京味人物之新意，可以同已有的京味人物作点比较。同京味贺岁片《不见不散》《非诚勿扰》中的刘元、秦奋等往往以无正经职业中的京味调侃或"油嘴"为主要生活方式不同，也与小说和电视剧《贫嘴张大民的幸福生活》中的张大民以京味调侃化解生活烦恼而趋向心境平衡不同，还与《情满四合院》中何雨柱的在善侃、谋划及调和之间寻求平衡不同，以及与《老炮儿》中的六爷既侠义又倔强不同，李一刀有着属于自己的鲜明的个性化性格及其心象特征：一是开创而不守旧，善于领悟改革开放时代风气，在簋街里率先辞职下海开餐馆，光大祖传"清酱肉"等烹饪绝技。"你在咱簋街，永远是那个拔头份的弄潮儿。""你爸爸在东内大街干了半辈子，什么事儿都没落在别人后边儿，开饭馆儿，也得是拔头份！"二是仁厚而不刻薄,以仁义和厚道待人接物,把早点让给陌生的安徽姑娘小玉吃,让这位初到北京的外地客感受到京城人的厚道,更在经营"酒盈樽"餐馆时将仁厚之名远播四方。三是倔强而不善变通,性格倔巴,因与儿子国华缺乏沟通而与其在高中毕业后人生道路选择问题上尖锐对立,一举断绝父子交往三十余年。由此看,他至少有着开创、仁厚而倔强等多方面性格特征,其相应的心象构成则可以用自强而倔巴去概括。自强而倔巴,就是始终顺应大时代潮流而开创、自立、自负而又有着倔劲。重要的是,本来开创与开通、开新和变通相连,但偏偏他又是性子倔巴、固执而不善变通。李一刀性格就是这么一个奇特的矛盾组合体。

从根源来说,李一刀的这种开创、仁厚而倔强的性格,可以视为北京独特的地缘文化传统长期涵濡的产物。作为"六朝古都"和现代首都,北京既有"帝都"特有的庄正、守成、方正、包容等古典文化的深厚底蕴,又有革命、改革开放、创新等现代文化精神,这样的古今传统交融一体,给予李一刀这样的北京市民以长期的潜移默化的人格涵濡。可以说,李一刀的性格,既体现老北京遗风遗韵的当代流布,又烙下改革开放时代变迁的深重印迹。他的开创精神和仁厚性格,表明他的血管里回荡着老北京人特有的仁义、庄正、方正、开创等传统气质;而他性格中的倔,用北京话说就是倔性子、倔脾气,同样表明他有着北京人特有的全力捍卫自认为守正创新的价值观的那种执拗秉性。"我是不甘心呐,老金!你们老说我惦记过去,谁又能真正把过去的日子忘了呢,那是刻在心里的,生活的滋味儿呀。"由此看,他的开创和倔头性格在表面上自相矛盾,但在深层心理上又是相互统一的,统一于北京故都地缘文化底蕴的传承。他就是这么一个由北京地缘文化涵濡成的矛盾而统一的性格组合体。这恰是北京独特的地缘内生力和地缘美学密码的魅力之所在。

由于如此，李一刀性格中及其心象上难免表现出至少三个层面的矛盾：第一层面是开创而守旧，既新又旧；第二层是心口不一，心里想的里子和嘴里要的面子相拧巴，如他自己坦陈"人呐，嘴上说的和心里想的不一样，手上的这把刀，又怎么会不跑偏呢"；第三层是情与理相矛盾，情感上的喜爱与理智上的抗拒之间，或者情感上的抗拒与理智上的喜好之间存在对立。这样丰富复杂的性格表现，无疑可以视为京味人物及其心象塑造上的一次可贵的创新。

全剧正是将中心剧情聚焦于李一刀与国华之间的父子代际传承危机上，由此浓墨重彩地刻画他的性格及其在国华身上的传承。这里有李一刀与李国华、李泽诚三代人的关系，有李一刀与马莲蓉的夫妻关系，李国华与金玲的夫妻关系，还有李一刀与亲家金守业、邻居吴成功、"小玉龙虾"创始人常小玉、街道办主任赵京生等各种关系。李一刀与金守业之间的性格有着对立的一面，而吴成功的加入，相当于在两人间的对立中加入了调和元素，从而演奏出三人之间的对立及和谐的旋律。重要的是，李一刀和国华父子俩其实都是拥有同样的开创、仁厚和倔强性格之人，即都想在改革开放时代奋力创新和坚持自我理想不动摇。通过以这对父子为代表的改革开放时代北京胡同市民的接续奋斗故事，该剧烹调出京味文化的新滋味。

这部剧通过塑造以李一刀的开创、仁厚而倔强性格为核心的新北京形象，小中见大地展现了改革开放时代三十余年间北京城市生活的新景观及新京味，体现了北京文艺界在新京味文艺创作和京味文化创新上迈出的新步伐。不过，着眼于这部剧将来成为

"大戏看北京"的代表作之一，成为全国乃至全球观众想看和爱看的京味保留剧目，这里想尝试提出进一步打磨的建议：一是适当增加李一刀作为北京人性格中的深层文化蕴涵，例如增添一两句带有"传家宝"性质的家传语言，主要是指体现家传仁厚美德的语句（正像从陶渊明《归去来兮》中摘录"酒盈樽"和"归去来"一样），以便为观众进一步品评主人公的仁厚性格内涵和全剧核心题旨及其深长余味，留下必要的路标；二是临近结尾时可以构想出有助于大力促进父子和解和体现主题升华的更加醒目的事件或细节；三是有些北京话听不清楚，不妨打字幕帮助观众了解。

三、舞台剧《兰考》：一株倔强的老泡桐树的精魂

《兰考》首演于河南省兰考县焦裕禄干部学院剧场，距离焦裕禄书记当年种下的那株泡桐即"焦桐"只有几十米远。观看前的疑问和期待在于，焦裕禄题材的电影、电视剧和舞台剧等作品众多，包括近年电视剧《焦裕禄》和电影《我的父亲焦裕禄》《兰考》等，已经做了一些新开拓，如今新创同一题材舞台剧应该怎样努力才能真正出新，带给观众以新鲜的舞台审美冲击力呢？这确实是一个要紧的问题。但随着大幕拉开，疑虑逐渐化解。

该剧首先吸引人的地方在于，充分开拓和运用舞台艺术表达潜能，探索出令人耳目一新的视觉审美和艺术表达手法：以舞台之变凸显主人公心理现实之变，从而展现焦裕禄精神感召下的兰考之变。全剧由21场戏加上序和尾声构成，信息量丰厚，却只用了不到一个半小时的时长，在没有明显的舞台变化或情节更替中，就

让观众迅速获得场景转变体验。这无疑是一次省时、新奇而又结实饱满的舞台审美体验。其奥秘之一在于,将全剧以泡桐树和古琴产业振兴为核心的主情节线,大幅度和大频率地切分为看似零散的小切片,再根据剧情表达需要,运用类似电影蒙太奇的舞台调度及转换手法,将它们组接为新颖有致的舞台审美整体。这种舞台艺术蒙太奇化创作手法,让人不禁联想到20世纪80年代的两部经典舞台剧《狗儿爷涅槃》和《桑树坪纪事》,它们就曾经大胆地在场景转变和心理刻画上做文章,产生了新颖而又富于力度的审美表达效果。只是这一次舞台艺术蒙太奇化手法的新鲜处在于,从当年的批判性反思主导转变为如今的肯定性阐发主导,高度集中地传达出焦裕禄精神的当代传承题旨。

正是这种舞台艺术蒙太奇化手法的妙用,有力和有效地产生了构思巧妙的特点,也就是把焦裕禄精神传承和弘扬的思想题旨,落实到当代聂马庄村民脱贫致富的奋斗历程中。这里不再直接表现焦裕禄精神的来由,而是选择聚焦于聂马两姓人家之间三代人围绕泡桐树与古琴产业振兴而展开的从纠纷到团结的转变历程上,给观众带来兰考焦裕禄精神的新体验。又由于古琴产业的兴起与当年的上海知青、后来的上海某大学产业经济学教授孔怀尘的推动有关,因而兰考的扶贫事业得以同上海联系起来,从而产生了豫沪两地间协作脱贫致富的新内涵。

围绕中心意象展开集中而激烈的矛盾冲突,是该剧给观众的鲜明感受。全剧围绕泡桐树而展开家族兄弟恩怨和代际悖逆叙事,让泡桐树成为全剧中蕴含三重意义的中心意象:既象征焦裕禄精神,又与聂马两家关系紧密相连,还确实是制作古琴的好木料。起初是马水生为大炼钢铁而向领导献计砍伐泡桐树即毁桐焖炭,导致前去阻拦砍伐的聂岳山犯下严重错误而被劳教一年；后来是聂岳山主导砍泡桐，遭到遵照焦书记嘱托而全力护桐的马水生阻拦；再后来是孔怀尘教授等发现泡桐树是制作古琴好木料，使聂马庄经济振兴展现曙光。围绕泡桐树，马水生与聂岳山两家之间虽有深厚的兄弟般感情，但产生了长时间难以化解的纠纷。这些发生在泡桐树下的是非恩怨，萦绕于不是兄弟胜似兄弟的师兄弟之间，牢牢牵动着观众心弦。而全剧最后解开矛盾的关键点还是泡桐木：在聂岳山之子聂知秋急需70年泡桐木料修复一张珍贵古琴而心急如焚时，被马水生慷慨拆卸下自家房梁奉送解困的老泡桐，正是当年盖房时聂岳山为他多方寻觅来的。泡桐既是矛盾的最初诱发点，又成为矛盾化解的最后关键点。

该剧的另一美学特色在于塑造了主人公马水生这一性格鲜明的人物典型。他为人耿直、善良、仁厚、公正无私，同时又异常倔强。这种倔强性格在全剧进程中格外令人瞩目。倔强、倔劲或倔巴，也就是长期坚持己见而难于变通，是主人公马水生的个性化特征。他始终牢记焦裕禄书记生前的嘱托，长期坚守泡桐树林，坚决不让村民砍伐。这种坚持不懈的行为本身就构成了焦裕禄精神传承的一种象征。正是凭着这股倔劲，他先是与聂岳山结下深深的梁子，后来甚至还同自己的亲孙子马国鑫之间因后者想要用泡桐试验站地皮去开发房地产项目而发生尖锐对立，终于让泡桐试验站和知青点旧址得以保存下来，成为历史记忆的一种符号。由此看，马水生的耿直、仁厚和倔强等性格特征，仿佛是泡桐树魂的生动写照！马水生完全称得上象征泡桐永恒生命力的树魂式人物。这树魂也许还深深地牵连兰考所在的数千年中原大地不竭的文化精魂。象征老泡桐树魂灵的精魂式人物立住了，全剧就立住了。

重要的是，该剧在现实主义创作方法上有新开拓：不满足于仅仅外在地揭示典型环境影响下主人公典型性格的生成，更是深入挖掘这种典型环境在个体深层心理上刻下的深切刀痕，将其深受困扰的个体深层心理现实纵情剥露出来给观众看。为了展现这种个体心理现实的纵深度和繁复性及其深重影响力，该剧反复运用舞台场景的及时调度和变化手段，让马水生多次反复陷入与往昔人和事之间展开对话的想象态情境中，强烈宣泄出其内心的无意识焦虑和饱含痛楚的艰难对话。这里有他与焦裕禄书记，与聂岳山，与孙子国鑫，与泡桐树，以及与自己过去记忆等多种方式的对话。这些对话应当是巴赫金说的那种复调式对话，包含多重对立声音或多声部之间冲突及和解，寄寓着历史记忆与其现实投影的相互交流，其深层牵扯的是无可挽回而又必须与之诀别的历史与现实间的复杂联系。正是通过多次反复运用马水生自己的这种想象的复调式对话方式，马水生内心的极度困扰、剧烈冲突和艰难熬煎过程等心象才得以尽情展现出来，也算是对于他的倔强性格的成因做了一种解答。这一点应当成为全剧最突出的美学特色之一。

以上简要分析的三部舞台艺术作品，都通过舞台演出而展示当代中国个体心象，显示出心性现实主义范式在舞台艺术中的面貌。同文学、电影和电视剧的作品都是完成品，分别需要读者静心阅读、观众进入影院观看和在家观赏相比，舞台艺术作品虽经排练和彩排但必须依赖于观众入场参与和即时观看，以及同演员团队的现场互动才能最终完成。在舞台艺术中，如果说，作品的策划和编剧属于一度创作，那么，其经过实际的演员选拔、剧场排练和舞台现场彩排等环节而进入现场演出，则属于二度创作。假如更换导演和演员等关键的演出要素，其二度创作的效果则会发生莫大的改变。所以，舞台艺术作品中的个体心象，需要倚靠演员的现场表演、舞美氛围的烘托和观众的入场观看和理解而趋于成型。从这三部作品可见，处于这个新时代的中国个体心象，同改革开放时代初期文艺作品中的个体心象相比，已然发生了重大的变迁。改革开放时代初期的舞台剧《桑树坪纪事》（1988）以桑树坪生产队长李金斗为贯穿型人物，串联起榆娃和彩芳、李家老叔、六婶子、青女和福林、金明等一系列人物和故事，反映了封闭、落后和愚昧的心态如何阻碍乡村的文化启蒙和现代化进程，相当于发出了中国社会必须改革开放才能破除旧的束缚的强烈呼声。而在当前，《到那时》《篱街》《兰考》中的个体心态，已经演变为对于改革开放时代本身的反思了：那些已然走出"桑树坪"并且"富起来"的中国人，怎么看待自己曾经的改革开放脚印的问题。可以看到，《到那时》中的父与子之间，与《篱街》中的父与子之间，以及《兰考》中的马水生与昔日战友聂岳山之间和与亲孙子马国鑫之间，这几组人物之间都发生了难以化解的深度怨恨，倔强心态成了主导。这种深度怨恨和倔强的结合，恰恰成为困扰这些人物的日常生活的主要心理现实，也即成为他们的个体心象的主要特征。同喜欢与不喜欢、高兴与不高兴、赞成还是反对、坚持还是放弃等表层心态相比，这种深度怨恨和倔强显然已经属于个体的深层无意识心象了。这三部剧从不同角度将这些有着共通性的深层无意识心象表达出来，展现了心性现实主义舞台剧应有的对当代现实生活的表现力。

结语：当代中国社会变迁的个体心结图

　　是时候给上面的论述做个小结了，即便不是最后的结论，也可以对一些要点做再度提示，聊作本书结语。

　　现实主义文艺在进入中国百余年来先后经历五个时段，并在其中与心性论传统形成曲折的沉浮关系：一是"五四"时期至20世纪30年代的启蒙式现实主义文艺，与心性论传统展开复调式对话；二是20世纪40年代至70年代的社会主义现实主义文艺，虽然让心性论传统进入沉潜状态，但同时将其挪移为传奇范式；三是改革开放初期的"伤痕"式现实主义，使得心性论传统呈现隐归态势；四是20世纪90年代至21世纪初的"新写实"式现实主义，一面继续将心性论传统误解为"封建主义话语"，另一面对个体深层心理现实有新的开掘；五是2012年至今的心性现实主义，心性论传统全面复苏，与现实主义形成新的交融态势。心性现实主义文艺，可以说是百余年来中国现实主义文艺演变至今的新成果。

　　中国式心性现实主义文艺在近十年来产生有其特定缘由和必然性。心性现实主义同此前的中国现实主义文艺相比，不存在天然的鸿沟，而就是它们的传承和演变的产物。确切点说，是外来的现实主义精神与中国心性论传统相遇后历经百余年演变而在2012年以来实现跨文化融合的结晶。2012年以来的十余年，是在国家和社会层面正式复活的心性论倡导，同民间社会一直在自动地和连续地运行的心性论传统相交融后,在文艺领域逐步取得的创造性成果。如前所述,由于孔子及其儒学在袁世凯复辟帝制过程中短暂地充当了"帮凶",理所当然地遭到以陈独秀、吴虞等为代表的有识之士的迎头痛击和严厉批判,从那时起,特别是在"五四"新文化运动以及后来的岁月里,中国心性论传统总是被抑制,常常被贬入"封建糟粕""封建迷信"或"落后思想"之列,走上一条沉浮不定的曲折道路,始终难以成为影响现代中国人生活的主流规范,更难以成为牵引中国现实主义文艺创作、接受和批评的主流规范之一。尽管从改革开放时代起,心性论传统逐渐在中国社会生活中恢复名誉而重新释放其积极元素,但毕竟还是在进入21世纪以来,随着中国社会生活对于精神生活和文化建设的呼声日益高涨,文化、文化软实力及中国文化传统愈益受到重视,心性论才获得重新生长的土壤。从2012年起,随着国家正式推进马克思主义原理与中华优秀传统文化相结合这一新的思想解放进程,中国心性论传统就正式成为马克思主义指导下当代生活中一种新的主流文化资源,也从而有理由成为现实主义文艺创作的一种新的主流文化与美学规范。

作为中国式心性现实主义文艺范式所赖以形成的外来思想资源,现实主义文艺原则是经由马克思主义的批判性改造和有力推介,才得以在中国产生其话语权威的。马克思主义对欧洲现实主义文艺观做了批判性改造。马克思是此前18世纪美学和19世纪现实主义美学原则的"批判者"和"扬弃者"。他之所以主张批判地继承现实主义美学原则,是由于他相信,现实主义文艺比其他任何文艺流派和文艺思潮都能够起到动员群众参与认识世界并改造世界的社会实践的作用。马克思和恩格斯在推崇现实主义文艺时重点着眼于其对于人类社会实践的生动再现作用。可以从下面几方面理解马克思主义的现实主义文艺观的主要精神：第一，现实主义文艺突出人物个性描写，重视对于社会生活环境的生动刻画；第二，强调真实性和典型性；第三，提供更加真实而又生动的历史画卷；第四，擅长于将思想倾向隐藏于场面和情节中；第五，马克思主义坚持从美学的和历史的观点的统一上开展文艺批评。

　　心性现实主义的哲学基础可以概括为万物通心。按照梁漱溟的"理智运用直觉"、张岱年的四点论、牟宗三的"综和的尽理之精神"、徐复观的"忧患意识"、李泽厚的"乐感文化"、钱穆的"天人合一"、许倬云的"三原色"和天人成圣之说、庞朴的"人文主义"和"忧乐圆融"、张世英的四种境界说和"万物一体"等诸种学说，中国文化中存在着偏重于主体心性论的传统，这显然与注重外向的自然客体或对象的西方古典文化传统有着显著差异。按照陈独秀以来的主流理解，现实主义或写实主义的基本原理或哲学基础在于基于"科学"原理之上的非主体的客观真实性。将马克思主义的以物质决定精神之说为基本的理论，理解为万物对人或主体的决定作用之说，同时将中国文化传统中的心性论概括为心对物的感通或应答作用，那么，可以得到万物通心这个新命题。万物通心，是基于"天心""地心"和"人心"本来一体的预设，其基本特性在于天地人心一体论：一方面可以是指万物之间千差万别而又相互感通的状况，另一方面也可以是指万物及其相互感通状况都可以为人心所感通或感发，这两方面实际上紧密交融一体而无法分离。万物通心表示天地万物与人心之间相互感通的过程，属于"天地"自身的客体感通过程与属于"人心"的主体感通过程之间紧密交融而难以分离的状况。这表明，世间万事万物虽然都可以独立于人类而自在地存在和运行，但也都同时可以通向或直抵人心，为人心所感发和把握。心性现实主义依托万物通心观，相信世间万事万物及其决定性作用会通向主体心灵或唤起主体心灵的汇通，从而表明万事万物虽然不依赖于个体而独立存在，但与此同时又可以会通个体心灵，从而既制约心灵而又同时会通心灵。正是由此可看出心性现实主义的心性现实概念具有浸润客体与主体的特性。万物通心的基本原则之一在于"中和"。其实施途径有（1）天地生文律，在"天""地""人"的"三才"间对立与调和中融会出"文"的规则；（2）阴阳交替律，作为"天"之"道"的"阳"与"阴"之间的交替起伏规则；（3）刚柔相济律，作为"地"之"道"的"刚"与"柔"之间相互弥补与调和的规则；（4）以善润真律，要求用仁善之心去适度地过滤、化解或缓解求真的执着，避免出现极端的真；（5）化悲为喜律，将令人不快的悲感局面适度转化为喜感的状况，或者是以喜感去适度地缓解悲感的极端状况；（6）褒贬皆有律，在需要对人的言行作出褒贬评判时，既非一褒到底也非一贬到底，而是有褒有贬和褒贬杂糅的规则；（7）乐以忘忧律，运用乐感心态去适度地分忧或解忧，从而形成忧乐相融局面的情形。

对现实与文艺之间、文艺中的心创现实与现实之间的关系，应当作唯物的和辩证的理解。既应坚持现实始终是独立于人的意志之外的客观实在，又应看到文艺作为心创现实的主体特性。把熊十力的"体用不二"、冯友兰的理与觉解合一、金岳霖的道可分合、贺麟的"仁为自然万物的本性"等观念仅仅当作文艺作品的虚拟世界看，它们显然有利于把握文艺作品规律，特别是其中的心创现实的特性。谈论文艺中的现实，既始终离不开现实，也始终离不开人的心或心灵，即心化现实。因为文艺中的现实一方面来源于人所生存于其中的客观现实，但另一方面又高于客观现实，因为这种现实已经被心灵化或心化了，属于心化现实。文艺中的现实总是以心化现实这一特定方式存在。心性现实主义文艺作品中的心化现实有三种具体展开方式或层面：首先是更靠近现实的心感现实，其次是更靠近人心的心明现实，最后是由艺术媒介和符号形式系统创造的心创现实。从现实到文艺作品的过程，是从五官感觉中的心感现实，经过内心中的心明现实的加工和改造，再到呈现于观众面前的符号形式化的心创现实的演变过程。文艺作品中的心创现实可以分为三层面：一是近心感现实层面，心创现实中更贴近现实原生态的层面，其主要人物或叙述者在能动地改变社会现实方面的能力或作为较为弱小或甚至遭受挫败，作品如长篇小说《望春风》《谁在敲门》，影片《心迷宫》《冰下的鱼》《吉祥如意》等；二是近心明现实层面，心创现实中更贴近人的心灵的层面，主要人物或叙述者在能动地改变社会现实方面展现出符合理想范型的强能力或强作为，作品多种多样，如报告文学《花繁叶茂，倾听花开的声音》，小说《宝水》，网络小说《寂寞的鲸鱼》，电影《中国合伙人》《我不是药神》《我和我的家乡》，电视剧《情满四合院》《鸡毛飞上天》《正阳门下小女人》《山海情》《特战荣耀》《去有风的地方》《县委大院》《风吹半夏》《白色城堡》等；三是心感-心明现实交融层面，心创现实中现实与心灵相互交融和尽力平衡的层面，也即心感现实与心明现实之间既相互交融而又相互平衡，这类作品有电影《亲爱的》，电视剧《大江大河》《都挺好》，小说和电视剧《装台》《我在他乡挺好的》《人世间》，网络剧《漫长的季节》等。

电视剧《人世间》与其小说原著一道可以被视为中国式心性

现实主义文艺范式臻于成熟的标志。其主要依据在两方面。一方面，它几乎完满体现和满足了当代中国文艺场的六要素的共同作用：一是国家导向，落实国家重大文化文艺战略需求；二是行业优投，符合文艺行业优先和优质投资标准；三是民生体验，契合社会公众的生活世界体验；四是观众期待，满足观众的鉴赏期待；五是艺术创意，有利于文艺家创意实施；六是全媒鼓应，全媒体环境的联合鼓荡。另一方面，它成功地展现了中国式心性现实主义美学范式的主要特征：一是在再现现实的目的上，真善交融，以仁润真；二是在再现现实的路径上，典型传神，留有余意；三是在再现现实的根源上，地缘化育和时势造人；四是在再现现实的态度上，褒贬皆有，批赞共存；五是在再现现实的美学形式上，流溯风格，流洄并作。

直面温修辞方式，属于心性现实主义范式的一种新创造以及成熟标志。长篇小说《望春风》的突出的语言艺术建树在于，采用简蕴修辞、诗意氛围、中外经典植入、以人导事及托名乡村修史者，特别是创造出直面温修辞方式。直面温修辞是一种有取有舍、有直有曲、褒贬皆有、以良知调节真实的修辞方式，为中国当代乡村叙事中的正直书写与温和书写之间的选择提供了新颖的中国式解决方式：让中国式心性论传统中的温和之心去浸润现实主义的客观性、真实性和批判性态度，使得正直书写与温和书写之间实现相互涵濡。该作品堪称一部当代中国乡村社会心史。

第一兼第三人称叙述体的诞生，也可以视为心性现实主义范式成熟的标志。长篇小说《谁在敲门》的出现，表明心性现实主义文艺的重要特征之一在于将社会生活环境变迁内化到个体心性世界中，让观众通过理解个体心结而了解社会生活环境变迁。它使得小说从"世情书"转移为心结书,把人们社会生活的外在典型环境叙述转化为个体内在的心结叙述。其关键创新点在于采用第一兼第三人称叙述体,既叙述"我"亲眼所见人和事,也叙述"我"在亲眼所见基础上进一步想象所见的人和事,从而同时兼备第一人称叙述和第三人称叙述之全知全能特长,体现出复合型人称叙述的综合功能。第一兼第三人称叙述体像解剖刀一样,钻入人物内心无意识世界,刻画其隐秘的心性状况或心结,由此叙述许家四代人物的状况、心结及其命运趋向:第一代老境悲凉,第二代家园放逐感,第三、四代之间空虚感与陌生感。小说创造了一群不规则人物,带有无中心性、弱正面性、亲情性、有心结人物等特点,留下了一本当代中国川东北乡镇社会心结书。其创造的第一兼第三人称叙述体、方言叙述和不规则人物及其心结书可以载入中国当代文学史史册。

心性现实主义在主体间性构型上做了新建树。这可以从近十年中国电视剧人物性格塑造看。主体间性构型是指个人作为主体总是存在于他与周围他者的相互关联状况中,并且也由于这种相互共存关联而排列组合成为一种相对稳定而又处在变异中的人格构造。它指向一种始终与周围他者相互共存和相互发生矛盾以及寻求相互调和的动态的和变异的人格构造形态。可以见到心性现实主义在当前电视剧作品中的几种主体间性构型模式:愚而智式主体、散而聚式主体、识而行式主体、异而同式主体、创而让式主体、变而安式主体、过而改式主体、融通式主体。这些电视剧人物的主体间性构型真实生动地展现了中国社会在当代已经和正在发生的巨大变革和取得的飞速进步,而它们恰以当代中国人及其家族的生存方式上的剧烈生存动荡为标志和代价。

地缘心性形象的形塑，可以代表心性现实主义的一项美学建树。这突出地表现在近年电视剧网络剧创作的新趋势上。这是现实主义精神与中国古代心性论传统相结合的结晶，表明当代中国社会现实生活境遇会透过不同人地关系场的作用而在个体心灵世界呈现不同的心结。西北乡城流动、西东流动及其心结，东北国有企业乡愁、北京大院青春梦、南方心理纠结与心理治愈等，代表近年剧集在地缘心性形象上的新开拓。不同地域中地缘心性形象的共通点在于，流动型社会中各种人地关系场之间无论存在何种地域差异，都总是面对人与人之间经济、社会、文化等的困扰。地缘心性形象披露出隐秘的无意识心理症候正是现实主义文艺精神的当代体现。心性现实主义文艺的特殊建树在于将对于外部现实社会生活环境的描绘深入到个体无意识心理现实之中，奉献出地缘美学辩证法。地缘美学辩证法是指依托特定人地关系场而生成的个体心性世界描绘方略，展现出基于唯物立场的地缘辩证观点。它可以包含几条原理：一是发生在特定时空体中的人生苦难终究会让人生出温馨而绵长的人生意义回味；二是生活在底层空间中的人们并非只有朴实、粗犷和现实感，而是同样有着古雅情怀，重要的是做生活中的有心人；三是特定的人地关系场及其变迁既可以造成心理偏狭，也可以促进心理改善和心理治愈，这关键取决于个体的自觉而又主动的心理反思行为；四是同一人地关系场既可以带来心理创痛，也可以激发缅怀和追忆，这与个体内心是否树立起人生的辩证思维习惯关系重大；五是同一人地关系场既可以释放出田园牧歌式心理治愈功能，同时更需要实施持续的乡村振兴举措，表明人生重要的还是务实的改变世界的行动。

心性现实主义文艺范式的成熟标志，也体现在现代君子之风的制度化构型上。这在近年来的六十余部国产电影中的基层干部形象塑造上有着普遍性呈现。关键的原因来自于国家和社会有关文艺作品中基层干部形象塑造原则出台一系列重要指导意见，其中就有推崇现代君子之风。这些基层干部形象展现共产主义道德和以儒家伦理为代表的中华传统美德之间的交融风采。君子式高层领袖形象、中层干部形象和基层干部形象都自觉实施个人德行修为，率先垂范，处处成为群众表率。这体现出当代中国社会的一种符合君子风范的现代社会制度构型原则。这种现代君子之风美学范式有仁厚式、容让式、义勇式、刚正式和儒风式。影片注意建构仪式化美学情境去表现。这些互动仪式链形塑了以仁厚、容让、义勇、刚正、儒风等为代表的现代君子之风，并对中国现代斯文也有着深层构型作用。

从大变局下中国社会心态新构型，可看出心性现实主义的又一新拓展。近十年现实题材电视剧创作之所以在这领域出新，根本原因在于电视艺术家们自觉地在马克思主义世界观与中国古典心性智慧传统相结合的意义上体验当代现实社会生活，传达出大变局下社会心态新构型的讯息。这种社会心态新构型有着三种情形，即物通心式心态、心通物式心态和物心互通式心态，它们在一些现实题材电视剧中有着具体表现。这种社会心态新构型共同地体现出万物通心这一社会群体心理，并且体现为天地人心一体论、"中和"原则以及天地生文律、阴阳交替律、刚柔相济律、以善润真律、化悲为喜律、褒贬皆有律和乐以忘忧律等具体形态。

心性现实主义范式在当代现实中个体心象的刻画上取得新推进。舞剧《到那时》以独创的双重舞蹈象征形象去重构当代个体心象，初恋男女之间、新婚夫妻之间、新生儿与母亲之间的热烈而纯真的心象，儿子在丧母之后对父亲的怨恨，最后父子之间的真诚和解等心象，都激发起观众心灵的心潮共振。最令人动心的一处可能要数一家三口人手相连而成心形图案的场面，活画出三口之家的家庭心象，足以引发观众的强烈共鸣和认同感。话剧《篾街》刻画了开创、仁厚而倔强的当代北京市民心象。李一刀性格中及其心象上表现出至少三层面矛盾：开创而守旧、既新又旧，心口不一，情与理相矛盾，这样丰富复杂的性格表现可以视为京味人物及其心象塑造上的一次可贵的创新。这部剧通过塑造以李一刀的开创、仁厚而倔强的性格为核心的新北京形象，小中见大地展现了改革开放时代近三十余年间北京城市生活的新景观及其新京味。舞台剧《兰考》活画出一株倔强的老泡桐树的精魂。它不满足于仅仅外在地揭示典型环境影响下主人公典型性格的生成，而是深入挖掘这种典型环境在个体深层心理上刻下的深切刀痕，将其深受困扰的个体深层心理现实尽情剥露出来给观众看。主人公马水生的个体深层心理现实的心象不妨概括为耿直而又倔巴，简称耿倔。为了展现这种个体心理现实的纵深度和繁复性及其深重影响力，该剧反复运用舞台场景的及时调度和变化手段，让马水生多次反复陷入与往昔人和事之间展开对话的想象态情境中，强烈宣泄出其内心的无意识焦虑和饱含痛楚的艰难对话。这应当成为全剧最突出的美学特色之一。与改革开放时代初期《桑树坪纪事》所反映的封闭、落后和愚昧等心态如何阻碍乡村的文化启蒙和现代化进程相比，《到那时》《篾街》《兰考》中的个体心态已经演变为对于改革开放时代本身的反思了：相当于反思已然走出"桑树坪"并且"富起来"的中国人怎么集体反思自己曾经的改革开放脚印的问题。这里的人物之间发生了难以化解的深度怨恨，同时就个体而言则是内心的倔强心态成了主导。这种深度怨恨和倔强的结合恰恰成为困扰这些人物的日常生活的主要心理现实,也即成为他们的个体心象的主要特征。这三部舞台艺术作品从不同角度将这些有着共通性的深层无意识心象表达出来,展现了心性现实主义舞台艺术应有的当代现实生活表现力。

到目前为止的中国式心性现实主义文艺范式,依托以往百余年沉浮命运,经过十余年蓬勃生长,已经逐步打开且还将继续打开其基本的艺术风貌。尽管其间存在文艺门类间的差异,例如文学、电影、电视剧、网络剧和舞台艺术等各有其差异,以及有些东西还将在未来进一步展示出来,但一些主要的东西还是已然释放出外在可感的初始面貌。

不妨集中到一点上说,中国式心性现实主义文艺范式的突出特征在于,它已经显露出当代中国社会的心结图这一特定品格。如前所述,万物通心表明,世间万事万物诚然有着不以人的意志为转移的客观规律,但终究会与人的心灵相融通,在人心中激荡起种种不同的涟漪,形成姿态万千的心结。当文艺家以自身心灵从生活激流中采撷到这种万物通心浪花,就可以凭借其天才、想象力和艺术技巧,描绘成形形色色的万物通心画卷。由于如此,心性现实主义文艺正可以视为当代中国社会的心结图。如果说,此前的现实主义文艺更擅长于描绘当代社会现实的社会变迁图景,那么,心性现实主义文艺则更注重于观察当代社会现实的社会变迁在人心中的转移投影和融通图景,从而创造出外在社会现实的个体心结图。个体心结图,表明心性现实主义文艺并非忽视社会变迁,而是更加重视社会变迁的心结图呈现及其社会认知价值,因为它已经认识到并且相信,当代中国社会生活现实演变的意义构型的焦点,已然集中到社会变迁的个体心结上。正是异常敏感、动荡不安而又变幻莫测的个体心结，凝聚或汇聚了社会现实变迁的风云变幻画卷。

有必要就心性现实主义范式与之前来自苏联的"社会主义现实主义"范式之间的不同，做点简略说明。尽管这种不同或差异可以从多方面去理解，但目前可以初步指出下列几点。第一，在创作动力上，"社会主义现实主义"认为艺术创作的动力就蕴藏在客观现实的运动变化本身之中，心性现实主义则相信也同时取决于主体自身的心性智慧的主动作为的能动效果。第二，在创作对象上，前者赋予作品主人公或英雄以当然的先进、科学和民主的代言主体的光环，或者通向这种代言主体的资格，尽管其成长或发展道路有可能遭遇曲折，后者则设定主体必须有着个体德性修为优先的自觉意识，历经磨砺或劫难才能以孟子所谓"生于忧患而死于安乐"的姿态成长为拥有现代君子式人格的历史主体。这种现代君子式主体人格，恰是心性现实主义范式在人物形象上的鲜明标签之一。第三，在创作手段上，前者更多关注当代现实中人与环境、人与社会的关系及其演变历程，后者更关注当代社会现实变迁及其复杂矛盾在主体心理上激发的深层回响，即深层心结。对人物深层心结的深入细致的刻画，是心性现实主义范式的又一突出特征。第四，在创作风格上，前者着眼于从悲剧性风格到正剧性风格的转变或升华，后者则在此基础上选择了悲喜剧交融风格。第五，在创作目标上，前者注重以纯粹的理想主义和乐观主义精神去鼓舞观众，后者则强调对于这种理想主义和乐观主义精神本身予以自觉反思或质疑的必要性。

回看当代中国现实主义艺术从"社会主义现实主义"到心性

现实主义的演变历程，可以发现，早在进入2013年之前，一批作品已经开始或多或少地透露出心性现实主义文艺范式的先驱者足迹了。谢晋导演在1980年至1986年期间执导的"反思三部曲"即《天云山传奇》《牧马人》《芙蓉镇》，已经初步体现出自觉或半自觉地以中国式心性论传统去浸润现实主义精神的隐性趋向。特别是罗群、许灵均和秦书田这三位历尽磨砺或劫难才完成主体构型的男主人公身上，已经率先寄托了以仁润真、褒贬皆有、典型传神等特征，特别是开拓出现代君子式人格的初始范型。《芙蓉镇》还注意从湖南乡间的民俗仪式和民间音乐中挖掘其对于当代主体人格的形塑功能和公共聚合功能，令人印象深刻地彰显出其中蕴含的仁爱、道义、义气、容让、改过等古典心性论传统在当代的主体构型作用。由此看，谢晋堪称中国式心性现实主义范式的伟大先驱。只可惜，囿于当时的思想文化语境，特别是在其中儒家传统遭到激烈否定或非难的语境，谢晋的先驱性建树在当时要么遭到无情的忽视，要么被充满偏见地否定。1990年播映的电视剧《渴望》通过北京胡同普通工人家庭的故事以及《好人一生平安》的歌声，隐性地透露出仁爱、友善、容让、和合等古典心性论传统对于当代中国家庭和睦的积极价值。1995年故事片《孔繁森》将英模主人公予以平民化处理，突出其普通人那样的有情有义、血肉丰满的平凡而又不凡的性格，蕴含着现代君子式人格构型的雏形。再有就是2007年的影片《5颗子弹》中马队的"仁枪"境界。这些都可以视为走出"社会主义现实主义"局限而通向和构建心性现实主义范式的探索性旅途。

近年来，无论中外，都正发生着一种前所未有的新变化：随着当代社会经济、政治、社会和文化等领域的开放性行动和远景性拓展都面临前所未有的阻碍或困境，随着社会个体的日常生活行为按照过去惯例向前推进却遭遇未曾预料的异常强大阻碍时，前行的动力以及内心欲望会被迫反弹回来，挤压进预防不足的"敏感主体"的心灵中，导致其发生剧烈的内在变形或严重扭曲，结果是生成种种不同的心结。如果说，这种社会变迁向着个体心理挤压而生成心结的情形，在当代全球化的世界有着普遍性的话，那么在中国，由于此时段中国社会各层面逐步复苏的中国心性论传统，则在辩证唯物论和历史唯物论制导下，推演出万物通心原理，进而同进入中国百余年的现实主义文艺原理相交融，创立起在当代世界具有独特性和独创性的中国式心性现实主义文艺范式。也就是说，基于个体德行修为优先的中国心性论传统，在与现实主义文艺原理相交融的过程中，可以起到以个体心性去浸润客观真实、以善润真、褒贬皆有等重要作用。这样，心性现实主义文艺在此时此刻出现，就以中国自身独特的个性化方式，有力地回应、再现或反射出当代社会现实变迁的个体心结产物。这是中国智慧或中国文化传统与现实主义原理相结合后，对于当代社会现实变迁下的个体心结所展开的独特的、跨文化的符号形式化工作成果。

前面说的心创现实及其三层面即近心感现实层面、近心明现实层面和心感现实－心明现实交融层面，正构成心性现实主义作为当代社会变迁的个体心结图的具体的多层面标志：在近心感现实层面，《望春风》以直而温修辞方式书写当代中国社会乡村心史，《谁在敲门》以第一兼第三人称叙述体而成为当代中国乡镇社会心结书；在近心明现实层面，《鸡毛飞上天》《山海情》《白色城堡》等表现了当代中国社会理想愿景的成功实现图景；在心感现实－心明现实交融层面，《人世间》《大江大河》《都挺好》《漫长的季节》

等在改革开放时代社会风云的变迁与个体心理现实的回应之间的交融上掘进和深描，凸显主体心灵对于客观现实的浸润作用。至于主体间性构型及其八种范式，地缘心性形象及其地缘美学辩证法，现代君子之风及其制度化构型，社会心态新构型及其三种表现等，更代表心性现实主义范式的更加丰富多样的表现。这些作品从不同方面将当代社会现实变迁的个体心结刻画出来，标志着中国式心性现实主义文艺之树已经结出了丰硕的果实。

与此同时，心性现实主义文艺范式问题还不能仅仅从中国内部看，而是应当有着更加开阔的世界文艺或全球艺术眼光。从世界范围内的现实主义文艺发展看，心性现实主义文艺范式的定型和成熟，标志着来自西方的文艺思潮及其原则在中国土地上移植后，历经百余年曲折生长历程，终于找到与中国本土文化传统相结合的合适途径。这显然可以作为一个跨文化的文艺案例，与世界各国文艺界分享，并共同展开比较研究和跨文化交流。

中国式心性现实主义文艺仍在继续生长中，已经、正在和即将打开其新颖、充满活力而又带有陌生感的存在风貌，故而到目前为止的所有研究，都还只能是阶段性的、未完成的探索，算不得定论，有待于持续观察和追究下去。

附录：主旋律影片的儒学化转向

考察中国大陆当前电影发展现状，不能不关注主旋律影片。主旋律影片自从1987年"出世"至今，不仅同商业片（或娱乐片）、艺术片等一道构成中国大陆电影不可或缺的主流，而且鉴于它同当代社会主导体制的内在关联，还可能牵涉对当前中国社会文化核心价值系统及其魅力的纵深透视上，因而加以适度回顾和反思是必要的。这里打算就主旋律影片近两年来出现的一种新转向提出一种初步观察。

一、从传奇时代到泛悲剧时代

谈论主旋律影片的转向，首先需要对这类影片的20年发展历程做个简要回顾。主旋律影片这里是指那些体现当代社会主导性或整合性价值规范的影片，如爱国、进步、团结、公正、廉洁等价值观的影片。众所周知，"主旋律"作为电影主管部门国家电影局的一个行政理念，在1987年3月首次明确提出。它的最初表述意图在于要求在电影领域"突出主旋律，坚持多样化"。但中国大陆主旋律影片在这时期出现并随后获得持续的发展，实际上有着更加现实而又深沉的缘由。这里至少有三点需要提出来：第一，这时期中国电影需要弘扬社会主义主旋律及相应的当代主导价值系统。第二，这时期中国电影需要面向当代全球电影世界开放，因而这一主旋律也不同于此前封闭的社会主义时代电影。第三，这种主旋律需要赢得比单纯的知识分子群体远为广泛的社会公众，因此主旋律影片不应只满足于"小众"欣赏而是需要教化或感染"大众"。这样，中国需要这样的主旋律电影：既是社会主义的，也是开放的，还是大众的。出于这三方面的综合要求，中国电影就应该具有与其社会主义属性相应的主旋律，同时也应该具有与其开放属性相适应的多样化面貌，以及面向最广大公众群体的大众化形式。这使得主旋律影片从一开始就同时富有三重属性：一是导向性，即体现社会主义主导价值系统的引导或整合性（约略相当于思想性）；二是开放性，即显露全球化时代多种异质电影美学、体制、价值及形式等的相互共存和交流（约略相当于艺术性）；三是大众教化性，即在投合最广大的公众群体的生活体验和诉求的同时使他们感动和受到教育。

这三重属性导致主旋律影片贯穿如下几对矛盾：第一，在对生活的再现上，是依照当代主导价值系统的要求对现实日常生活作概括化再现，还是按现实日常生活原貌仅仅作个别化再现？概括化要求集中、提炼、想象甚至升华，往往省略可能与主旋律不协和的部分；个别化要求如实、具体、逼真甚至原生态，常常可能与主旋律不协和。第二，在主角塑造上，是把主角英雄化还是常人化？英雄化意味着把主角提升到超出常人的传奇高度，常人化则意味着让英雄回归平常，塑造成平常人。第三，在价值选择上，是坚持当代主导价值取向还是传统价值取向，也即当代化还是传统化？按照当代主导价值取向，主旋律影片的舞台应当直接宣传大公无私、舍己为人、任劳任怨、公正廉洁等品质；根据以儒学价值系统为主导的传统价值观（当然远远不止儒学），则有仁爱、仁慈、宽厚、中和、文质彬彬、成圣成贤等品质、风范从后台重新登上前台。

可以说，主旋律影片内部从一开始就交织着相互对立而又协和的二元要素：一元是来自当代主导价值系统的对于个体生活体验的雅正化与奇异化加工的冲动，简称雅奇化，它处处寻求把丰富而杂多的生活体验材料统合到雅致或庄正的轨道而又同时造成奇异效果；另一元是从个体生活体验出发的对于当代主导价值系统的世俗化与韧性的还原冲动，简称俗韧化，它总是让求雅求奇的当代主导价值观重新回溯到需要韧性才能生存的世俗生活流中。雅奇化标举雅而奇，雅正而又奇异；俗韧化突出俗而韧，世俗而又坚韧。尽管主旋律理念及影片自1987年诞生以来总是力求驾驭和平衡这种雅奇化与俗韧化元素，但实际上，这两元之间却常常难免有升降起伏，很难实现绝对的平衡。

回顾过去20年里主旋律影片的发展历程，我们看到更多的是渐变而非突转，是缓慢地积累起来的和风细雨式渐次转向而非骤然发生的震惊式转折。但是，当这些逐年渐变积累到20周年时，我们却猛然地从烟云笼罩中发现一些较为清晰的转向印记。正是在这个意义上可以说，主旋律影片已经出现一种渐次积累起来的缓慢而又鲜明的转向。这种转向的鲜明标志在于，主旋律内部的雅奇化与俗韧化冲动在其相互对立而又协和的过程中逐渐趋于分疏或分流，彼此既有协和又有分别地发展。

如果用美学范畴或文类概念来观察，则可以尝试地说，这种转向集中表现为两个时段的分节：从1987年到2006年大致为主旋律影片的传奇时段，在雅奇化元素与俗韧化元素相互交融的同时，更突出雅奇化元素的力量；而从大约2006年起则进入主旋律影片的泛悲剧时段，在雅奇化元素与俗韧化元素相互交融的同时，更注重俗韧化元素的力量。如果要用通常的"时代"来称呼，两者则可以分别称为主旋律影片的传奇时代和泛悲剧时代（时代在这里更多地仍然只是指连续渐变过程中的相对的时间分节，而不是指截然不同的突转或断裂）。这里的时间分节理论系来自对加拿大文化批评家弗莱的"原型"理论模式的一种借鉴和修正。他在《批评的剖析》（1957）中提出，文学艺术的原型演化过程与春夏秋冬四季循环相合拍或对应，从而有喜剧与春天、传奇与夏天、悲剧与秋天、反讽与冬天相对应的文艺原型演变模型。但如今在把这个模式运用到中国主旋律影片时，我认为需要做必要的两点调整。第一，主旋律影片并没有出现弗莱模式中的所谓春季与喜剧阶段，而是从一开始就直接进入传奇时代。传奇，向来更偏重于浪漫、奇异、神奇等故事的演绎，属于"按照凡人的意向'移用'的神话，并且朝着理想化了的方向使内容程式化"①。第二，至于在接下来的悲剧阶段，实际上出现的已不再是经典悲剧而是它消逝后的泛悲剧或后悲剧了。在如今这个"后"时代早已不存在从亚里士多德到康德和黑格尔时的那种经典悲剧了，而不如说是以泛悲剧或后悲剧的面貌出现的。泛悲剧，与经典意义上的悲剧有别，是指经典的悲剧内涵在当代日常生活的世俗或平凡状态中被泛化而趋于淡隐或泛化的特定状况。泛悲剧与悲剧一样，不同于日常生活中的悲惨、悲哀或悲悯等情绪体验，而是指美学范畴意义上的悲剧，即是指人在

---

① 〔加拿大〕诺思罗普·弗莱：《批评的剖析》，陈慧、袁宪军、吴伟仁译，百花文艺出版社1998年版，第185—191、151页。

对抗困境或苦难的过程中展现出正面精神品质。不过，同样是展现人在对抗困境或苦难过程中的正面精神品质，泛悲剧与经典的悲剧之间毕竟有着不同的呈现方式。与经典悲剧竭力高扬人的内在崇高品质及其战胜困境或苦难的必然性不同，泛悲剧致力于承认个体在日常生存困境中坚持、持守或奋争的韧性品质，简称俗韧性品质。前者更偏重于展示艰难境遇中的崇高性品质，后者更偏重于呈现平常或卑微的生存境遇下的俗韧性品质。这样，我们不得不把弗莱的四阶段模式调整为目前的两阶段理解：从传奇时代到泛悲剧时代。

主旋律影片从传奇时代到泛悲剧时代，其间经历了怎样的变化？其实，两者之间并不存在截然的对立或突转，而是常常相互交融或共存。只是在比较的意义上，我们不能不看到，这两者的交融或共存如今已呈现出一种越来越清晰的侧重点：主旋律影片在其传奇时代更突出雅奇性，而在其泛悲剧时代更突出俗韧性。单就主角的表现来说，传奇时代更注重主角的高雅、庄严、刚正以及与奇异的融合，即超出众人的高雅、特异或奇异相交融的特性，其核心是呈现艰难困境中的正义、正直、雅致、神奇等力量；泛悲剧时代更突出主角的处于世俗或平常中的韧性的坚守姿态，其核心是呈现日常卑微生活中的持守、淡泊、韧性等品质。雅奇更注重的是雅正与奇异的交融，俗韧更突出的是世俗而坚韧。当然，雅奇中也可能包含俗韧成分，俗韧中也可能含有雅奇成分；同时，雅奇和俗韧中也都有可能渗透进一些崇高内涵。传奇时代雅奇性的主导动因在于当代史的合法性与魅力化需要；泛悲剧时代俗韧性的主导动因在于当代史对古典范式的求援意识。

二、泛悲剧时代的儒学化转向

主旋律影片从传奇时代转向泛悲剧时代，意味着从艰难境遇中的雅奇性演绎这一重心转向平常生活中的俗韧性塑造这一新重心。这里使用"重心"这一词，就是想表明，泛悲剧时代并非不要雅奇或消解雅奇，而只不过是不再把传奇式雅奇作为令人兴奋的焦点去表现，而是把个体生存的俗韧性作为更显豁的新焦点去探索。就主旋律影片的传奇时代来说，可以毫不费力地举出《蒋筑英》《中国人》《孔繁森》《大决战》《大转折》《大进军》《巍巍昆仑》《彭大将军》《开国大典》《周恩来》《鸦片战争》《红河谷》《长征》《七·七事变》《红樱桃》《离开雷锋的日子》《生死抉择》《横空出世》等一批影响很大的作品，它们无可争议地具有歌颂革命英雄或正面典范的传奇时代特征。这里既可以写历史也可以反映当代现实，既可以刻画国家领导人也可以描绘平民百姓，但终归更多地展示人在各种不同的艰难境遇中的雅奇品质。在过去的一年多时间里，《红色满洲里》《5颗子弹》《亲兄弟》《我的左手》《东方大港》和《千钧·一发》等影片相继出现，不约而同地淡化主角的过分传奇式的雅奇品质，而倾向于更多地刻画主角在日常生活中的平常性或卑微性，并让原来的传奇式雅奇品质转而以平常和卑微中的俗韧品质显示出来。它们诚然各自都是个别地制作出来，并且服从于彼此不尽相同的编剧、导演、表演及制片等意图，但在这个年度竟然不约而同地以群体姿态集中亮相，就显然不是偶然的了。这明白地透露出一个重要信息：属于主旋律影片的泛悲剧特征正以群体方式集中展现，表明主旋律影片正在进入新的泛悲剧时代。

探讨泛悲剧时代主旋律影片，可以有多种不同的选择。单说它的特征，就可作多视角审视：首先，从艺术形式看，它正越来越多地注重吸纳类型片的特长，即类型化；其次，从生产机制看，具有行政导向下的产业化特征；再次，从符号系统中人物的基本生存境遇看，俗韧化；最后，从价值取向看，越来越鲜明的儒学化。这里仅仅打算从后两种特征相联系的角度做简略分析。

对俗韧性的刻画可以视为泛悲剧时代主旋律影片的一个鲜明标志。俗韧性，体现的是一种在世俗的平常生活境遇中坚持、持守、不放弃或奋争的个体选择与伦理姿态。值得注意的是，泛悲剧时代主旋律影片中这种俗韧性品质，没有像传奇时代那样继续面向当代去寻求价值系统支援，而是转而投寄到遥远的古典时代，从儒学伦理中寻求价值系统支撑。正由于此，我们不难看到，主旋律影片中正在出现一种新的儒学化价值取向。这里的儒学化，其实不是指一种学理化的儒家学说，也不是指古典儒家或现代新儒家，而只是指一种植根于古典儒家价值系统基础上的当代日常生活伦理或生活理性的呈现状况。主旋律影片的儒学化，是指主旋律影片中呈现的当代社会主导价值系统对古典儒家传统的借重与挪用状况。其具体表现就是，在主旋律影片所呈现的当代价值系统中，更多地杂糅进以儒学价值系统为主导的传统价值观，前者如大公无私、舍己为人、任劳任怨、公正廉洁等品质，后者如仁爱、仁慈、仁厚、感化、中和、文质彬彬、成圣成贤等品质或风范，这两者形成复杂的交融。重要的是，在当前泛悲剧时代，当前者倾向于适度淡隐时，后者则力求占据银幕表现的主画面。

三、仁爱式英雄及其类型化

泛悲剧时代主旋律影片对儒学价值系统的借重与挪用状况，可以从《亲兄弟》（2007）所呈现的绵绵而沉厚的亲情感受到。影片讲述王三豆因白血病复员回村竞选村长，激发了他与大苗、二根之间的兄弟矛盾，也牵扯出大苗与大苗媳妇、二根与艾艾、三豆子与翠儿之间的情感纠葛，并把众乡亲都推入矛盾漩涡中。贯穿在这场漩涡中的主线，与其说是个人发展欲望，不如说是深沉的亲情——亲人之间的仁爱。但影片对这根主线的表现不是简单化，而是让其隐伏于人物的激发与化解重重冲突的一连串言行中，通过他们的最终获得明晰的真心仁爱传达出来。

相比较而言，主旋律影片对儒学价值系统的仰赖，在《5颗子弹》中从意图到效果都能集中和鲜明地感受到。这部影片（2007）致力于塑造仁爱式英雄。它又名《仁枪》，取仁慈的枪或仁爱的枪弹之意，这个别名或许能更准确地传达影片的主导价值取向之所在——人民警察最仁爱。影片讲述某监狱在特大洪灾袭击下紧急转移万名犯人并取得成功的故事，由此讴歌人民警察。这个故事框架显然属于主旋律范畴，称得上不折不扣的主旋律影片。不过，影片在具体刻画时既没有把狱警马队一味传奇化，也没有简单地揭示他的勇敢、威严、爱民等当代价值指数，而是着重叙述他在生死攸关的转移途中如何向三犯人逐一展示他的仁爱品质。本想当天就退休的马队，不得不奉命押送三名不好对付的犯人，他们中一是被判死刑的杀人犯胡志军，一是隐匿巨额资产的贪污犯隋炳玉，一是即将刑满释放的惯偷郭小柳。他们一再遭遇特大洪水及随之而来的种种灾难的轮番袭击，由此不断遭遇和激发人性的高强度煎熬。这四人加上路遇的年轻女教师高兰，五人共同交织成生与死、善与恶、美与丑等激烈碰撞。三犯人可以相互依存和关爱，共同与死亡博斗；也可以利欲熏心、相互倾轧，费尽心机与马队较量，争先逃跑。在这过程中，一心一意地要给警察生涯画上圆满句号的马队，坚守"不战而屈人之兵"的"仁枪"境界。也就是说，他那支枪和五颗子弹要征服的不只是这帮悍犯难以驯服的肉体和意志，而是他们更加难以驯服的灵魂。

值得注意的是，影片在表达这种儒学化的主旋律理念时，没有像传奇时代一些主旋律影片那样直奔被普遍沿用的当代核心价值理念，而是出人意料地转向古典文化传统中的以仁爱为核心的儒学伦理，借此平台而间接指向或暗示当代核心价值，从而体现了当代核心价值表现上的儒学化转向。马队及其五颗子弹的击打方式所指代的，显然直接地是对儒家式"仁爱"伦理传统的回溯，借此中介才间接指向当代核心价值。从马队形象集中凝聚传统儒家所崇尚的"仁者无敌"的伦理境界看，影片在主旋律理念的儒学化转向方面展示了新的突破。但主旋律理念的儒学化转向并不一定就意味着直白或干瘪的说教，而完全可以通过娱乐观众而使其在娱乐中实现兴发感动，从而达到影片的感染效果。在这方面，影片的电影美学探索可谓大胆和激进：综合地挪借来自灾难片、动作片或惊险片等类型片方式，倾情诠释儒学化的主旋律理念，由此显示儒学化主旋律理念的类型化转向。观众看到，影片在灾难、动作、悬疑、爱情等元素的烘托与渲染下，让"警匪"共同置身在大洪水的空前灾难境遇中，他们之间看来难以调和的较量变得尤其紧张、激烈和惊险。影片把老马枪中的五颗子弹如何击发设定为吸引观众的最大悬念，又让每颗子弹分别聚集一个悬念故事，从而使得剧情的推进乃至人性构成的复杂度、人

419

性较量的烈度及人性的升华等都融合在这五个连续发展的悬念系列中。这样叙述中的五颗子弹显然已深浸儒家式"仁爱"精神。如果把这场大洪灾视为当代"风险社会"的一种隐喻,三犯人代表"风险社会"中被腐蚀而亟待拯救的灵魂,那么,马队宛如儒学意义上的仁与爱的拯救者与抚慰者。不妨看看影片结尾处来自胡志军的幡然悔悟:"马队,您的那枝枪,随时都可以打死我们,可您没有。刚才我突然悟到您是在救我们的灵魂,是让我们找回做人的尊严。"正是凭借这种超然而无边的仁爱力量,老马成功地摧毁了三名犯人的精神防线,迫使他们在兴发感动中完成了灵魂的拯救,由恶趋善。有趣的是,当马队还拥有子弹及强劲体魄时,犯人们仍拼力与他抗衡;而当最后他负伤而体力消耗殆尽时,他们却对他心悦诚服而自动解除反抗武装:马队宽厚无边的仁爱正是他撼人心魄力量的源泉!

由此还可以感受到影片的另一成功尝试:把儒学化主旋律理念进一步类型化,走出一条按当代类型片模式去制作儒学化主旋律电影的新道路。需要指出,这种儒学化主旋律理念的类型化转向,其实不是这部影片的突然发明,而应当视为近年来众多主旋律影视作品的多样探索后的一种高度集中的呈现。这部影片的探索的意义还在于,以儒学化主旋律类型片的方式投合了这个时代从高层到底层的一种普遍的对仁爱与和谐的社会诉求。

四、俗韧性与二次成人仪式

《5颗子弹》中的马队不仅展现了仁爱式英雄所秉有的仁慈、仁厚等儒学风范,而且也同时凸显了泛悲剧时代主旋律影片所必需的一种俗韧性品质：在日常生活的平凡中韧性地坚守。马队虽然最终被视为英雄，但单凭外表却其貌不扬，尤其是在开始时面对大洪水危机竟然一心只想退休养老，只是迫于上级的指令才不情愿地履行任务。这一开头刻画成功地减褪传奇时代英雄的雅奇色彩而强化了其世俗与平常的特征，也就是突出其俗韧品质。当然，这种俗韧虽然不属于雅奇，但毕竟可以与雅奇一样地成为审美对象。比较而言，如果说雅奇要求观众以略微仰视的姿态去观照对象的内在无限品质的话，那么可以说，俗韧在观众那里却是可以平视的，即观众可以平等地观照对象的内在有限品质。正是在大洪水的包围情境以及击发五颗子弹的过程中，马队的俗韧品格被完整呈现。

对英雄人物的俗韧性品质的刻画及对古典儒学传统伦理的传承，在《我的左手》（2007）中则是透过主人公的二次成人仪式去集中实现的。影片虽然根据断臂英雄丁晓兵的英模事迹改编而成，但没有按以往英模人物刻画的老套去构想，而是独辟蹊径地开辟出英模塑造的新道路：把英雄纳入二次成人的文化传统轨道去塑造，在此过程中展示其俗韧性。在男主角胡小军身上，正集中渗透进我所说的这种二次成人的文化传统。这种传统在中国和西方都有着久远的历史。希腊神话中就有著名的酒神狄奥尼索斯的诞生、受难、死亡、再生的传奇故事，这种二次诞生与成人的故事框架后来演变成西方文学中人物性格的一种塑造模式以及被一再张扬的酒神精神。在我国古代，离开亲生父母成长的"孤儿"，最后也只能通过回归亲生父母、实现"归宗复姓"才真正成人。如《卖油郎独占花魁》中的秦重，先是跟随养父朱十老改叫朱重，最后回归原名秦重。同理，20世纪以来的现代主人公需要在帮手指引下经历二次成人过程才能曲折地成长。影片《红色娘子军》里的吴琼花就是在洪常青的帮助下，经历了从女奴到女兵、再从女兵到女指挥员的二次成长历程。如果说吴琼花在洪常青指引下成长为女兵属第一次成人，那么，她在洪常青英勇就义后含泪接过他的背包而举行入党宣誓，则宣告了她的二次成人的完成。

《我的左手》诚然不一定有意识地追溯这种传统，但客观上让我们目击了英雄的二次成人过程。侦察员胡小军本来在战斗中被炸断右臂，即将被确定阵亡，却因队医范春晓的细心诊治而被救活，从而获得第二次生命。但二次诞生并不简单地等同于重新成人，这种重新成人其实是一个漫长而艰巨的过程。如何再度成为英雄，也就是如何再度成人？影片由此展开叙事重心，细致地刻画了这位英雄在断臂后的艰难的二次成人过程，由此呈现他的俗韧性。当他看到白发母亲，想到为救他而牺牲的战友等，终于逐渐地重拾自信，开始以顽强的意志和毅力，用一只左手努力当不平凡的人，做不平凡的事。与此同时，胡小军还对救命恩人范春晓依依不舍，发起执着的爱情攻势，使她最终被打动，甘愿一生做他的右手。这种二次成人过程的刻画实际上比刻画第一次成人远为艰难和充满风险，因为主人公是以残疾人身份而寻求重新成人，甚至是成为英雄的。他面临的是末路英雄般的自我救赎，通过这种顽强的自我救赎才最终再度成为英雄。在展开具体的人物塑造时，影片在人物性格的鲜明上狠下功夫，设置了至少三条故事主线：首先是写胡小军如何通过苦练而达成血性的复归；其次是说他如何忍痛不抛弃战士如炊事员廖保才、犯错误的冯凯，即使让全连失去荣誉也在所不惜；最后是表现他如何苦苦思念和追求范春晓。这三条线索密切地交错在一起，使得人物刻画具体、细致而又感人。影片通过上述刻画而形成了特定的基调，即血性柔情。通过胡小军的左手苦练，使他重归血性，体现了阳刚、英气的一面；又透过他对范春晓的苦恋和追求过程，释放出他性格中柔情的一面。影片就是这样有意识地让这两种不同性格特性、不同美学风格交融在一起，汇为一体，造成血性与柔情相交融的影片基调，也由此具体地展示出他性格中的俗韧性这一面。

影片还注意回到日常生活中去精心搜寻，为英雄的二次成人设置一系列逼真细节，如母亲织毛衣、师长命他左手拿枪装子弹、父亲让他摘下英雄勋章、他自己替战士吃泔水馒头及深夜开橱窗偷范春晓照片等。这些细节逼真地凸现了英雄所遭遇的日常生活困境，为刻画他的俗韧性提供了必要的铺垫。影片围绕血性柔情基调的刻画，还形成了实写与虚写、纪实风格与抒情风格结合的效果。结尾，当胡小军在率领战士野营拉练的间隙又一次沉入对范春晓的思念和幻想时，适时地幻化出突然降临的美丽的范春晓，幻想变作现实，立时在战士们中间引起了欢呼和轰动。英雄终于赢得美人，这等于说胡小军终于二度确证了自己的英雄身份。这一场面和效果恰似英雄的二次成人仪式的完成。①

五、在低调中回退入生活流

泛悲剧时代的主旋律影片，之所以转向表现人物的俗韧性而非雅奇性，之所以转而寻求儒学化而非一味地像主旋律影片的传

---

① 参见王一川《追踪英雄的二次成人之旅——看影片〈我的左手〉》，《光明日报》2007年9月28日第7版。

奇时代那样持守当代价值理念本身，其实根本上取决于其对生活的一种新体验和新理解。这种新体验和新理解集中体现在，观众从影片中看到的不再是过去一些主旋律影片中惯常表现的那种约略高于日常生活的想象态状况，而是一种与他们的日常体验相贴近、仿佛未经任何修饰的本真生活流状况。这里当然会包含编导对生活的概括、提炼、想象或加工等，但毕竟体现了对日常生活流本身的正视与重视趋向。这一点在近年一些主旋律影片中主要是通过回退法或减法去达到的。这里的回退法是指仿佛回退入主旋律英雄所得以诞生的生活流本身中而不是加以美化，而减法是指减去通常的过度概括化或集中化等多余成分而竭力呈现日常生活的卑微或琐细状况，两者说的都是主旋律影片从"高于生活"的高处回归到观众所熟知的日常生活流本身，显示出回到"源于生活"的原点的趋势。

正是在这样回退或缩减的过程中，主旋律影片一改往昔的宣传高调而呈现为写实低调，让观众更加感受到其携带的生活流原质的逼真和厚实。影片《红色满洲里》（2006）叙述我党地下交通员刘平安如何从充满生存恐惧的卑微小人物变成勇于自我牺牲的崇高英雄。影片仿佛就是一次把主旋律英雄从崇高回退到普通卑微小人物的过程。没有远的如《刑场上的婚礼》、近的如《红色恋人》那样的豪言壮语铺陈，更没有主人公高尚动机的披露，而总是满布小人物的私人情感激荡，对参加革命的前途的担忧和对死亡的恐惧，以及对历史真相的不确定的疑虑等。只是当他的革命活动把深爱的妻子的命也搭进去后，年轻的刘平安似乎才在向苏联同志索要列宁像章的瞬间下定凛然赴死的决心。在革命组织的严密链条被突然斩断、而护送党代表赴莫斯科出席六大的任务又十分紧急的情形下，这个弱小而恐惧的个人终于变成了一个大无畏的英雄。正是在这种突然断裂的短暂空白中，小人物才被迫自己觉醒起来承担自己和集体的命运，由死而生，由生而死。此时的他终于完成一个根本性质变：从开初的带着内心恐惧的幼稚的小人物而成长为成熟的革命英雄。影片讲述的重点就在于一对普通人如何因为私人原因选择了革命，成就其崇高品质，而不像原来传奇时代的主旋律叙事那样一开始就把英雄传奇化。尤其是刘平安的妻子秋娟本来和革命没关系，就因为丈夫是革命者，她也似乎自然而然地参加到革命中，最后像英雄那样勇敢地付出了年轻的生命。这很简单，很朴素，然而又很深刻，包含着在回退入本真的日常生活流的情况下对革命动机的新想象。崇高的革命动机原来植根在世俗、朴素或平凡的私人体验中。由此看，影片宛如新一代青年对"红色"记忆的追根溯源之旅，重新还原或想象革命者的成长轨迹，从而变成一种革命的"元叙事"。就像小说中的"元小说"一样，当这种"元叙事"构成对革命的主体根源的重新挖掘时，就难免有点"元革命"的味道了——追问崇高的革命动机如何从小人物的卑微欲望中发生。

回退法更加坚定、集中和完整的呈现，要数《千钧·一发》（2007）。该片的突出努力在于，精心选择一批包括主角在内的非职业演员去饰演警察英模老鱼及其他警察，而这些非职业演员在导演的引导下，都成功地表现了比许多职业演员还要职业的高度的职业精神，忠实地完成了影片预定的回退入生活流的表现任务。同时，编剧兰景林本人也是一位职业警务工作者，他在修改剧本时，根据导演的拍摄要求，把剧本从百分之六十为虚构的第一稿，修改成百分之八十五为真实的实际拍摄稿，这就有效地减除了影片的概括化或虚构成分，加大了生活流的比重。这种非职业的职业化本身就是回退法或减法的一种具体体现，大幅度减少了职业演员常犯的虚假做作的毛病而向日常生活流靠拢，使得在影片中被呈现的生活流的可信度大为增强。排爆英模老鱼由在职警察扮演，显示了不折不扣的平民化英雄的风范。影片尽力展现的不是他的雅奇处，反而是他身上携带的平民化弱点或人性的弱点，并让这种弱点得到充分的和反复的暴露。老鱼不过是一名普通警察，他住房简陋，老婆没事做，儿子即将复员却工作没着落。他甚至连周末早上想多睡一会儿也不成，被老婆骂起来，冒着严寒，骑摩托车去炸冰取鱼。当临危受命几次去排爆时，这名人民警察却一再首先考虑个人和家庭困难而非人民群众的安危，例如先后向领导提个人要求，写绝命书，给老婆打电话，对同事发脾气，把领导晾在现场，无端拖延排爆等，竟然斗胆把个人和家庭问题置于重大而紧急的排爆任务之上。凭这些哪里称得上是先进人物或英模？简直就是落后分子啊！但影片敢于直面这些生活事实，这些事实无一例外地都取自老鱼的原型本身，这种选取和刻画都显示了对生活流本身的积极还原姿态，剥露出英雄人物所身处其中的日常生活流状态。这种生活流刻画在此前传奇时代的主旋律影片里应当说是无法想象的，但在这里却有效地一方面凸显出主人公的日常生活的平凡或卑微状况，另一方面展示出他作为"草根"英雄的俗韧性品质。

正像《5颗子弹》里的大洪灾所具有的隐喻意义一样，这里的连环炸弹本身在影片中也具有超级隐喻的作用，喻示着我们正处在一个多危机、高风险的充满"忧患意识"的时代。这个时代不再像主旋律影片的传奇时代那样过分依赖于想象的雅奇英雄来拯救，而是需要更多像老鱼和马队这样的平实而俗韧的英雄。老鱼虽然一再强调家庭困难和客观条件，显出了日常生活中的卑微、卑琐甚至懦弱、落后的一面，但最终临危不惧地奋勇排险，理所当然地成为拯救城市的英雄。通过回退入生活流，让主人公在日常生活的卑微中渐显俗制品质，这正是泛悲剧时代主旋律影片区别于其传奇时代的一个显豁特征。

六、从失谐到和谐

从传奇时代的当代价值理念取向到泛悲剧时代的儒学化取向，主旋律影片确实显示了新的变化。这些新变化的缘由，既可以归结到电影人对生活的新体验和新理解上（见上文有关回退入本真生活流的论述），同时也来自他们对这种新体验和新理解的影像反思上。面对那包含高雅与低俗、平常与神奇、脆弱与坚韧等多重元素的本真的生活流，电影人为什么不约而同地求助于儒学？他们的主体意图固然有必要摸清，但同样重要的是，从他们提供的影像系统来看，我们不难得出一些初步推断：这些电影人由于共同感受到当前本真的生活流中包含着种种异质、冲突或悖逆的元素，也就是社会失谐，而当代主导价值系统诚然不无道理地把"社会和谐"作为重要的价值指标，但对此的立足于当代价值系统的化解策略又确实存在一定的限度，因而不得不返身求助于遥远的古典儒学价值系统，从中寻求有助于促进社会和谐的传统精神资源。在他们的影像表现中，似乎儒学理念真可以为陷于失谐境遇的当代人提供有效的安抚与拯救之道。

这在一年来的主旋律影片里得到不同程度的体现。《千钧·一发》中出现的都市中心的连环炸弹危机,正源于尖锐的劳资矛盾,也就是打工仔为报复老板而安放炸药。《5颗子弹》里杀人犯胡志军、贪污犯隋炳玉和惯偷郭小柳的存在以及大洪水这一灾难情境,也都显示着我们这个当代社会中存在失谐这一现实。而警察马队的化解策略不是单纯的言语说服、武力压服或强制,这些他凭借"五颗子弹"这一特权本来是完全可以做到的;但是,他却把这特权精心运用到对这三个犯人的仁爱关怀与行为感化上。凭借"仁枪"这一特殊武器,他成功地让犯人们解除了思想武装,化不和为和,硬是从不和谐中翻转出新的和谐元素来。这种以"仁爱"化"不和"为"和",正体现了儒学化的一个基本内涵。《新兄弟》更是从始到终都在展示血亲三兄弟、三妯娌、母子及相关乡亲之间,从失和到和的转变过程,其转变的关键仍是仁爱之道。《东方大港》(2007)在总体上还带有传奇时代主旋律影片的明显印记,如尽力张扬常天启等东方大港建设者的使命感、自豪感及其神奇力量,但也刻意如实地挖掘他们日常生活中的不和谐因素,想必他们知道只有这样才能满足观众返回生活流的渴求。例如,影片用相当多的镜头对准常天启和她女儿常文婕的父女纠葛甚至尖锐冲突,使得他在洋山港工程上的神奇与他处理父女矛盾上的无能之间形成巨大反差。这在披露出人物的不和谐境遇的同时,还令人印象深刻地揭示了这位神奇英雄内心的无助感和无力感,从而把俗韧性中俗的一面以及神奇与卑微的内在缠绕加以凸显。类似还有描写常天启与副手王栋的矛盾、"海龟"江虹宇与外国丈夫的情感纠缠等。影片展示的最终解决办法是人们彼此之间的"仁爱"意向,正是它才成功地化解掉他们生活中的上述种种不和谐而重新回归和谐。

结语

上面关于泛悲剧时代主旋律影片的儒学化转向的论述还是初步的，有待于进一步展开。它所涉及的也不过是当前主旋律影片发展中的一个方面，希望能从这个方面去进一步窥见主旋律影片与当代文化语境的相互阐释关联。从传奇时代到泛悲剧时代、从雅奇性英雄到俗韧性英雄，显示了主旋律影片面向本真的生活流世界而实行的务实的回退姿态。而从当代价值诉求到儒学化转向，则体现了主旋律影片所直接依托的当代主导价值系统本身的自反性与自救性努力。表面看是种回退，但实际上是在回退中重新积聚消耗过多的感召力能量，更与"忧患意识""社会和谐""和谐文化"等当前主导概念相协和，体现了以退为进或欲进先退的策略作用。

应当注意到，主旋律影片固然可以求助于古典儒学价值系统，但它如何与当代价值系统进一步协和还是一个需要继续探究的问题。而在求助于儒学的同时，古典价值系统中的道家、佛家等"百家"是否也应适度吸纳以弥补儒家可能存在的偏差？同时，无论是中国当代价值系统还是中国古典价值系统，都存在面对解决现实生存境遇问题的需要而加以重新组合或转化的问题，也就是实现新的创造的问题。更需要关注的是，在全球化语境中的中西对话意义上，这些中国价值系统也都还存在如何有选择地吸纳当今世界具有普遍意义的价值观以丰富或改造自身的问题，例如科学、民主、平等、公正、自由、宽容等。这意味着，中国当代价值系统、中国古典价值系统以及当今世界多种文化价值系统之间，还需要持续对话、交融和化合。当然,谁也不可能幼稚到要求主旋律影片去直接图解这些复杂难言的文化题旨,只不过在活生生的具体银幕形象中,这些原本深隐其间的文化意识及文化无意识常常会如恩格斯所说的那样"从情节和场面中自然而然地流露出来"①。

最后,我想特别指出的是,如果说上面的探讨多少有些合理性,那么可以看到,主旋律影片在中国大陆独特的文化土壤中经过二十年的生存和发展,如今已经逐步壮大成为一种主流电影类型或主流类型片,而这种主流类型片应当被视为中国大陆电影界对当今全球化时代世界电影类型或类型片所做的一个独特呈献。现在已到对这种中国特色类型片的美学、艺术、政治、经济和文化特征等问题加以正视和深入探究的时候了。

---

① 〔德〕恩格斯:《致敏娜·考茨基》,《马克思恩格斯文集》第10卷,人民出版社2009年版,第545页。

后　记

本书能够在现在出版，首先感谢"跨文化中国学丛书"陈越光主编、董晓萍教授和金丝燕教授的盛情约稿、资助及督促，否则本书的完成时日会稍晚些。

最早产生本书相关论题写作念头，是在2007年下半年观看影片《5颗子弹》时，那时应约写成影评《主旋律影片的儒学化转向》（载《当代电影》2008年第1期，已列为本书附录）。我在该文中认识到"在主旋律影片所呈现的当代价值系统中，更多地杂糅进以儒学价值系统为主导的传统价值观"。但那时的认识还只属于似乎偶然涌起的零散的思想微澜。真正感受到复苏的心性论传统在现实主义文艺中汇聚成为潮流式冲击力的，是在2017年至2018年间。随着《情满四合院》《鸡毛飞上天》《正阳门下小女人》《都挺好》《大江大河》等电视剧的热播，以及《心迷宫》《八月》《亲爱的》《我不是药神》等影片的热映，我发现这些作品都不约而同地将现实主义的焦点从外部社会现实境遇再现转移为人们心性世界的深描上，促使我不得不对此专注地做一些集中思考。

直到国家广电总局电视艺委会于2021年8月24日召开的电视剧《我在他乡挺好的》研评会上，我在发言中针对该剧表达的与"心安即吾乡"大致相近的思想，冒出了"心学现实主义"这一最初念头。几个月后在2022年1月观看电视剧《人世间》时，这个想法变

431

得更加明确了，只是认为应将"心学"一词替换成"心性"，会更加宽泛和更具有包容性，由此而产生了"心性现实主义"这一新概念。正巧那时中国文艺评论家协会和《中国文艺评论》杂志协同组织马克思主义与中华优秀传统文化相结合的专题论坛和相关论文，我有机会形成了中国式心性现实主义文艺范式的初步思路并将其沉落到《人世间》的案例分析中，在提交的论文中指出该作品的出现是中国式心性现实主义范式臻于成熟的标志。正是从那时起，我决定集中写出"心性现实主义"专论。

因此，本书可以说是过去七年多来对于心性现实主义文艺问题陆续体会、思考和写作，而到今年终于成型的一种集合体。它名为"论稿"，是说目前所做还只能算作粗浅的研究准备。

鉴于本书内容大多是面对新近涌现的文艺现象加以及时评说或概括的产物，有的部分应报刊之约而先期发表。已发表的整章部分（报纸短评除外）如下：《中国式心性现实主义范式的成熟道路——兼以〈人世间〉为个案》，《中国文艺评论》2022年第4期；《万物通心——中国文化传统的现代转型方案》，《文化软实力》2022年第2期；《现代君子之风的制度化构型——谈近期影片中的共产党员形象塑造》，《当代电影》2022年第8期；《当前大变局下社会心态新构型——近期现实题材电视剧观感》，《中国电视》2022年第11期；《中国现实主义文艺中的心性论传统》，《当代文坛》2023年第3期；《心性现实主义的主体间性构型——以近十年中国电视剧人物性格塑造为例》，《艺术传播研究》2023年第2期；《形塑当代中国社会的地缘心性形象——近年国产剧集中的地域景观管窥》，《中国电视》2023年第11期；《直而温修辞与当代中国乡村社会心史——长篇小说〈望春风〉阅读札记》，《中国当代文学研究》2023年第6期；《一兼三人称叙述体与中国当代乡镇社会心结书——长篇小说〈谁在敲门〉阅读札记》，《文艺争鸣》2023年第10期。它们在收入本书时，根据需要做了不同程度的修改、删节或扩充，个别标题也有所微调。本书中还有部分内容则是根据总体构思及写作计划，在最近才完稿的。由于如上原因，这本专论中的一些章节难免带有论文体的特点，也有的由于在作品观看后即时写成，因而在观察、论述或评价方面难免有匆忙、重叠之感或存在疏漏，都请方家海涵和斧正。

　　本书的写作仰赖朋友们多方帮助。承蒙国家广电总局电视艺委会易凯秘书长和中国电视艺术家协会范宗钗秘书长的盛情邀请和安排，我得到诸多机会观看和评论新出电视剧。以上所列学术期刊主编和编辑的先期约稿或发稿，也对我的研究起到促进作用。中国文联文艺评论中心徐粤春主任和杨晓雪副主任给予了支持。中国文联理论研究室周由强主任和胡一峰副主任提出了合理建议。岳雯、周志强、胡疆锋向我推荐有特点的文学新作。陈雪虎、石天强、唐宏峰、冯雪峰、金浪、林玮、卢文超、周粟、吴键、李宁等也分别给予了帮助或关注。在此谨向以上各位致以真诚的感谢！

　　最后，感谢商务印书馆责任编辑的精心编校。

王一川

2023年9月6日记于北京

2023年12月24日修改